CAMINOS DEL CORAZÓN

Amor y Aventura

CAMINOS DEL CORAZÓN

Kat Martin

VERGARA
GRUPO ZETA

Barcelona • Bogotá • Buenos Aires • Caracas • Madrid • México D.F. • Montevideo • Quito • Santiago de Chile

Título original: *Secret Ways*

Traducción: Martín Rodríguez-Courel

1.ª edición: septiembre 2005

© 2003 by Kat Martin
© Ediciones B, S.A., 2005
  para el sello Javier Vergara Editor
  Bailén, 84 - 08009 Barcelona (España)
  www.edicionesb.com

Printed in Spain
ISBN: 84-666-2410-4
Depósito legal: B. 32.014-2005

Impreso por LIMPERGRAF, S.L.
Mogoda, 29-31 Polígon Can Salvatella
08210 - Barberà del Vallès (Barcelona)

A mi madre.
Por los años de amor y constante apoyo,
y por estar siempre ahí
cuando la he necesitado.
Te quiero, mamá.

1

Alrededores de Londres
Mayo de 1809

Se llamaba Vermillion. Una antigua palabra francesa que designaba un color, el brillante rojo bermellón; lo que algunos llamaban cinabrio.

«Vermillion.» El término evocaba imágenes misteriosas y sensuales; imágenes indómitas, escabrosas, ardientes.

Ella siempre había odiado ese nombre.

En la intimidad, prefería llamarse Lee. Sencillo. Contundente. Era su segundo nombre e iba mejor a su personalidad. Vermillion Lee Durant; un bonito nombre, suponía.

Siempre y cuando hubiera pertenecido a otra mujer.

—Deprisa, Vermillion, querida. No debemos hacer esperar al coronel.

Lee suspiró. No, una no debía hacer esperar nunca a un caballero. Al menos, no allí, en el mundo de las mujeres de vida alegre, donde todo caballero era un rey o, cuando menos, acostumbraba creer que lo era.

Lee se detuvo delante del alto espejo giratorio para comprobar cómo le quedaba el vestido de terciopelo rojo, complemento del recogido de abundantes rizos rojo oscuro de su cabeza; un peinado algo desfasado, al contrario que el vestido, pero la hacía parecer más dulce, atractiva y agradable a ojos de los caballeros.

El elaborado peinado se sujetaba con un lazo dorado a juego con el ribeteado que festoneaba el alto talle del vestido, el cual tenía un escote escandalosamente bajo y dejaba a la vista una generosa parte del busto. La falda, muy fina y abierta hasta la rodilla, tenía la altura que dictaba la moda de Londres, aunque apenas resultaba adecuada para una joven soltera como Lee, que acababa de cumplir dieciocho años.

No obstante, estaba acostumbrada a aquellas ropas y a su aspecto sofisticado. Esperó pacientemente de pie mientras Jeannie, su menuda doncella francesa, le colocaba sobre los hombros la capa de terciopelo rojo con ribete dorado y le cerraba el broche de granates y diamantes del cuello.

—Que te diviertas, *chérie* —dijo la mujer, aunque con toda probabilidad sabía que Lee no se divertiría en absoluto.

—Buenas noches, Jeannie. —Lee adoptó la estudiada sonrisa enigmática que tanto su tía como sus admiradores esperaban ver y se detuvo en la puerta del dormitorio—. Volveré tarde a casa. Tocaré la campanilla si necesito ayuda para quitarme el vestido.

Vermillion, sonriendo con tanta artificiosidad como decisión, salió majestuosamente al pasillo y bajó la curva escalera que conducía a la entrada de la elegante mansión de su tía Gabriella en Parkwood, un pequeño pueblo de las afueras de Londres. La dama, que lucía un vestido de seda azul zafiro moteado de brillantes, la aguardaba al pie de la escalera con una sonrisa harto más sincera que la de la joven.

También era más alta y delgada que Vermillion. Gabriella Durant tenía cuarenta y seis años, un busto todavía enhiesto y una abundante y preciosa cabellera rubia en la que apenas si asomaban algunos mechones plateados. Sin embargo, unas cuantas arrugas finas enmarcaban ya su boca y ojos, y la carne de debajo de la barbilla se veía un tanto flácida. Pero, aunque Gabriella detestaba cada una de aquellas pequeñas imperfecciones, seguía siendo una mujer hermosa.

—Estás preciosa, querida —dijo tía Gabby, y examinó el vestido de terciopelo color rubí y el recogido del pelo rojo fuego de Vermillion—. Cada año, más hermosa.

Vermillion no contestó. Las mujeres Durant eran famosas por su belleza, pero Lee no consideraba que aquello fuese una bendición, sino todo lo contrario. El mayordomo, Wendell Perkin Jones, un hombrecillo delgado y elegante, que se peinaba los negros cabellos con raya al medio y al que los rizos le orlaban la cabeza como a un emperador, abrió la puerta, y Vermillion vislumbró el carruaje, un elegante birlocho negro tirado por dos caballos de pelaje gris iguales, regalo del conde de Claymont, el *cher ami* de su tía.

—El coche espera —dijo la tía Gabby—. Claymont se encontrará con nosotras en el teatro. —Sonrió.

Gabriella saboreaba de antemano la velada con una delectación que Vermillion rara vez compartía, pues ella prefería quedarse en casa, cabalgar a lomos de alguno de sus preciados caballos si no se había puesto el sol o leer un libro, quizás, o disfrutar de una hora tocando el arpa, aunque ninguno de esos pensamientos afloró a su rostro. Por el contrario, su sonrisa se expandió. Tras tantos años de aprendizaje, Vermillion representaba a la perfección su papel.

—Si tú lo estás, yo ya estoy lista para partir. Como bien dices, no debemos hacer esperar a los caballeros.

Arrastrando la capa tras ella, Vermillion se unió a su tía en la entrada, y las dos mujeres traspusieron garbosamente el umbral camino de la rutilante noche londinense que las aguardaba.

El capitán Caleb Tanner sujetaba las riendas del caballo guía del par que formaba el tiro del carruaje, manteniendo a los flamantes animales quietos en sus arneses. El caro birlocho negro estaba parado delante de la mansión Durant, una construcción de ladrillo de tres plantas que se alzaba en medio de varias hectáreas de verdes colinas ondulantes, justo en las afueras de Londres. Las altas columnas blancas de estilo corintio soportaban un pórtico ornamental, pensado para proteger de las inclemencias del tiempo a los visitantes que llegaban hasta allí por el largo y sinuoso camino que salía de la carretera.

La propietaria, Gabriella Durant, había heredado la mansión, junto con una fortuna nada despreciable, de su madre, una famosa cortesana de su época. Gabriella había seguido los pasos maternos, amasando una fortuna aún mayor, y la continuación de lo que, según parecía, había devenido en tradición familiar, recaía en esos momentos en la pelirroja sobrina de Gabriella, Vermillion.

Caleb conocía bastante bien a las Durant, cuyos antepasados se remontaban a la época en que los nobles franceses que huían de la guillotina habían llegado a Londres sin un penique en el bolsillo. Simone Durant, valiéndose de su gran belleza y encanto, había salvado a una familia casi indigente y había prosperado merced a sus habilidades amatorias, para convertirse en toda una leyenda en el mundo de las mujeres de vida alegre. Tras la muerte de Simone, su hija Gabriella se había erigido en la heredera del trono, La Reina, aclamada por todo Londres.

Caleb echó una ojeada a la puerta de la mansión, esperando la aparición de las mujeres. Se rumoreaba que la sobrina de Gabriella había sido educada como una hija de la que se esperaba reclamara algún día el trono para la tercera generación.

Caleb no había visto nunca a Vermillion, pero había oído hablar de ella, cotilleos sobre su belleza y habilidad en la alcoba.

Sabía que debía de ser hermosa.

No obstante, no estaba preparado para recibir el golpe de verla aparecer en el porche. El impacto que Vermillion produjo en él fue similar a una caída del caballo. La observó a la luz de los faroles de aceite de ballena que flanqueaban la puerta, pero no logró que ella alzase la mirada. El capitán jamás había visto un cabello de un rojo tan encendido ni una piel de semejante perfección; nunca, unos ojos del color de las aguamarinas.

Era más menuda de lo que se había imaginado, más rotunda de formas, más femenina. Bajo el broche de su capa de ópera de terciopelo escarlata, los senos altos y exuberantes casi rebosaban del corpiño del vestido. Las manos de Caleb ardían en deseos por ahuecarse sobre ellos, y el capitán quiso liberar de horquillas aquel pelo ardiente y acariciarlo con sus dedos. El verdadero color de los labios de Vermillion estaba oculto por el carmín que los volvía de un rojo rubí oscuro, pero se curvaban en una sonrisa seductora que provocaba que cualquier hombre quisiera poseerlos.

Caleb se sacudió, pues sintió crecer en su interior un sentimiento de desagrado: Vermillion Durant no era más que un juguete caro, un objeto para satisfacer la lujuria de los hombres, una mujer que utilizaba su cuerpo para dominar a los tontos y a los incautos. Tal vez incluso fuera una espía.

Ésa, precisamente, era la razón de que Caleb Tanner esperara junto a los caballos, en su calidad de recién contratado caballerizo de Parklands, el nombre utilizado por los que asistían a los tan espléndidos como mal vistos bailes, mascaradas y reuniones sociales de varios días que ofrecía Gabriella Durant.

La misión no se parecía a ninguna de las que se le habían asignado con anterioridad. Le habían ordenado que regresara de España, donde había servido en la caballería a las órdenes del general sir Arthur Wellesley en la campaña de Oporto. Caleb, hijo menor del conde de Selhurst, se había alistado en el ejército nada más acabar sus estudios en Oxford,

12

y había servido en la India y Holanda. Ahora, siguiendo las órdenes del general, se encontraba en Inglaterra.

En Parklands..., intentando atrapar a un traidor.

Caleb contempló a Vermillion mientras ésta caminaba hacia el carruaje y sintió la atracción de sus ojos acuosos en el momento en que éstos se posaron en su rostro. Entonces una segunda sacudida de lujuria lo golpeó, lo que provocó que la aversión que le inspiraba aquella mujer se endureciera aún más que la erección que pugnaba contra sus pantalones de montar.

Maldijo para sus adentros.

Pero no apartó la mirada.

Vermillion se detuvo al llegar al carruaje y posó los ojos en los hermosos caballos iguales, que esperaban con tranquilidad en sus arneses. Le encantaban los caballos. Los animales de Parklands eran su orgullo y su pasión, pero no reconoció al caballerizo que permanecía junto a aquéllos, y eso que conocía a cuantos hombres y muchachos trabajaban en los establos. Los había contratado personalmente a todos.

Excepto a aquel hombre, aquel extraño alto y ancho de hombros, de ojos negros y duros que sonreía con ligera insolencia.

En lugar de seguir a su tía al interior del carruaje, Vermillion siguió caminando y, una vez que llegó junto al hombre parado al lado de los caballos, se detuvo.

—¿Dónde está Jacob? —le preguntó. Jacob había sido el caballerizo y adiestrador de Parklands durante los últimos quince años—. ¿Qué hace usted aquí? ¿Acaso Jacob está enfermo?

—La última vez que lo vi estaba estupendamente.

A Vermillion no le gustó el tono del caballerizo ni tampoco la expresión petulante de su cara.

—Entonces ¿dónde está? ¿Y quién es usted exactamente?

La mirada de Caleb la recorrió de arriba abajo; empezó por la punta de sus zapatos, y se movió hasta lo más alto del sofisticado peinado de ella, para, acto seguido, volver a los senos. Todas las noches Vermillion era objeto del mismo examen harto descarado por parte de una caterva de varones, aunque el realizado por aquel hombre hizo que le empezaran a arder las mejillas. No era uno de sus admiradores; él lo había dejado claro con la tranquilidad de la mirada y la mueca ligeramente cínica que asomó a sus labios.

—Me llamo Caleb Tanner. Soy el nuevo caballerizo de Parklands.

A Jacob le han surgido ciertos problemas familiares en Surrey que han exigido su presencia. Me contrató para que lo sustituyera hasta que pueda volver.

Vermillion levantó la barbilla, deseando, por una vez, ser más alta.

—La cuadra es mi responsabilidad. Si Jacob tenía algún problema debería haber acudido a mí. ¿Tiene alguna recomendación? ¿Cómo sé que puede encargarse del trabajo?

Era un hombre completo; no musculoso, pero sí alto y ancho de hombros; debía de rondar los treinta años; el pelo, moreno y un poco demasiado largo, se le rizaba en la nuca.

—Crecí entre caballos —dijo él—. He trabajado principalmente en el norte... En York, sobre todo. Mi especialidad son los caballos de carreras.

—¿También es adiestrador?

—Así es. Jacob me habló de un semental llamado *Noir* que correrá esta semana en Epsom. Deme hasta la carrera por lo menos para demostrar que puedo encargarme del trabajo.

Parecía bastante justo. Jacob tenía un don especial para los caballos y le gustaban tanto como a ella. No los dejaría en manos de cualquiera y, sin duda, no en las de un hombre en el que no confiara por completo. Sin embargo había algo en aquel sujeto...

—De acuerdo —dijo Vermillion—. Tiene hasta el fin de semana. Si *Noir* gana la carrera se quedará hasta que vuelva Jacob.

Una de las cejas castaño oscuro del hombre se arqueó.

—¿De verdad cree que si el semental pierde será por mi culpa?

Por supuesto que no. El hombre habría estado allí menos de una semana, pero sería una manera de deshacerse de él, y por razones que Vermillion no acertaba a explicarse, era eso exactamente lo que deseaba.

—*Noir* es un campeón —dijo—. Es cosa de su adiestrador conseguir que gane. Si el caballo gana, usted se queda.

La boca de Tanner se curvó ligeramente.

—Entonces debería asegurarme de que gane.

Lo dijo como si no dudara que pudiera conseguirlo, como si el resultado ya se hubiera decidido. Vermillion se abstuvo de responder, sólo se giró y regresó al carruaje, con la capa escarlata arremolinándose tras ella. Iban a ir a Londres, al palco que tenían en la Royal Opera House. Aunque serían despreciadas por la nobleza y los demás miembros de la alta sociedad, en la tercera planta del edificio, donde asistían a la representación los miembros sin duda acaudalados aunque menos aceptados socialmente, serían tratadas como la realeza.

—Deprisa, querida, vamos a llegar tarde. —La voz de tía Gabby le llegó a través de la ventanilla del carruaje.

Vermillion lanzó un último vistazo por encima del hombro hacia el caballerizo, que estaba acariciando el cuello del caballo mientras le susurraba a la oreja. Los dos animales tenían un pedigrí impresionante. Eran hermosos, briosos y a veces difíciles de manejar. Esa noche no. Esa noche permanecían quietos, con las elegantes testuces inclinadas, mientras los largos dedos del mozo de cuadra les rascaban entre las orejas.

Quizás el hombre fuera tan competente como parecía y tuviera motivos para su descomunal ego. Mientras se recostaba contra el asiento acolchado de piel roja del birlocho, Vermillion encontró la idea irritante en extremo.

Cuando la joven llegó a Parklands a la mañana siguiente, el arrebol del amanecer iluminaba el cielo. Después de asistir a la ópera *La Vestale*, de Spontini, la tía Gabby había insistido en que acudieran a la fiesta que daba Elizabeth Sorenson, condesa de Rotham, una mujer de mala reputación a quien tanto Lee como Gabriella adoraban.

La fiesta, un acontecimiento escandaloso, se había celebrado en la casa que la condesa tenía en la ciudad, y había habido en ella ingentes cantidades de caviar ruso, poncheras de cristal desbordantes de champán y sobreabundancia de hombres atractivos.

Algunos de los admiradores de Vermillion estaban allí: Jonathan Parker, vizconde de Nash; Oliver Wingate, coronel de la Caballería Real, y el sumamente guapo y crápula de contrastada reputación, lord Andrew Mondale.

Había habido otros hombres, por supuesto, docenas de ellos, pero éstos eran los tres que con más ahínco competían por un lugar en la cama de Vermillion.

Lee desechó el desagradable pensamiento mientras ascendía cansinamente la escalera que conducía a su dormitorio. Vislumbró por el rabillo del ojo el ramo de flores recién cortadas que Jeannie había colocado en el tocador de palisandro. El tupido cubrecama malva aparecía acogedoramente doblado bajo las cortinas de raso del dosel.

Jeannie estaría durmiendo, y Lee odiaba despertarla a horas tan intempestivas. Forcejeó con el vestido y, al cabo, consiguió desabrochar los botones; luego se puso un largo salto de cama y se metió bajo las sábanas. Estaba agotada por el trajín nocturno, el champán y el baile, y se quedó dormida como un tronco, sin fuerzas siquiera para el habitual paseo a caballo; no se despertó hasta casi el mediodía.

Se había concedido el capricho a propósito, sabiendo que ésa sería otra noche larga. El coronel Wingate las acompañaría a una velada de juego en Jermyn Street. A la siguiente noche, ella y su tía asistirían al teatro. Después de eso, Lee había perdido la cuenta de sus compromisos, pero sabía que en cada acontecimiento allí estarían sus incansables perseguidores.

Mientras otras chicas de su edad acudían a los actos de la temporada social en busca de marido, Vermillion buscaba un protector, el hombre que acabase convirtiéndose en su primer amante.

Acudió a su mente una imagen del arrogante caballerizo, aunque no fue capaz de imaginar el motivo. Fue una visión fugaz, que Lee olvidó de inmediato.

No volvió a pensar en Tanner hasta tres días después, cuando lo vio en el establo. El sol de las últimas horas de la tarde había empezado a debilitarse, y el tenue resplandor del anochecer se posó sobre el paisaje. La tía Gabby había organizado una reunión de varios días en la mansión, así que la servidumbre andaba atareada en el interior de la casa. Aunque todavía no había llegado ninguno de los invitados, estaban seguras de que no tardarían en aparecer. Lee, que se había vestido para las celebraciones que se avecinaban con un traje de seda turquesa muy escotado ribeteado de encaje negro, se escabulló de la casa y se dirigió al establo.

Puesto que no confiaba todavía en el sustituto de Jacob, le preocupaban sus hermosos caballos.

No había esperado ver en persona al mismísimo Caleb Tanner parado en medio de la pista de ejercicios. De espaldas a Vermillion, su camisa de manga larga sin cuello, empapada por el sudor, se adhería a la espalda en toda su extraordinaria amplitud. La llevaba metida en unos sencillos pantalones de montar marrones, que delataban una cintura estrecha, se curvaban sobre un trasero redondo y perfilaban unas piernas largas y musculosas.

Cuando Caleb se volvió, Vermillion pudo apreciar una cuña de oscura piel morena allí donde el cuello de la camisa permanecía abierto. El hombre era muy atractivo. No había razón para negarlo. Lee conocía hombres —a docenas—, pero fue incapaz de nombrar a uno que tuviera una constitución más maravillosa que la de Caleb Tanner.

El hombre trabajaba afanosamente, mientras *Noir* daba vueltas sujeto al extremo de la guía, el brillante pelaje negro del purasangre brillando bajo los débiles rayos de sol. Tanner no la vio aproximarse; o si lo hizo, se limitó a ignorarla.

Vermillion no estaba acostumbrada a que la ignorasen.

—Está tensando la cuerda demasiado —dijo la joven mientras se acercaba a la valla—. *Noir* trabaja mejor con un tacto más suave.

La comisura de la boca de Caleb se curvó en una medio sonrisa burlona.

—Lo tendré presente.

La oscura mirada del hombre dijo que sabía que ella se lo acababa de inventar, lo cual, claro está, así había sido. El semental trabajaba de maravilla y obedecía a su nuevo adiestrador a ciegas. El hombre no había mentido; sin duda, conocía a los caballos. *Noir* podía llegar a ser quisquilloso, y lo cierto es que al semental nunca le había gustado que se le obligara a hacer los ejercicios con una guía.

En ese momento el caballo parecía estar disfrutando de cada vuelta que daba alrededor de la pista de prácticas. Lee los observó durante un rato, incapaz de apartar los ojos del hombre y del caballo que trabajaban juntos en tan perfecta armonía. Entonces, Tanner tiró de la cuerda, y el caballo empezó a aflojar el paso. *Noir* relinchó y se acercó al trote al centro de la pista, donde estaba parado el mozo de cuadra. Tanner se metió la mano en el bolsillo, sacó una golosina y se la dio a comer a *Noir* sobre la palma de la mano. Luego susurró al semental en el tono suave que acostumbraba y le pasó los dedos por la negra crin.

Tanner condujo al animal hasta la verja y se detuvo delante de Vermillion. Ella intentó no pensar en la magnífica pareja que hacían hombre y caballo.

—Está en una forma excelente —dijo Caleb Tanner, palmeando el cuello del caballo—. Jacob ha hecho un trabajo magnífico con él.

—Entonces ¿cree que ganará?

—Creo que tiene muchas posibilidades. ¿Quién lo va a montar?

—Mickey Warner —respondió Lee.

—Warner es bueno, uno de los mejores yóqueis del país.

Los ojos de Caleb se movieron de la cara de Vermillion hasta su escote, que se abultaba en la parte delantera del vestido turquesa. Ella rara vez se vestía así para ir al establo. Lee se había olvidado de que esa noche era Vermillion.

La sonrisa de Caleb mantenía un rastro de insolencia imposible de ignorar.

—Pero, bueno, supongo que usted sabe mucho de equitación..., ¿no lo diría así, señorita Durant?

A Lee le ardieron las mejillas. Sabía qué era lo que estaba insinuando. Como mínimo, comprendió que el hombre estaba refiriéndose al acto de hacer el amor. Se había criado en el mundo de las mujeres de vida alegre. Su tía, aunque rica y emparejada con el mismo hombre desde hacía ya muchos años, otrora había sido una bien conocida cortesana con un largo rosario de amantes. Todo Londres pensaba que Vermillion también lo era, como no tardaría en suceder. Ella había aceptado ese destino hacía tiempo y nunca antes le habían ofendido insinuaciones como aquéllas, hechas por alguno de sus admiradores.

Pero cuando Caleb Tanner la miró de la manera en que lo hizo en ese momento, como si ella valiera menos que el estiércol que llevaba adherido a las botas, la cara de la joven refulgió con el mismo color ardiente de su pelo.

—Gane la carrera —se limitó a decir—. O búsquese trabajo en cualquier otra parte.

Se dio la vuelta y, olvidándose de caminar con su habitual y provocativo balanceo de caderas, regresó a la casa con unos andares nada delicados.

Caleb se maldijo. ¡Caray!, el coronel Cox había tenido que superar enormes dificultades para conseguir que el adiestrador, Jacob Boswell, renunciara a su puesto en Parklands durante las siguientes semanas para que Caleb pudiera ocupar su lugar. Lo último que necesitaba ahora era que aquella mocosa lo despidiera.

Tenía que empezar a controlar la lengua, era consciente de ello, pero, por una u otra razón, siempre que contemplaba la exótica belleza de Vermillion o los exquisitos senos mostrados como pálida fruta madura, parecía no poder conseguirlo.

Le molestaba que fuera tan joven. Pese al carmín de los labios y el colorete de las mejillas de Vermillion, Caleb suponía que no llegaba a los veinte años. Le molestaba que ella hubiera abandonado de tan buen grado la oportunidad de llevar una vida respetable movida por el poder y la codicia.

Le molestaba que su cuerpo la deseara con la misma intensidad que cualquier otro hombre de Londres, mientras su mente se negaba a ello con rotundidad.

El ruido de unos pies que se arrastraban al caminar le avisó de que alguien llegaba al gran establo de piedra.

—Eh, joven pctimetre, si quieres mantener tu puesto, lo mejor que puedes hacer es ser más cortés cuando te dirijas a la señorita Lee.

Arlie Spooner, el caballerizo jubilado de Parklands, se acercó tambaleándose a Caleb con sus escasos mechones de pelo gris desvaído agitados por la brisa que entraba a través de la puerta abierta del establo. Tenía la cara surcada de arrugas y llena de manchas de la vejez, y la columna vertebral parecía doblársele dolorosamente. El anciano ya no era capaz de trabajar en el establo, pero seguía conservando su puesto. Por lo menos, las mujeres Durant tenían la suficiente conciencia para cuidar de un hombre que les había sido leal durante tanto tiempo.

—¿Quién es la señorita Lee? —preguntó Caleb.

—La señorita Vermillion. —Arlie, sin dejar de arrastrar los pies, abandonó el compartimiento en el que Caleb seguía cepillando a *Noir* y no se detuvo hasta llegar al cuartito que ocupaba en el extremo más alejado del establo—. La señorita Lee no tolerará tu insolencia —añadió—. Si no fueras tan condenadamente bueno con sus caballos, ya estarías buscando trabajo en otro sitio.

El viejo era leal, sí señor. A Caleb no le había pasado inadvertido el afecto en la voz del anciano al pronunciar el nombre de su patrona. Se preguntó cuánto sabría Arlie Spooner sobre Vermillion y su tía, y se hizo el firme propósito de intentar averiguar todo lo que pudiera en cuanto la ocasión fuera propicia para ello.

Mientras tanto, mantendría los ojos y los oídos abiertos, porque ése era el motivo de su presencia allí. Los superiores de Caleb, inclusive el general sir Arthur Wellesley, creían que se estaba pasando información a los franceses. Las bajas en España habían sido muy elevadas: más de cinco mil soldados británicos. Wellesley estaba convencido de que la cifra de bajas en Oporto habría sido bastante menor si una persona —o varias— no hubiera proporcionado directamente información a Napoleón.

Se había encomendado al coronel Richard Cox y al mayor Mark Sutton que encontraran a los traidores responsables, y tanto uno como otro estaban convencidos de que la fuente podría encontrarse en Parklands. Habían sido los conocimientos sobre equitación y caballos de Caleb los que le hicieron entrar en juego, provocando su regreso a Inglaterra.

Caleb observó desaparecer al viejo Arlie en su cuarto y terminó de cepillar al semental mientras pensaba en Vermillion y en las docenas de hombres que frecuentaban la casa, muchos, militares de graduación y caballeros con puestos de responsabilidad en el gobierno. ¿Habría vendido alguno su alma a cambio de la oportunidad de solazarse con el joven y seductor cuerpo de Vermillion?

Cuando, bien entrada la noche, Caleb se ocultó entre las sombras del exterior de la casa, para observar la llegada por el camino circular de un carruaje tras otro y ver a sus ocupantes elegantemente ataviados ascender los escalones de la entrada, también oyó, procedente del interior de la casa, la fuerza de la risa tranquila y seductora de Vermillion, y pensó que era perfectamente posible.

2

—Vermillion, querida, me parece que no conoces a lord Derry.

La tía Gabby, en medio de su círculo de admiradores, no dejaba de sonreír, disfrutando de la alegría que la rodeaba. El salón de paredes altas resonaba con el ruido y las risas de una multitud de hombres y mujeres ataviados con sedas y satenes carísimos. Aunque los vestidos de las damas eran un poco más escotados y las telas más vistosas que las que se podrían encontrar en cualquier salón a la moda de Londres, nadie reparaba en ello.

Vermillion estudió a lord Derry con los párpados entornados y sus labios dibujaron una sonrisa provocativa.

—No, creo que todavía no nos han presentado, lord Derry —dijo, al tiempo que se agachaba en una reverencia y ofrecía al caballero una mano enguantada en negro.

El conde de Derry inclinó la cabeza sobre la mano de Vermillion sin apartar ni un momento la mirada de sus pechos, que amenazaban con salirse del vestido de un momento a otro.

—Es un placer, señorita Durant.

—En absoluto, milord. Sin ningún género de dudas, el placer es mío.

No era cierto, por supuesto. El conde era un decrépito saco de huesos, con las hombreras, bombachos y pantorrillas con tanto relleno que parecía un colchón con patas al que se le hubiera metido demasiada lana.

—El conde acaba de regresar a Inglaterra —dijo la tía Gabby—. Es dueño de una muy próspera plantación de cacao en las Indias Occidentales.

—¡Qué maravillosamente emocionante! —mintió Vermillion.

Se preguntó, como había hecho miles de veces, cómo era posible que su tía se divirtiera. Sin embargo, sabía que era así. Lee había vivido con ella desde los cuatro años, después de que, muerta su madre, la tía Gabriella hubiera aparecido como un ángel rubio en el orfanato y se la llevara a casa. Las dos hermanas no se parecían en nada. Angelique Durant era tímida y reservada, mientras que Gabriella era La Reina, festejada y adorada en su mundo.

Se sabía rodear de los más ricos y era amiga de artistas, actores y aristócratas, la mayoría de ellos hombres, por supuesto. Amaba la vida que llevaba y el poder que ejercía, y era incapaz de imaginar que Vermillion quisiera para sí otra clase de existencia.

—¿Le gustaría bailar, querida? —preguntó lord Derry, acercándose demasiado a Vermillion para el gusto de ella—. Después estaré encantado de contarle mi vida en las Indias.

Vermillion gruñó para sus adentros imaginando una larga perorata de una hora sobre el calor y los bichos y la necesidad de la esclavitud. Pero no perdió la sonrisa.

—Me encantaría bailar con usted, milord —respondió, y pronunció aquellas palabras en un susurro gutural que parecía transformar a los hombres de leones en corderos.

Dejó que el conde la apartara de su tía y los amigos de ésta, y la condujera hasta el suelo de madera situado en el extremo del salón, donde cuatro músicos, ataviados con unas libreas azul pálido, interpretaban los lentos compases de una contradanza.

Vermillion, con la ensayada sonrisa en los labios, se dejó llevar por los pasos del baile, pero mantuvo su pensamiento todo lo lejos de la plantación de lord Derry que pudo. Era un truco que le había enseñado Lisette Moreau, una amiga de su tía. «Distánciate —le había dicho—, adopta un aire ensayado que agrade a los caballeros y, mientras, en tu interior, dirígete allí donde más desees estar.»

Mientras ejecutaba los pasos que le había enseñado machaconamente su maestro de baile, Lee cabalgaba como el viento por los verdes prados de Parklands. Se juró que, por más cansada que estuviera, a la mañana siguiente se entregaría con pasión al mayor de sus placeres.

En la frontera de su pensamiento oía la música y sentía los huesudos dedos de su señoría dirigiéndola en un giro. Dejó que sus pestañas bajaran hasta ocultarle los ojos, se humedeció los labios y mentalmente volvió a sentir el viento en el pelo y el sonido atronador de los cascos. Montada en *Noir*, se acercaba a un alto muro de piedra. Podía sentir al caballo tensándose bajo ella; los poderosos músculos del animal se contraían mientras ambos se elevaban por encima del muro y caían al otro lado con un aterrizaje perfectamente ejecutado.

—Ha sido maravilloso, querida —estaba diciendo lord Derry mientras la besaba en el dorso de la mano.

—Sí, sí que lo ha sido —aseveró ella, pensando en la emoción de un salto perfectamente ejecutado—. Gracias, milord.

La acuosa mirada de su señoría no se apartó de los senos de Vermillion.

—Bueno..., acerca de mi plantación de cacao... Quizá podríamos dar un paseo por la terraza...

—Lamento interrumpir, pero la señorita Durant me ha prometido su siguiente baile. —Jonathan Parker, vizconde de Nash, se hallaba a escasos centímetros de distancia de ellos sonriendo afectuosamente a la joven. De todos los hombres que conocía, Nash se contaba entre los preferidos de Vermillion—. Diría que están interpretando un vals. —Nash cogió la mano de Vermillion—. ¿Le apetece?

El vizconde era un hombre alto y atractivo que frisaba los cuarenta y a quien ya le plateaban las sienes. Había enviudado tres años atrás y, en opinión de Lee, se trataba de un verdadero caballero. Era inteligente y amable, y le había dejado claro que se contaba entre aquellos que deseaban convertirse en su protector.

«Quizá debería escogerle a él», pensó Lee. Jon sería bueno con ella, y sus exigencias en el dormitorio probablemente no llegarían a las de un joven semental como lord Andrew Mondale.

Fue justo en ese momento cuando divisó al caballero en cuestión, que se dirigía con aire resuelto hacia ella. Andrew Mondale era un hombre rubio y guapo, aunque aquella casaca verde hierba de brillantes botones de oro y diamantes con la que iba vestido le confería cierto aire de lechuguino.

Vermillion suspiró para sus adentros, se armó de valor y le dedicó una sonrisa sensual. Todo indicaba que la noche iba a ser larga.

Por suerte para ella, la velada resultó más breve de lo que había imaginado. A mitad de los bailes, mientras su tía seguía recibiendo a su inacabable círculo de amistades, Lee había cedido a su secreto deseo de retirarse; alegó que le dolía la cabeza y se deslizó escalera arriba camino de su dormitorio.

Por la mañana, saltó de la cama antes de que amaneciera totalmente espabilada y con una energía sorprendente, impaciente por llevar a cabo la excursión que se había prometido. Ansiosa por llegar al establo, terminó su breve aseo, ignoró el lujoso traje de montar de terciopelo verde oscuro que acababa de llegar de Londres y, en su lugar, se decidió por los ajustados pantalones de montar y la camisa de manga larga que se había hecho a medida hacía años en L. T. Piver, de Londres.

Tuvo que admitir que el mundo en el que vivía tenía sus ventajas. Una de ellas era que allí no imperaban los dictados sociales; dada la naturaleza de su actividad, las mujeres Durant estaban eximidas de su cumplimiento. Dejó atrás el armario de palisandro que contenía el incómodo traje de montar, rebuscó en uno de los cajones de la cómoda de palisandro, de donde, como concesión al frío matutino, cogió un gorro de lana, se calzó las botas de montar de cabritilla y, con la cabellera pelirroja recogida en una gruesa trenza, salió rumbo a la escalera de servicio, situada en la parte trasera de la casa.

La atmósfera de mediados de mayo era fresca y liviana; el cielo era una bruma teñida de púrpura que justo empezaba a iluminarse. Prefería marcharse antes de que se levantaran los criados y empezaran con sus faenas, mientras el establo permanecía en silencio, dándole la sensación de libertad que encontraba sólo allí, en compañía de sus hermosos caballos.

Los quería a todos, pero sobre todo a *Noir Diamant*, «Diamante Negro», su premiado semental purasangre, y a *Grand Coeur*, «Gran Corazón», el esbelto corcel de saltos que solía montar. Se detuvo delante del cajón de *Noir* para frotarle el hocico de terciopelo, pero el semental tenía una carrera a finales de la semana, así que se decidió por *Grand Coeur*.

Coeur era un caballo sorprendente, capaz de correr como el viento y de saltar como ella había imaginado la noche anterior. Su mirada se desvió hacia la cómoda silla de mujer, con su asiento acolchado de cuero repujado, pero la ignoró, limitándose a embridar a *Coeur* y a sacarlo del compartimiento. Se había puesto los bombachos y la camisa para poder montar a pelo, libre y sin restricciones.

Acarició el pelaje tordo del semental, le habló con dulzura y lo sacó del establo a la pálida luz dorada del amanecer. *Coeur* la empujó suavemente con su hermosa cabeza, hizo cabriolas y caminó de lado, tan impaciente por el ejercicio matutino como ella.

Lee, tras pasar las riendas por el cuello del caballo, se subió al montadero y se acomodó sobre el lomo del semental. Él volvió la cabeza para mirarla y sacudió las orejas. Lee notó la tensión de la larga y elegante musculatura del animal, expectante, bajo su cuerpo.

—Lo deseas tanto como yo, ¿verdad, chico?

El semental emitió un suave relincho, como si le respondiera. Lee golpeó ligeramente el vientre del caballo con los talones de las botas, instándole a un trote que los alejara del establo y los llevara a campo abierto. Se encasquetó la gorra de lana para mantener calientes las orejas, se inclinó sobre el cuello del semental y lo estimuló a que apretara el paso. El caballo respondió a sus sutiles órdenes como si le hubiera leído los pensamientos, y los problemas de Lee empezaron a disiparse.

Sintió las ráfagas de viento que le acariciaban las mejillas, notó que un rizo suelto le revoloteaba en la base del cuello y empezó a sonreír.

Caleb vertió agua en la palangana de porcelana de su cuarto, situado en el extremo más alejado del establo; luego se lavó la cara para sacudirse las telarañas del sueño y se vistió para empezar el día. La noche había sido larga; se la había pasado oculto entre las húmedas sombras del exterior de la mansión, tratando de percibir algo extraño en el interior, contemplando a Vermillion seducir a sus inacabables admiradores con sonrisas serenas y risas guturales que a Caleb parecieron estragarle las tripas.

La chica se había ido a la cama antes de lo que él había esperado. Caleb se había desollado los nudillos y desgarrado los calzones al trepar por el emparrado trasero de la casa a fin de alcanzar el balcón del dormitorio de Lee, únicamente para descubrir que dormía sola. A Caleb le preocuparon los enormes deseos que sentía de colarse en el cuarto y unirse a ella en la cama cubierta de satén.

Pensaba en ella mientras iba de compartimiento en compartimiento para examinar a los caballos. De pronto se quedó inmóvil cuando se percató de que la puerta de *Grand Coeur* estaba abierta; el semental no se veía por ninguna parte. Escudriñó rápidamente el interior de la caballeriza. *Noir* permanecía perezosamente en su compartimiento, y lo mismo hicieron otra media docena de caballos que asomaron la cabeza sobre las puertas abiertas de los suyos para ver quién había entrado.

Uno de los compartimientos estaba vacío, excepto por una gata gorda y amarilla que dormía con satisfacción sobre la paja, la tripa tensa a punto de reventar por los gatitos que, a todas luces, hacía tiempo que debían haber nacido. Todo estaba como la noche anterior... excepto por el caro corcel que había desaparecido.

«¡Maldita sea!» Caleb apretó las mandíbulas mientras se daba la vuelta hacia la puerta. Tenía una idea bastante exacta de lo que diría su joven patrona si descubría que le había perdido uno de sus caballos más valiosos. La idea no le hizo muy feliz.

Salió a grandes zancadas de la cuadra y se puso a examinar los ondulados campos con la ridícula esperanza de que divisaría al animal paciendo plácidamente en el prado. Se quedó atónito al ver a *Grand Coeur* desaparecer por una cuesta a galope tendido, con un jinete aferrado a su lomo.

Caleb volvió a maldecir, esta vez con un lenguaje más procaz, y regresó corriendo a la cuadra. Tras coger una brida del gancho, se apresuró a pasarla por la cabeza de un gran castrado zaino, que era uno de los más rápidos de la cuadra, y se subió a lomos del animal de un salto. Al cabo de unos segundos Caleb cabalgaba en pos del ladrón que se largaba con *Coeur*. En alguna parte detrás de él oyó al viejo Arlie salir de la caballeriza arrastrando los pies. Le estaba gritando algo, pero el sonido se diluyó en la ráfaga de viento y el estrépito de los cascos del enorme zaino.

Caleb, tras azuzar al caballo, se dispuso a la persecución y empezó a disfrutarla, seguro ya del resultado. Con el largo tranco del caballo, que iba devorando el terreno, no pasó mucho tiempo antes de que Tanner localizara al ladrón en la distancia; una figura que iba encima del caballo, era más menuda de lo que había imaginado, y supuso que sería algún muchacho del pueblo. Sin duda uno que muy pronto iba a desear no haberse metido nunca con Caleb Tanner.

Ajeno a la persecución de la que era objeto, el joven tiró de las riendas del caballo hacia la derecha, cabalgando en línea recta hacia un muro bajo de piedra. Se elevó y salvó la barrera con facilidad. El enfado de Caleb fue mayor aún cuando el muchacho hizo girar al animal a la izquierda y lo obligó a vadear un arroyo ancho y sinuoso para salir, acto seguido, por la otra orilla de un salto, lo que asustó a un erizo que había salido de su madriguera.

El caballo era un saltador. Caleb no había visto jamás semejante energía en movimiento, tamaña elegancia y ligereza. Y no estaba dispuesto a perder a una bestia tan magnífica por los caprichos de un bellaco pueblerino. Apretó las mandíbulas a medida que su enfado crecía por momentos. Caleb ganó algo más de terreno, pero el muchacho siguió sin apercibirse de su presencia. O, si lo hizo, estaba lo bastante pagado de sí mismo para creer que podría huir.

Caballo y jinete siguieron adelante con estrépito de cascos, mientras Caleb se mantenía firme en el propósito de no cejar en la persecución. La pareja no tardaría en llegar al final del campo donde un muro alto de piedra separaba el pasto más bajo del que se encontraba por encima. Caleb soltó una palabrota y azuzó al zaino al darse cuenta de la intención del muchacho. El obstáculo constituiría un gran peligro hasta para el jinete más hábil. El caballo podría hacerse daño; ambos podrían encontrar la muerte; sin embargo, al chico no parecía importarle.

Las manos de Caleb se aferraron a las riendas cuando el caballo y el jinete se aproximaron al muro y, durante un instante, se le heló la sangre en las venas. Si el chico le hacía daño al caballo, se juró Caleb, él en persona daría al ladronzuelo una paliza que no olvidaría en la vida.

No obstante, para su alivio y asombro, la pareja pasó por encima del muro con una precisión absoluta y aterrizaron de manera impecable en el otro lado.

«Ya está bien, chaval, se acabó tu suerte.» Era tal la ira de Caleb que la podía sentir arder bajo su nuca. Alejando al zaino del muro con un tirón de las riendas, hizo que el caballo siguiera un sendero que atravesaba un bosquecillo de árboles y que discurría en una dirección que cortaría la ruta de huida prevista por el joven.

Caleb observó a través de los árboles cómo el muchacho seguía asumiendo varios riesgos más, y pronto empezó a considerar si acaso el joven no habría tenido intención de robar el caballo y solamente lo habría cogido para darse la satisfacción de una cabalgada matutina desenfrenada. En cualquier caso, se iba a armar una buena, y el chico iba a recibir lo suyo.

Lee echó un ojeada a sus espaldas; todo el cuerpo le temblaba por la risa. Tanner había desaparecido; lo había dejado atrás. No recordaba haberse divertido tanto en años. No le había costado mucho reconocer a la figura alta y corpulenta montada en el caballo zaino que cabalgaba como una furia detrás de ella. Desde el principio, lo había incitado a la persecución por mera diversión. Cualquier otro jinete se habría visto en apuros para seguir, pero Tanner no había dejado de pisarle los talones. Tenía que reconocerle el mérito: era un excelente jinete.

Sin embargo, al final lo había despistado, que era lo que había pretendido desde el momento en que lo localizó detrás de ella.

Lee frenó a *Coeur*, haciendo que el animal aminorara el paso hasta un medio galope, y le permitió que resoplara un poco antes de encontrar una buena sombra bajo la que descansar. *Coeur* se había portado de maravilla esa mañana, en lo que había sido una tonificante excursión para ambos.

La joven sonrió con malicia, más todavía con la persecución incansable de Caleb Tanner.

Fuera cual fuese la razón para la persecución, podía esperar hasta que volviera al establo. Se pasaba día y noche a disposición de los demás, y aquella mañana la había reclamado para ella, por lo que no toleraría intromisiones.

En eso andaban sus pensamientos cuando, de repente, un jinete salió del bosque y se acercó a todo galope a *Coeur*. Se dio cuenta de la expresión de furia de Caleb Tanner un momento antes de que el hombre estirara el brazo y la desmontara del caballo de una sacudida. Con un alarido de indignación, mientras su gorra salía volando por los aires, Lee aterrizó de bruces sobre los duros muslos de Tanner; de golpe, se quedó sin aire en los pulmones. Lo último que esperó fue el impacto del azote que la manaza de Tanner le propinó en el trasero, y que le ardió como el fuego a través de los pantalones de montar.

Lee aulló mientras el hombre le propinaba un segundo y lacerante azote y levantaba la mano de nuevo.

—¡Ni se atreva! —aulló Lee, lo que paralizó la mano de Caleb en el aire—. ¡Ta... ta... tarado! ¡Zopenco descarado!

Por encima del hombro alcanzó a ver la mirada de estupefacción que se dibujó en el bello rostro de Caleb.

—¿Qué demonios...? —exclamó él.

—¡Bájeme ahora mismo!

El caballo se agitó bajo ellos, pero Tanner, que no hizo ademán alguno de soltarla, se limitó a mirarla de hito en hito como si no la hubiera visto nunca.

—¿Ha oído lo que he dicho? ¡Bájeme! —ordenó Lee.

Caleb la incorporó de un tirón, tan rápidamente que la trenza de ella, que ya estaba suelta, se deshizo por completo. Lo siguiente que la joven supo fue que se encontraba de pie, al lado del caballo zaino, con el largo pelo rizado cayéndole por los hombros, y que Caleb Tanner, tras haber desmontado del caballo, se volvía hacia ella con una expresión en el rostro tan sombría como un nubarrón.

El malhumor de Lee se acrecentó.

—¿Por qué me estaba siguiendo? ¿A qué cree que estaba jugando?

Unos ojos castaños y duros se clavaron en su cara.

—Pensé que era un ladrón.

—¡Un ladrón!

—Así es. Cuando entré en la cuadra *Coeur* había desaparecido. Vi que se alejaba sobre él a todo galope, atravesando los campos como una lunática, y pensé que intentaba robarlo.

Lee sintió la mirada de Caleb en su rostro; él trataba de asimilar cada detalle de su cara lavada y sin maquillaje, desde el rosa natural de sus labios, las pecas que poblaban la nariz y que el polvo de arroz solía cubrir, hasta el intenso rubor de las mejillas.

Algo cambió en la expresión del hombre y parte de la dureza de su mirada desapareció.

—Pensaba que era un muchacho.

Lee levantó la barbilla; le habría gustado crecer treinta centímetros durante un instante o dos.

—Bien, no soy un ladrón ni un muchacho.

La mirada de Caleb bajó por el cuerpo de la muchacha y se demoró en los pantalones de montar que tan bien se le ceñían a las piernas y las nalgas. Se le curvaron los labios en una sonrisa insolente, y Lee supo que él estaba pensando en cuando la había tenido sobre sus muslos y le había propinado en el culo aquellos dolorosos azotes.

—Ya me he dado cuenta —dijo Caleb.

Lee volvió a ponerse como la grana. No lograba adivinar cómo el caballerizo conseguía que se sonrojara, cuando no había ningún otro hombre capaz de lograrlo.

—El caballo es mío, y puedo hacer con él lo que me plazca; como también lo son el resto de los animales del establo. Cabalgo todas las mañanas y seguiré haciéndolo, tanto si le satisface como si no.

Caleb hizo una pequeña reverencia con la cabeza, pero el brillo burlón de su mirada no desapareció.

—Lo que usted diga, señorita Durant.

—No voy a consentir ninguna insolencia del hombre al que doy trabajo. Debería despedirlo por lo que ha hecho —dijo la joven.

La expresión de Caleb permanecía inescrutable, pero ella creyó captar un atisbo de inquietud en la mirada del hombre.

—Sólo quería que no perdiera el caballo —dijo él.

—Eso lo entiendo. —Lee suspiró—. Admitiré que parece injusto despedir a un hombre por hacer su trabajo, incluso poniéndose en riesgo al hacerlo. Si yo hubiera sido un ladrón, usted podría haber resultado herido o, incluso, haber muerto.

Caleb le estudió la cara.

—Y supongo que le habría importado.

Lee se obligó a no desviar la mirada de aquellos ojos negros e inquisitivos.

—Por supuesto que me habría importado. Mientras trabaje en Parklands, usted es responsabilidad mía. Pero espero una disculpa. No había ninguna necesidad de maltratarme como lo hizo.

La tensión de los hombros de Caleb desapareció y la comisura de su boca se levantó ligeramente. Su mirada se hizo más cálida, hasta convertirse en una intensa mancha marrón chocolate rodeada por una espesa hilera de pestañas.

—Le aseguro, señorita Durant, que si hubiera sabido que era una mujer me habría contenido. Tal y como va vestida, me parece que no puede culparme por mi equivocación. Ha tenido suerte de que su gorro de lana saliera volando. De no ser así, quizá le habría propinado la paliza que pretendía dar al ladrón.

Le seguía ardiendo el trasero a causa de los azotes que él le había propinado, y la insolente sonrisa del hombre indicaba que él lo sabía.

—Si ésa es su idea de una disculpa, señor Tanner, quizá debería buscarse un empleo... —sugirió Lee.

—Lo siento. Tiene razón —convino Caleb—. Debería haber tenido más cuidado. Tendría que haberme asegurado de que el chico que, creía, estaba robando un valioso caballo no era la dueña de la casa vestida de hombre.

Lee rebosaba irritación por todos los poros de su cuerpo. De pronto se le ocurrió que, para ser un caballerizo, aquel hombre se expresaba con gran corrección, y se preguntó sin mucho interés de dónde procedería. Viniera de donde viniese, por lo que a ella hacía, podía volver allí. Dejaría que se buscase otro trabajo en cualquier otro sitio lo bastante alejado de Parklands.

—Se acabó la discusión, señor Tanner. Puede usted recoger sus cosas cuando vuelva a la cuadra. —Se giró y alargó la mano para agarrar las riendas de *Coeur* con la intención de montar en su caballo y marcharse. No necesitaba a un caballerizo hosco. Aunque fuera uno de los mejores adiestradores de caballos que jamás hubiera visto, se arreglaría como fuera sin él.

Tanner la cogió de la muñeca; Lee percibió la mano del hombre, grande y caliente, y un hormigueo de conciencia de aquel tacto la recorrió de pies a cabeza.

—Necesito este trabajo, señorita Durant. Le prometo que no volveré a interferir en sus paseos a caballo.

Lee suspiró. No le gustaba aquel hombre, pero era bueno en su trabajo. Y con Jacob fuera, la verdad es que lo necesitaba.

—Muy bien, supongo que tendré que aceptar.

Caleb Tanner le sonrió, y cierta calidez se filtró en las entrañas de Lee.

—Gracias por dejar que me quede —dijo él. Alargó la mano hacia *Coeur*, cogió sus riendas y las pasó por encima de la cabeza del animal—. A propósito, es una gran amazona. Usted y el caballo se compenetran a la perfección.

—Gracias. —Lee se descubrió sonriendo ante el cumplido y se percató de que no se trataba de la habitual sonrisa fingida, sino de una realmente sincera—. Disfruté de la persecución... excepto al final.

La boca de Caleb se torció en una mueca. Sus labios adquirieron una curvatura sensual que ella ya había notado la primera vez que lo vio.

—En ese caso —dijo Tanner—, quizá me permita acompañarla alguna mañana. Tal vez pueda hacerme algunas sugerencias que me ayuden a mejorar mi monta.

Como si necesitara ayuda. Los dos sabían que era tan buen jinete como ella, si no mejor.

—Tal vez sí —dijo Lee con altivez, con la única intención de enojarlo. Alargó la mano para agarrar las riendas y esperó a que Tanner ahuecara las manos. Luego colocó la rodilla en las palmas entrelazadas de él, y le permitió que la izara sobre el animal—. Que tenga un buen día, señor Tanner.

—Que tenga un buen día, señorita Durant.

Hizo volver grupas al caballo, y amazona y caballo se lanzaron a una carrera endemoniada de vuelta al establo. No obstante deseó no tener que regresar, deseó poder quedarse fuera, al sol y al aire fresco de la primavera.

Ojalá que no tuviera que volver a la casa y convertirse una vez más en Vermillion.

Caleb la observó alejarse. No acababa de creer que la joven de la cara lavada que había desmontado de *Coeur* fuera la infausta cortesana Vermillion. Sin el maquillaje no parecía ni por asomo tan sofisticada como la había visto a través de las ventanas de la casa la noche anterior, ni con mucho tan asombrosamente bella. Sin el kohl bajo los ojos, éstos no eran del mismo verde azulado intenso ni la mitad de seductores de lo que le habían parecido.

Su aspecto era joven, lozano e inocente. Parecía dulce y encantadora... e infinitamente atractiva. Si él no supiera quién era ella, si no sospechara que podría estar involucrada en la venta de información a los franceses, se habría encontrado absolutamente cautivado.

De la misma manera que, mientras cabalgaba de vuelta al establo a cierta distancia detrás de ella, se encontró preguntándose por la chica, por la vida que había escogido, por los hombres que invitaba a su cama.

Cuando llegó a las caballerizas, esperaba que ella se hubiera ido. Por el contrario, Lee estaba allí, en el compartimiento de *Coeur*, cepillando el pelaje del zaino hasta dejarlo reluciente y peinándole las crines con la almohaza.

Caleb se acercó a ella por detrás y le quitó la almohaza de la mano. Lee olía a jabón y a caballos, pero él percibió el débil aroma a agua de rosas de la joven. Se había vuelto a hacer la trenza, según pudo apreciar Caleb, pero la imagen del cabello suelto y alborotado en una maraña de rizos ardientes alrededor de los hombros persistía.

—Me ocuparé del caballo —dijo él—. Para eso me pagan.

—Gracias, pero disfruto haciéndolo.

Lee recuperó la almohaza y empezó a pasarla por la crin del animal. Parado detrás de ella, Caleb sintió la calidez del cuerpo de la chica y su sexo empezó a abultarse. Spooner asomó la cabeza por encima del compartimiento en ese instante, y Caleb se alegró de poder alejarse de Lee, pues su erección era ya absoluta.

—Le ruego me disculpe, señorita Lee —dijo Spooner—. Su tía pregunta por usted y desea saber cuándo volverá a la casa.

Vermillion hizo un ruido que podría haber sido un suspiro de pena.

—Dígale que sólo tardaré unos minutos.

—Sí, señorita. —Arlie se alejó tambaleándose con su andar lento y pesado, la espalda encorvada, lo que le hacía sus buenos treinta centímetros más bajo que Caleb.

—¿Por qué la llama así? —preguntó Caleb a la joven—. ¿Por qué la llama Lee?

La almohaza se detuvo.

—Lee es mi segundo nombre. Y es como prefiero que se me llame. Es como me llaman mis amigos.

—¿Y Arlie Spooner es su amigo?

Lee miró a Caleb desde las sombras del establo; incluso sin el kohl, sus ojos eran del color de las aguamarinas.

—Por supuesto —dijo—. Arlie ha trabajado en Parklands desde que yo era una niña. Ama a los caballos tanto como yo, y lo considero un amigo muy querido.

Caleb frunció el ceño. Ésa era Vermillion, una mujer seductora, ávida de poder, que aceptaba un amante tras otro y luego los arrojaba de su lado como si fueran andrajos. Se suponía que no tendría que amar a los caballos ni declarar amigos suyos a los sirvientes.

—¿He dicho algo que le haya desagradado? —preguntó la joven.

Caleb meneó la cabeza.

—No, en absoluto. —Sus dedos rozaron los de Lee mientras le cogía la almohaza de la mano, e intentó pasar por alto cuán suave era el tacto de su piel—. Debería irse. Su tía la estará buscando.

Ella le lanzó una mirada.

—Gracias por recordármelo. Supongo que para el poco tiempo que va a estar empleado aquí, tendré que acostumbrarme a recibir órdenes de usted.

Caleb apartó la mirada.

—Lo siento. —No dijo más, pero se maldijo en su fuero interno. Estaba demasiado acostumbrado a ser el responsable, condenadamente acostumbrado a estar al mando. Si no iba con cuidado, Vermillion empezaría a sospechar que era algo más que un criado.

«Vermillion.» Pero la joven que había visto esa mañana apenas guardaba algún parecido con la imagen que evocaba el nombre. Cuando terminó de cepillar al caballo y empezó con el esbelto castrado zaino, se encontró preguntándose por la preciosa jovencita que se hacía llamar Lee.

3

A las carreras de caballos de Epsom Downs acudían aficionados de todas las clases sociales. Desde los más humildes traperos, que observaban las carreras de pie detrás de la valla, hasta los miembros de la realeza, instalados en sus palcos privados, encima de la línea de salida.

Las Durant, viejas aficionadas a las carreras y propietarias de alguno de los mejores linajes de caballos de carreras del país, se sentaban con su séquito, huéspedes para la ocasión que habían viajado tras ellas todo el camino hasta el hipódromo en una caravana de caros carruajes negros.

La actividad bullía alrededor de las mujeres: los vendedores de manzanas cocinaban en sus diminutas estufas de carbón; los cerveceros vendían sus bebidas a un penique el jarro; un organillero tocaba mientras uno de aquellos monitos tontos saltaban arriba y abajo sobre su hombro. También había carteristas y timadores, tumbados a la bartola en espera de que apareciera el incauto. A Lee le maravillaba todo aquello, y disfrutaba de la mezcolanza de imágenes y sonidos.

La joven aguardaba con inquietud el inicio del acontecimiento más importante del día —la carrera en la que participaba *Noir*, y que era de la modalidad en la que el ganador se lleva todas las apuestas—, sentada junto al coronel Wingate, uno de los tres hombres que con más ardor competían por su cariño.

Un puesto que no tardaría en cubrirse.

Ante la insistencia de su tía, Vermillion había accedido a anunciar la elección de amante durante la celebración de su inminente decimonoveno cumpleaños. Había llegado la hora de que se hiciera un lugar en el mundo; así lo creía su tía, para quien, de hecho, era un poco tarde.

A ese respecto, Vermillion estaba de acuerdo. Tía Gabby tenía que vivir su propia vida; no podía esperarse de ella que acogiera a su sobrina bajo su ala protectora eternamente. Gabriella llevaba más de un año trabajando de manera escrupulosa en lograr el objetivo de liberar a su joven carga. Vermillion escogería a su primer amante y ocuparía su lugar como reina de las mujeres mundanas.

Y tanto el coronel Wingate, como el vizconde de Nash y lord Andrew Mondale estaban convencidos de ser el hombre que ella escogería.

Vermillion suspiró mientras escuchaba la alegre melodía del organillero. Agradecía la confianza de sus pretendientes, pero ni siquiera estaba segura todavía de a quién elegiría. Wingate era un hombre atractivo e imponente, de edad aproximada a la de lord Nash, quizá cerca de los cuarenta, un militar de carrera que había viajado por medio mundo y que valía una buena cantidad de dinero. Era inteligente y solícito. Además se ausentaba con frecuencia, algo que convenía sobremanera a Vermillion.

A Nash lo consideraba un amigo. Frisaba los cuarenta y, en su estilo refinado, era un hombre atractivo y siempre un conversador ameno. El vizconde estaba mezclado en política y, a la sazón, era consejero del lord canciller de Inglaterra.

A Vermillion le gustaba lord Nash, y por esa razón no estaba segura de que deseara arriesgarse a estropear la amistad que le profesaba a cambio de una especie de relación más íntima.

Y, por último, estaba Mondale. Andrew era el más joven de los tres, quizá tenía entre diecisiete y veinte años; también era el más guapo, y el que ella encontraba más atractivo. Lord Andrew no paraba de manifestarle su gran *amour*, y la había besado más de una vez. No con la clase de besos con los que ella había soñado, sino aplastándole los labios contra sus dientes y abrazándola con un poco más de fuerza de la debida; y sin duda, no con la clase de besos que le había descrito su tía, y que hacían que a una le temblaran las rodillas, aunque cierto era que el corazón le había latido más deprisa y que el sudor le había humedecido las palmas de las manos.

La llegada oportuna de tía Gabby al jardín había abreviado los besos, ciertamente. Pero no había duda de lo que haría Mondale a poco que se le animara a ello, aunque Vermillion no estaba preparada aún para esa clase de compromisos. Sin embargo, el alto, rubio y guapo Mondale, poseído de una naturaleza apasionada que Vermillion suponía haría de él un buen primer amante, sería probablemente la elección.

Por lo que hacía a las mujeres, también era un consumado y absoluto canalla, y aunque le leía poemas y le juraba fidelidad mientras durase su acuerdo, Vermillion no creía ni por un momento que cumpliera su palabra.

En cualquier caso, en el mundo del libertinaje, la fidelidad no se consideraba importante.

—¿Está cómoda? —Sentado al lado de Vermillion en la tribuna, lord Andrew estudiaba con atención a la competencia—. La vista sería mejor un poco más a la derecha. Estoy seguro de que al coronel Wingate le encantaría cederle su asiento para que pueda ver mejor la carrera.

—Por supuesto —dijo el coronel, y fulminó a Mondale con la mirada—. Si eso la complace, me moveré con sumo gusto, querida —añadió Wingate. El caballero tenía el pelo negro y brillante, y lo llevaba pulcramente cortado y peinado hacia atrás. Sus ojos eran de un verde claro y lucía un pequeño bigote y unas espléndidas patillas—. Aunque puede que fuera más apropiado el asiento de lord Andrew.

Acostumbrada a las beligerantes atenciones de los hombres, Vermillion se limitó a sonreír.

—Gracias a los dos por preocuparse, pero veo perfectamente desde donde estoy. —Desvió la mirada hacia la pista y luego hacia las cuadras donde *Noir* y los demás caballos competidores estaban siendo preparados para la carrera. Intentó reprimir el deseo de estar allí con ellos, en vez de hallarse en el lugar que ocupaba en ese momento, con su tía y sus amigos—. Además, desde aquí podré ver los caballos cuando los conduzcan hasta la pista.

La tía Gabriella se movió del asiento que ocupaba delante de Lee.

—¿Alguien sabe qué hora es? —preguntó. Iba ataviada con un vestido de seda lavanda y un sombrero a juego del mismo color, y estaba sentada cerca de lord Claymont, situado a su derecha, y del asistente del coronel, un joven teniente llamado Oxley, que se sentaba a su izquierda, y al lado de la condesa, lady Rotham.

—Es casi la hora de que cierren las apuestas —dijo el joven teniente sin molestarse en disimular la excitación.

La tía Gabby sonrió a Vermillion.

—Pareces demasiado seria, querida. No debes preocuparte. *Noir* ganará.

—Pues claro que sí —dijo lord Andrew con convencimiento—. De hecho, he apostado una cantidad considerable a ese resultado.

—Como yo —terció el coronel.

—Ah, querido, eso me recuerda... Ayer no tenía otra cosa en la cabeza que enviar a uno de los lacayos a la casa de apuestas para hacer la mía... No sé cómo pude olvidarme. —Aprovechando la oportunidad para huir momentáneamente, Vermillion se levantó de golpe—. Si me disculpan, caballeros, les prometo que estaré de vuelta enseguida.

—Permítame acompañarla —dijo lord Andrew, y se cuadró a su lado—. Sería absolutamente impropio que una dama hiciera semejante apuesta sola.

—Mondale tiene razón —convino a regañadientes el coronel—. Debe permitirnos que uno de nosotros la acompañe. —Su mirada decía claramente que prefería que él fuera el elegido, mientras que lord Nash, que estaba junto a ella, se limitó a sonreír con la misma absoluta elegancia de siempre.

Quizá debería reconsiderarlo, pensó Vermillion; Mondale tal vez fuera guapo, pero Nash sería tierno y leal.

—Vuelve deprisa, cariñito. No querrás perderte la salida. —La advertencia provino de Lisette Moreau, una famosa cortesana e íntima amiga de su tía, que estaba sentada al lado de sir Peter Peasly, otro de los conocidos del círculo íntimo de Gabriella.

—La encantadora señorita Moreau tiene mucha razón —dijo lord Andrew al tiempo que ofrecía el brazo a Lee—. Debemos irnos.

La joven aceptó la derrota; colocó la mano enguantada en la manga de la casaca de cachemira color azafrán del caballero, y juntos se dirigieron a la salida de las tribunas.

—Por favor, cielo, permítame que haga la apuesta en su nombre.

Parte del entusiasmo de Vermillion se esfumó. «Se supone que ésas son cosas que un hombre tiene que hacer por una mujer», le habría dicho su tía. Cautivarla, llenarla de dinero y joyas. Vermillion calculaba que tenía ya dinero y joyas suficientes, y disfrutaba haciendo apuestas bastante más fuertes cuando el dinero arriesgado era el suyo.

Sabedora de que discutir no serviría de nada, se limitó a sonreír.

—El lugar de las apuestas está justo allí. —Vermillion señaló en la dirección indicada y dejó que el caballero la condujera hasta su destino.

El día era cálido y soleado; el cielo, de un azul oscuro, estaba surcado por unas cuantas nubes tenues que flotaban sobre la pista. Mientras Mondale la conducía a través de la hierba para hacer la apuesta, la mirada de Vermillion vagó hacia la cuadra de los caballos. Los primeros purasangres que entraban en las apuestas estaban siendo sacados de su compartimiento a la luz del sol. Buscó a *Noir* con la mirada y localizó su reluciente pelaje negro cuando salía por una amplia puerta de doble hoja, haciendo cabriolas al lado de su adiestrador.

El caballo dio un respingo, pero Tanner le habló en voz baja y *Noir* volvió a tranquilizarse. Lee observó la destreza, que pocas veces había visto con anterioridad, con que Tanner controlaba al poderoso caballo, y la manera en que acariciaba dulcemente el cuello del semental con sus grandes manos; sintió un extraño nudo en el estómago. Vermillion clavó los ojos en *Noir* y se detuvo muy rígida junto a Mondale cuando el adiestrador y el semental se acercaron.

Durante un instante, la mirada oscura de Tanner se clavó en lord Andrew antes de volver a ella, y una expresión de desprecio afloró a los pronunciados y bien parecidos rasgos de su cara.

—La verdad es que está muy bien —dijo Mondale—. Carne de caballo de primera calidad, sin duda. —Alargó la mano para acariciar el hocico del animal, pero *Noir* resopló y meneó la hermosa cabeza intentando retroceder.

—Tranquilo, chico —dijo Tanner en un tono de voz tan quedo y suave como la miel dejada a calentar al sol. Miró de soslayo a lord Andrew—. El color de su casaca le hiere la vista. Tal vez sea mejor que no se acerque demasiado.

Aunque la expresión de Mondale se tensó, Vermillion se esforzó en reprimir una carcajada. Simuló ofenderse en su nombre, pero lo cierto era que la casaca amarillo azafrán era espantosa. Lo sorprendente era que Tanner tuviera la osadía de recalcarlo.

—Como hasta ahora lord Andrew desconocía los gustos de *Noir* en materia de indumentaria masculina —dijo Lee—, estoy segura de que podemos disculpar el color de su casaca por esta vez.

La comisura de la boca de Tanner se curvó hacia arriba.

Andrew dirigió una severa mirada de advertencia al adiestrador y, al momento, volvió su atención hacia Vermillion.

—Su semental parece estar en perfecta forma, cielo. Me atrevería a decir que es un corredor excepcional. Creo que tiene muchas posibilidades de ganar.

—Tiene algo más que posibilidades —terció Tanner, parado a poca distancia—. *Noir* es el que tiene mejor raza con diferencia. Es el más rápido del grupo y el mejor preparado.

La cara de Andrew empezó a enrojecer, pues no estaba acostumbrado a que los sirvientes le corrigiesen. Vermillion lanzó una mirada a Tanner que le dijo que haría bien en recordar cuál era su lugar y que se atuviera a él.

—Sin duda está a punto de enfrentarse a una difícil selección de competidores —dijo Vermillion a lord Andrew—, pero a *Noir* le encantan las carreras y va a ganar. Por eso hemos de darnos prisa, milord, y hacer nuestras apuestas antes de que empiece la carrera.

Mondale lanzó una última mirada de desdén a Tanner.

—Así es, en efecto. —Alargó el brazo—. Vamos, preciosidad.

Lee sintió la mirada de Tanner sobre ella cuando se cogió del brazo de Andrew, y tampoco le pasó inadvertida la expresión desaprobadora cuando se alejaron. Intentó sonreír, pero no le resultó fácil.

Noir ganó la carrera, batiendo a los dos caballos siguientes, ambos entre los mejores participantes, por más de tres cuerpos. Caleb conservó su empleo e incluso, aunque un poco a regañadientes, recibió un cumplido de la preciosa propietaria del semental, que no le había vuelto a hablar desde el día de la carrera.

Por el día, Caleb seguía con su trabajo con los caballos. Como hijo menor del conde de Selhurst, se había criado en la propiedad familiar de York. En Selhurst Manor, su padre poseía y criaba algunas de las mejores razas de caballos de carreras de Inglaterra. El amor por unos y otras eran las dos cosas que padre e hijo tenían en común.

Los caballos le habían llevado a hacerse oficial de caballería y a la decisión de hacer del servicio su profesión. En ese momento, y de una manera inesperada y extraña, estaba disfrutando de su sencilla jornada de trabajo en la cuadra y de la emoción de ver que un animal con el que había trabajado se enfrentaba a una selección de los mejores animales de cría... y ganaba.

Eran las noches las que lo dejaban tenso y con los nervios de punta, frustrado por la falta de progresos en su misión.

Para más inri, observar a Vermillion con su inacabable cuadrilla de lánguidos admiradores le dejaba un mal sabor de boca. En Epsom, ella se había pasado la mayor parte del tiempo con Mondale. Caleb, que había vivido en Londres sólo durante una breve temporada y rara vez se movía en sociedad, no había conocido al caballero, pero las habladurías sobre él menudeaban. Mondale era uno de los crápulas de peor reputación de Londres.

Caleb no acababa de comprender qué es lo que veía Vermillion en aquel lechuguino de sonrisa tonta. Para Caleb no era más que un zafio arrogante, y sólo de pensar en Vermillion y él juntos se le hacía un nudo en el estómago. Se esforzaba en no imaginar las pálidas manos del petimetre sobre los exquisitos senos de Vermillion, y procuraba no verlo en su mente compartiendo cama con ella. Se decidió a arrumbar las indeseadas imágenes y se obligó a concentrarse en el trabajo que lo había llevado allí.

Era casi medianoche. La oscuridad se había asentado sobre los campos y praderas que rodeaban la casa y envolvía el paisaje en silencio. Caleb se apartó de la ventana de la parte trasera de la mansión. El frondoso y abundante follaje que rodeaba los cristales de la ventana con parteluz lo convertían en un lugar seguro para observar el salón y la escalera que conducía al segundo piso. Esa noche la casa estaba en silencio —algo insólito—, y las mujeres Durant se habían retirado a sus respectivos dormitorios de la planta superior.

Con anterioridad, Caleb había visto llegar a lord Claymont, un hombre imponente que frisaba los cincuenta, y lo observó dirigirse a la parte trasera de la mansión, hacia una entrada privada cubierta por la espesura de la hiedra. Nada más entrar, apreció Caleb, había una escalera que conducía presuntamente a la habitación que ocupaba la amante de milord, Gabriella Durant.

Se decía que durante los últimos cuatro años Gabriella había abandonado a sus otros amantes en beneficio de una relación duradera con Claymont. Por lo que Caleb había podido ver hasta el momento, el chisme parecía cierto. La mujer se estaba haciendo mayor, y su belleza empezaba a desvanecerse sutilmente. Quizá sentía que había llegado el momento de decidir su interés por un individuo. Fuera cual fuese el motivo, Gabriella estaba en la cama con su amante, y Vermillion también había subido y, como todas las noches desde la llegada de Caleb, se había retirado sola.

Caleb no acababa de estar seguro del significado de aquello. Durante la reunión para recibir instrucciones a la que había asistido a su llegada a Londres, el coronel Cox le había transmitido un rumor acerca de que Vermillion tenía intención de acabar con su rosario de asuntos amorosos. Había prometido escoger un protector de entre sus actuales amantes durante su cumpleaños. Quizás había decidido permanecer célibe hasta entonces.

Fuera lo que fuese, esa noche no había mucho que él pudiera descubrir. Caleb se alejó de la casa y atravesó el patio hasta la cuadra, decidido a recuperarse del mucho sueño atrasado. Esperaba encontrar el establo a oscuras, de modo que redujo el paso cuando advirtió el resplandor de un farol que ardía en uno de los compartimientos de los caballos y oyó el suave rumor de la paja al ser pisada.

Entró en silencio y se acercó al compartimiento. Era el que estaba vacío y, por lo que pudo ver, la gorda gata amarilla lo había requisado para sí. El animal estaba estirado sobre un lecho de heno fresco, y su vientre palpitaba arriba y abajo como si acabara de terminar una carrera. Cinco gatitos amarillos diminutos reposaban a su lado, y acariciando el pelo con franjas de la gata, inclinada, dejando ver apenas su tupida trenza roja, estaba Vermillion. Tal como iba vestida, con una sencilla falda marrón y una blusa blanca, parecía más una sirvienta que una de las dueñas de la casa.

Caleb debió de hacer algún ruido, pues ella levantó la cabeza de golpe y volvió la vista hacia él, que vio que no llevaba maquillaje. La expresión de la chica era sombría, y los ojos de aguamarina relucían por las lágrimas. Aquella mujer era Lee, no Vermillion, y su evidente aflicción le preocupó de una forma que él no había esperado.

—¿Sucede algo? —El paso de Caleb se alargó mientras se acercaba a ella—. ¿Qué ocurre?

Lee tragó saliva y sacudió la cabeza.

—Es *Muffin*. Vine a comprobar cómo estaba y la encontré de parto. Debe de llevar horas. Ha tenido cinco gatitos hasta ahora, pero queda uno más. Creo que puede estar en peligro; no es capaz de expulsarlo. Me parece que se está muriendo.

Caleb se adentró en el compartimiento y se arrodilló en silencio al lado de la gata y sus diminutas crías recién nacidas, sin dejar de darle vueltas al hecho de que Vermillion estuviera allí en mitad de la noche, ayudando a nacer a una camada de gatitos.

—¿Qué es lo que ha hecho hasta ahora?

—Le preparé leche templada con un poco de escaramujo y miel. Pensé que la ayudaría con el dolor, pero no he conseguido que se la tome. —Lee se mordió el labio inferior—. He visto a Jacob introducirle el brazo a una yegua para darle la vuelta al potrillo. Sé que, a veces, se le puede hacer también a una parturienta, pero *Muffin* es demasiado pequeña.

Caleb acarició el protuberante vientre de la gata. Pudo sentir el pulso acelerado y el rápido jadeo. La gata lo miró, y Caleb habría jurado que vio resignación en los profundos ojos azules del animal.

—Mi mano es demasiado grande, pero la suya puede que no lo sea.

Caleb alargó la mano, le cogió la muñeca y levantó la mano pequeña y pálida de Lee para examinarla. Tenía los dedos delgados y las uñas, pulidas hasta el resplandor, estaban recortadas. En el dorso tenía unas cuantas pecas que a él se le antojaron atractivas. La piel tenía un tacto suave. Caleb sintió el extraño impulso de apretar los labios contra aquellas palmas, de chupar las puntas de aquellos dedos.

Soltó la mano como si acabara de agarrar una llama.

—Creo que debería intentarlo. Si consiguiera meter los dedos en el útero, tal vez podría dilatar la abertura. Quizá pudiera colocar bien al gatito y éste podría deslizarse hacia fuera como los demás.

Lee se sorbió la nariz, se secó los ojos con la manga de la blusa y levantó la mirada hacia él. Caleb percibió el destello de esperanza que acababa de encender y algo se tensó en su pecho.

—De acuerdo. Sí..., hagamos un intento —dijo la joven.

Lee volvió a secarse los ojos; luego se inclinó sobre la gata con mimo y le acarició el suave pelo al tiempo que le susurraba palabras de ánimo a la oreja. Se chupó los dedos y los metió con facilidad en el interior de la madre gata. Dilató la abertura y empezó a palpar el útero.

Muffin maulló, pero apenas se movió. Caleb la acarició, rezando para que los esfuerzos de Lee fueran fructíferos.

—Creo que el gatito está ligeramente ladeado —dijo Vermillion—. Tal vez esté atascado o algo así.

—¿Puede moverlo? —preguntó Caleb.

—No estoy segura.

Vermillion siguió trabajando, moviendo los dedos muy lentamente. El sudor le perló la frente, y Caleb pensó que quizá se rendía. Lee se detuvo durante una contracción y susurró unas palabras de ánimo a la gata. Luego respiró hondo y empezó de nuevo una vez más.

—Creo que lo he movido —dijo, levantando la mirada—. Me parece que le he dado la vuelta, así que está en la posición adecuada. —Sacó los dedos y se apoyó contra el suelo para acariciar a la gata—. Bueno, si es que a *Muffin* le quedan fuerzas suficientes para empujarlo hacia fuera.

Pero apenas habían transcurrido unos segundos, cuando la placenta se deslizó sobre la paja con el diminuto gato encerrado en su saco protector.

Vermillion sonrió y rió aliviada.

—¡Lo conseguimos, Caleb, lo conseguimos!

Era la primera vez que había utilizado el nombre de pila del caballerizo, quien recibió la muestra de confianza como si lo envolviera una suave brisa primaveral.

—Sí... —dijo él—. Lo conseguimos.

Con mucho cuidado, Vermillion ayudó a la exhausta gata a girar sobre la paja para que pudiera lamer la placenta adherida al gatito, y luego se acuclilló sobre los talones con la cara iluminada por una sonrisa.

—Se recuperará por completo —dijo—. Casi no me lo puedo creer. —Se volvió para mirar a Caleb, y él pensó que la chica parecía avergonzada—. Gracias, Caleb. La gata habría muerto si usted no hubiera venido a ayudarme.

—Fue usted quien lo hizo todo.

Vermillion no respondió; sólo se volvió y miró con ternura a los gatitos.

—Son preciosos, ¿verdad?

Pero él estaba pensando que la preciosa era ella, que era encantadora, aquella chica que lloraba por un gato de corral, que se sentaba en la paja como una sirvienta, que lo llamaba Caleb y que sonreía con tanta dulzura que a él había empezado a dolerle el pecho.

Vermillion se volvió hacia la gata con franjas amarillentas. «*Mon Petit Pain*», susurró, pronunciando el nombre de la gata en francés,* y siguió desahogándose con más palabras en ese idioma, expresiones de cariño que a Caleb le recordaron quién era realmente ella y la razón de que él estuviera allí, en Parklands, arrancándolo de cuajo de la fantasía que había consentido que se fuera formando lentamente en su cabeza.

—Parece que su gata se pondrá bien —le dijo con cierta brusquedad—. Si ya no precisa mis servicios, creo que es hora de que me vaya a la cama.

Lee levantó la vista, percibió la severidad que se había adueñado de las facciones de Caleb y su mirada se volvió vacilante.

—No... Ya no le necesitaré más por esta noche. Es libre de irse cuando desee.

Caleb hizo un seco movimiento de cabeza.

—Buenas noches, señorita Durant.

Ella se irguió un poco sobre la paja.

—Buenas noches, señor Tanner.

Caleb se dirigió a la salida poniendo todo su empeño en no lamentar que no hubiera vuelto a llamarlo Caleb.

---

* El término inglés *muffin*, y el francés *petit pain*, podrían traducirse ambos por «bollito». (*N. del T.*)

Volvió a verla al día siguiente. Vermillion acudió a la cuadra a comprobar el estado de los gatitos y su madre, todos los cuales parecían estar en perfecto estado; entonces ordenó a Jimmy Murphy, el más joven de los mozos de cuadra, que ensillara a *Grand Coeur* para salir a dar un paseo al final de la mañana. Iba vestida con unos pantalones de montar de hombre hechos a medida y unas botas de montar españolas. Se había recogido el pelo en una sola y gruesa trenza. Nunca había llevado a ninguno de sus amantes al establo, y Caleb pensó que quizás aquél fuera su refugio, el lugar en el que ella podía ser sencillamente Lee.

A menos, claro, que el salir a cabalgar cada día obedeciera a algún fin más indigno.

Caleb apretó las mandíbulas. Había muchas probabilidades de que aquella mujer fuera una espía, de que ella o su tía fueran las responsables de la muerte de miles de soldados británicos. Aquel pensamiento hizo que Caleb atravesara la cuadra a grandes zancadas en busca de una montura adecuada. Ensilló al gran zaino castrado que había montado anteriormente, y salió detrás de su presa, cabalgando a paso lento a cierta distancia.

Con cuidado de no perderla de vista, pero manteniéndose lo bastante rezagado para que ella no supiera que la estaba siguiendo, la observó galopar por la colina y desaparecer de su vista por un momento. Cuando volvió a verla, Vermillion cabalgaba con menos temeridad que la primera vez, aunque no con menor destreza, poniendo a prueba al caballo con sentido de la oportunidad y precisión, mientras, según parecía, disfrutaba del sol y la brisa que le bañaban el rostro.

No se encontró con nadie durante el paseo, ni con sus amantes ni con nadie más, y cuando dio la vuelta y emprendió el regreso a la cuadra, Caleb se sentó en la silla de montar con más tranquilidad. Cuando todavía se encontraban a cierta distancia de la casa, observó que Vermillion se metía en un bosquecillo de árboles y cedió al repentino impulso de seguirla, sabiendo que ella advertiría su presencia en cuanto él saliera por el lado contrario.

Como Caleb había supuesto, Vermillion estaba esperando, montada en el rucio, tiesa como una vara y tan apretada la boca que los labios eran una fina línea que sólo expresaba enfado.

—Me está siguiendo de nuevo. Creía que me había dado su palabra de no entrometerse.

—No pretendía entrometerme —replicó Caleb—. Si hace memoria, recordará que aceptó hacerme alguna sugerencia. ¿No será usted la que intenta incumplir su palabra?

Vermillion se envaró aún más.

—Creo que le dije que «tal vez» estaría dispuesta a hacerle alguna sugerencia. Ambos sabemos que es usted tan buen jinete como yo, o aún mejor.

Él se encogió de hombros.

—Con semejante cumplido, apenas puedo discutir.

Miró hacia los campos ondulados, a las ovejas que pastaban en uno de los prados superiores y al perro blanco y negro que las guardaba.

—Supongo que, puesto que cree que no necesito ninguna lección, podríamos divertirnos un poco saltando un par de vallas antes de volver al establo.

Ella le lanzó una mirada suspicaz que acabó siendo de interés. Echó una ojeada hacia el establo, considerando la distancia.

—El zaino es más veloz que *Coeur*, pero yo peso bastante menos, así que estaríamos bastante igualados. ¿Qué le parece una carrera hasta el establo?

Caleb estudió el pequeño cuerpo montado en el rucio y se sorprendió sonriendo.

—De acuerdo... si promete no despedirme si gano.

Vermillion puso los ojos en blanco.

—Le prometo que su empleo no corre peligro. Bueno..., ¿qué nos apostamos? Siempre es más divertido si uno tiene algo que perder.

Él sabía a la perfección lo que le gustaría ganar: probarla a fondo y durante largo rato, pero la mujer que se metiera en su cama habría de ser Lee, no Vermillion.

—¡Ya lo tengo! —dijo ella con una sonrisa—. Si gano, limpiará las caballerizas a Jimmy Murphy durante el resto de la semana.

Caleb enarcó una ceja. No le importaba la faena. Le había tocado limpiar lo suyo en las cuadras de su padre en castigo por esta o aquella tropelía. Además, no tenía previsto perder.

—¿Y si gano yo?

—Si usted es el ganador, puede tomarse el resto de la semana libre..., con la paga, claro está.

Caleb sacudió la cabeza.

—No es lo bastante bueno. Si gano... Deje que piense... ¿Qué tal que usted limpie la cuadra a Jimmy Murphy durante el resto de la semana, si gano?

El rucio piafó, impaciente por partir.

—No puede hablar en serio —dijo Lee.

—¿Qué problema hay? ¿Acaso teme perder? —preguntó Caleb.

Casi podía ver las elucubraciones de Vermillion, sopesando las posibilidades, intrigada por el desafío... e incapaz de resistirse a él.

—Muy bien, estupendo. Si pierdo, limpiaré las cuadras durante el resto de la semana. —La joven hizo girar al caballo en dirección al establo—. ¿Está listo?

Caleb dio la vuelta al zaino.

—Puede dar la salida cuando quiera.

Vermillion sonrió abiertamente. «¡Ahora!», gritó, y hundió sus pequeños talones en los costados del rucio. El animal se puso en movimiento con un brinco y ella se agachó sobre el cuello de *Coeur*, exhortándolo a un galope frenético. Caleb se quedó observando la fascinante visión durante más tiempo del debido, tras lo cual espoleó al zaino.

Le costó más de lo que había previsto alcanzarla. Con un cuerpo más liviano y una monta habilidosa, amazona y caballo volaban por encima de los muros bajos de piedra y cruzaban los verdes prados abiertos con un estrépito de cascos. Vermillion y Caleb cabalgaban cuello con cuello, las sillas de montar chirriando, las piernas sin dejar de agitarse en los costados de las monturas, los cascos atronando mientras se acercaban a la recta final de la carrera y se dirigían hacia el gran establo de piedra de detrás de la casa.

El zaino empezó a adelantarse. Caleb iba a ganar, aunque no por mucho. En su mente se formó una imagen de la pequeña figura sacando a paletadas el estiércol de las caballerizas y, en el último instante, se encontró tirando suavemente de las riendas. Vermillion le pasó con un alarido de júbilo y al poco entró en el patio del establo como una exhalación, con la trenza botándole arriba y abajo sobre la espalda.

Unos cuantos zarcillos de pelo ardiente bailaron alrededor de la cara sonriente de Vermillion, y Caleb se sorprendió sonriendo también.

—¡Lo conseguí! ¡Gané! —exclamó ella.

Caleb detuvo su caballo y desmontó de un salto, todavía con una mirada de regocijo en los ojos.

—Sí, supongo que sí.

Vermillion mantuvo tensas las riendas de *Grand Coeur*, que resoplaba, piafaba y bailaba debajo de ella, hasta que, finalmente, el animal empezó a tranquilizarse. Caleb alargó los brazos y le cerró las manos alrededor de la cintura para bajarla, al tiempo que procuraba no fijarse en el femenino abultamiento de sus caderas ni en lo ligera que la notaba entre sus manos. Durante un instante, mientras él la giraba para dejarla en el suelo, los senos de Vermillion se aplastaron contra su pecho, y Caleb sintió el peso y la suavidad de los mismos. Eran redondos y turgentes, y tuvo una erección instantánea.

Caleb masculló una palabrota y se apartó de ella.

—Ha sido maravilloso —dijo Vermillion, ajena por completo al estrago que acababa de provocar en el cuerpo de su caballerizo—. *Grand Coeur* ha corrido como el viento. —Mientras conducían juntos los dos caballos hacia la puerta del establo, sonrió con descaro a Caleb—. Supongo que mañana por la mañana hará inmensamente feliz a Jimmy Murphy.

Caleb se rió entre dientes. Siguieron conduciendo a los caballos y, cuando casi habían llegado a la entrada, del interior en penumbra del establo salió un hombre. Era Oliver Wingate, coronel de la Caballería Real. Al descubrir a Vermillion sin la sofisticación del polvo de arroz y el colorete y vestida con ropa de hombre, el caballero palideció por completo.

—¡Dios mío, Vermillion! —exclamó—. No me lo puedo creer. ¿Realmente es usted?

La aludida parpadeó como si despertara de un sueño. Caleb apreció la transformación en el envaramiento de sus hombros y en la mirada de altivez que dedicó al coronel por encima de su naricilla ligeramente pecosa.

En lo tocante a los hombres, no tenía clemencia.

—No le esperaba, Oliver. Si hubiera mandado recado de su llegada por adelantado, habría podido recibirle de manera más apropiada. La culpa es suya, no mía.

La mirada del coronel recorrió los ceñidos bombachos marrones que se curvaban sobre el pequeño y redondo trasero de la chica, y Caleb percibió la lujuria que destilaban aquellos ojos. Nunca había llegado a saludar a Oliver Wingate, aunque tenía un informe completo sobre el sujeto y lo había visto muchas veces allí, en la casa. Wingate, oficial de alta graduación de la guardia, tenía acceso a una buena cantidad de información confidencial.

—Mis disculpas —dijo el coronel, e hizo una leve reverencia—. No puedo decir que apruebe su elección de ropa, querida, pero me imagino que no le haría ascos si alguna vez se decidiera a ponérsela para mí en privado. —Su mirada revelaba que no le importaría quitársela en ese mismo instante, y la mandíbula de Caleb se endureció.

Vermillion no hizo ni caso. Se apartó del coronel y entregó las riendas a Caleb.

—Dé a *Coeur* una ración extra de avena, ¿de acuerdo? Y encárguese de que lo cepillen a conciencia.

Caleb realizó una reverencia ligeramente burlona; se arrepentía de haberle dejado ganar la carrera. Si hubiera perdido, el coronel la habría encontrado sacando estiércol a paletadas del establo.

—Sus deseos son órdenes..., señorita Durant —dijo Caleb.

En cualquier caso, por supuesto, lo más probable era que ella hubiera incumplido la apuesta. Sin duda lo habría hecho, se dijo.

A Vermillion no le pasó inadvertido el sarcasmo en la voz de Caleb. Como si no hubieran estado riéndose juntos instantes antes, ella le lanzó una mirada elocuente y empezó a caminar de regreso a la casa, permitiendo que el coronel Wingate fuera tras ella pisándole los talones.

Durante todo el trayecto de vuelta a la casa, los ojos de Wingate permanecieron clavados en el trasero de Vermillion, y Caleb tuvo la seguridad de que el hombre estaba pensando en las horas que esperaba pasar en la cama de la chica.

Caleb tomó nota mental de averiguar qué secretos podría conocer el coronel que quizá fuesen valiosos para los franceses. ¿Qué podría estar dispuesto a revelar con tal de tener la oportunidad de derramar su simiente en el exquisito cuerpecito de Vermillion?

Cuando se dio la vuelta para volver a meter los caballos en la cuadra, apretó los puños inconscientemente.

4

Caleb recibió el recado de boca de un lacayo a la mañana siguiente. La señorita Durant iba a viajar hasta la casa de subastas de Tattersall para tratar de comprar varias cabezas más de animales de raza y requería de su experiencia para que la ayudara a realizar la selección.

Tan pronto cumplió con sus obligaciones en el establo —incluida, para gran placer de Jimmy Murphy, la extracción del estiércol de los compartimientos de los caballos—, Caleb se refrescó, se puso ropa limpia y se dirigió a la parte trasera de la casa.

—La señorita Durant ha pedido el carruaje —le dijo el mayordomo cuando llegó a la puerta trasera—. Ha ordenado que la espere en la puerta principal.

Dio la vuelta hasta la parte delantera de la casa, y Vermillion llegó a los pocos minutos acompañada de una mujer menuda y morena que parecía ser su doncella. Caleb se sorprendió un poco de verla, ya que había esperado que Vermillion, poco dada a sucumbir a las convenciones, viajara sin carabina. Entonces cayó en la cuenta de que ese día no iba ataviada con los colores brillantes y atrevidos de costumbre, sino que se había vestido con mucha sencillez, con un traje de talle alto de color musgo claro y, cubriéndole el cabello pelirrojo, un sombrero floreado a juego. Una sombrilla que apoyaba en uno de sus pequeños hombros protegía su rostro sin maquillar del sol; a simple vista, era una jovencita normal y corriente.

Por desgracia, a Caleb le pareció que estaba más atractiva que nunca.

—Buenos días, señor Tanner.

—Buenos días, señorita Durant.

—Ésta es Jeannie Fontenelle. Nos acompañará hoy. Jeannie, éste es el señor Tanner. Sustituirá a Jacob durante un tiempo.

—*Bonjour M'sieur* —dijo en francés la doncella, recordando de nuevo a Caleb las corrientes subterráneas que se arremolinaban en la casa y las posibles simpatías de las mujeres Durant hacia los franceses.

La doncella era delgada y bonita, un poco mayor que Vermillion, y tenía el pelo y los ojos castaños. Caleb consiguió esbozar una sonrisa, sólo un poco sorprendido por haber sido presentado a una persona que era, quizás, otra sirvienta a quien Vermillion consideraba amiga.

Lee plegó la sombrilla con cuidado, y Caleb la ayudó a subir al carruaje descubierto; su pequeña doncella francesa la siguió. El vehículo no era el elegante birlocho en el que se desplazaba la mayoría de las noches con su tía, sino una lustrosa calesa negra. Caleb se sentó junto al cochero, que sacudió elegantemente las riendas contra las grupas de un par de caballos zainos, y partieron rumbo a Tattersall.

Caleb había estado en la casa de subastas en varias ocasiones: una vez con su padre, siendo niño, y, en años posteriores, con uno u otro de sus tres hermanos. A Lucas, el mayor, le gustaban las carreras de caballos tanto como a Caleb. Christian y Ethan también poseían algunos purasangres notables.

Caleb se acordó de su padre y sus hermanos mientras los caballos avanzaban con estruendo de cascos por la carretera, entre los muros bajos de piedra que rodeaban los campos verdes y ondulados, y se lamentó de no haber tenido tiempo de visitar a su familia antes de empezar la misión. Esperaba tener tiempo de verlos antes de volver a España.

Cuando el carruaje llegó a Tattersall, y Caleb ayudó a Vermillion y a su doncella a descender por la escalerilla de hierro hasta la hierba, el sol había caldeado el aire. La presencia de las damas entre la muchedumbre, compuesta en su mayor parte por hombres bien trajeados, provocó un revuelo pasajero, pero la asistencia al evento de otras mujeres, y el hecho de que se mantuvieran al margen de la multitud, hizo que pronto obviaran su presencia.

—Se trata de la gran subasta de primavera —dijo Vermillion—. Van a sacar a la venta yeguas de cría, potrillos y potrancas de entre uno y dos años. Mi idea era que usted realizara un rápido examen de los caballos que salen a subasta y que, luego, yo echara un vistazo a los que usted hubiera seleccionado en un principio.

—De acuerdo, parece un plan viable. No me ausentaré mucho

tiempo. —Caleb echó una mirada rápida a Vermillion—. En una muchedumbre como ésta, no es descabellado pensar que abunden los carteristas y fulleros. Usted y Jeannie deberían quedarse aquí —añadió Caleb, pues supuso que de ese modo no se verían envueltas en problemas y él podría encontrarlas sin dificultad.

Pero el gentío que acudía a la casa de subastas era diferente, personas un poco más sofisticadas que las que asistían a las carreras, por lo que su preocupación no era excesiva: aristócratas y hombres de clases acomodadas, algunos acompañados de mujeres, hombres con el bolsillo lo bastante lleno para pagar el precio exigido por el altísimo nivel de los animales de cría que Tattersall sacaba a subasta. Pese a todo, Caleb prefería no dejar solas a las dos mujeres mucho rato.

Con esa idea en la cabeza, se dirigió a la hilera de caballos que salían a subasta, los examinó uno a uno con rapidez y tomó nota mental de aquellos que a su juicio podrían ser beneficiosos para una cuadra de la categoría de Parklands.

Como había prometido, no se ausentó durante mucho tiempo. Sin embargo, cuando volvió al lugar donde había dejado a las dos mujeres no las vio por ninguna parte.

Caleb maldijo en voz baja. Con una concurrencia tan peripuesta como aquélla, siempre había estafadores dispuestos a desplumar al ingenuo. Y una mujer que no fuera acompañada por un hombre era siempre una presa fácil.

Suspiró con alivio al divisar a Vermillion junto a la valla examinando a un potrillo recién nacido y a su madre que estaban a punto de salir a subasta. Por la expresión del rostro de la joven mientras miraba de hito en hito al alazán de pezuñas blancas y a su potrillo patilargo, Caleb pudo deducir que se había quedado prendada de los animales.

—¿Qué opina de *Hannibal's Lady*? —preguntó a Caleb, habiendo tomado ya, sin duda alguna, la decisión de pujar por los dos caballos.

Caleb se acercó, examinó los dientes de la yegua, la rodeó, palpó sus cuatro patas y le examinó los cascos. Reconocer al pequeño semental que acababa de parir la yegua le llevó unos minutos.

—La yegua es excelente. Parece sana, y el potro, también. ¿Qué hay de la línea de sangre?

—Ella es hija de *Hannibal's Bride*, y su padre es *Lochinvar*. El libro de cría muestra que es descendiente directa de *Godolphin Arabian*.

—Conozco a *Lochinvar*. Ganó el Derby de Epsom hace cuatro años —dijo Caleb—. Con esos antecedentes, serán caros. He encontrado un par más que le saldrían mejor de precio.

Vermillion levantó la barbilla.

—Quiero a *Hannibal's Lady* y a su potrillo, *Lochinvar's Fist*. Me parece que merece la pena pagar por ellos lo que sea.

A Caleb le irritó tener que admitir que quizás ella tuviera razón; no pudo evitar un sentimiento de admiración, bien que a regañadientes, por la elección de Vermillion.

—En ese caso, ¿por qué no vamos adonde podamos entrar en la puja? —Empezó a darse la vuelta, pero ella lo agarró del brazo.

—Preferiría que se ocupara de eso por mí.

No había pensado en tal cosa, aunque debería haberlo hecho. Las mujeres no pujaban, no se consideraba correcto; es más, puede que ni siquiera estuviera permitido. Y, además, ella no quería que se la reconociera como Vermillion, aunque allí no había muchas posibilidades de que así fuera. Sin embargo, cuando era Lee siempre se comportaba de forma más circunspecta.

Teniendo en cuenta que él tampoco deseaba que se le descubriera, Caleb había confiado en quedarse en segundo plano. Por desgracia, Vermillion no le había dejado alternativa.

—Como desee —dijo, no del todo preocupado en realidad. Sus amistades pertenecían en su mayoría a la milicia, y con aquel pelo demasiado largo y vestido como un caballerizo, en absoluto tenía la pinta de un oficial del ejército británico—. Vamos. Busquemos sitio antes de que *Hannibal's Lady* y su potrillo salgan a subasta.

Los caballos entraron en el ruedo poco después. Caleb esperó para pujar a que la subasta estuviera a punto de finalizar, consiguiendo intervenir sin elevar el precio, algo que pareció complacer a Vermillion. Arregladas las cuestiones monetarias, se acordó pasar a recoger los dos caballos al día siguiente.

—Ha sido un buen día —dijo Vermillion a Caleb mientras él las acompañaba al carruaje.

—¿Está segura de no querer echar un vistazo a ninguno de los otros caballos?

—Por el momento estoy satisfecha. Quizás otro día.

—Su elección ha sido excepcionalmente buena —dijo Caleb—. La yegua y su potro bien valen lo que ha pagado por ellos.

—La verdad es que estaba dispuesta a subir más. Es usted un astuto negociador, señor Tanner —reconoció Lee.

Él se abstuvo de contarle que había aprendido el truco de su padre. El conde era un maestro de la manipulación; Caleb lo sabía de primera mano. Se había alistado en el ejército para complacerlo y, aunque él no le hacía ascos, se preguntaba a menudo si habría hecho la misma elección si no hubiera estado de por medio la mano sutil de su padre.

Cuando ya casi habían llegado al coche, abriéndose paso a través de la multitud, Caleb oyó que alguien gritaba su nombre. Caleb reconoció la voz de su hermano Lucas y maldijo para sus adentros.

—Ese hombre —dijo Vermillion al tiempo que aflojaba el paso— parece que le conoce.

No había manera de evitar el encuentro. ¡Condenado Lucas! Su hermano mayor tenía el don de causar problemas. Caleb se volvió y sonrió, rezando para que Lucas le siguiera el juego.

—Lord Halford —dijo, utilizando el tratamiento de cortesía de su hermano—. Cuánto me alegro de verlo, señor.

Él entrecerró sus ojos negros durante un instante mientras reparaba en la basta camisa y en los pantalones de montar marrones de Caleb y en su pelo, generalmente corto, y que, en ese momento, se le rizaba en la nuca. Lucas no era idiota. Su mirada dejó entrever que, fuera lo que fuese lo que estuviera ocurriendo, seguiría el juego por el momento... aunque Caleb fue incapaz de imaginar las composiciones de lugar que debían de estar arremolinándose en la cabeza de Lucas.

—Yo también me alegro de verlo —contestó Lucas con soltura, dando a Caleb la oportunidad de inventar el cuento que quisiera. Acto seguido hizo un rápido examen de Vermillion, y el débil oscurccimiento de sus pupilas indicó el aprecio que hacía a la belleza que ella, dada la sencillez con la que iba vestida, parecía ignorar.

—Trabajé de adiestrador para su señoría en York —añadió Caleb, sin intentar hacer ninguna presentación que apenas sería procedente en un caballerizo.

—Así es —convino Lucas—. Y lamenté perderlo. Confiaba en que quizá pudiera estar dispuesto a volver al norte de nuevo.

—No, señor, no por el momento; pero me halaga su interés.

Lucas, un impenitente buscador de la belleza, volcó toda la fuerza de sus encantos sobre Vermillion. Era tan alto como Caleb y con el pelo igual de negro. Aunque más esbelto y magro de carnes, era como él ancho de hombros. También tenía fama de sinvergüenza con las mujeres, con una reputación casi tan infame como la de Andrew Mondale.

—Creo que no tengo el placer de conocerla —dijo Lucas a Vermillion y le dedicó una reverencia muy elegante—. Vizconde Halford para servirla, señora. —Estaba empezando a divertirse.

Teniendo en cuenta su escandalosa reputación y el hecho de que solía frecuentar a una bella hetaira, cabía la posibilidad de que ya la conociera e, incluso, de que hubiera pasado alguna noche en su cama. De no ser así, era evidente que ardía en deseos de hacerlo. Caleb sintió el repentino impulso de atizarle.

—Me temo que tendrá que disculparnos, milord —dijo Vermillion, decidida a no darle su nombre, pues, sin duda, habría sido del todo inapropiado—. Mi tía empezaría a preocuparse si estuviera mucho rato ausente. —Se dio la vuelta y casi salió disparada hacia el carruaje, con Jeannie pegada a sus faldas.

—Hermosa mujer —dijo Luc sin dejar de seguirla con la mirada.

Por el interés reflejado en sus ojos, Caleb pudo inferir que no la conocía de antes. Se sorprendió del enorme alivio que le produjo el descubrimiento.

Lucas volvió la mirada hacia su hermano.

—Bueno, ¿se puede saber qué haces con una mocosa recién salida del colegio? ¿O es que estás tan enamorado que te haces pasar por mozo de cuadra para estar a su lado?

—Lamento decepcionarte, hermano, pero ella no es tan inocente como aparenta. Te lo explicaré todo más adelante. Mientras tanto, lo mejor será que olvides que me has visto.

Luc sonrió.

—Eso no ha de resultarme demasiado difícil. Ahora bien, en cuanto a la dama... puede que no sea una empresa tan fácil. ¿Cómo has dicho que se llamaba...?

Caleb apenas esbozó una sonrisa.

—Te veré cuando haya acabado todo esto. Hasta entonces, ni una palabra del asunto.

La sonrisa de su hermano se desvaneció cuando éste percibió la seriedad en el tono de Caleb.

—Deduzco que hay en juego más de lo que parece a primera vista. Cuídate, hermano. —Lucas le agarró del hombro afectuosamente.

—Tú también, Luc. —Caleb se dio la vuelta y se dirigió a ocupar su sitio junto al cochero, agradeciendo que hubiera sido con Lucas con quien se hubiera encontrado, y no con otro de sus hermanos o con cualquiera de los más granujas de entre sus amigos.

La víspera había sido más divertida de lo que Lee había esperado y estaba encantada por la compra de la yegua y su potro. Pero el agradable paréntesis tocó a su fin, y por la noche su vida volvió a la normalidad. La tía Gabriella había organizado una pequeña velada para celebrar el cumpleaños de lady Rotham. La condesa cumpliría treinta y seis años, un acontecimiento nada feliz para algunas, pero Elizabeth Sorenson parecía considerarlo como una puerta a otra fase más prometedora de su existencia.

—Charles siempre me ha visto como una niña —explicaba mientras permanecían paradas debajo de una de las arañas del salón y un tumulto de invitados revoloteaba alrededor de ellas.

La mayoría de los asistentes eran hombres, por supuesto, pero también había mujeres, como una novelista y poetisa llamada Rally Grisham, que se consideraba una especie de bohemia; Lisette Moreau, la *chère amie* del momento de sir Peter Peasley, y un par de actrices de Drury Lane. Estaban presentes, igualmente, el coronel Wingate, acompañado de su asistente, el teniente Oxley, y Jonathan Parker, vizconde de Nash.

—Ahora que he entrado en la edad adulta —prosiguió Elizabeth—, Charles se verá obligado a verme como la mujer en la que me he convertido, en lugar de la inocente criatura que era cuando me casé con él.

Elizabeth hablaba en contadas ocasiones del hombre con el que se había casado por las presiones paternas. Era interesante, pensó Vermillion. Lady Rotham violaba sin parar las convenciones sociales. Tan pronto le dio un heredero y otro hijo de reserva a su marido, había empezado a buscarse amantes. Tenía fama de ser una desvergonzada, y no paraba de mezclarse en un escándalo tras otro, aunque Vermillion pensaba que, quizás, otrora había estado locamente enamorada de su marido.

Lee echó una ojeada rápida al conde de Rotham. Charles Sorenson era un hombre refinado y atractivo de pelo castaño y ojos azul claro. Aunque siempre había sido más discreto con sus líos que su mujer, se rumoreaba que, pocos días después de casarse, Charles había vuelto con su querida, una viuda llamada Molly Cinders. Vermillion se preguntó si, tal vez, ese acto de infidelidad no habría abatido a Elizabeth.

—¡Mi preciosa Vermillion! Al fin la encuentro. La he buscado por todas partes. —Mondale avanzó hacia ella a grandes zancadas. Esa noche se había puesto una casaca azul pavo real, más refulgente aún que sus brillantes ojos azules—. Ha empezado la música. La orquesta está tocando un vals, y me parece que esa pieza en concreto me la había prometido a mí.

Las hermosas facciones y el reluciente pelo rubio hacían de él una gallarda presencia. Vermillion se preguntó vagamente cómo era que

Caleb Tanner parecía más atractivo con unos sucios pantalones de montar marrones y una sencilla y tosca camisa.

—Buenas noches, milord —dijo a Mondale.

El aludido hizo una reverencia extravagante sobre la mano que ella le extendía.

—Está arrebatadora, como siempre.

Lee creía que esa noche no estaba guapa. Iba ataviada con más sencillez de lo que era normal en ella; llevaba un vestido con túnica que había encargado en un momento de debilidad y que contrastaba por su discreción con el atuendo habitual de Vermillion. Aunque el corpiño era tan bajo que apenas le cubría los pezones, la seda era de un verdemar claro. La túnica se ceñía sobre una falda de lencería ligeramente más oscura, y ambas prendas estaban ribeteadas con un encaje color crema. En su parte delantera, la túnica llevaba unos nudos de moño, y el encaje se adornaba con perlas cosidas.

—Gracias, milord —dijo ella—. Usted también está extremadamente atractivo.

Vermillion pensó que acaso la casaca fuera un poco brillante, pero era de un azul precioso, en un tono algo más oscuro que el de los ojos del caballero, y la conjunción era perfecta. Pudo oír los acordes del vals a espaldas de Mondale, en el momento en que éste alargaba la mano hacia la suya. En cierta manera no le importó. Le encantaba el vals, aunque a mucha gente le resultara tan escandaloso, y lord Andrew era un bailarín excelente.

Mondale la condujo hasta el brillante suelo de madera y la atrajo hacia sí entre sus brazos, arrastrándola al compás de la música y haciendo que sintiera que estaba flotando. Lee intentó imaginar qué cosas ocurrirían si Andrew fuera su amante, aunque, a ese respecto, tía Gabby siempre se había comportado de forma muy protectora. Ella había visto a un semental montar a una yegua, y durante las fiestas o los bailes había invitados que se escabullían hacia los dormitorios del piso superior. Y había oído los extraños sonidos que hacían y, por supuesto, los amigos de Gabriella solían hablar de ello, así que, al menos, sabía lo que ocurría. Sin embargo, no tenía una referencia real que le permitiera prever con exactitud qué pasaría si hicieran el amor.

Sintió la mano de Andrew en la cintura, acercándola a él con total descaro.

—No tiene que esperar, ¿sabe? —dijo Mondale—. Hasta su cumpleaños, me refiero. Podríamos irnos juntos, y punto. Si usted quisiera, podríamos marcharnos esta noche.

Le hizo dar una gran vuelta, y ella sintió la endurecida anatomía masculina presionando contra su cadera. Intentó no ruborizarse, pero sus mejillas se fueron tiñendo poco a poco de un ligero tono rosáceo.

—Es demasiado pronto. No estoy preparada aún para realizar mi elección.

Cada vez la apretaba más y más contra él. Todos los hombres presentes en el salón creían que era una cortesana experimentada, una ilusión que su tía había tejido con habilidad. Todos creían que mantenía a raya a su grupo de amantes impacientes con la única intención de aumentar la excitación cuando escogiera al siguiente.

Pero cuando Vermillion sintió la excitación creciente de lord Andrew y recordó lo que el semental le había hecho a la yegua, empezó a tener cada vez más dudas.

Cuando terminó la pieza, ella se apartó.

—Me temo que tendrá que excusarme, milord. Un asunto de cierta urgencia reclama mi atención.

—Recuerde lo que le he dicho. —Andrew sonrió, convencido de que Vermillion iba a dirigirse al excusado de las damas—. Me quedaré justo aquí, esperando impaciente su regreso. Tal vez, cuando vuelva, quiera unirse a mí para dar un paseo por el jardín.

Vermillion sabía que lo haría. El momento de decidirse estaba cada vez más cerca. Quizá, si estuviera más familiarizada con Andrew, si le permitiera tomarse ciertas libertades con su persona, ella haría su elección con más convencimiento.

Miró hacia él y se acordó de la humedad de las manos de Andrew mientras frotaba su duro pene contra ella y, en lugar de acompañarlo, huyó del salón. Tras mirar en derredor para asegurarse de que nadie presenciaba su huida, desapareció por el pasillo que conducía al estudio y salió al jardín sin hacer ruido.

No se detuvo hasta que se encontró bien lejos de la casa y de la luz de las arañas de cristal que relucían como joyas a través de las ventanas del salón. En aquel apartado rincón del jardín reinaba el silencio, sólo roto por el ruido de sus zapatillas de baile al hacer crujir la gravilla del sendero. Podía ver el techo del cenador a través de las ramas de un sicomoro, y oír el canto de los grillos y el lejano ulular de un búho.

Se sentó cerca de la fuente, en un banco de hierro forjado, y aspiró el almizcle de las hojas húmedas y el suave aroma de las lilas que empezaban a florecer.

Allí fuera, entre las flores, se sintió mejor, capaz de escapar a sus turbulentos pensamientos durante un instante. Estaba escuchando el borboteo del agua al caer en la pileta de la fuente, empezando a relajarse, cuando oyó el crujido de unas hojas y le pareció que alguien avanzaba por el sendero hacia la parte trasera del jardín.

Sabía que no debía estar allí fuera sola. Se hallaba demasiado lejos de la casa. Si se tratara de Mondale o de Wingate, podría encontrarse en un apuro. Ya se levantaba del banco cuando oyó la familiar e insolente forma de hablar arrastrando las palabras de Caleb Tanner.

—No tiene por qué irse. No por mí.

De todos modos, se levantó, pues no deseaba encontrarse en semejante desventaja. Mientras el hombre avanzaba hacia ella a grandes zancadas por el sendero, una luz lejana le iluminó el perfil; pero Lee no logró ver la expresión de su cara.

—¿Qué está haciendo aquí fuera, en el jardín? —Intentó parecer ofendida e ignoró el pequeño vuelco que le dio el corazón cuando Caleb se acercó.

—Escuchaba la música... y observaba el baile —respondió él.

—Se supone que no debería estar aquí —le censuró Vermillion—. No es uno de los invitados.

—Cierto.

Caleb se acercó a ella con paso lento pero decidido y se detuvo a poca distancia. Luego apoyó uno de los anchos hombros contra el tronco de un árbol y la examinó de arriba abajo antes de volver la oscura mirada a sus senos. Durante un instante, a ella pareció faltarle el aire. Cuando logró respirar lo hizo entre jadeos y sus pechos forcejearon con el vestido.

Los ojos de Tanner se oscurecieron.

—Y, por supuesto, siempre se corre el riesgo de que alguien pudiera verme. Lord Andrew no aprobaría que estuviera aquí fuera sola, conversando con uno de los criados.

Pero Caleb Tanner era lo más lejano a un sirviente que ella hubiera visto en su vida. Era arrogante e impertinente; era autoritario y, a veces, incluso grosero. En pocas palabras: no se parecía en absoluto a ningún hombre que ella hubiera conocido, y cada vez que lo veía su atracción hacia él aumentaba.

Resultaba ridículo. Era una mujer rica, con un círculo de admiradores que se extendía por todo Londres. Le resultaba incomprensible que él pudiera desconcertarla tanto cada vez que la casualidad los reunía.

Caleb se separó del árbol y se acercó a ella con despreocupación; su aspecto era sombrío y varonil, increíblemente atractivo. Desde el día que habían pasado juntos en Tattersall, Lee no había podido dejar de pensar en él.

—Y luego está Wingate —dijo Caleb arrastrando las palabras y acercándose aún más a ella—. Quizá sea el que la siga al exterior. Estoy seguro de que nada complacería más al coronel que pillarla sola aquí fuera y convencerla, quizá, de que se dejara dar un revolcón sobre los cojines del cenador. O tal vez ya lo haya hecho. Puede que prefiriese poseerla aquí mismo, junto a la fuente.

La ira recorrió todo el cuerpo de Lee, disolviendo cualquier atisbo de ridícula atracción que pudiera haber sentido por él.

—¡Cómo se atreve a hablarme de esa manera! —exclamó.

Caleb estaba parado justo delante de ella, tan cerca, que cuando la mano de Lee salió volando, se estrelló contra su mejilla con un sonoro chasquido.

Caleb no movió ni un músculo; ni siquiera se estremeció. Pero Lee pudo ver que sus ojos se habían vuelto tan negros como la brea.

—Mis disculpas —dijo Caleb con calma—. Lo más probable es que sea Nash quien la siga a fin de comprobar que se encuentra bien. Puede que confíe en que lo recompense por sus desvelos.

La ira se mezcló con el dolor. ¿Era eso lo que pensaba de ella? ¿Que no era más que una prostituta? Su labio inferior amenazó con empezar a temblar, y se recordó que era Vermillion. No toleraba reproches de un sirviente, en especial los de aquél.

—Tiene dos alternativas, señor Tanner. O se quita de mi vista en este instante, o puede recoger sus cosas y abandonar Parklands para siempre.

Algo titiló en los ojos de Caleb. Se la quedó mirando de hito en hito durante un largo rato; había confusión en su mirada.

—¿Por qué lo hace? —le preguntó Caleb en un susurro—. No necesita el dinero. ¿De verdad es tan fascinante? ¿Merece la pena el precio que paga por ello?

¿Por qué aspiraba a ser la cortesana más solicitada de Londres? ¿Por qué durante la fiesta de su decimonoveno cumpleaños aceptaría mansamente la vida que su tía había planeado con tanto esmero para ella?

Porque era lo que la tía Gabby quería. Lo que Gabriella Durant necesitaba, como otras personas necesitan respirar.

Los años estaban robándole la belleza a su tía. Poco a poco, Gabriella perdía su tan cacareada posición como La Reina, pero podría continuar la vida que amaba a través de Vermillion.

Porque Lee se lo debía todo.

Porque Gabriella la había rescatado de los horrores y la soledad de la inclusa adonde la habrían conducido tras la muerte de su madre y, en su lugar, se la había llevado a Londres y le había dado un hogar. Porque le había proporcionado una educación espléndida y un fondo de fideicomiso que la protegería como ni siquiera su propia madre pudo hacer.

Porque, si Lee escogía otra clase diferente de futuro, estaría mostrando su desprecio por la vida que había elegido su tía, escupiendo a la mujer que había sido la única familia verdadera que ella había conocido.

Había miles de razones diferentes por las que Lee se había convertido en Vermillion, pero ninguna que entendiera Caleb Tanner.

—Soy una Durant —respondió en voz baja—. Y esto es a lo que se dedican las mujeres Durant.

Caleb no dijo nada y se limitó a permanecer de pie en la sombra mientras estudiaba en silencio la cara de Vermillion.

Había algo en la expresión del caballerizo cuando se volvió y se alejó por el jardín, pero Vermillion fue incapaz de precisar si era desprecio o compasión.

5

—Buenas tardes, capitán Tanner.

—Buenas tardes, coronel. Le pido disculpas por mi aspecto, pero no tuve tiempo de cambiarme —dijo Caleb, que aún iba vestido con la burda camisa y los pantalones de montar.

Se paró delante de la mesa del despacho que el coronel Cox había requisado en Whitehall para su uso. En el lado opuesto al del coronel había dos sillas, una vacía y la otra ocupada por el mayor Mark Sutton, el tercer miembro de aquel pequeño grupo de hombres puestos bajo las órdenes especiales del general sir Arthur Wellesley.

—Sí, bueno, es comprensible, dada la naturaleza de su misión. Esperábamos tener noticias de usted antes, pero quizás eso fuera un tanto optimista. ¿Tiene alguna información que ofrecernos?

—Lamento decir, coronel, que no he llegado a enterarme de gran cosa —respondió Caleb. Vestido con aquellas ropas de caballerizo se sentía ligeramente incómodo en presencia de sus dos superiores directos, pero el tiempo que podía ausentarse de Parklands sin levantar sospechas era limitado, como ya sabían los dos hombres—. Las posibilidades para reunir información están allí, sin duda. Las dos mujeres andan en compañía de hombres que mantienen contactos al más alto nivel, tanto en el ejército como en el gobierno.

—¿Se refiere principalmente a Nash y a Wingate? —quiso saber el coronel. Rondaba los sesenta años, tenía el pelo blanco y unas facciones poderosas, y todo él irradiaba un aire de vitalidad que casi podía palparse.

—En el caso de Vermillion. El conde de Claymont también tiene muchos contactos. Durante los últimos años ha mantenido una relación íntima con Gabriella Durant.

—Quiere decir que es su amante —terció el mayor.

Sutton era un hombre alto, con el pelo negro y rizado, apenas unos años mayor que Caleb, tal vez treinta y uno o treinta y dos. Antes de alistarse en el ejército había estudiado derecho. Nadie parecía saber por qué había cambiado de idea, pero era evidente que poseía un buen número de contactos interesantes —aunque aparentemente ilícitos— que en numerosas ocasiones se habían revelado útiles en misiones como aquéllas.

—Por lo que he podido discernir —dijo Caleb—, Claymont y Gabriella Durant mantienen una relación de exclusividad recíproca.

El coronel extrajo una péñola de un reluciente plumero de bronce que había encima de la mesa.

—Eso tendría mucho sentido. Según los rumores, Claymont lleva años enamorado de esa mujer.

—No es de sorprender —dijo Caleb—. Las dos mujeres Durant son muy diestras en el arte de agradar a los hombres.

Cox se detuvo en el acto de mojar la pluma en el tintero de cristal y levantó una de sus pobladas cejas grises.

—¿Habla por experiencia personal, capitán?

Caleb se acordó de la bien merecida bofetada que había recibido en el jardín y sacudió la cabeza.

—No, señor. Por la mera observación.

—Será mejor que siga siendo así, por el momento. Tiene que mantener la objetividad. Si se acuesta con una de las meretrices, tal vez se le complique la vida.

El mayor Sutton descruzó las piernas.

—Por otro lado, podría revelarse como un medio interesante de conseguir información. Después de todo, es así como sospechamos que las mujeres Durant pueden estar ayudando a los franceses.

Cox tachó algo sobre el pliego que tenía delante.

—Me parece que seducir a una mujer no se incluye en la categoría de las actuales obligaciones del capitán Tanner, aunque, como dice el mayor, plantea ciertas posibilidades.

Caleb se acordó del aspecto de Vermillion vestida con los ceñidos pantalones de montar de chico e ignoró un sutil latido en sus partes pudendas. Centró su atención en el coronel con firmeza.

—Me preguntaba, coronel, si tal vez usted sabría a qué clase de información podría tener acceso el coronel Wingate que pudiera ser de interés para los franceses.

La pluma dejó de moverse. Cox levantó la vista.

—El coronel Wingate resultó herido hace seis meses al caerse del caballo durante unas maniobras. A la sazón, se le había asignado de nuevo a las órdenes del general Ulysses Stevens, de la Guardia de la Caballería Real. El general se cuenta entre aquellos cuyos consejos siempre son tenidos muy en cuenta. Está al corriente de los movimientos de tropas en el continente y habría tenido pleno conocimiento de la intención de Wellesley de enfrentarse al enemigo en Oporto.

—¿Está diciendo que Wingate también habría estado al tanto de esa información?

—Estoy seguro de que sí. —Cox volvió a colocar la péñola en el plumero—. Por desgracia, capitán Tanner, a menos que podamos demostrar que el coronel Wingate transmitió esa información a persona o personas ajenas a los círculos adecuados, no podemos mancillar su honor con ninguna clase de acusación.

—Lo comprendo, señor.

—¿Qué piensa de lord Nash? —preguntó Cox—. Jonathan Parker es bastante más sutil que la mayoría de los admiradores de la chica Durant, pero la pura verdad es que él está tan impaciente por poseerla como cualquicra.

—Nash ha dejado claros sus deseos de convertirse en el protector de la joven —dijo Caleb—. No estoy seguro de si ha sido o no alguna vez uno de sus amantes.

El coronel se quitó una pelusa de la guerrera de su uniforme escarlata.

—Soy consciente de que Nash es íntimo amigo de su padre, capitán, pero, como consejero del lord canciller, tiene acceso a una considerable cantidad de información valiosa. ¿Hay alguna posibilidad de que pudiera estar pasándole alguna a los franceses, bien a través de Vermillion o bien de Gabriella Durant?

—Lord Nash ha sido siempre un inglés leal, señor. No creo que traicionara jamás a su país —dijo Caleb, quien, desde niño, sentía una gran admiración por él.

Mientras su padre había estado ocupado con los caballos o administrando el condado, Nash, hijo de un lord amigo de su progenitor, siempre conseguía encontrar un momento libre para Caleb.

Eso había sido hacía años, por supuesto. Desde entonces, Caleb había visto al hombre en contadas ocasiones. Dudaba, incluso, que

Nash le reconociera en ese momento, aunque en Parklands había hecho todo lo posible para evitarlo.

—Recuerde tan sólo —advirtió el coronel— que Nash quiere a la chica... puede que más que cualquiera de los otros admiradores... y cuando se trata de la mujer que se desea ningún hombre es absolutamente inmune.

«No —pensó Caleb—. A cualquier hombre le resultaría difícil ser absolutamente inmune a Vermillion.»

—Lo tendré presente, señor.

—Asegúrese de que lo hace. Bueno, supongo que debería volver a toda prisa a Parklands, antes de que lo echen de menos.

—Sí, señor.

—Mantenga los ojos y los oídos abiertos, capitán.

—Así lo haré, señor.

—Eso es todo. Puede retirarse.

Cox observó al más joven de los tres hombres asignados para ayudarle a descubrir a un traidor o, más probablemente, a una red de ellos, y pensó que Wellesley había hecho una excelente elección. El capitán Tanner era un buen oficial, un diestro soldado de caballería condecorado como héroe de guerra. Sabía de caballos y de carreras —razón por la que se le había escogido—, era inteligente y leal; además, su padre era un amigo influyente de los conservadores y se sentía profundamente orgulloso de su hijo. El capitán haría el trabajo para el que se le había asignado.

Al otro lado del escritorio, el mayor se movió en su silla.

—Quizás acabe seduciendo a una de las dos. Sigo pensando que una relación más íntima podría ser la respuesta a nuestras oraciones.

Cox enarcó una ceja.

—Quizá tenga razón, mayor. Si es así, puede que Tanner sea el hombre adecuado. Creo que ni siquiera la cortesana más consumada podría seducir a nuestro atractivo joven para que se apartara de sus deberes.

—Tanner es un buen hombre —convino Sutton—. Y tiene razón. Su carrera lo es todo para él. No dejará que una mujer se interponga entre él y su trabajo.

Pasado un tiempo, Lee viajó a Londres. Procuraba ir una vez a la semana por lo menos pero, por una cosa o por otra, los días habían pasado volando y no había podido escabullirse. Privándose de su habitual paseo matutino a caballo, se puso un sencillo traje de muselina

66

amarilla, ordenó que preparasen el pequeño y elegante faetón y, acompañada de Jeannie, partió hacia la casa que había alquilado hacía poco más de dos años en un tranquilo vecindario limítrofe con Bloomsbury.

Aunque la construcción de ladrillo de tres plantas no se levantaba en ninguna calle de Mayfair o de cualquier otro distrito de moda de Londres, los edificios de la zona, ocupados en su mayor parte por individuos de la clase trabajadora, estaban limpios y bien cuidados y, a unas pocas manzanas hacia el este, había un pequeño parque.

—Deberíamos haber venido en un coche cubierto —refunfuñó Jeannie con su acusado acento francés, tras levantar la vista hacia un cielo que había empezado a cubrirse de nubes—. Lo más probable es que llueva antes de que consigamos volver a casa.

—Si es así —dijo Lee con buen humor— sólo tenemos que levantar la capota. Puede que haga un poco de humedad cuando volvamos a casa, pero estoy segura de que sobreviviremos.

Jeannie masculló algo de lo que Vermillion hizo caso omiso. Al igual que varios de los sirvientes empleados por su tía, Jeannie era hija de un inmigrante francés que había huido a Inglaterra durante la Revolución. Los problemas existentes con Napoleón dificultaban a menudo que las personas francófonas encontraran empleo y, puesto que Gabriella era medio francesa, se sentía en la obligación de ayudar siempre que podía.

Una especie similar de empatía era lo que había llevado a Vermillion a alquilar la casa de Buford Street. Subió la escalera del porche y, como era su costumbre, utilizó el llamador en forma de cabeza de león para anunciar su llegada; al cabo de escasos minutos, la puerta de madera se abrió de par en par.

—¡Lee! ¡La echaba de menos! Entre, por favor. —Quien así habló fue Helen Wilson, una jovencita risueña y alocada, tres años mayor que Lee, que había trabajado como camarera para Lisette Moreau.

Helen no era francesa, pero se había visto en apuros, y Lee decidió ayudarla. Desde entonces, otras cuatro jóvenes, todas *enceinte* y solteras, habían acudido a ella en busca de ayuda. Todas vivían, a la sazón, en la casa de Buford Street.

—¿Cómo estás, Helen? Y el bebé, ¿cómo se encuentra?

—Robbie está bien, y yo también. Entre y verá. Se pone muy contento cada vez que usted viene de visita.

Lee sonrió, halagada por las palabras. Quería al pequeño Robert Wilson y a todos los niños de la casa. Helen puso de pie al niño, y el bebé de veintidós meses caminó como un patito hacia Lee con una sonrisa llena de babas en la boca. La criatura alzó los bracitos regordetes, y ella lo levantó en alto y lo apretó contra su pecho.

—Hola, mi vida. Te he extrañado muchísimo. ¡Qué grandullón te estás poniendo!

Robbie se rió nerviosamente y le golpeó los hombros con los pequeños puños. Lee lo abrazó con pasión, antes de volverlo a dejar de pie en el suelo. El niño se dio la vuelta y se dirigió a trompicones hacia la pequeña Jilly, de dos meses, que estaba tendida sobre una manta cerca de los pies de su madre.

Lee se detuvo para hablar con Annie Hickam, la madre de Jilly, donde ésta se sentaba inclinada sobre la labor de costura. Annie, nacida en los arrabales de Southwark, era una antigua prostituta que se había ganado la vida en la calle. Huesuda y con la piel áspera, nunca había sido una belleza, pero quería con locura a su hija y se había propuesto lograr una vida mejor para ambas.

—Encantada de verla, señorita —dijo Annie.

Hablaron de la pequeña Jilly y de los cólicos que había padecido la semana anterior.

—Ahora está bien, ¿lo ve? —añadió Annie—. Menuda mocita que está hecha. —Alargó los brazos hacia el suelo, agarró a la criatura envuelta en la manta y la acurrucó contra su pecho—. ¿Verdad, mi dulce amorcito?

Lee cogió en brazos a la pequeña durante un rato, luego se la devolvió a su madre y se dirigió a comprobar cómo se encontraban los otros dos recién nacidos de la casa, Joshua Sweet y Benjamin Carey, y sus madres, Sarah y Rose. Cuando terminó, fue a charlar con una joven embarazada llamada Mary Goodhouse, la incorporación más reciente del grupo.

Mary era una camarera de Parklands que se había liado con un joven llamado Fredrick Hully, un muchacho del pueblo. Al cabo de unos meses de salir con Freddie, Mary había descubierto que estaba embarazada, con la barriga enorme, mientras el padre de la criatura había partido a las colonias en busca de fortuna.

«Me prometió que enviaría a por mí —había dicho Mary con los claros ojos castaños brillantes por las lágrimas—. Si hubiera sabido lo del bebé, me habría llevado con él.»

Quizá lo hubiera hecho, pero Lee no lo creía. Mientras tanto, la casa de Buford Street era la respuesta a las plegarias de Mary, una joven menuda y morena, cuyo delantal apenas le disimulaba la abultada tripa.

—¿Cómo te sientes, Mary? —preguntó Lee—. ¿Sigues teniendo náuseas por la mañana?

—Oh, no, señorita. Ya no me pasa. Annie me preparó su té especial y, desde entonces, no he tenido ni un problema.

—Me alegra oírlo. ¿Ya has escogido nombre para tu hijo?

—Estaba pensando en ponerle Jack, si es niño. Si es niña, pensé que podría llamarla Lee. —Annie levantó la vista un poco avergonzada—. Bueno, siempre y cuando a usted no le importara.

—No me importa en absoluto —dijo Lee con dulzura, conmovida por el gesto—. Me sentiría tremendamente satisfecha.

Mary se ruborizó y se marchó, y todas las mujeres se ocuparon en sus faenas. Lee pagaba el alquiler, pero las mujeres se encargaban del resto de los gastos. Se dedicaban a coser por encargo, y se había empezado a correr la voz de lo buenas costureras que eran. Lee pensó que, con el tiempo, quizás acabaran por no necesitar ayuda. En ese caso ella no las vería con tanta frecuencia y, teniendo en cuenta el enorme cariño que profesaba a los niños, encontró que, por extraño que pareciese, la idea era deprimente.

Una cortesana utilizaba todos los trucos que sabía para no quedarse *enceinte*, pero ella siempre había pensado que sería maravilloso tener un hijo propio. Al menos, si ocurría, pensó, no necesitaría el apoyo económico de un hombre. Pero ¿qué pasaría con el hijo?

En secreto, siempre había añorado tener un padre. Un niño, incluso uno nacido fuera del matrimonio, como ella, ¿no podría beneficiarse de alguna clase de relación con su padre?

Lee sopesó la pregunta al cabo de un momento, mientras ella y Jeannie abandonaban la casa y se dirigían hacia el carruaje. ¿Qué sucedería si, por accidente (y las mujeres a las que acababa de dejar demostraban con qué facilidad podía ocurrir), se quedara embarazada?

Mondale podría ser guapo, pero no era de la clase de hombre que se preocupaba por los hijos. Wingate rara vez se hallaría cerca. Lord Nash, viudo y sin hijos, sería, a no dudar, un padre serio y responsable para cualquier prole que pudiera engendrar.

Mientras se acomodaba en el asiento del faetón y cogía las riendas, el recuerdo de Caleb Tanner arrodillado en la paja junto a los gatitos apareció fugazmente en sus pensamientos. Recordó, entonces, la ternura con que también había tratado al potrillo.

Sacudió las riendas con firmeza, hizo que el carruaje se pusiera en movimiento y desechó aquellas inoportunas imágenes.

Caleb observó desaparecer al pequeño y elegante faetón calle adelante y se limitó a sacudir la cabeza. De todos los panoramas previstos mientras seguía a Vermillion a Londres, el de viajar a la ciudad para visitar un hogar para madres solteras no se encontraba, ni mucho menos, entre ellos.

A decir verdad, aun cuando aquel día ella no llevaba puesto el atuendo de cortesana cara, él había imaginado que podía ir al encuentro de un amante secreto, quizá del hombre que llevaba la información que ella o su tía reunían de alguno de sus numerosos galanes. Cuando Lee llegó a la casa de Buford Street, Caleb se había dirigido por el callejón a la parte posterior de la casa decidido a averiguar quién podía ser el hombre. Al comprobar las ventanas, encontró una sin cerrar y se coló dentro sin hacer ruido.

Desde un dormitorio de la planta baja, pudo ver, al fondo del pasillo, el interior de un salón que —para su absoluta consternación— estaba lleno de mujeres y bebés. No se requería ser un maestro de la deducción para darse cuenta de que Vermillion no estaba allí para encontrarse con un amante. Caleb había alcanzado a oír parte de la conversación de las mujeres, lo suficiente para asegurarse y volver al exterior a esperar a que ella abandonara la casa.

Tan pronto como el carruaje desapareció de su vista, Caleb llamó a la puerta de la cocina y la mujer llamada Annie abrió.

—Espero que pueda ayudarme. En algún lugar, he debido de equivocarme al girar. Estoy buscando Langston Street, en Covent Garden. ¿Puede indicarme qué camino he de tomar?

Annie sonrió. Era una mujer grande y algo tosca, y el cansancio que se veía en su mirada indicaba bien a las claras que había tenido una vida dura. Cordial y complaciente, dio a Caleb las indicaciones e, incluso, un mendrugo de pan y un trozo de queso para el camino. Parecía un poco sola, y él se aprovechó de su necesidad para darle conversación, dejándola que le hablara de sus amigas.

Cuando Caleb mencionó a la joven que acababa de ver abandonar la casa, Annie le dijo que se llamaba Lee Durant y que era el ángel de la guarda de las que allí vivían, y la que pagaba el alquiler trimestral de la vivienda.

—Habría pensado que una preciosidad así tendría un caballero que la acompañase —dijo el.

—Oh, no, la señorita Lee, no. Sólo viene con su doncella. Así puede pasar más tiempo con los bebés.

Caleb se despidió de Annie y volvió adonde había dejado el caballo. Mientras se subía al castrado y emprendía el camino de vuelta a Parklands, no pudo evitar pensar en las mujeres y preguntarse por los motivos de Vermillion. Ninguna de las madres parecía ser francesa. Y la única chica que procedía de Parklands era la llamada Mary.

Quizá, tal y como había hecho con la gata y los gatitos, Lee era lisa y llanamente la clase de mujer que recogía a los seres sin hogar.

Caleb lamentó que aquella suposición no fuera tan fácil de creer.

6

Lee contemplaba los campos verdes y ondulados desde la ventana de su dormitorio. Podía ver la pista de carreras que su tía había construido hacía tres años, cuando Lee la había convencido —con la ayuda de lord Claymont— de que no sólo debían criar purasangres, sino también hacerlos correr.

La pista no era grande, pero sí lo suficiente para el entrenamiento de carreras sin obstáculos y, en ese momento, Caleb Tanner estaba allí trabajando con *Noir*. No estaba segura, pero había entrevisto una cabellera rojo brillante, y pensó que Jimmy Murphy debía de estar montando al caballo. Jimmy había empezado en el establo como mozo de cuadra, realizando las tareas de menor categoría, pero Tanner había visto en él un talento hasta la fecha ignorado.

A sus dieciséis años, Jimmy era bajo para su edad y, dado que sus hermanos mayores también lo eran, había muchas posibilidades de que no fuera a crecer mucho más. Desde la ventana del piso superior Lee observó a caballo y jinete moverse pesadamente alrededor de la pista, situada al este del establo. La mañana estaba tocando a su fin, pero todavía quedaba tiempo para dar un paseo a caballo si se daba prisa.

En consideración a lo tardío de la hora y al hecho de que los habitantes de la casa ya estaban despiertos, se puso su traje de amazona de color verde oscuro y se dirigió a la cuadra. *Coeur* asomó la cabeza por encima del compartimiento y soltó un leve relincho. Lee lo condujo afuera y le cepilló el pelaje, esperando que apareciera alguno de los mozos de cuadra para ayudarla con la pesada silla de mujer. Pero quien apareció fue el viejo Arlie, que se acercó a ella con su habitual crujir de huesos.

—Quia, señorita, deje que lo ensille por usted.

La silla de mujer pesaba mucho y era imposible que Arlie pudiera levantarla. Juntos tal vez lo conseguirían, pero Lee no quería herir la susceptibilidad del anciano.

—No se preocupe, Arlie. Creo que Billy está por ahí, en alguna parte. ¿Por qué no dejamos que se ocupe él?

—No sea tonta, criatura. ¿Cuántos caballos le habré ensillado a lo largo de los años?

Antes de que pudiera detenerlo, Arlie levantó la pesada silla que colgaba de la pared. Temblándole las delgadas piernas por el esfuerzo de sujetar el enorme peso de la silla contra el pecho huesudo, el viejo trastabilló de espaldas un instante antes de bambolearse hacia delante.

—¡Arlie! —gritó Lee, mientras el anciano volvía a trastabillar hacia atrás.

Lee se abalanzó hacia delante y estiró los brazos para ayudarlo a sostener la silla. Un instante más tarde, Lee, Arlie y la pesada silla de mujer con su sillín acolchado se estrellaron contra el suelo.

Lee se quedó allí tendida durante varios segundos, debajo de la silla y encima de Arlie, sin respiración, aterrada por si hubiera matado a su antiguo caballerizo.

Entonces alguien levantó la silla, y un sonriente Caleb Tanner apareció encima de Lee con la silla colgada de uno de sus anchos hombros.

—¿Necesitan ayuda?

Alargó el brazo para coger la mano a Lee y la puso de pie de un tirón. Avergonzada, deseando poder borrar la risa de aquel rostro hermoso, Lee volvió su atención hacia Arlie, todavía despatarrado sobre el suelo de la cuadra y pestañeando hacia ella con ojos de mochuelo como si no tuviera idea de dónde se encontraba.

—¡Arlie! ¿Se encuentra bien?

El anciano estiró la mano para coger la que Caleb le ofrecía y se puso de pie con no poca dificultad.

—Perfectamente, señorita. Como nuevo. Rebosante de salud. Perdí un poco el equilibrio; eso es todo.

—Sí, ya me di cuenta. —Lee se volvió hacia Caleb y vio que éste intentaba reprimir otra sonrisa—. ¿Qué está mirando, señor Tanner? Ya que no parece tener ningún problema en levantar la silla, ¿por qué no la pone sobre *Grand Coeur*?

—Sí, señora —dijo, aunque le tembló la comisura de la boca.

Caleb volvió a su trabajo, mientras Lee se sacudía la paja y la suciedad del traje. Pasados unos minutos, el majestuoso semental rodado ya estaba ensillado y listo para partir.

Caleb, caminando a su lado, lo condujo hasta el montadero.

—Bonito día para cabalgar —dijo a Lee.

—Sí..., sí que lo es.

—A ese gran castrado rojo le vendría bien algo de ejercicio. Supongo que no querrá compañía, ¿verdad?

A Lee se le contrajo el estómago. Las mujeres solían salir a cabalgar con sus caballerizos; por una cuestión de protección. Pero la mayoría de los mozos de cuadra no se parecían a Caleb Tanner. No eran de la clase de hombre que hacía que a una mujer le temblaran las entrañas, o que su corazón empezara a chisporrotear. Y después de las crueles palabras de Tanner en el jardín...

Pero allí fuera Caleb siempre parecía diferente.

Y también ella.

—Como dice, es posible que el rojo necesite un poco de ejercicio. —Lee lanzó una mirada a Caleb y no pudo evitar añadir—: Y puede que haya alguna posibilidad de que me sienta predispuesta a darle uno o dos consejos para mejorar su monta.

Tanner esbozó una media sonrisa.

—Una cosa sí que tengo clara... Que la suya no necesita la más mínima mejora.

Por el destello malintencionado de su mirada, Lee tuvo la certeza de que no estaba hablando de equitación. Abrió la boca, pero pareció incapaz de discurrir la más elemental contestación. Sintió en la cintura las grandes manos del caballerizo al levantarla para sentarla en la silla, tras lo cual Caleb se dio la vuelta y se alejó.

—La alcanzaré en lo alto de la colina —dijo por encima del hombro.

Lee subió la colina a paso lento y tiró de las riendas para esperarlo allí, dejando que *Grand Coeur* pastara con satisfacción entre la hierba alta y verde. Mientras Caleb subía la colina para reunirse con ella, Lee no puedo evitar admirar la facilidad con la que el hombre montaba el caballo y la manera que tenía de mantener enhiestos los hombros mientras el cuerpo se movía con elegancia al ritmo del animal que montaba.

Cabalgaba con la confianza de un aristócrata, y ella se preguntó, como ya había hecho más de una vez, acerca de su identidad y su procedencia. Había algo en él..., algo que, lisa y llanamente, no encajaba.

Su forma de hablar era la de un caballero y, cuando no se mostraba rudo, sus modales eran los mismos que los de cualquiera de los adinerados invitados de la tía Gabriella. Quizá fuera el hijo de un noble venido a menos, pensó con romanticismo, intentando imaginar qué tribulaciones habría sufrido que le habían abocado a lo más bajo del escalafón social.

Caleb tiró de las riendas al llegar a su lado y palmeó el gran cuello del castrado.

—*Duke* se lo tiene muy creído esta mañana. Quizás uno o dos saltos lo ayuden a cambiar de actitud.

El nombre real del caballo era *Le Duc de Gar*, pero era muy largo de pronunciar, así que lo llamaban simplemente *Duke*. Lee sonrió, disfrutando de la idea.

—Dirijámonos al norte, hacia la linde —propuso Lee, pensando en el camino que subía por la colina, cruzado aquí y allí por arroyos y muros bajos de piedra—. Ese pequeño trayecto debería bastar para bajarle los humos.

Caleb asintió con la cabeza y partieron en aquella dirección. Lee sentía la calidez del sol en los hombros y el frescor de la brisa contra las mejillas. *Coeur* respondía con firmeza, y cuando Caleb puso a prueba al zaino el caballo se lanzó con facilidad al galope.

Lee respiraba algo más rápido, excitada por la emoción de la persecución. Llegaron a un bosquecillo de árboles situado en el extremo norte de la propiedad y Caleb tiró de las riendas, deteniendo al caballo a la sombra de los árboles.

—Había pensado que descansáramos aquí un rato —dijo él—. Dejemos que los caballos pasten un poco.

—Me parece una buena idea.

Caleb desmontó, se acercó a Lee y la cogió por la cintura con las dos manos. Cuando ella apoyó las suyas en los hombros del caballerizo para no perder el equilibro, éste le clavó la mirada en el rostro. La chica pudo ver un tenue cerco dorado que rodeaba el centro de sus ojos y cómo éstos empezaban a oscurecerse. Algo se fraguó en el aire que había entre ellos, haciéndolo más cálido y suave, y pareció arremolinarse a su alrededor como una niebla invisible al rojo vivo.

Con lentitud, centímetro a centímetro, Caleb la bajó hasta el suelo, con el cuerpo tan pegado que Lee se rozó contra él durante todo el lento descenso. Pudo notar el calor que irradiaba de él y el macizo muro que era su pecho. Se quedó sin respiración y tuvo la sensación de que el aire le quemaba los pulmones. Caleb la dejó en el suelo pero no la soltó. En su lugar, subió la mano y le acarició la barbilla con dulzura.

Él estaba tan cerca... Tan cerca que si hubiera bajado la cabeza lo más mínimo...

—Caleb... —susurró Lee un segundo antes de que la boca de Caleb se cerrara dulcemente sobre la suya.

Lee cerró los ojos. Podía notar la plenitud del labio inferior del hombre, su blandura, el calor de la boca que se movía sobre la suya. El pulgar de Caleb le transmitió una sensación de calidez allí donde le acariciaba ligeramente la mandíbula, controlando el beso, permitiéndole tomar lo que él deseaba; sin embargo, aquel beso no se parecía a ningún otro que le hubieran dado con anterioridad.

El caballerizo echó la cabeza hacia atrás y volvió a besarla, saboreándole los labios, las comisuras de la boca, convenciéndola de que la abriera para él. Lee sintió el calor resbaladizo de la lengua que se deslizaba sobre la suya y le robaba lo que ella nunca le había dado a ningún hombre. El rápido sentimiento de placer, el suave calor que se arremolinó en su vientre y la fuerza apremiante que sintió en el útero la cogieron desprevenida.

Él olía ligeramente a piel y a caballos, un aroma agradable y masculino; y en la parte del pecho donde ella apoyó las palmas, su musculatura se flexionó bajo sus dedos.

Sabía que tenía que detenerlo. Mondale se enfurecería y Wingate se pondría hecho un basilisco. Para tía Gabriella sería una gran decepción. Pero cuando Caleb la acercó aún más con un tirón e hizo más profundo el beso, ella no protestó y se dejó arrebatar por la fuerza del deseo que la inundó.

Lee se aferró a aquellos hombros poderosos y se sumergió en la prolongada, lenta y profunda sensación de la boca y la lengua de Caleb, deseando que el instante se hiciera infinito. La besaba de una manera y, luego, de otra, con violencia y, más tarde, con dulzura; la besaba tal y como ella había soñado que besaría un hombre: haciendo que la cabeza le diera vueltas, que las rodillas le flaquearan; provocando que el corazón le latiera con tanta fuerza que estaba segura de que le iba a reventar en el pecho.

—Caleb...

Él no respondió, pero Lee sintió el roce de su boca en el cuello, la calidez de los besos húmedos y suaves sobre la piel de debajo de la oreja. Gimió cuando Caleb se volvió a apoderar de su boca, más posesivamente esta vez, y empezaron a temblarle las piernas. Una de aquellas grandes manos se movió para ahuecarse sobre su pecho, mientras que la otra empezó a desabotonarle la corta chaqueta de terciopelo de su traje de amazona.

¡Dios santo!, debía poner fin a aquello. Se habían hecho planes para su futuro, planes que no incluían a Caleb Tanner.

Lee, que temblaba ya de pies a cabeza, apartó la cara para acabar con el beso, se desasió de los brazos de Caleb y, momentáneamente aturdida, se tambaleó un poco.

—Tranquila —dijo Caleb, y alargó el brazo para ayudarla a recobrar el equilibrio—. ¿Por qué no vamos a alguna parte donde podamos gozar de intimidad? Hay una pequeña cabaña de pastores no muy lejos. La vi la última vez que vine aquí.

Lee se limitó a sacudir la cabeza.

—Tengo que irme —dijo, echándose para atrás; luego se humedeció los labios hinchados por los besos, saboreando a Caleb en ellos—. Se preguntarán... Se estarán preguntando adónde he ido.

Caleb frunció el ceño.

—Está asustada —dijo al tiempo que juntaba las cejas mientras Lee se alejaba todavía más—. No pretendía atemorizarla.

«No tengo miedo —se dijo la joven—. Soy Vermillion. No tengo miedo de ningún hombre, y de Caleb Tanner menos que de nadie.»

Sacudió la cabeza con la esperanza de que su peinado siguiera ajustándose a la moda y de que los polvos de arroz y el colorete aún estuvieran en su sitio; deseaba sentirse más como Vermillion y menos como Lee.

—No sea tonto. No tengo miedo. Sólo me estaba divirtiendo un poco. Quería comprobar qué tal besaba.

Caleb se puso tenso y apretó los músculos de las mandíbulas.

—¿Eso es lo que estaba haciendo? ¿Divirtiéndose un poco?

Lee apartó la mirada, pero al instante volvió a mirarlo y se obligó a sonreír.

—No veo nada malo en ello —dijo.

Indignado, Caleb la miró con dureza, incluso amenazadoramente.

—Entonces, dígame, señorita Durant, ¿mis besos han merecido su aprobación?

Ella se encogió de hombros; no se sentía como Vermillion, en absoluto, pero intentaba aparentarlo con todas sus fuerzas.

—Supongo que sí —respondió al caballerizo—. Los besos de Andrew son un poco más intensos. Los suyos, por el contrario...

Caleb la atrajo hacia él con una fuerte sacudida, interrumpiendo sus palabras.

—Así que le gustan los hombres rudos, ¿no es así? Entonces no será delicadeza lo que tenga.

Lee intentó huir, pero él le cogió la barbilla, inmovilizándola, y le aplastó la boca contra la suya con una fuerza brutal.

Fue un beso intenso, arrebatador; un beso robado y feroz sin nada de la dulzura que le había mostrado antes y, sin embargo, ella sintió que todo su cuerpo se derretía por el calor. Le clavó los dedos en la pechera de la camisa, y no supo con certeza si estaba intentando atraerlo o quitárselo de encima. Tuvo que recurrir a la pura fuerza de voluntad para desasirse y apartarse de él.

En cuanto lo hizo, se quedó allí parada durante un instante, mirándolo a la cara de hito en hito, asombrada de que incluso aquellos besos ásperos y brutales tuvieran el poder de conmoverla, intentando no estremecerse bajo el frío juicio de Caleb. Algo le ardía en el fondo de los ojos, aunque no supo el motivo. Temiendo que fuera a ponerse en una situación comprometida, se dio la vuelta y agarró las riendas de su caballo.

Cerca había una roca. Tiró de *Grand Coeur* en aquella dirección, se acomodó en la silla de amazona, hizo girar al caballo, lo espoleó y, saliendo de entre los árboles como una exhalación, regresó a la casa a galope tendido.

«Allí estaré a salvo», se dijo. A salvo de Caleb Tanner. A salvo de sí misma.

Era a esta última a la que más miedo tenía.

Caleb observó a la pequeña figura mientras ésta se alejaba colina abajo. Tenía una erección punzante, dolorosa por el deseo no satisfecho, pero era la tensión en el pecho la que no podía ignorar. Si cerraba los ojos, podía seguir viendo la cara de Vermillion, la humedad de sus hermosos ojos del color de las aguamarinas. Lo había mirado fijamente, como si la hubiera herido de alguna manera, como si ella hubiera depositado cierta confianza en él, y la hubiera traicionado.

«¡Por todos los diablos!» Era una locura. La mujer era una de las cortesanas de peor reputación de Inglaterra. Podría ser joven, pero ya había tenido innumerables amantes. Los cuentos sobre sus hazañas circulaban con regularidad por los clubes de caballeros de Londres. En ese momento, incluso se cruzaban apuestas sobre cuál de sus amantes acabaría siendo elegido como protector.

Era una locura haberla besado, lo sabía, pero, desde su reunión con el coronel Cox, las visiones de los labios carnosos y el cuerpo exuberante de Vermillion no habían dejado de perseguirlo. Parecía incapaz de pensar en otra cosa.

Una relación íntima, creía el mayor Sutton, podría revelarse de gran utilidad. «Seducir a la seductora.» ¿Por qué no? Incluso el coronel Cox creía que la idea podría tener sus ventajas. ¿Quién sabía lo que llegaría a descubrir?

Pero no había esperado que sus besos fueran tan dulces, ni que ella se comportara como la muchacha inocente que a veces aparentaba ser, ni tampoco el ataque salvaje de celos que había sentido cuando Vermillion mencionó a su amante.

Ni siquiera había esperado ver las lágrimas en sus ojos cuando se dio la vuelta y se alejó a caballo.

«¡Maldita sea mi suerte!»

Caleb se maldijo mientras montaba a lomos del zaino. Era un oficial del ejército británico, un hombre al que se le había encomendado una misión importante. ¿Qué iba a decir al coronel Cox si Vermillion le ordenaba hacer las maletas, si lo despedía porque era incapaz de controlar su lujuria? ¡Por los clavos de Cristo! La idea se le hizo insoportable.

Tenía que disculparse; sin rodeos. Rezó para que con eso fuera suficiente.

Gabriella Durant, que estaba sentada enfrente de su amiga Elizabeth Sorenson, lady Rotham, conversando con ella, oyó un portazo en la parte trasera de la casa. Minutos más tarde, reconoció los pasos de Vermillion en el vestíbulo, seguidos del taconeo de sus botas de cabritilla al subir corriendo la escalera.

Gabriella se levantó del sofá del salón y se dirigió a la entrada.

—¿Vermillion? No has debido tardar tanto, querida —dijo la tía Gabby—. Lord Nash va a venir esta tarde. Espero que no lo hayas olvidado. Prometió llevarnos a la ciudad a ver las últimas incorporaciones al Museo de Figuras de Cera de madame Tussaud.

Pero Vermillion no contestó. Gabriella suspiró mientras volvía al salón, una pieza impresionante decorada en tonos azules claros y cremas, con muebles con dorados e incrustaciones de marfil y cortinas de damasco azules y oro. Un jarrón chino esmaltado, rebosante de tulipanes, descansaba sobre la repisa de mármol de la chimenea.

—Confío en que esté bien —dijo al llegar—. Últimamente me ha tenido preocupada.

Elizabeth levantó la taza de porcelana con el borde dorado y bebió un poco de té.

—¿Por qué diablos habrías de preocuparte? —le preguntó lady Rotham.

—No lo sé con exactitud —respondió Gabriella—. Ha estado comportándose de un modo un poco extraño. Quizás esté nerviosa. Pronto será su cumpleaños, y ha prometido escoger a su protector. Puede que haya cambiado de opinión.

—Fue idea suya, ¿no es así?

—En buena medida, aunque luego he pensado que puede que la presionara más de lo que debía.

—Tonterías, Vermillion es una jovencita inteligente y vehemente... que está siendo cortejada por algunos de los hombres más ricos y pretendidos de Inglaterra. Es hora de que empiece a vivir y se haga un sitio en el mundo.

—Así lo he creído siempre. Desde el día en que la saqué de la inclusa para traerla a casa empecé a pensar en su futuro. Por supuesto, el matrimonio nunca fue una opción. —Gabriella lanzó una mirada rápida a su amiga—. Ambas sabemos que ser esposa supone una vida de decepciones. Recluida en el campo, apenas algo mejor considerada que una yegua de cría para el marido... —Se estremeció de manera visible—. Poca cosa para que se lo deseara a mi sobrina, aun cuando fuera posible encontrar una pareja adecuada..., lo cual, claro, es imposible.

—Escoger un amante es la única solución —convino Elizabeth, una de las pocas personas que conocían la verdad sobre la virginidad de Vermillion—. Sólo hemos de asegurarnos de que escoge al hombre correcto.

Gabby alisó una arruga en la pechera de su vestido de muselina azul brillante.

—Parece haberlos reducido a tres.

Elizabeth asintió con la cabeza.

—Lord Nash, el coronel Wingate y lord Andrew Mondale. En mi opinión, con quien mejor estaría puede que fuera con Nash, pero Mondale es muy atractivo y siente una *tendre* desesperada por ella. Si yo tuviera que escoger, para mi primer amante elegiría a alguien joven y apasionado. —Contempló las hojas de té del fondo de la taza—. Charles era así cuando nos casamos. Aunque, por desgracia, no sólo era apasionado conmigo.

—Charles fue un idiota —le espetó Gabriella, haciendo ruido al depositar la taza y el platillo en la mesa—. Moll Cinders era poco más que una prostituta callejera. Carecía de estilo y de clase.

Elizabeth se rió con amargura.

—Ése es un pobre consuelo, Gabriella.

—El hombre se comportó como un idiota. Eras hermosa y con talento, inteligente y buena. —Suspiró—. Pero, en fin, todos los maridos parecen caracterizarse por estar enamorados de cualquier mujer a condición de que no sea la propia.

Elizabeth no contestó, tan sólo devolvió la taza y el platillo a la mesa Hepplewhite colocada junto a su silla.

—Al menos fui lo bastante lista para encontrar una salida. —Lady Rotham sonrió con picardía, y la remembranza afloró a sus brillantes ojos azules—. Siempre recordaré a lord Halford con verdadero cariño. Lucas es tan hábil en la cama como en las mesas de juego. Entonces era más joven, por supuesto, y no estaba tan hastiado. Pero era un amante maravilloso.

Elizabeth levantó la vista hacia el cuarto de Vermillion en el segundo piso.

—Sí..., si fuera tu sobrina, escogería a un hombre joven para la primera vez, sin duda.

—Y se comenta que Mondale es casi insaciable en la cama. —Gabriella dejó escapar un suspiro nostálgico—. Ah, quién fuera joven otra vez.

Elizabeth se rió.

—No tienes que lamentar tu perdida juventud, Gabby, al menos mientras Claymont siga compartiendo tu cama.

Gabriella pensó en el atractivo hombre que llevaba siendo su amante tantos años y su preocupación por Vermillion se desvaneció. Era una buena vida para una mujer, una vida de excitación y libertad, vivida como a una le diera la gana y sin sometimiento a ningún hombre.

Sí, estaba haciendo exactamente lo que debía.

Pasaron dos días. Vermillion lo evitaba, y el saber lo mucho que ella disfrutaba con sus caballos sólo hacía que Caleb se sintiera peor. Fue a última hora de la tarde cuando, al pasar él por detrás de la casa, quiso el azar que la viera escabulléndose por la puerta trasera. Decidido a cortarle el paso, la observó descender los escalones de la terraza y dirigirse a su rincón preferido, en la parte posterior del jardín.

Caleb echó una ojeada en derredor para cerciorarse de que nadie lo veía y entró en el jardín. Empezó a caminar en silencio a través del follaje y, pocos minutos después, salió delante del banco que estaba junto a la fuente. En cuanto lo vio, Vermillion se puso en pie de un salto.

—Ya se lo advertí; no es bien venido aquí.

—Lo sé —dijo Caleb son suavidad—. Vengo a disculparme.

Vermillion apartó la mirada. Tenía un aspecto más pálido que el debido, menos radiante, y Caleb se preguntó si él sería el causante.

—No tiene nada de qué disculparse. La culpa fue mía. No debería haberle dejado que me besara.

Caleb, con cuidado, se acercó un poco a ella y, aunque casi imperceptible, advirtió el suave perfume de Vermillion. Su pene se tensó sutilmente.

—En realidad, no me dejó. La situación se desmadró un poco. Trabajo para usted y no debería haberlo olvidado. Lo lamento. No era mi intención herirla, y sé que lo hice.

Ella tragó saliva. Ese día, con aquel vestido de muselina verde claro con un estampado de pequeños racimos de rosas color rosa, no se parecía mucho a Vermillion. Su aspecto era más dulce, más vulnerable. Más como de Lee. Caleb se encontró diciendo cosas que no había tenido intención de decir.

—Es sólo que... Bueno, estaba tan bonita el otro día, y yo... quise besarla. Si no hubiera mencionado a Mondale...

Vermillion levantó la cabeza.

—¿Qué tiene que ver Andrew con todo esto?

Caleb carraspeó, avergonzado por haber reaccionado con tanta fuerza como lo había hecho.

—Dijo que prefería la manera en que Mondale la besaba y...

—Nunca dije eso. —Ella bajó la mirada hacia sus zapatos y se dedicó a contemplar las hojas caídas del sendero junto a las puntas de sus pies. Levantó la vista y lo miró a la cara—. Me gustaron sus besos, Caleb. Nadie me había besado nunca de esa manera. Me gustaron mucho.

Fuera lo que fuese lo que Caleb sintiera, lo cierto es que la presión que notaba en el pecho empezó a aflojar.

—Como le dije, lo siento —repitió él—. No volverá a ocurrir.

Lee asintió con la cabeza, pero, en lugar de mostrarse complacida, pareció lamentarlo, y los pensamientos de seducción volvieron a deslizarse como una serpiente en la cabeza de Caleb. El cuerpo se le agarrotó y empezó a tener una erección. Maldijo para sus adentros.

—Gracias por disculparse —dijo Vermillion, empujando los pensamientos de Caleb en una dirección más segura—. No tenía por qué hacerlo. No le habría despedido. Al menos, por eso.

Caleb desvió la mirada hacia el establo y se preguntó si realmente lo había hecho para conservar el empleo.

—Podría ayudarme con el potrillo —dijo a Lee—. Su madre no tardará en destetarlo, y sería más fácil si hubiera alguien a quien se sintiera unido, alguien que pudiera ocupar el lugar de su madre durante un tiempo hasta que se acostumbre a estar solo.

Las facciones de Vermillion parecieron iluminarse. El brillo volvió a sus ojos, aunque el que se hubiera ido quizá fuera sólo imaginaciones de él.

—Supongo que podré acercarme mañana por la mañana temprano.

Caleb asintió con la cabeza, procurando refrenar su satisfacción.

—Le agradecería de verdad que lo hiciera. Sé que al potrillo le será beneficioso.

—De acuerdo, entonces iré. Mañana.

Ella sonreía cuando abandonó el jardín. Por primera vez en los dos últimos días, Caleb se sorprendió sonriendo también.

Se dijo a sí mismo que era un alivio que su trabajo estuviera a salvo, que pudiera seguir trabajando para descubrir qué estaba ocurriendo en Parklands en su intento de descubrir a un traidor. Pero no estaba convencido de que eso fuera toda la verdad. Se recordó que el traidor podría ser la misma mujer que había empezado a rondar sus pensamientos, pero descubrió que convencerse de eso era incluso más difícil de conseguir.

7

Mary Goodhouse esperaba a oscuras, en la entrada del cuartito que ocupaba en la planta baja de la casa de Buford Street, a que Annie diera un beso de buenas noches a Jillian, su hijita. Annie acarició el fino y ligero pelo castaño de la pequeña y la arropó en la cuna que la señorita Durant había proporcionado a cada uno de los bebés al nacer.

—Que duermas bien, mi dulce amorcito.

Tan pronto como Annie desapareció escaleras arriba camino del dormitorio que compartía con Rose, Mary se echó el chal sobre los hombros y salió a hurtadillas de su cuarto. El suelo del pasillo crujió, al igual que chirriaron los goznes de la puerta trasera de la casa, pero, cuando salió al exterior para adentrarse en la oscuridad, en la casa no se había encendido ninguna lámpara.

A aquellas horas tan avanzadas de la noche hacía frío y las estrellas parecían motas de cristal que colgaran de la negra extensión de cielo sobre su cabeza. Mary caminó por las calles desiertas tiritando, nerviosa por el eco que producían las gastadas suelas de su calzado sobre los adoquines. De vez en cuando pasaba algún coche de punto con gran estruendo. Divisó a un homosexual que hablaba con un grupo de marineros, y siguió caminando.

Tenía que hacer algo importante, un asunto que le aseguraría un futuro a ella y a su bebé, y que le proporcionaría el dinero que necesitaba para realizar el largo trayecto por mar hasta las colonias.

Freddie la estaría esperando. Se había embarcado rumbo a una ciudad llamada Charleston, en un lugar denominado Carolina del Sur, y estaba decidida a ir a buscarlo. Pero tenía que partir pronto, antes de que el embarazo la impidiera hacer el viaje.

Se arrebujó un poco más en el mantón y siguió caminando. Había enviado un mensaje con uno de los deshollinadores de la localidad, una nota para la que había contratado los servicios de un escribiente, y que decía simplemente: «Lo sé todo. Reúnase conmigo en El Gallo y el Cardo el jueves a medianoche.»

Estaba segura de que él acudiría. Tenía demasiado que perder para no responder a la cita de Mary.

Había un buen trecho hasta la taberna, pero no tenía mucho dinero; en cualquier caso, no el suficiente para coger un coche de punto. Había escogido El Gallo y el Cardo porque estaba lo bastante alejado para que nadie la conociera, y no tan lejos que no pudiera ir a pie.

Echó una ojeada rápida a su alrededor. Lo cierto era que, a la luz del día, no había reparado en los ruinosos edificios con las ventanas cerradas con tablones ni en los trozos de papel y las basuras tirados en las alcantarillas. No había percibido el olor de las aguas fecales ni reparado en los oscuros callejones donde, apoyados contra los toscos muros de ladrillos, los borrachos dormían sus melopeas.

Mary ignoró un hormigueo de miedo y se dijo que no había de qué preocuparse; ya casi había llegado a la taberna. Pudo ver en la distancia el resplandor de la luz del farol que brillaba a través de las letras del cristal de la amplia ventana delantera y oyó las risas apagadas de los parroquianos que salían del interior.

Sin embargo, al pasar por la entrada de un callejón desierto, un hombre salió de las sombras y un escalofrío la recorrió de pies a cabeza. La ropa del sujeto estaba ajada, y un maltrecho sombrero flexible color marrón le cubría la mayor parte del grasiento cabello. Cruzaría la calle sin más, se dijo Mary, y pondría una distancia segura entre ella y el hombre. Se volvió y, cuando empezaba a caminar en aquella dirección, apareció un segundo hombre que llevaba un sombrero de lana, un sobretodo hecho jirones y unos viejos guantes de punto por cuyas puntas asomaban los dedos.

Antes de que tuviera tiempo de echar a correr, los hombres se abalanzaron sobre ella. Mary intentó gritar, pero una mano sucia se cerró sobre su boca y un brazo le ciñó con brutalidad el vientre. Pensó en su bebé y soltó un taconazo que acertó en la espinilla del hombre mientras éste la arrastraba fuera de la calle, hacia la oscuridad del callejón. Mary se resistió, pero los brazos del hombre eran como de acero y la sujetaba tan fuerte que apenas la dejaba respirar. Sus tacones golpearon los adoquines antes de deslizarse sobre el fango y la mugre del callejón, y un miedo diferente a cualquier otro que hubiera conocido creció en sus entrañas.

—Deprisa, Shamus —dijo el primer hombre—. No tenemos toda la noche.

—¡Por los clavos de Cristo! La puta pesa más de lo que parece —gruñó el segundo—. Viene con premio, ¿es que no lo ves?

A la luz de un débil rayo de luna, Mary pudo distinguir los renegridos restos de la dentadura y el sudor que refulgía en los profundos surcos y arrugas del primer hombre cuando éste se le acercó.

—No deberías haberte metido en tratos con el diablo, amorcito. Eso sólo te reportará un pasaje directo al infierno.

Mary sintió que una nueva oleada de miedo le sacudía todo el cuerpo. Miró la cara entrecana del hombre y, en ese preciso instante, supo que el mensaje que había enviado era su sentencia de muerte. No volvería a ver a Freddie nunca más, y no viviría para dar a luz a su bebé. Tratar de sacar dinero al hombre cuya conversación había oído por casualidad aquella noche en Parklands era lo más disparatado y peligroso que hubiera hecho jamás.

Mientras miraba de hito en hito los inquietantes ojos negros de su agresor, sintiendo cómo los dedos del hombre se cerraban alrededor de su cuello y empezaban a apretar, aquéllos se convirtieron en sus últimos pensamientos.

Lee, que se había vestido con pantalones de montar y botas, se hallaba al lado de Arlie en mitad de la cuadra. Juntos observaban a Caleb Tanner paleando estiércol de uno de los compartimientos abiertos. La semana del caballerizo había acabado, de modo que, al final de esa jornada de trabajo, la apuesta que Caleb había perdido estaría saldada.

Arlie se rió entre dientes sin hacer ruido.

—Ganó él, ¿sabe?

Lee desvió la atención de Caleb a su antiguo caballerizo.

—¿Qué dice? Yo gané la carrera —replicó la joven—. Por eso está pagando la apuesta.

Los finos labios de Arlie se curvaron en una sonrisa y Lee pudo ver que le faltaban dos dientes.

—Se paró, eso es lo que hizo. Justo al final. Estuvo clarísimo. Yo estaba ahí fuera cuando lo hizo.

La incredulidad hizo que los ojos de Lee se abrieran como platos.

—¿De qué está hablando? ¿Me está diciendo que Caleb Tanner me dejó ganar esa carrera?

—Lo que digo es que el hombre la habría ganado. Se comportó como un verdadero caballero, sí, señor.

Lee sacudió la cabeza.

—No me lo creo. Nada le habría gustado más a Caleb Tanner que verme aquí limpiando todos esos compartimientos. —Le lanzó una mirada—. Si fue él quien ganó la carrera, ¿por qué no me dijo algo antes?

Arlie encogió los huesudos hombros.

—No podía hacer eso, ¿no le parece? No seré yo quien provoque que una dama haga esa clase de trabajo. Me pareció que era mejor que paleara él que no usted.

Lee clavó la mirada en Caleb, que estaba concentrado en su tarea al final del establo. Se había quitado la camisa, que colgaba de un lateral del compartimiento. Los músculos de la ancha espalda, reluciente por el sudor, se tensaban cada vez que levantaba una paletada. Tenía la piel suave, bronceada por el sol, y el pelo, húmedo por el sudor, se le rizaba en la nuca. Lee permaneció allí durante un instante, hipnotizada por la visión que se le ofrecía a los ojos, intentando ignorar una extraña clase de desasosiego y un divertido revoloteo en la boca del estómago.

Arlie se alejó arrastrando los pies sin dejar de reírse entre dientes, y el genio de Lee se avivó. Cogió una horca de la pared y se dirigió al final del establo hecha un basilisco.

—¡Fuera! Aquí ya ha terminado. —Ignorando la expresión de asombro de la cara de Caleb, se dobló por la cintura y empezó a sacar del compartimiento la paja mojada y el estiércol.

Caleb le quitó la horca de la mano de un tirón.

—¿Qué demonios cree que está haciendo?

Lee se giró hacia él y se puso en jarras.

—¡Usted ganó la carrera! ¡Eso es lo que dice Arlie! ¡Ahora, salga de aquí y déjeme trabajar!

Caleb inició lo que acabó siendo una sonrisa en toda regla.

—¿De verdad lo habría hecho? ¿Habría limpiado los compartimientos?

—¿Qué es lo que pensaba? —replicó Lee—. ¿Que no mantendría mi apuesta? ¿Supuso que podía dejarme ganar porque daría lo mismo? —Alargó el brazo, le quitó la horca de las manos y empezó a llenar la carretilla con furia.

Caleb frunció el ceño. Se acercó a ella con expresión sombría, extendió el brazo por encima y volvió a arrebatarle la horca de un tirón.

—Arlie se equivoca —dijo—. Usted ganó la carrera.

Lee lo miró con escepticismo.

—Está mintiendo... Puedo leerlo en sus ojos. Lo que no acabo de entender es el motivo. Arlie dice que se estaba haciendo el caballero. Pero usted no es un caballero, ¿verdad, Caleb Tanner?

La mirada de él la recorrió de arriba abajo, acariciándole la exuberancia de los pechos y la ondulación de las caderas, que tan bien resaltaban los pantalones de montar. Extendió las manos y la cogió por la parte superior de los brazos, atrayéndola hacia él sin que Lee ofreciera resistencia alguna. Los ojos de Caleb eran de un castaño más oscuro y brillaban como nunca antes lo habían hecho. Sin darse cuenta, ella le apoyó las palmas de las manos sobre el pecho desnudo y resbaladizo por el sudor.

—No... —dijo él en voz baja—, no soy un caballero. —Cerró los ojos un instante, antes de que su boca se posara sobre la de ella.

Una oleada repentina de calor hizo que Lee se tambaleara. Sentía la piel suave y resbaladiza bajo las palmas de sus manos. Él olía a sudor y a caballos, y los poderosos músculos de su pecho se tensaban a cada movimiento. Caleb cogió lo que quería, pero sus labios tenían un tacto más suave del que deberían haber tenido, y el calor recorrió las extremidades de Lee. Él le deslizó la lengua en la boca mientras profundizaba el beso, y ella empezó a temblar.

Caleb terminó de besarla demasiado deprisa. La soltó y, cuando se apartó, Lee pudo ver la abultada cresta del sexo de Caleb pujando contra la parte delantera de sus pantalones. Lejos de sentir miedo o repulsión, la invadió una extraña mezcla de curiosidad y excitación.

—La semana ha terminado —dijo Caleb como si el beso no hubiera existido—. Ya no importa quién fuera el ganador. Con su permiso, ahora que Jimmy estará ocupado cabalgando para usted, contrataré a algún muchacho del pueblo para que ayude a Billy a hacer el trabajo sucio aquí dentro.

Lee tragó saliva y asintió con la cabeza en un intento de parecer tan despreocupada como él.

—De acuerdo, me parece perfecto —convino.

Se dio la vuelta y empezó a caminar. El corazón le latía todavía con fuerza y sentía las piernas como si fueran de goma. Una vez fuera del compartimiento, se detuvo y se dio la vuelta.

—Quiero el desquite. Al menos, me debe eso —le espetó.

Caleb sonrió apenas, y Lee recordó el calor de sus labios al moverse sobre su boca.

—Cuando quiera, señorita Durant.

Pero la avidez de su mirada la alertó de que echar con él una carrera ese día podría tener consecuencias peligrosas. Ignoró, por tanto, la vocecita que la retaba a aceptar el desafío implícito; se dio la vuelta y se alejó.

Más tarde, esa misma noche, Vermillion se unió a su tía Gabriella y a un pequeño grupo para ir al teatro. El siempre atractivo Jonathan Parker, lord Nash, con su pelo castaño ligeramente canoso, vestido con una impecable casaca azul con el cuello de terciopelo y un chaleco azul y plata, y embutido en unos bombachos grises, era el acompañante de las dos mujeres.

—Estoy encantado de que usted y su tía hayan aceptado mi invitación —dijo, mientras conducía a Vermillion al interior del Teatro Real de Haymarket para asistir a una representación de *Ricardo III*—. Parece que hubieran pasado millones de años desde la última vez que disfrutamos de un momento para nosotros.

Lo cual era cierto, por supuesto, pues Wingate y Mondale rondaban a la joven en todo momento, por no hablar del enjambre de acompañantes de tía Gabby. Pero esa noche Vermillion se había propuesto excluir a los demás. Si quería hacer la elección correcta, tenía que llegar a conocer a cada uno de los hombres un poco mejor.

Y Nash era sin duda encantador. Le ofreció el brazo con una sonrisa y la condujo a través del vestíbulo, que resplandecía por la luz de docenas de arañas de cristal. Las velas brillaban contra el rojo intenso de las colgaduras de terciopelo; de las paredes pendían pinturas enmarcadas en pan de oro. Nash las condujo por la amplia escalera hasta el palco privado del segundo piso, donde se sentaron en pequeñas sillas redondas tapizadas en terciopelo.

El vizconde se inclinó sobre Vermillion, y ella sintió el roce de su casaca.

—Tengo entendido que *Noir* correrá en Newmarket el fin de semana que vine. Supongo que arrasará.

—Va a ser una carrera difícil —dijo ella—, pero creo que *Noir* ganará.

Las cortinas de terciopelo rojo se movieron en ese preciso instante, y tía Gabby, vestida con un exquisito vestido negro y plata, se volvió para ver entrar a lord Claymont.

—Lamento llegar tarde —dijo y sonrió a Gabriella—. Aunque parece que no me he perdido nada.

El conde era de estatura y constitución medias, el pelo negro empezaba a clarearle y sus ojos eran azul intenso. Era atractivo e inteligente, un hombre generoso y de buen corazón por el que Vermillion había llegado a sentir gran cariño.

—Nos han invitado a una fiesta en honor de Michael Cutberth, querido. ¿No es fascinante? —dijo Gabriella.

Cutberth era uno de los actores dramáticos más renombrados de Inglaterra, y ella ardía en deseos de conocerlo.

No era sorprendente; tía Gabby vivía para las noches como aquélla.

El conde le susurró algo al oído, y ella se rió.

El vizconde se acercó un poco más a Vermillion.

—Debe de estar deseando que llegue la carrera —dijo—. ¿Cuándo partirá?

—El diecisiete —respondió Vermillion—. Los caballos ya han salido.

Nash le dedicó una de sus encantadoras sonrisas. Era un hombre realmente guapo.

—Estoy seguro de que todos lo harán muy bien.

La tía Gabby le dio un golpecito en la manga con un abanico pintado.

—Va a ser divertidísimo, Jon. He alquilado una casa para la ocasión; es realmente un lugar encantador. Planeo organizar una pequeña recepción. ¿Por qué no viene con nosotras?

Nash lanzó una rápida mirada a Vermillion, pero sacudió la cabeza con pesar.

—Nada me gustaría más, créame. Por desgracia, hay una reunión de ministros de la que no puedo escabullirme. —Sonrió—. No obstante, le prometo que encontraré la forma de desagraviarlas.

Vermillion notó la calidez de la mirada del vizconde sobre su rostro y sintió que se le escapaba una sonrisa sincera.

Hablaron un rato más sobre la carrera, y algo sobre la guerra y la amenaza de invasión, una preocupación constante en la mente de todos.

—Hay quien dice que el pequeño cabo intentará hacer la travesía con una flota de dirigibles a vapor —le dijo Nash.

Vermillion jugueteaba con el collar de rubíes y diamantes que lucía en el cuello.

—¿Dirigibles? Uno pensaría que si Napoleón ha estado construyendo artefactos a vapor sería mucho más eficaz utilizarlos en los barcos de verdad.

—Estoy de acuerdo —dijo Nash—. ¿Pero quién puede conocer la mente del enemigo?

—He oído rumores de que está reuniendo tropas en España, lo cual, a la luz de lo ocurrido en Oporto, me parece que tiene sentido.

Jonathan se volvió hacia ella.

—Estoy seguro de que el general Wellesley se está ocupando del asunto. Al menos, debemos rezar para que así sea.

Por sorprendente que pareciera, el vizconde le hablaba como si ella tuviera realmente cerebro. Era una de las cosas de él que le gustaban a Vermillion. No discutían sobre el último *on dit*, sino de asuntos importantes.

—La obra empezará en cualquier momento —dijo Nash, mientras las candilejas comenzaban a apagarse.

Al cabo de unos minutos, el telón de terciopelo rojo subió y Vermillion se dispuso a disfrutar de la representación.

Cuando el coche de lord Nash las devolvió a su casa de las afueras de la ciudad era tarde. Tía Gabriella se disculpó y se retiró al piso de arriba, permitiendo que Vermillion y el vizconde tuvieran un momento de intimidad en el salón. Claymont, después de utilizar la escalera posterior de la casa, estaría esperando a tía Gabby en el dormitorio. Era una ficción un poco tonta, mantenida sobre todo ante la servidumbre, pero Claymont insistía y, de vez en cuando, hasta tía Gabby se sometía a ciertos dictados sociales.

—Espero que haya disfrutado de la velada, Vermillion.

La profunda voz del vizconde atrajo la atención de la joven. La mirada de Nash no se perdió detalle del escotadísimo vestido azul zafiro ribeteado en encaje negro ni de la amplia panorámica de los senos de Vermillion, aunque no se demoró tanto como lo habrían hecho otros hombres.

—Lo que es seguro es que yo sí que la he disfrutado —añadió al cabo.

Lee apartó la mirada; cada vez le resultaba más y más difícil mantener aquella fachada cuando estaba con el vizconde, un hombre al que consideraba su amigo. Se obligó a levantar la barbilla y le dedicó su sonrisa Vermillion.

—Ha sido una noche maravillosa —dijo—. El señor Cutberth hizo un trabajo estupendo como Ricardo III.

—Confío en que también haya disfrutado de la compañía.

Ella creyó captar una mirada de deseo que el vizconde solía mantener a buen recaudo.

—Siempre disfruto muchísimo con su compañía, Jonathan. He llegado a considerarlo un amigo muy querido.

Nash la atrajo hacia él y, tras tomar una de sus manos enguantadas en negro, apretó los labios contra la palma.

—Tengo la esperanza de ser para usted algo más que un simple amigo, Vermillion. A ese respecto, he dejado mis intenciones perfectamente claras. Quiero asegurarle, querida, que procuraré complacerla por todos los medios a mi alcance.

A ella no se le escapó el leve enronquecimiento de la voz del vizconde, y deseó sentir, por lo menos, cierta pasión hacia él, hacia aquel hombre cuya amistad tenía en tanta estima.

Jonathan se inclinó y le acarició los labios con los suyos, tras lo cual la besó con más intensidad. El recuerdo de los besos de Caleb Tanner se hizo presente, y Vermillion rezó mentalmente para sentir algo del fuego que el caballerizo le había provocado. En cambio, cuando el vizconde le tocó los labios con la lengua se apartó.

—Gracias por una velada tan encantadora, milord.

Nash se puso rígido y arrugó el entrecejo.

—Soy consciente de que está disfrutando de la persecución, querida, pero no esperaré más allá de su cumpleaños. Piense en lo que un hombre de mi posición puede hacer por usted; piense en su futuro. Rezo para que escoja bien, Vermillion.

Ella se humedeció los labios, que sentía repentinamente secos.

—Le prometo hacerlo lo mejor que sepa, señoría.

El vizconde se dio la vuelta y salió del salón a grandes zancadas, momento que aprovechó Vermillion para soltar el aire que había estado conteniendo sin darse cuenta. Su tía había hecho que pareciese fácil escoger a un amante, como si se tratara de una especie de juego de reglas sumamente sencillas. Por el contrario, las noches de Vermillion eran más y más agitadas cada vez, y las imágenes de Caleb Tanner no cejaban de inmiscuirse con sigilo en sus pensamientos.

Aquella noche soñó con él, aunque por la mañana sólo le quedaba un vago recuerdo de lo soñado. Volvió a pensar en Caleb mientras se ponía las cómodas ropas de hombre y se dirigía al establo a examinar al potrillo. El desgarbado potrito de pelaje crespo y rojizo crecía día a día. Vermillion sonrió al contemplar al pequeño caballo mamar y se rió cuando la cría tiró con decisión de la hinchada tetilla de la madre.

Estaba tan enfrascada en el potro que no oyó que Caleb se acercaba hasta que éste se paró justo detrás de ella.

—Mucho ha madrugado esta mañana, ¿no? Si tenemos en cuenta
lo tarde que volvió a casa anoche.

El sarcasmo en la voz de Caleb hizo que se pusiera tensa, y se giró
para encararlo. Estaba tan cerca de ella que pudo sentir el calor de su
cuerpo y alcanzó a mirar dentro de sus penetrantes ojos negros. Incluso vestido con las sencillas prendas de un criado parecía grande y fuerte, y más guapo que cualquier otro hombre que ella conociera.

—¿Acaso es de su incumbencia la hora a la que regresara?

—En absoluto —respondió él en un tono anodino, pero la desaprobación de ella hizo que apretara los labios—. No es asunto mío ni
adónde va ni cuándo vuelve ni a quién decide besar, aunque, si yo fuera usted, me abstendría de hacerlo delante de las ventanas. Podría molestar a algunos de sus otros admiradores.

El genio de Vermillion subió un grado en intensidad.

—Y si yo fuera usted me abstendría de interpretar el papel de mi-
rón. No le conviene lo más mínimo, Caleb Tanner.

—¿Quiere saber lo que me conviene? —La recorrió con la mirada de
la cabeza a los pies—. Arrastrarla hasta ese montón de paja limpia, levantarle las faldas y hacer lo que todos los demás hombres que conoce desean hacer... Eso es lo que me convendría. Sin embargo me abstendré
de hacerlo, puesto que no puedo permitirme perder mi empleo.

La cara de Vermillion alcanzó el rojo más intenso.

—Es un grosero y un maleducado. Hace tiempo que debería haberlo despedido por insolente. —Bajó la vista hacia los pantalones de
montar—. Y por si no se ha dado cuenta, ¡no llevo faldas!

Los ojos negros de Caleb se deslizaron por las caderas de Lee y siguieron por sus piernas; la boca se le torció en una débil sonrisa.

—Ya lo veo. Pero si está interesada, estoy dispuesto a amoldarme.
En cierta manera, la idea de hacerle el amor a una mujer con pantalones de montar es aún más excitante.

Vermillion se quedó inmóvil durante un segundo. Imágenes de ella
desnuda tumbada sobre la paja con Caleb Tanner danzaron por su cabeza. Todos sus pretendientes se desvivían en cortejarla y, sin embargo, ninguno era capaz de excitarla con una sencilla palabra, con una
simple mirada ardiente, como era el caso de Caleb.

¿Qué pasaría si, en lugar de Andrew o Jonathan, fuera Caleb su
amante? Dejó vagar la mirada por el cuerpo alto y ancho, por las caderas estrechas y las largas piernas de Caleb. En un intento de controlar

la situación, le lanzó la clase de sonrisa seductora que solía utilizar con sus admiradores.

—Si habla en serio, tal vez piense en ello. Puede que sea divertido confraternizar de esa manera con un caballerizo.

Aquellos ojos negros destellaron.

—No se equivoque, Vermillion. El papel que interpreta ante los demás para mí no tiene ningún atractivo. La mujer que deseo ayuda a nacer gatitos y galopa como el viento. Y me importa un pimiento lo que lleve encima.

Entonces se inclinó y la besó.

«¡Oh, Dios mío!» Fue un beso abrasador, temerario y arrebatador que la hizo arder por los cuatro costados. Se tambaleó hacia él y, cuando alzó los brazos para agarrarse a sus hombros, duros como el acero al tacto de los dedos, las manos le temblaban. Caleb le separó provocativamente los labios, y ella percibió la suavidad húmeda y cálida de su lengua. Los brazos de Caleb la abrazaron con fuerza. La levantó contra su pecho e intensificó el beso, exigiéndole la boca hasta que la dejó sin respiración. Luego, tan de repente como había empezado, Caleb se apartó. Lee perdió el equilibrio y estiró las manos y se agarró al riel superior del compartimiento en busca de apoyo.

La comisura de la boca de Caleb se levantó débilmente.

—¿Le ensillo el caballo, señorita Durant?

Aunque su voz era tranquila, su mirada aún la quemaba con las promesas del placer que podría darle.

Lee tragó saliva e intentó calmar los temblores que recorrían todo su cuerpo.

—Sí..., gracias. Creo que necesito un poco de aire fresco.

Caleb arqueó una de sus cejas negras.

—A lo mejor le gustaría tener compañía —insinuó—. Podría ensillar también...

—¡No! —exclamó Lee—. Quiero decir... que no, que preferiría salir sola, gracias. —Sacudió la cabeza hacia atrás como habría hecho Vermillion, decidida a poner cierta distancia entre ellos—. Brilla el sol, y necesito algo de tiempo para estar sola.

Con cuidado de no mirarlo salió del establo, confiando en que el aire fresco barrería las perturbadoras emociones que el beso abrasador de Caleb había despertado en ella. Sin embargo sabía en lo más profundo de su ser que ni siquiera una galerna del mar del Norte lo conseguiría.

Como Lee había temido, el paseo a caballo por el campo le proporcionó mucho tiempo para pensar, aunque terminó sintiéndose aún más confusa. Horas después, ese mismo día, sentada en su dormitorio observando cómo Jeannie mimaba los vestidos extendidos sobre la cama de cuatro postes, pensó en Caleb y en cómo la hacía sentir. Ni siquiera Andrew sería capaz de despertarle la pasión de la manera en que lo hacía Caleb.

—Creo que deberías ponerte el de seda turquesa —dijo Jeannie en su burdo acento inglés—. Te realzará el color de los ojos.

Jeannie Fontenelle era diez años mayor que Lee. Mientras había sido la primera doncella de la condesa de Essex se había casado con un lacayo, pero éste había muerto de una gripe pocos meses después de haber contraído matrimonio. La condesa había despedido a Jeannie de inmediato, siendo como era un bocado demasiado tentador para pasearse ante la mirada errabunda del conde.

Jeannie llevaba trabajando para la tía Gabby seis años, los dos últimos como doncella personal de Lee, y la relación entre ambas se había convertido en una amistad que Lee apreciaba mucho.

—A mí también me gusta el turquesa —convino sin que, en realidad, le importara lo que se pondría para el baile militar del general Stevens, al que ella y su tía iban a asistir esa noche con el coronel Wingate.

Echó una mirada rápida a su doncella.

—Pensaba si podría hacerte una pregunta, Jeannie.

La doncella dejó de preocuparse del vestido.

—Pues claro, *chérie*. ¿Qué es lo que quieres saber?

—He conocido a un hombre...

Jeannie puso los ojos en blanco.

—¿Un hombre? Conoces legiones de ellos cada noche, *n'est-ce pas?*

—Sí, pero éste es diferente. No es rico ni tiene posición social ni nada que lo haga recomendable, sin embargo lo encuentro infinitamente atractivo. Me preguntaba si... Bueno, ¿qué pensarías acerca de que escogiera un hombre así como amante?

Una de las cejas castañas de Jeannie se arqueó de pronto.

—Tu tía Gabriella... Sabes que no lo aprobaría.

—Lo sé perfectamente. Ella quiere que escoja a un hombre distinguido, alguien con dinero, puede incluso que con título. Piensa que eso me hará feliz.

—¿Y tú qué piensas, *chérie?*

—A mí todo eso me trae sin cuidado.

Jeannie alargó el brazo y le apretó la mano.

—Yo creo que, al final, tendrás que escoger a un hombre que te pueda proporcionar ciertas cosas, un hombre que se mueva entre los que tengan la misma fortuna con la que te has criado. Pero todavía eres joven. Aunque tu tía ha mantenido bien guardado el secreto, por lo que hace a los hombres eres una ingenua. Si quieres a ese hombre..., si él es capaz de transportarte al mundo de pasión que tan importante será en tu futuro, entonces creo que deberías tenerlo. —Jeannie sonrió—. Todas las mujeres se merecen un hombre que pueda darles los sueños de su corazón.

—¿Aun cuando esos sueños no puedan durar?

La doncella asintió con la cabeza.

—*Oui, chérie.* Sobre todo si esos sueños no pueden durar.

Lee volvió a mirar fijamente a través de la ventana con la cabeza repleta de pensamientos turbulentos.

—Lo meditaré, Jeannie. Faltan sólo unas semanas para mi cumpleaños. Ya va siendo hora de que empiece a hacer mi propia vida. Parece que la única manera de que a una mujer de mi edad se le permita realizar tal cosa es casarse o escoger a un hombre que actúe como protector. Le he hecho una promesa a mi tía y pretendo mantener mi palabra. Pero tal vez, mientras tanto, puede que escoja algo por mi cuenta.

Jeannie sonrió.

—Haz lo que te dicte el corazón. Perdí a mi Robert, pero durante una época lo amé, y él a mí. No cambiaría el breve tiempo que estuvimos juntos por nada.

Lee pensó en Caleb Tanner. Jacob no tardaría en volver y Caleb pasaría a la historia.

En cierto sentido, quizá fuera el amante perfecto.

8

—Lamento tremendamente molestarla, señorita, pero está aquí una tal señora Hickam que desea verla —anunció Jones, el mayordomo, perfectamente erguido. La raya que separaba su cabello por la mitad dejaba ver una piel blanca.

—Gracias, señor Jones. Hablaré con ella aquí, si me hace el favor.

¿Annie Hickam allí? ¿Había hecho la pobrecita todo el trayecto desde Buford Street a pie? En tal caso, se dijo Lee, el asunto debía de ser importante. La preocupación hizo que el corazón se le acelerara de golpe.

Jones se inclinó en una elegante reverencia, y los rizos junto a sus orejas se movieron. Salió de la sala de los Cirros y volvió a los pocos minutos con la «señora» Annie Hickam pisándole los talones. Al entrar, la mujer clavó la mirada en el techo sobrecogida por la escena allí pintada en la que, sobre un cielo azul, se representaban unas nubes llenas de querubines.

—¡Me ca...! ¿No es impresionante? —Giró sobre sí misma para observar la sala desde ángulos diferentes, haciendo que su sencilla falda marrón crujiera alrededor de los gastados zapatos marrones que calzaba.

—Hola, Annie. Me alegro de verte. —Lee le dio la bienvenida con una sonrisa y le cogió la mano, y, por primera vez, Annie pareció darse cuenta de dónde estaba.

—Buenas tardes, señorita —dijo, un tanto avergonzada—. Gracias por recibirme.

—Admitiré que estoy un poco sorprendida de que hayas hecho un viaje tan largo desde la ciudad. ¿Va todo bien?

Annie exhaló un suspiro de cansancio.

—No lo sé, señorita. Ésa es la razón de que haya venido.

—¿Por qué no nos sentamos y pido al señor Jones que nos traiga un té?

Annie sacudió la cabeza al tiempo que jugueteaba tímidamente con la tela de su sencilla blusa blanca.

—Oh, no, señorita, no querría ser una molestia —dijo.

—No pasa nada. Te prometo que no es ningún problema en absoluto.

Lee hizo una seña al mayordomo, que seguía haciendo guardia junto a la puerta. Jones se dio la vuelta y desapareció por el pasillo, y, tan pronto lo hizo, Lee instó a Annie a sentarse en uno de los sofás de brocado color crema. La alta mujer se dejó caer cansinamente sobre el asiento.

—Muy bien —dijo Lee—. Ahora cuéntame qué es lo que te ha alterado tanto para atravesar todo Londres.

—Se trata de Mary, señorita —explicó Annie—. Se ha ido.

—¿Ido? ¿Qué quieres decir? ¿Adónde se ha ido?

—Sólo eso. Ninguna de nosotras tiene la más remota idea. La última vez que la vimos fue hace tres noches. Mary se fue a la cama como todas las demás. Ya estaba en su cuarto cuando apagué la lámpara que hay junto a la cuna de la pequeña Jilly. A la mañana siguiente, Mary no estaba allí. Pensamos que quizás hubiera madrugado para ir a ver a unos amigos, pero si fue así, hasta ahora no ha regresado.

—¿Has hablado con las autoridades? —preguntó Lee.

—Sí, señorita. Justito esta mañana, antes de abandonar la ciudad. El sereno me ha prometido que estaría alerta, pero lo único que le puedo decir, señorita, es que tengo miedo. Esto no es propio de nuestra Mary... En absoluto.

Un ruido en el pasillo desvió la preocupación de Lee durante un instante. Observó a Jones mientras introducía el carrito del té en la sala y se dijo que Annie tenía razón: aquello no era propio de Mary, en absoluto. Era una chica dulce, más bien tímida, y no de las que salen solas. Había sido una presa fácil para el joven Freddie Hully... y seguía desesperadamente enamorada de él.

—No se me ocurre adónde puede haber ido —dijo Lee y, acto seguido, se dirigió al carrito del té—. De haber tenido dinero suficiente, podría haber seguido a Freddie..., lo cual no le habría hecho ningún bien.

—No, señorita. Por lo que hacía a la pobre Mary, el chico no tenía buenas intenciones.

Lee empezó a servir el té y percibió su aroma floral a manzanilla.

—Te llevaré de vuelta a la ciudad y hablaré con las autoridades personalmente. Mi tía puede consultar a lord Claymont. Quizás él pueda ayudarnos.

—Gracias, señorita. Rose, Sarah, Helen y yo... sabíamos que nos ayudaría.

Vermillion regresó a Parklands varias horas después de su viaje a la ciudad con no menos frustración que la de Annie. La magistratura se negaba a creer que hubiera ocurrido alguna desgracia. No habían encontrado rastro de Mary, ni muerta ni herida. Y sin cuerpo no había crimen. En cierto sentido, Lee agradecía la esperanza que ello entrañaba.

Había hablado con tía Gabby, por supuesto, que no sentía mucho interés por la casa de Buford Street, aunque siempre la había apoyado. A Gabriella le entristeció pensar que una de aquellas pobres chicas pudiera haberse visto envuelta en problemas aún peores que a los que ya se había enfrentado.

La inquietud de su tía sólo aumentó la preocupación de Lee.

Presa del desasosiego e incapaz de aclarar sus ideas, se vistió con un traje de montar de sarga color canela y se dirigió a los establos. *Noir* y otros dos purasangres de Parklands ya estaban camino de Newmarket. Habían tenido que contratar a un arriero, un hombretón llamado Jack Johnson, para que llevara los caballos hasta allí, pero los tres días de carreras eran importantes, y las apuestas, altas; una recompensa que revertiría en la mejora de la cuadra.

Parklands no presentaba muchos caballos a las carreras, pero Lee podía decir con orgullo que los pocos de su propiedad eran unos campeones.

Caleb Tanner y Jimmy Murphy partirían hacia Newmarket a la mañana siguiente, y ella y su tía harían el viaje un día después.

El sol estaba alto, y Lee se paró junto a la valla para observar a las yeguas y a los potrillos que retozaban juguetonamente en el campo, aunque su mente no paraba de volver a Mary y a la preocupación de que algo horrible podía haber sucedido.

—¿Qué ocurre? Parece que haya perdido a su mejor amiga.

Se volvió al oír el sonido de la voz profunda de Caleb Tanner; levantó la vista hacia él y suspiró.

—A una de ellas, al menos.

Lee le habló de Mary y de la casa de Buford Street, y le contó que la chica estaba embarazada de cinco meses y que había desaparecido. No podría decir por qué confió en Caleb, pero después de hacerlo se encontró mejor.

—Estoy preocupada por ella. Ojalá tuviera la certeza de que está a salvo —añadió.

—¿Dice que la chica fue doncella aquí, en Parklands?

—Sí. Así fue como conoció a Freddie Hully, el padre del bebé. Trabajaba en la herrería del pueblo.

—¿Qué cree que puede haberle ocurrido?

Hubo algo en el tono de Caleb que provocó que Lee le lanzase una mirada.

—No lo sé. Tenía muy poco dinero. No se me ocurre por qué habría de irse de la forma en que lo hizo.

—Quizá volvió Freddie, y se marchó con él, sencillamente.

Lee caviló sobre ello, una idea que ya se le había ocurrido.

—Supongo que es posible.

Desvió la mirada hacia los caballos que galopaban por el campo. El pequeño potro color arena, al que ella había puesto *Loch*, coceó al aire y se lanzó a una carrera desenfrenada por el prado.

—Puede que tengamos noticias de ella —dijo Lee, sin dejar de pensar en Mary—. Supongo que no tiene ningún sentido preocuparse.

—No, en lo más mínimo. ¿Por qué no le ensillo a *Grand Coeur*? Un buen paseo a caballo la ayudaría a despejarse —propuso Caleb.

—Sí, con esa esperanza vine hasta aquí.

Caleb no apartó la mirada de la cara de Lee.

—Tal vez hoy pudiera acompañarla.

Incluso en la distancia, ella pudo ver la avidez de su mirada, el ardor que Caleb no se molestaba en ocultar. Lee sabía lo que él quería. Se lo había dejado más que claro. Pero no le tenía miedo y estaba cansada y preocupada; además, cabalgar con Caleb sin duda alejaría de su mente los pensamientos acerca de la pobre Mary.

—Muy bien. Me encantaría que me acompañase —dijo al fin.

Caleb se adentró en la penumbra del establo pensando en Vermillion y en la invitación que acababa de recibir. Ella sabía que la deseaba. Su imaginación se perdió en imágenes de los pechos turgentes y la estrecha cintura de la chica, en cómo sería tenerla bajo su cuerpo, desnuda y retorciéndose. El deseo dominó su sexo y le provocó una dolorosa erección.

Ignoró una oleada de lujuria y se obligó a desechar aquellas imágenes. Tenía otros asuntos más importantes en los que pensar y haría bien en recordarlo. Pensó en la mujer, Mary Goodhouse, una de las que había visto a través de la ventana el día que había viajado a Londres.

¿Le habría ocurrido algo a la chica, realmente?, ¿o sólo se había largado con el muchacho que la había dejado embarazada?

Caleb pensó en los secretos que sus superiores creían se recababan en Parklands y se pasaban a los franceses. La chica había trabajado allí como doncella. ¿Podría haber alguna conexión con su repentina desaparición? Esa noche enviaría una nota sobre la chica desaparecida al coronel Cox por medio del contacto que se había establecido para él en el pueblo. Un platero llamado Cyrus Swift se aseguraría de hacer llegar la nota a su superior.

Caleb apretó la cincha de la silla de Lee y comprobó los estribos. Por ahora, se dijo, Vermillion lo había invitado a acompañarla. Volvió a tener una erección y tuvo que cambiar la posición de su pene para aliviar la presión contra la parte delantera de sus pantalones de montar.

La excitación siguió hasta que terminó de ensillar a *Grand Coeur* y luego se ocupó del zaino, al que cepilló el pelaje antes de colocarle la silla plana. *Coeur* relinchó suavemente cuando Caleb condujo a los dos animales hasta el patio.

El sol brillaba con fuerza en lo alto, y unas nubes gruesas y blancas flotaban en un cielo azul celeste. Con los campos convertidos en un brillante manto verde esmeralda y los árboles de los setos con todas sus hojas, era el día perfecto para montar a caballo.

La tarde perfecta para la seducción.

Ayudó a Vermillion a subir a la silla de mujer, dejando que sus manos se demorasen en la cintura de la chica y que ésta viera el deseo escrito en sus ojos y se preguntara por las intenciones del caballerizo. A él, el corazón se le había acelerado, pero también a ella; Caleb pudo ver la rápida palpitación en el hueco de la base del cuello de Lee.

Desde la mañana en la que él la había besado en el establo, cada vez que la veía cabalgar a través de los campos todo cuanto podía hacer era no seguirla. Sabía que ella lo deseaba. Siempre que estaban juntos el aire entre ellos parecía más caliente, y la distancia que los separaba se inflamaba con el calor.

Caleb no pudo evitar preguntarse cómo respondería ella si, una vez que hubieran alcanzado la protección de los árboles, la bajara a la fuerza del caballo y la abrazara, si la besara con la misma pasión que ya le había mostrado anteriormente.

103

Caleb le lanzó una mirada y reparó en el intenso color de las mejillas de Vermillion. Tenía intención de averiguar qué haría exactamente la dama, y ése parecía el momento idóneo. A la mañana siguiente partiría rumbo a Newmarket para asistir a la carrera hípica; esta noche enviaría recado sobre la desaparición de Mary al coronel Cox. En el ínterin, seducir a Vermillion en la placidez de la tarde ocupaba la mayor parte de sus pensamientos.

Ella lo examinó y sonrió, y él pensó que casi parecía vergonzosa.

—Estoy lista si usted lo está.

Era una artimaña, él lo sabía, y sin embargo encontraba atractiva la fingida inocencia de la chica. Caleb asintió con la cabeza, pensando en lo hermosa que estaba con aquella falda de montar color canela.

La deseaba.

Y ese día tenía intención de poseerla.

Vermillion no se había molestado en recogerse el pelo, que le caía suelto por la espalda, sujeto a ambos lados por unos pequeños pasadores de carey. Unos mechones color rubí bailaron sobre sus mejillas al subir a la silla de mujer, y la presión en las partes pudendas de Caleb se hizo más dolorosa. Él se preguntó si la joven habría advertido su evidente excitación, se acercó al caballo, puso el pie en el estribo metálico y montó.

—Cabalguemos hasta el extremo norte del campo —dijo él. «Hasta la cabaña de pastores», pensó. La construcción estaba en ruinas, como él había descubierto no hacía mucho, en demasiado mal estado para que sirviera a sus propósitos, pero un poco más allá de la cabaña había un diminuto prado solitario que cuadraba a la perfección con sus planes.

—De acuerdo —aceptó Vermillion.

Salió la primera, y Caleb la siguió, disfrutando de la visión de verla montar y admirando su control del caballo. Era una amazona fantástica. Caleb sonrió al pensar en sus intenciones de aplicar aquel talento a un cometido bastante más íntimo.

Por delante de él, Vermillion mantuvo al caballo en un paso lento, saltando un cercado aquí y allí, haciendo cruzar un arroyo a *Grand Coeur* sin dificultad. Cuando empezaba a tomar una dirección equivocada, Caleb se adelantaba un poco, le interceptaba el paso y la desviaba sin que ella se diera cuenta hacia el lugar que tenía en mente.

—Vayamos por aquí —decía, y Lee lo seguía con una sonrisa.

No tardaron mucho en llegar a la cabaña de pastores. Vermillion la dejó atrás y Caleb hizo lo mismo. Tan pronto estuvieron en el prado, él detuvo al caballo y lo hizo girar para quedar frente a ella.

—¿Por qué no les damos un descanso? Parece como si hubiera una fuente justo allí. —Señaló en aquella dirección—. Y hay suficiente hierba para tenerlos contentos.

—A mí también me vendría bien estirar las piernas —dijo Vermillion.

Caleb desmontó y bajó a la joven de la silla sujetándola un poco más cerca de lo necesario; le dejó que absorbiera el calor que él irradiaba y le permitió saber lo que ella obraba en su cuerpo. Pero cuando Lee se estremeció ligeramente, la soltó y se apartó. Entonces regresó junto a su caballo, desató la manta que llevaba detrás de la silla y sacó dos juegos de maniotas de las alforjas. Tras colocar un par a cada caballo, les quitó los correajes de la cabeza y los mandó a pastar.

Vermillion lo estaba mirando cuando él empezó a caminar hacia ella. Sofocó un grito ahogado de sorpresa: Caleb había tirado la manta a un lado y, con los brazos extendidos, la atraía hacia sí. No tuvo tiempo para protestar; Caleb se limitó a inclinar la cabeza y se apoderó de sus labios. Eran suaves como la seda, tersos y dulces como la miel, y también, observó Caleb, un tanto temblorosos bajo su ataque decidido.

Fue un acto inteligente que él estaba empezando a disfrutar. La provocó besándola en las comisuras de la boca, convenciéndola de que la abriera para él, tras lo cual intensificó el beso con la lengua. La erección había estado yendo y viniendo durante todo el día; la necesidad acuciaba su miembro, palpitante por el calor de la densa sangre que lo llenaba.

Deslizó las manos hacia abajo, sobre el terciopelo de su falda de montar calentada por el sol. Ahuecó las manos en las nalgas de Lee, comprobó su firmeza y la levantó contra él, dejando que ella apreciara su erección y haciéndole saber cuáles eran sus intenciones.

Durante un instante el cuerpo de Lee se puso rígido y se apartó ligeramente. Caleb le reclamó los labios de nuevo y la besó con mucha suavidad. Le mordisqueó las comisuras de la boca, disfrutando del juego, y le deslizó la lengua en la húmeda y dulce cavidad. Profundizó el beso y la sintió temblar, intentando convencerla con cada caricia de que le diera lo que él quería; entonces Vermillion respondió fundiéndose con él, deslizándole los brazos alrededor del cuello.

Quería arrastrarla a la hierba y levantarle las faldas, quería cubrir aquel cuerpo pequeño y exuberante, y poseerlo. En lugar de hacerlo, se obligó a ir despacio. Deseaba que ella disfrutara, que los dos gozasen. No sabía con cuántos hombres había estado Vermillion, pero quería figurar entre aquellos que ella recordase. No sabía por qué eso era importante, sólo que lo era.

Sintió los dedos de Vermillion clavándose en sus hombros y la besó con más pasión, reclamándole los labios, primero de una forma, luego de otra, mientras que con las manos le desataba los lazos de satén negro de la parte delantera de la chaqueta. Le quitó la prenda con cuidado por los hombros y la dejó caer al suelo, a los pies de Lee. Ella pareció no darse cuenta. El corpiño del vestido era indecentemente escotado, y no le resultó difícil deslizar dentro los dedos y ahuecar la mano sobre uno de los redondos y blancos senos.

Eran redondos, y más firmes de lo que Caleb había imaginado, pesados y calientes al tacto. Le dio un vuelco el corazón, y el fuego descendió a su sexo. La sangre que le golpeaba en los oídos hizo que su pulso se debilitara, aletargándose. Vermillion soltó un débil y suave gemido, que fue más un maullido, cuando él empezó a acariciar el seno turgente, a amasarle el pezón y a pellizcárselo con suavidad. Notó que cierta lasitud se apoderaba de Lee, como si las rodillas se negaran a sujetarla. Los dedos de Caleb se ahuecaron en la dulce curva de sus nalgas para levantarla y abrazarla contra él, mientras ella se aferraba a su cuello.

—Caleb —susurró con voz débil y entrecortada, desbordada por el creciente deseo.

—Tranquila —contestó él en otro susurro, intentando controlar la lujuria desenfrenada, decidido a que la experiencia durase.

Empezó a desabrochar los diminutos botones de azabache de la espalda del vestido, sintiendo cómo se separaban uno a uno, al tiempo que con los dedos le acariciaba la suave piel de debajo. Le deslizó el corpiño del traje por los hombros, dejándola desnuda hasta la cintura, y se apartó apenas para disfrutar de la visión.

Los senos de Vermillion eran generosos y turgentes, culminados por grandes areolas rosas que, cuando Caleb las contempló con detenimiento, se estremecieron. El deseo se apoderó de él. Su sexo se tensó dolorosamente, y él se preguntó cuánto tiempo más podría resistir la increíble tentación que ella suponía.

Alargó las manos, las ahuecó sobre los erguidos pechos de Vermillion, bajó la cabeza y aproximó la boca a uno de sus pezones, duros como el diamante. Ella gimoteó y arqueó la espalda para permitirle un mejor acceso y le deslizó los dedos por el pelo. Caleb se dijo que sabía a pétalos de rosa o a seda, o puede que un poco a ambas cosas. Vermillion temblaba, aferrada a él, haciendo pequeños ruidos guturales, mientras que la excitación de Caleb palpitaba, se hacía más dura y presionaba dolorosamente contra la parte delantera de los pantalones.

Tenía que poseerla... y pronto.

Tomó aire e intentó ir más despacio; se apartó un instante, se inclinó y cogió la manta y la extendió sobre la hierba a los pies de ella. Pero, cuando se volvió en busca de Vermillion, ésta se había echado atrás.

Se había vuelto a poner el corpiño del vestido y sujetaba la chaqueta delante del pecho.

—Te-tengo que regresar —dijo, con los ojos color aguamarina enormes y acuosos, como si fuera la inocente que con tanta frecuencia parecía ser.

—Esto es lo que desea —dijo él, cada vez más enfadado y cansado de aquel juego—. Los dos lo sabemos. No hay por qué seguir disimulando.

Vermillion se humedeció los labios nerviosamente, sin abandonar la mirada de desconfianza.

—Quizás en el momento adecuado, pero... todavía no. Hoy, no. —Se dio la vuelta y huyó hacia su caballo, inclinándose para coger la brida de camino.

Caleb la alcanzó con dos largas zancadas. Frustrado y furioso, le arrebató la brida de la mano.

—Deme esa maldita cosa. Si está decidida a irse, estaré encantado en hacerlo por usted. Es para esto para lo que me paga, ¿no es así?

Vermillion no dijo nada mientras Caleb embridaba al caballo y se arrodillaba para quitarle la maniota, pero se volvió a poner la chaqueta y empezó a abotonársela.

—Le diré lo que deberíamos hacer usted y yo —dijo él, volviéndose para encararla con una mirada dura y oscura—. Yo debería arrancarle esa ropa y tirarla sobre la manta. Debería darle exactamente lo que ha estado pidiéndome prácticamente desde el mismo momento en que llegué aquí.

Los ojos de Vermillion se abrieron como platos. Luego irguió la barbilla de golpe.

—Nunca le he pedido nada, Caleb Tanner. Es usted un zoquete y un zafio, y yo, ¡una imbécil por pensar que podría ser otra cosa! —Le quitó las riendas de la mano y empezó a guiar al caballo hacia un tronco caído.

Pero no logró llegar hasta allí, pues Caleb la cogió por la cintura y la subió al caballo, aplastándole el trasero con fuerza contra la silla.

Los ojos aguamarina de Vermillion ardieron.

—¡Es... es... usted es el hombre más exasperante que he conocido en mi vida!

Caleb curvó la comisura de la boca.

—Voy a poseerla, Vermillion, y los dos lo sabemos. La única duda es saber cuánto tiempo quiere que juguemos limpio.

Un gruñido de furia salió de la garganta de Vermillion. Hizo girar al caballo, hundió los pequeños talones en el costado del animal, haciendo que *Coeur* se pusiera en movimiento con una sacudida, y se alejó al galope.

Caleb la observó cabalgar por la colina con la falda de terciopelo rizándose al viento y el pelo rojo flotando, y pensó en la magnífica estampa que ofrecía.

La deseaba más que nunca.

Su sexo seguía erecto y le dolía. Se recordó que era sólo una cuestión de tiempo el que encontrara alivio. Como había dicho, tenía intención de poseerla.

Sintió que se le escapaba una sonrisa mientras la veía desaparecer por una colina lejana. Quizá Newmarket se revelara más interesante de lo que él había supuesto.

Con una decisión renovada, saltó sobre el lomo del caballo. Newmarket llegaría. Mientras tanto, tenía otros asuntos más acuciantes que atender. En cuanto regresara a la casa, escribiría una nota y cabalgaría hasta el pueblo. Tenía que enviar recado al coronel Cox.

Debía descubrir qué le había ocurrido a Mary Goodhouse.

9

Las carreras de Newmarket no se parecían a las de Epsom, cuyo hipódromo estaba más cerca de Londres y al que lo más selecto de la sociedad acudía en notable cantidad.

Newmarket era una ciudad más provinciana y, aunque importante centro de diversión, no había ni el exhibicionismo ni mucho menos la fanfarria que ofrecía Epsom..., aunque la población de aficionados a las carreras, trileros, vendedores de programas y prostitutas era, como poco, igual de numerosa.

Los principales espectadores allí eran hombres y unas pocas mujeres con menos preocupaciones por las comodidades de la creación que las damas de la ciudad. En Newmarket, las carreras se veían principalmente desde los carruajes, que se aparcaban a lo largo del perímetro de la pista de carreras. Ya estaban alineados allí. Algunos de sus ocupantes paseaban por los alrededores; otros extendían mantas sobre el césped, al lado de sus vehículos, sobre las que depositaban cestas con comida y botellones de vino. La tía Gabriella y su grupo no tardarían mucho en llegar para empezar las celebraciones del día.

Sin embargo Lee había llegado mucho antes. Sabiendo que Caleb estaría allí y teniendo en cuenta lo que había ocurrido entre ellos la última vez que estuvieron juntos, le había costado Dios y ayuda decidirse a ir a Newmarket. Pero los purasangres de Parklands eran de su responsabilidad. Jimmy Murphy y los demás mozos de cuadra esperarían verla, y ella no tenía ninguna intención de decepcionarlos; menos aún por culpa de Caleb Tanner.

Intentaba no pensar en los besos ardientes y en las caricias excitantes del prado. Si lo hacía, no sería capaz de enfrentarse a él. Lo cierto era que, en lugar de sentirse avergonzada, debería estar agradecida. Caleb le había dado a probar por primera vez la verdadera pasión.

Por desgracia, cuando ya había conseguido atisbar el mundo del placer al que accedería en su decimonoveno cumpleaños, tenía más dudas que nunca. Había dejado que Caleb la besara y la tocara como ningún hombre lo había hecho antes, pero la idea de que otro y no él se tomara las mismas libertades le resultaba del todo repulsiva.

No lo entendía. Ninguna de las mujeres que conocía parecía tener semejante sentimiento. Sentían placer con quienquiera que desearan, y la exclusividad no era algo que se tuviera en consideración.

Por supuesto, tía Gabby estaba comprometida con lord Claymont, pero no siempre había sido así. En sus años más desenfrenados había tenido una buena cantidad de amantes. Quizás, en cierto sentido, Lee fuera diferente. En su fuero interno le preocupaba que pudiera ser así. Incluso si lo fuera no podía hacer nada para cambiar las cosas o alterar el curso de su destino.

Las caballerizas se alzaban ante ella, un gran edificio de piedra rodeado de patios y compartimientos para los caballos que bullía con el ajetreo de los mozos de cuadra, que se afanaban en terminar sus tareas, y los relinchos y resoplidos de los caballos. Vermillion se armó de valor ante el inevitable encuentro con Caleb y entró.

Él estaba allí, en uno de los compartimientos, cepillando a un gran castrado negro llamado *Sentinel*. Se volvió al verla acercarse, y el pulso de Lee aumentó vertiginosamente al darse cuenta. ¡Dios santo! El hombre podía hacer que el corazón se desbocara en su pecho con sólo mirarla.

—Buenos días —le dijo Caleb con indiferencia—. Veo que ha llegado sin novedad.

Lee estudió el rostro de Caleb en un intento de localizar algún signo de enfado. Le había preocupado que pudiera burlarse de alguna manera, pero la expresión del hombre era afable, incluso amistosa, como advirtió ella con no poco alivio, y no había nada en sus modales que diera a entender la intimidad que habían compartido.

—El viaje transcurrió bastante agradablemente, gracias. —Lee realizó una rápida valoración del caballo negro y de un alazán llamado *Hannibal's Prize*, que también correría—. Parece que a los caballos también les fue bien.

Caleb deslizó el cepillo sobre el pelaje negro brillante de *Sentinel*.

—Según Jack Johnson, el arriero, llegaron sin ningún percance.

Hablaron un rato de la carrera en la que, más tarde ese mismo día, participarían los animales, y luego ella se fue para hablar con cada uno de los mozos de cuadra. Elogió a Jack Johnson por haber cuidado tan bien de los caballos y poco después se dirigió al yóquey, Jimmy Murphy.

—¿Cómo lo ves, Jimmy? Tú y *Noir* parece que habéis estado trabajando bien juntos. ¿Qué posibilidades crees que tiene de ganar contra unos participantes tan difíciles? —preguntó Lee.

Jimmy se dio cuenta de que llevaba puesta todavía la gorra de fieltro de montar y se la quitó de la cabeza de un tirón, dejando a la vista su brillante y alborotado pelo rojo.

—*Noir* es el mejor, señora. Ganará con total y absoluta seguridad.

—¿Y qué hay de *Sentinel* y *Hannibal's Prize*? ¿Crees que están preparados para esto?

—No tienen la experiencia de *Noir*, claro, pero son rápidos, señora. Y seguro que les gusta ganar.

—Entonces deja que lo hagan —dijo Lee con una sonrisa—. *Sentinel* corre mejor si permanece en el grupo hasta la última vuelta de la carrera. Contenlo hasta entonces. —Lanzó una rápida mirada hacia Caleb, que había llegado a su lado. Lee encontró un poco más difícil respirar con él tan cerca.

—Pero no lo encierres —dijo Caleb a Jimmy—. Mantenlo cerca de la cabeza o en el exterior del grupo. Cuando des la última vuelta, suéltalo. *Sentinel* hará el resto.

—Y con *Hannibal* —añadió Lee— no utilices la fusta. La odia. En lugar de avanzar, retrocederá. Aunque supongo que ya te habrás dado cuenta.

—Sí, señora —aceptó Jimmy—. El señor Tanner me lo advirtió.

—Bien. Como en todo lo demás, haz caso del señor Tanner. Sabe lo que se hace. —Lee no miró a Caleb esta vez, pero sus mejillas se sonrojaron. Él había sabido demasiado bien lo que hacía la otra tarde en el prado.

—Sí, señora —convino el yóquey—. Seguro que lo haré.

Jimmy se marchó, pero Caleb se quedó donde estaba, a sólo unos centímetros detrás de ella. Lee pudo sentir su robusta presencia, y el pulso se le aceleró.

—Hará un buen trabajo. Jimmy desea complacerla. —Su voz adquirió el mismo tono suave que utilizaba para mimar a los caballos—. A mí también me gustaría complacerla, Vermillion, y creo que ambos conocemos a la perfección la manera en que podría hacerlo.

Las mejillas de Lee empezaron a arder. Sintió un hormigueo en la piel, y el corazón le golpeó en el pecho. Él quería complacerla y conocía exactamente la manera. «¡Dios bendito!» Le vino a la memoria la manera en que Caleb se había regalado con su pecho, el placer feroz y abrasador, y de repente se sintió envuelta en calor.

—Mi... mi tía me estará esperando —dijo—. Tengo que irme.

Caleb esbozó una sonrisa.

—Tal vez necesite volver un poco más tarde. Esta noche, quizá... ¿Para hablar de la carrera de mañana?

«¡Oh, Dios!» Sintió que le temblaban las piernas y se le secaba la boca.

—No, cr-creo que no. Tengo que irme.

Se apartó de él y prácticamente salió corriendo de las caballerizas. El corazón seguía martilleando su pecho cuando divisó el coche de la tía Gabby. El vehículo de Wingate estaba parado detrás, y uno que pertenecía a Elizabeth Sorenson también.

Hizo una profunda inspiración y se dirigió hacia ellos intentando no pensar en Caleb, confiando en que no advirtieran el intenso rubor de sus mejillas. «Dios mío, ese hombre es una amenaza para la población femenina.»

Se obligó a sonreír y se dirigió al grupo que estaba más allá. Lord Claymont no había llegado todavía, pero no tardaría en hacerlo. En general, las mujeres eran excluidas del masculino mundo de las carreras, razón por la cual los purasangres de Parklands corrían bajo los colores azul y oro del conde, una estratagema que, si bien no engañaba a nadie, cumplía con las rígidas normas de conducta impuestas por el poderoso Jockey Club.

Vermillion se unió al grupo en el carruaje de tía Gabby, pero sus pensamientos siguieron con Caleb, el calor de sus ojos y lo que éstos le hacían cuando la miraba de la manera en que lo había hecho en las caballerizas. A Dios gracias, las carreras estaban a punto de empezar, primero una carrera a dos entre dos propietarios rivales y, después, una carrera por eliminatorias, en las que los caballos ganadores de cada una competían luego entre sí. Más tarde se correrían varias carreras de la modalidad en la que el caballo ganador se llevaba todas las apuestas, pruebas en las que competirían *Sentinel* y *Hannibal's Prize*. *Noir* no correría hasta pasados dos días, que era para cuando estaba programada la prueba de la Gold Cup de Newmarket.

Al final de la tarde, *Sentinel* había ganado su carrera, y *Journey* había sido tercero en otra. Los purasangres de Parklands habían realizado una excelente actuación hasta el momento, aunque estaba por llegar la gran carrera.

—¡Caramba, vaya día! —dijo entre risas tía Gabby—. Bien puedes sentirte orgullosa, querida. Te lleves o no los laureles, has demostrado ser una digna competidora.

A Vermillion le traía sin cuidado que su nombre apareciera en una de las copas de las carreras tipo porra. Le importaban los caballos y verlos correr.

—Eso no es lo más importante, pero ganar sienta bien. No puedo negarlo —reconoció la joven.

Más tarde, esa misma noche, asistió a la fiesta que dio la tía Gabby para celebrar la jornada y no se fue a la cama hasta casi el amanecer. Estaba agotada. Le dolían los pies de bailar durante tantas horas, y el exceso de champán le había producido dolor de cabeza. Tardó más de lo que esperaba en quedarse dormida y se despertó indispuesta y de mal humor.

—Odio llegar tarde —gruñó mientras se dirigía al hipódromo con Jeannie esa mañana en uno de los carruajes descubiertos—. Causa una mala impresión en los mozos de cuadra.

Dado que ninguno de sus caballos correría ese día, los restantes componentes de su grupo se habían quedado en la casa alquilada por tía Gabby... La mayoría de ellos todavía seguía en la cama.

—Tengo que hablar con Jimmy Murphy —añadió—. Hemos de repasar unas cuantas cosas en relación con la carrera de mañana.

—El chico estará allí... —dijo Jeannie—. Él la adora por dejarlo correr. Y también estará ese nuevo adiestrador. ¿Cómo se llama?

Vermillion ignoró el débil brinco que le dio el corazón.

—Tanner. Caleb Tanner.

—*Oui*... Ya me acuerdo. Es muy guapo, *n'est ce pas?*

Jeannie le lanzó una mirada. La mujer era su doncella y señorita de compañía desde hacía años. Jeannie la conocía bien, mejor incluso que su tía. Lee rezó para que Jeannie no sospechara que Caleb era el hombre que pensaba tomar como primer amante.

—Supongo que es atractivo... en un estilo bastante sencillo.

—El hombre tiene la constitución de un semental, ¿no? Le he visto trabajar. Toda esa fantástica musculatura y esos ojos... tan negros y ardientes.

—Me temo que no me he fijado —mintió Lee.

Jeannie no dijo nada más, pero sus labios se curvaron en una sonrisa de complicidad que Lee ignoró deliberadamente. No había manera de que su amiga tuviera ninguna certeza, y aquél era un tema sobre el que no tenía intención alguna de seguir discutiendo.

Por suerte estaban cerca del hipódromo y la atención de Jeannie se centró en el colorista espectáculo que se ofrecía a los sentidos. El cochero detuvo el carruaje a la sombra de un plátano y Lee se marchó a examinar los caballos.

Tal y como había esperado, los animales estaban bien atendidos. Caleb era un caballerizo muy concienzudo, tan capaz como lo había sido Jacob; tal vez incluso algo más. Pero mientras deambulaba por las cuadras, levantando motas de polvo e inhalando el inconfundible aroma de heno recién segado y de piel acabada de engrasar, no vio ni rastro de él.

Habló con Jack Johnson y con un niño rubio y menudo llamado Howie Pocock, a la sazón el mozo de cuadra más joven de Parklands.

—Estoy buscando a Jimmy. ¿Sabes adónde puede haber ido?

—Se marchó con el señor Tanner —dijo Howie—. Pero no estoy seguro de adónde fueron, señora.

—Gracias, Howie —dijo Lee—. Echaré un vistazo por ahí.

Como las carreras no habían dado comienzo aún, salió del establo y empezó a deambular en busca de los dos hombres; quería tener la certeza de que todo iba a estar listo para la importantísima carrera de la Gold Cup del día siguiente.

«Quizás estén en otro de los edificios», pensó al no ver a Jimmy y a Caleb entre los mozos y preparadores que pululaban por allí.

Decidió atajar entre dos construcciones de madera de techo bajo en las que se alojaban los caballos de otras cuadras, y cuando había recorrido la mitad del estrecho sendero, de las sombras en las que estaba inmersa la pared salió un hombre. No lo había visto al entrar en el camino, pues de lo contrario habría dado un rodeo.

—Buen día tenga usted, amorcito. —El hombre le sonrió, y Lee lamentó haberse dejado el sombrero en el carruaje. No llevaba uno de sus vestidos escotados, aunque los ojos color avellana del hombre la examinaron de arriba abajo como si se lo hubiera puesto—. Me parece que hoy es mi día de suerte.

Había algo en la mirada demasiado descarada del sujeto que hizo que en la cabeza de Lee sonara una campana de alerta.

—Disculpe —dijo—. Me temo que he tomado un camino equivocado en alguna parte.

Giró en redondo y empezó a desandar lo andado. Al oír las pisadas del hombre sobre la hierba detrás de ella aceleró el paso, pero una manaza la agarró de la cintura, y el hombre le dio la vuelta para dejarla frente a él.

—¿Qué prisa tienes, amorcito? —El hombre volvió a dejar vagar la mirada antes de clavarla en la redondez del pecho de Lee—. Seguro que tienes un par de minutos libres. —Era un hombre joven, rubio, muy ancho de hombros y no mal parecido, aunque su ropa presentaba un estado lamentable, llevaba el pelo enmarañado en la nuca y necesitaba un buen afeitado.

—Lo siento, señor, tengo asuntos que atender. Por favor, suélteme la mano.

Lee, furiosa consigo misma por haber tomado un camino tan solitario, sabiendo que había fulleros y estafadores por doquier, intentó liberar su mano forcejeando.

—Me llamo Danny —dijo el hombre, y la sujetó aún con más fuerza—. Y estoy encantado de haberte conocido —añadió, mientras Lee daba una ojeada al estrecho espacio que separaba los edificios y constataba que no había nadie más. El hombre empezó a tirar de ella hacia él—. Eres una putita preciosa, sin duda. Me doy cuenta de que no serás barata, amorcito, pero mi parné es tan bueno como el de cualquiera. —Levantó un par de piezas de plata—. ¿Qué me dices, moza? ¿Un revolcón rápido antes de que sigas tu camino?

Lee tragó saliva mientras empezaba a hacerse la luz en su cabeza. «¡Por Dios, me ha tomado por una buscona!» Ella no era tal cosa ni lo sería jamás. Lo que hacía una cortesana era diferente, le había dicho siempre su tía. Ella era la que controlaba, la que escogía. Eso significaba tanto libertad como placer. No era lo mismo ni por asomo.

—Me están esperando mis amigos. —Volvió a tirar de su muñeca—. Debo irme.

Lee tiró con más fuerza, pero el hombre, en lugar de soltarla, metió la mano que tenía libre en el bolsillo de sus pantalones bombachos harapientos y sacó otra moneda.

—Eres una estupenda negociadora, amor, pero apuesto a que lo vales.

Lee empezó a decirle que no estaba interesada en su dinero, pero el hombre actuó con tanta velocidad que sólo pudo soltar un chillido antes de encontrarse tumbada de espaldas debajo de él, aplastada por el tremendo peso del sujeto contra el césped que crecía entre los edificios.

—Suél... te... me —dijo entre jadeos, ya completamente furiosa, empujando el pecho del hombre para sacárselo de encima mientras intentaba tomar un poco de aire—. No soy una... puta... ¡imbécil! ¡No quiero su dinero!

Sin soltarle la muñeca, que arrastró hasta colocársela encima de la cabeza, el sujeto le dejó caer las monedas en la palma de la mano y le cerró los dedos sobre ellas, hecho lo cual empezó a levantarle la falda. Por primera vez Lee tuvo miedo de verdad.

—Suél... te... me.

Pero él hizo caso omiso, y la joven sintió una de las manos del hombre manoseándole el pecho. Podía notar su erección presionándole el vientre, y el miedo alcanzó su cenit estallando en verdadero pánico. Intentó gritar, pero la enmudeció con un beso húmedo y pegajoso. Lee tuvo una arcada e intentó apartar la cabeza a un lado, arañándose la mejilla con la barba crecida del hombre. Forcejeó con más ahínco para quitárselo de encima, porque una de las encallecidas manos del sujeto le trepaba en ese momento por el muslo; entonces él empezó a desabrocharse los botones del pantalón de montar.

Presa de la desesperación, Lee le mordió con fiereza el labio y sintió el sabor a cobre de la sangre.

—¡Aaaay! —La expresión jovial del sujeto se desvaneció de su rostro. Se limpió la sangre con el dorso de la mano—. ¡Pequeña puta! Ahora te voy a follar y me quedaré con el dinero. Te enseñaré a jugar con Danny Cheek.

Los intentos de gritar de Lee fueron amortiguados por la mano que le cubría la boca, mientras otro de los botones del pantalón de montar del hombre saltó. Ella volvió a forcejear, intentó morderlo, probó a liberarse retorciéndose, pero el hombre era grande y fuerte, y su gran peso la mantenía contra la hierba.

—Suéltala —ordenó una voz, familiar y suave, cargada de una amenaza mortal.

Cuando Lee la oyó, sintió una oleada de alivio tal que se mareó. Giró la cabeza lo suficiente para ver a Caleb, parado a unos metros de distancia, con las piernas separadas y los puños cerrados.

—He dicho que la sueltes —repitió él.

El corpachón de Danny Cheek se tensó. Luego su enorme peso se fue irguiendo a medida que se ponía de pie lentamente. Las lágrimas de alivio obstruyeron la garganta de Lee. Caleb estaba allí. Todo iría bien. Con manos temblorosas, se incorporó, se bajó el vestido y se cubrió las ligas y las medias. Luego se apoyó en la pared del edificio y se puso de pie con aire vacilante.

A poca distancia de ella, los dos hombres se miraban a la cara como si ambos quisieran descuartizar al otro miembro a miembro. La cara del rubio era de un rojo encendido, y Lee nunca había visto tanta furia en los oscuros ojos de Caleb.

Algo cambió en la expresión del hombre rubio. Le lanzó una mirada a Lee y se encogió de hombros, como si ya no fuera de su interés.

—Si tanto la deseas, amigo —dijo—, puedes quedártela. —Se agachó, cogió las monedas que había dejado en la hierba y se volvió para marcharse, pero en el último instante se dio la vuelta.

Lee pegó un grito cuando el sujeto lanzó un potente golpe contra Caleb, quien, como si lo hubiera estado esperando, lo esquivó y replicó con dureza soltándole un puñetazo. De la comisura de la boca del hombre rubio manó un hilillo de sangre. Un segundo puñetazo de Caleb impactó con tal fuerza en Danny Cheek que lo derribó. Gruñó al dar contra el suelo, antes de que su cabeza golpeara con fuerza la pared de madera del edificio. Con los ojos en blanco y la cara flácida, se quedó inmóvil.

El último atisbo de temor desapareció de Lee, dejándola sin fuerzas y temblorosa. Caleb permaneció donde estaba, todavía con los pies bien asentados y los puños cerrados. Soltó ligeramente el aire y levantó la vista hacia ella.

Empezó a dirigirse hacia Lee con el ceño fruncido, y ella no se dio cuenta de que estaba llorando hasta que él la estrechó entre sus brazos.

—No pasa nada —le dijo—. Está conmigo.

Lee se sintió atraída hacia el calor de Caleb, a la robusta sensación de su cuerpo.

—Lo siento, yo sólo...

—No pasa nada —repitió Caleb y, con una caricia, le retiró un rizo que se había soltado de las horquillas y le caía junto a la oreja—. Ése ya no la volverá a molestar.

Lee se agarró a la pechera de la burda camisa de Caleb. Quería dejar de temblar, pero no podía evitar pensar en lo que podía haber ocurrido, y nuevas lágrimas le hicieron escocer los ojos. Caleb se limitaba a abrazarla, apretándola contra la calidez de su pecho.

—No me... Al principio no me asustó, pero luego... no era capaz de detenerlo ni de huir. —Respiró trémulamente, pero no se soltó, y Caleb tampoco.

Antes bien, éste pareció intensificar el abrazo.

—Ya pasó —dijo Caleb, y Lee sintió los labios de él sobre su pelo—. Sólo fue una equivocación. No hay nada más que temer.

Ella asintió con la cabeza, todavía entre sus brazos, mientras absorbía la sensación de seguridad que en nada se parecía a cualquier cosa que hubiera sentido con anterioridad. Caleb era diferente. Lo sabía en alguna parte profunda y primaria de su ser. No podía compararse a ningún otro hombre que conociera. Por exasperante que pudiera ser, siempre parecía estar presente cuando lo necesitaba.

Hizo otra profunda inspiración, se puso derecha y lo soltó, obligándose a separarse de él.

—Gracias, Caleb. No sé qué habría ocurrido si...

—Ese hombre es un idiota. Se acabó, y usted ya está a salvo. Eso es todo. —Caleb lanzó una mirada rápida a la figura desmadejada contra la pared, pasó una mano protectora por la cintura a Lee y empezó a conducirla fuera del sendero. Detrás de ellos, la joven oyó que el hombre rubio gruñía y empezaba a moverse sobre la hierba, pero pensó que no los seguiría. La mirada asesina de Caleb le había advertido de lo que ocurriría en caso de hacerlo.

Caleb se detuvo en un lugar resguardado, detrás de un seto, y le dio la vuelta hasta ponerla frente a él. Le cogió la barbilla para examinar los arañazos producidos por la barba del hombre y con un pañuelo le limpió un poco de suciedad debajo de la oreja. Luego, al tiempo que mascullaba una maldición, volvió a meterse el pañuelo en el bolsillo, y Lee se dio cuenta de que seguía enfadado.

—Me parece increíble que se metiera sola por aquel camino cuando sabe muy bien qué clase de sujetos frecuentan estos lugares. ¿En qué demonios estaba pensando?

Lee tragó saliva y se esforzó por que la dura mirada que Caleb le dirigía en ese momento no la intimidara.

—Estaba buscando a Jimmy. Quería asegurarme de que estaba todo preparado para la carrera de mañana. Supe que había cometido un error en el momento en que vi al hombre en el sendero, pero para entonces era demasiado tarde.

La expresión de Caleb no se suavizó.

—¡Maldita sea!, si sigue temblando. Creía que, dada su profesión, sabría cómo refrenar la lujuria no deseada de los hombres.

Caleb hablaba a Vermillion, pero era Lee la que había estado a punto de ser violada... por error o no. Ella levantó la barbilla y confió en que no empezara a temblarle.

—Acostarse con un amante no tiene nada que ver con someterse a la voluntad de cualquier rata de alcantarilla de escasa moralidad. Creía que, hasta un hombre como usted, sería capaz de entenderlo.

Se alejó de él, intentando no pensar en lo que había estado a punto de suceder y decidida a no dejarle ver lo ofendida que realmente estaba. Empezó a correr a lo largo del seto, desesperada por encontrar un momento para serenarse, para convertirse de nuevo en Vermillion, pero el sonido de las botas de Caleb golpeando la hierba a sus espaldas le indicó que no iba a escapar.

Giró en redondo y le plantó cara, y Caleb debió de advertir lo pálida que estaba, porque, aunque sólo un instante, dudó antes de atraerla entre sus brazos.

—Lo siento, caray. Cuando la vi forcejeando con ese gran zoquete rubio algo explotó en mi interior —dijo él, y Lee sintió su barbilla encima de la cabeza—. Howie me dijo que había salido en busca de Jimmy, y cuando me mostró el camino que había tomado temí que pudiera verse en problemas. —La apartó sin dejar de sujetarla—. No vuelva a hacer semejante cosa, ¿me oye?

Lee levantó la vista, vio el sombrío y feroz ceño de Caleb y empezó a sonreír. Era su patrona, la mujer que le pagaba el salario. Sólo Caleb Tanner podía tener la desfachatez de darle órdenes. Y, sin embargo, encontró su preocupación extrañamente atractiva.

El ceño de Caleb se hizo aún más sombrío.

—¿Le parece divertido? La han maltratado y casi la violan, ¿y le resulta divertido?

Lee negó con la cabeza y se esforzó por reprimir una sonrisa.

—No creo que tenga la más mínima gracia. Sin embargo, lo que sí encuentro divertido es su osadía... si tenemos en cuenta que se supone que soy yo quien da las órdenes. Y me siento absolutamente conmovida por su preocupación. Gracias de nuevo, Caleb. No olvidaré lo que ha hecho hoy por mí. Y, en el futuro, sin duda seré más prudente.

El ceño de Caleb desapareció, pero la preocupación continuó.

—Vermillion, éste no es un lugar para que una mujer ande sola.

Ella esbozó la sonrisa.

—Lee —dijo a Caleb con dulzura—. Mis amigos me llaman Lee.

Entonces se dio la vuelta y se alejó.

Llegó el día de la Gold Cup y Vermillion, en compañía de su tía y de varios carruajes llenos de miembros de su grupo alegremente ataviados, abandonó la casa y se dirigió al hipódromo. Aunque el sol relucía sobre la hilera de carruajes que flanqueaban la pista, un viento fuerte sacudía las banderas y banderines situados a lo largo de la distancia que correrían los caballos.

Vermillion, sentada en el carruaje junto al coronel Wingate, contemplaba el colorista espectáculo y a los yóqueis que daban vueltas por los alrededores vestidos con los brillantes colores de las cuadras de sus patronos: el escarlata y azul del conde de Winston, el imponente verde y oro que representaba al duque de Chester, el familiar blanco y morado del conde de Rotham...

Desde donde estaba podía ver a la condesa, sentada enfrente del conde en un coche situado un poco más adelante. La ocasional asistencia conjunta venía motivada por el decoro. El coronel Wingate, sentado enfrente de la tía Gabby y al lado de Vermillion, se inclinó hacia ésta.

—Es casi la hora, querida. Con su permiso, me gustaría hacer una apuesta en su nombre. —El coronel, ataviado con el uniforme completo del regimiento de la Caballería Real, con las charreteras brillando sobre la casaca roja, tenía un aspecto imponente—. He hablado con su tía —dijo, y se atusó el negro bigote—. Si *Noir* gana la carrera, intentaré organizar una fiesta esta noche para celebrarlo.

Vermillion sonrió.

—Eso sería magnífico, coronel. —En algún momento de los últimos días, había eliminado a Wingate como candidato a protector, pero, en el más puro estilo militar, el coronel se había negado a abandonar la lucha.

—¿Y la apuesta? —insistió el coronel.

—Aceptaría encantada.

Wingate, amigo íntimo de lord Claymont desde el internado, contaba con la predilección de tía Gabby. Quizá fuera ésa la razón de que ésta hubiera hablado en nombre del coronel en relación a su petición como protector. «El hombre es un oficial muy respetado, querida —le había dicho—. Oliver es inteligente y amable, si bien un poco estirado en ocasiones. Y te darás cuenta de que te adora.»

Wingate estaba como loco con la idea de acostarse con ella, pensó Vermillion, de vencer a hombres más jóvenes y, por tanto, de demostrar su virilidad. Pero ella ya no estaba interesada en el coronel y no creía que eso fuera a cambiar. Como si de la carrera que estaba a punto de empezar se tratara, había limitado los competidores a Mondale y a Nash, que, ante la proximidad de su cumpleaños, llegaban a la meta cabeza con cabeza.

El asistente de Wingate, el teniente Oxley, habló cuando el coronel se levantó para marcharse.

—¿Quiere que la haga por usted, coronel? El punto de apuestas está justo allí, detrás de los árboles.

El teniente era un joven de unos veintitantos años, con el pelo rubio rojizo y los ojos color avellana, y también lucía el mismo imponente uniforme escarlata. Aunque no era precisamente apuesto, cierto aire de encantadora timidez lo hacía atractivo.

—Gracias, teniente. —Wingate le entregó una bolsa de monedas y lo instruyó acerca de cuánto quería apostar por cada uno.

Oxley se marchó y Vermillion se agitó en el asiento, inquieta por que empezara la carrera.

Vio a Caleb Tanner por el rabillo del ojo, que caminaba hacia ella con el mismo porte enhiesto que el coronel, una circunstancia que ella ya había advertido con anterioridad. A su lado, un hombre más bajo, vestido con una casaca gris oscura y unos pantalones gris perla, se afanaba en igualar las zancadas de las largas piernas de Caleb.

Los dos hombres se pararon delante de ella y la expresión adusta de Caleb la puso en alerta.

—Lamento molestarla, señorita Durant, pero éste es el agente de policía Shaw. Está aquí por un asunto de cierta importancia.

El hombre se quitó el alto sombrero de piel de castor, que mantuvo firmemente agarrado en una mano, y apareció una cara flaca de rasgos duros y demacrados. Vermillion volvió a mirar a Caleb en busca de alguna indicación que explicara la presencia del hombre, pero la expresión del caballerizo permaneció inescrutable. La joven comprendió de pronto.

Se le hizo un nudo en el estómago y empezaron a temblarle las manos. Se levantó con aire vacilante, rezando para que estuviera equivocada.

—Si me disculpan...

—¿Qué sucede, querida? —preguntó con preocupación tía Gabby.

—Todavía no lo sé con seguridad.

El coronel se levantó a su lado.

—La acompañaré, querida, y descubriremos de qué se trata todo esto.

Lee lo detuvo poniéndole una mano en el hombro.

—Gracias, coronel, pero preferiría hablar con el agente en privado.

Wingate lanzó una rápida mirada a Gabriella, que se limitó a mover la cabeza, acostumbrada a la independencia de su sobrina. Independencia que, hasta donde Lee podía recordar, ella misma había fomentado.

Wingate hizo una forzada inclinación de cabeza.

—Como desee, querida.

Se apartó del coronel, bajó la escalerilla del carruaje y caminó hasta donde se encontraban Caleb y el agente Shaw. Éstos se hallaban a la sombra de un árbol lo bastante alejado para que no se les pudiera oír. Se le ocurrió que debía decir a Caleb que se fuera, tal y como había hecho con el coronel, pero el corazón le golpeaba en el pecho a causa del miedo y deseaba que se quedara.

—Lamento ser el portador de malas noticias, señorita Durant —dijo el agente de policía—, pero están en relación con el asunto de la señorita Mary Goodhouse.

Lee se armó de valor e intentó acordarse de respirar.

—¿La han... la han encontrado, entonces?

—Me temo que sí, señorita. Por desgracia, la señorita Goodhouse fue hallada a altas horas de la noche flotando en el Támesis. De esto hace dos días.

Aturdida, Lee se tambaleó y apretó los dientes al sentir una náusea. Caleb le puso una de sus fuertes manos en la cintura, y Lee le agarró del brazo hasta que los puntitos que bailaban ante sus ojos se desvanecieron.

—Respire hondo —dijo Caleb en voz baja, y Lee inspiró varias veces, hasta que la náusea remitió—. ¿Mejor?

Ella asintió con la cabeza.

—Sí..., gracias. —Intentó sonreír, pero sus labios se negaron, y tuvo que obligarse a reprimir las lágrimas—. Es que ha sido una impresión muy grande, eso es todo. Había albergado esperanzas... Rezaba para que Mary simplemente se hubiera ido con un amigo o que tal vez estuviera intentando ir tras los pasos de Freddie Hully, el hombre al que amaba.

El agente de policía le daba vueltas en la mano al ala del sombrero.

—Parece que no ha sido así —dijo—. Odio no ser considerado, señorita Durant, pero el hecho es que se ha cometido un asesinato, y confiábamos en que tal vez usted pudiera arrojar alguna luz sobre el crimen.

«Asesinato.» La palabra revoloteó en su cabeza con todas sus horribles implicaciones, y la náusea volvió.

—Ayudaré en todo lo que pueda.

El agente lanzó una mirada a Caleb, que tenía las mandíbulas apretadas con fuerza, y empezó a hablar de nuevo.

—Parece que el cuerpo ha estado algún tiempo en el agua, lo cual nos lleva a creer que quizá la asesinaran la noche que desapareció.

Los dedos de Lee se apretaron alrededor del brazo de Caleb.

—¿Están... están absolutamente seguros de que fue un asesinato? ¿No podría haber sido un accidente?

—Como le he dicho, llevaba en el agua algún tiempo, pero las marcas del cuello se veían con claridad. Creemos que fue estrangulada y, más tarde, arrojada al río en la confianza de que sencillamente desapareciera.

Lee se estremeció, pero Caleb estaba allí y su cercanía se convirtió en su sostén.

—Dios mío, pobre Mary.

—Señorita Durant, ¿se le ocurre alguien que pudiera tener algún deseo de hacerle daño?

Lee sacudió la cabeza.

—No, no... No se me ocurre nadie que quisiera hacer daño a la querida Mary.

Caleb la volvió hacia él.

—Usted me dijo que antes había trabajado en Parklands. ¿Recuerda que tuviera alguna discusión con alguien de allí? ¿Con otro miembro del personal o, incluso, con algún invitado? —preguntó.

—No, todo el mundo quería a Mary. Cuando el ama de llaves se enteró de que estaba embarazada vino a pedirme que la ayudara. —Lee, de nuevo con el estómago revuelto, levantó la vista—. Dios mío, el bebé. —Entonces, afluyeron las lágrimas, una repentina avalancha que le obstruyó la garganta y le arrasó las mejillas.

—Es suficiente por el momento —dijo Caleb al agente de policía, manteniéndola pegada a su lado—. En cuanto la señorita Durant tenga tiempo para pensar, puede que tal vez se le ocurra algo que sirva de ayuda.

Como todo el mundo, el agente hizo lo que Caleb ordenaba.

—Volveré a hablar con usted después de que haya regresado a Parklands —dijo el agente Shaw—. Le reitero mis condolencias por la pérdida.

Lee asintió con la cabeza, se limpió a toda prisa las lágrimas de las mejillas con la punta del guante y miró a Caleb.

—Todavía no puedo volver al carruaje. —Miró en aquella dirección y vio que sus ocupantes reían—. No puedo olvidar a la pobre Mary así como así y fingir que la muerte de una sirvienta carece de importancia. —Levantó la vista hacia él, confiando en que lo entendería—. No puedo ser Vermillion... Hoy, no.

Caleb asintió con un movimiento de cabeza.

—Le diré a su tía que no se encuentra bien y que necesita volver a la casa. No está tan lejos. Detrás de los compartimientos de los caballos hay aparcado un carromato... Yo mismo puedo llevarla allí. La Gold Cup no se correrá hasta bien avanzado el día. Puedo volver antes de que empiece.

Lee consiguió tragar saliva pese al nudo que tenía en la garganta.

—Gracias.

Hablaron poco mientras el carromato avanzaba con estruendo por la sucia carretera que conducía a la gran mansión de estilo Tudor que había alquilado su tía. Lee procuró no pensar en Mary y en el bebé, pero al final no pudo evitarlo.

—¿Qué pudo haber ocurrido? —preguntó en voz baja—. ¿Por qué se iría así, en mitad de la noche? ¿Por qué arriesgaría su vida y la del bebé de esa manera?

Caleb, sentado a su lado en el asiento de madera, sacudió las riendas; el caballo inició el trote y el carromato comenzó a avanzar con una sacudida.

—Cualquiera que fuera la razón, debe de haber sido importante.

—Sí —convino Lee—. Para Mary, muy importante.

10

—Descanse, capitán.

—Gracias, señor.

Caleb se relajó un poco, aunque su espalda permaneció recta, y mantuvo los pies apoyados en el suelo con firmeza, ligeramente separados. Parado delante del escritorio del coronel esperó a que Cox revisara el último informe que Caleb le había enviado en relación con la muerte de la doncella Mary Goodhouse.

Cox dejó la carta a un lado.

—Desde su regreso de Newmarket, ¿ha hablado de ello con la chica, con Vermillion?

—Le he preguntado hasta donde me ha parecido prudente. Dice que todo el mundo quería a Mary y que, por lo que ella sabe, no tenía enemigos. Cree que el chico, Freddie Hully, el padre del hijo nonato de Mary, ya no está en Inglaterra y que, aunque lo estuviera, no es de la clase de sujeto que cometería un crimen violento.

Cox se recostó contra el respaldo de la silla, con el brillante pelo plateado recién cortado.

—Entonces, dígame, capitán, ¿qué cree usted que le ocurrió a la chica?

—Ojalá lo supiera. Nadie la vio salir aquella noche, y nadie sabe adónde se dirigía. Puede haber sido cosa de mala suerte, sin más, que estuviera en el lugar equivocado y a la hora equivocada. Tal vez presenció la comisión de un delito o algo parecido.

—Pudiera ser, pero realmente usted no cree que fuera así.

—No, señor, no lo creo. En primer lugar tuvo que haber un motivo para que Mary abandonara la casa a aquella hora.

—Así que, a su juicio, capitán —dijo Cox—, hay una posibilidad de que ella estuviera involucrada de una u otra manera en la red de espías que actúan en Parklands.

Caleb entrelazó las manos a la espalda, intentando aparentar indiferencia.

—Por el momento, todavía tenemos que demostrar que haya una red de espías que actúe en Parklands.

El coronel Cox abrió una carpeta que tenía encima del escritorio.

—En realidad, podría decirse que recientemente hemos conseguido demostrarlo. —Sacó un pliego de papel y se lo entregó a Caleb—. Hace tres días se detuvo a un hombre en la costa, cerca de Folkstone. El representante de la Corona había oído rumores acerca de la presencia de contrabandistas en la zona, y estaba ojo avizor. Cuando detuvo al sospechoso le halló encima una cartera con diversas cartas que contenían información sobre los movimientos de tropas del general Wellesley en España.

A Caleb se le hizo un nudo en el estómago por la tensión. Terminó de examinar la hoja y se la devolvió a Cox, quien la metió de nuevo en la carpeta.

—No creo que sea necesario hablar de los métodos utilizados —dijo Cox—. Baste decir que el correo fue convencido para divulgar sus fuentes. Dijo que sólo sabía una cosa: que los documentos que llevaba habían sido recogidos originariamente en un villorrio de las cercanías de Kensington, en las afueras de Londres. El nombre del pueblo era Parkwood.

«Parkwood.» El nudo del estómago de Caleb se tensó más. Aquél era el villorrio que estaba más cerca de Parklands. Unas pocas tiendas, una plaza de mercado, una iglesia y una taberna llamada el Jabalí Rojo. Maldijo para sus adentros, pues había albergado la esperanza de que...

—Enviaremos a un hombre a vigilar el pueblo —dijo Cox—, pero seguirle la pista a cada uno de los sirvientes e invitados que entran y salen de la casa de las Durant es una tarea punto menos que imposible. —El coronel se recostó en la silla—. Así que ¿qué hay de la chica y su tía? ¿Cree que están detrás de todo esto?

Caleb se irguió un poco bajo la mirada del coronel.

—Si bien parece que Parklands está involucrado de una manera u otra, no creo que la más joven de las Durant sea el traidor que estamos buscando.

—¿Y en qué se basa, capitán Tanner? ¿En el tiempo que ha pasado en la cama de la mujer?

Caleb esbozó una sonrisa.

—Lo siento, señor. Hasta el momento no he cumplido con mis obligaciones en lo que atañe a ese punto. Hablo a partir de la mera observación, coronel. Y del instinto. En el pasado me ha prestado buenos servicios.

—Si consideramos su extraordinaria hoja de servicios, habría de estar de acuerdo. ¿Y qué hay de la tía? Gabriella Durant tiene un sinfín de conexiones con Francia.

—Por desgracia, he estado en su compañía sólo un par de veces, y todavía no hemos mantenido ninguna clase de conversación. No monta a caballo y rara vez visita los establos. Si yo tuviera acceso a la casa, tal vez...

—La verdad es que estamos trabajando en eso. Hasta que encontremos la manera de conseguirle un contacto más íntimo, tendrá que hacer todo lo que pueda desde su empleo como adiestrador y caballerizo.

—Sí, señor —dijo Caleb. Reconoció para sí que al menos en eso había tenido éxito. En Newmarket *Noir* había vuelto a ganar.

El coronel se levantó de detrás del escritorio.

—Manténgase ojo avizor, capitán.

—Así se hará, señor.

—Le haré llegar cualquier novedad que descubramos sobre Mary Goodhouse.

—Gracias, señor.

Tras salir por la puerta trasera por la que había entrado, Caleb abandonó el despacho del coronel en Whitehall y salió a un deprimente día londinense. Reprodujo en su fuero interno la conversación que había mantenido con Cox, incluyendo la confirmación de que lo más probable era que Parklands estuviera relacionado en la fuga de información hacia Francia.

Los pensamientos sobre Vermillion se afianzaron con fuerza en su mente. Intentó imaginársela como a una traidora que se acostaba con los hombres para sonsacarles información, pero la composición no acababa de cuadrarle. Confiaba en que sus instintos, siempre fiables en el pasado, estuvieran bien encaminados de nuevo.

—¿Qué? ¿Cómo ha ido ahí dentro? —El mayor Mark Sutton, con el casco metido bajo el brazo, alcanzó a Caleb cuando se marchaba de Whitehall.

—Las noticias sobre Parklands no han sido buenas. Parece que algo está sucediendo, sin duda, pero supongo que eso ya lo sabía.

El mayor asintió con la cabeza.

—Cox me llamó en cuanto llegó el informe sobre el correo. Parece que las mujeres Durant están metidas en esto hasta sus preciosos cuellos.

Caleb sacudió la cabeza.

—No necesariamente. Mi instinto me dice que la más joven de las Durant no tiene ni idea de lo que está sucediendo, aunque, como es natural, no puedo tener ninguna seguridad. Estaré vigilante. Tal vez surja algo.

—Deduzco que todavía no se ha acostado con la muchacha —dijo Sutton.

A Caleb le resultó ligeramente irritante el comentario. Podía haber replicado que ésa era justamente su intención, y que todo lo que tenía que hacer era esperar el momento oportuno. Pero por razones que no alcanzó a entrever, no quiso que el mayor ni nadie supiera lo que sucedía entre ellos dos.

—Por lo que sé, en este momento Vermillion no tiene ningún amante... y eso me incluye a mí.

Sutton se detuvo sobre los adoquines de la calzada.

—Supongo que eso cambiará la noche de su cumpleaños.

Caleb también se paró; sentía una extraña opresión en el pecho.

—Sí, supongo que sí —reconoció.

Sutton extrajo el reloj del bolsillo de la casaca tirando de la leontina.

—He de darme prisa —dijo el mayor—. Tengo una reunión con uno de mis contactos.

—¿Es así como atrapamos al correo? ¿Uno de sus contactos le informó de que el hombre iba a pasar aquella noche y usted le largó al representante de la Corona un cuento chino sobre contrabandistas?

Sutton sonrió.

—Digamos, simplemente, que soy un tipo al que resulta útil tener a alguien a mano.

Caleb observó al mayor alejarse y se preguntó qué sería lo siguiente que descubriría el hombre. Fuera lo que fuese, confiaba en que Vermillion no estuviera involucrada.

Mientras se alejaba de la ciudad por una carretera secundaria que conducía a Parklands pensó en ella. Intentar entenderla resultaba frustrante, por decirlo de manera suave. Cuanto más pensaba en ella menos la entendía. Era como si fueran dos personas diferentes: la misteriosa cortesana Vermillion, a la que rara vez veía en el establo, pero de la que la mitad de los hombres de fortuna de Londres hablaba con una especie de respeto reverencial, y de la que una buena cantidad de ellos aseguraba habérsela llevado a la cama; y la otra, la preciosa joven de naturaleza generosa y aire inocente, carente de malicia, a la que Caleb encontraba desesperadamente atractiva.

Tenía que haber alguna especie de juego que él no acababa de entender, aunque algo le decía que era crucial que lo hiciese. Debía descubrir a la mujer que realmente era, traspasar sus defensas y asomarse a sus pensamientos. La respuesta parecía estar en la seducción.

Caleb habría preferido que la idea no despertara en él tantísimo entusiasmo.

Por el cielo corrían negros nubarrones, y el aire olía a hojas mojadas y a barro. El rítmico sonido de los cascos de los caballos desaparecía bajo el grave quejido de los truenos. Se acercaba una tormenta. Sentada en el interior del elegante birlocho de las Durant junto a Jeannie, Lee se alisó la falda del vestido de sarga de estambre negro que se había puesto para el funeral de Mary y se quitó el sombrero a juego, confiando en que llegaran a Parklands antes de que el cielo se abriera y empezara a diluviar en serio.

Dejó el sombrero sobre el asiento, entre ella y su doncella, y puede que suspirara, porque la cabeza rubio platino de su tía se alzó del libro que había estado leyendo.

—Pobrecita mía. —Gabriella cerró el libro y lo dejó en el asiento junto a ella—. Sé lo terrible que todo esto ha sido para ti, pero no fue culpa tuya. Hiciste todo lo que estaba en tus manos para ayudar a la pobre Mary.

Lee miró fijamente a través de la ventanilla y vio el fogonazo de un relámpago en la distancia.

—Supongo que sí —dijo—. Sólo lamento que no fuera suficiente.

Tanto tía Gabby como Jeannie la habían acompañado al sencillo servicio funerario en la iglesia parroquial cercana a la casa de Buford Street. Habían asistido Helen, Annie, Rose y Sarah, y sin embargo se había sentido insoportablemente sola. En un acceso de locura, deseó que Caleb hubiera estado allí, pero la idea era tan absurda que la apartó de su mente.

—No paro de pensar en ella. No lo entiendo. ¿Por qué saldría de casa en mitad de la noche? ¿Por qué querría alguien matarla?

—Sea cual fuese la razón, no tenía nada que ver contigo —dijo Gabriella—. Tienes que olvidarlo, querida. Puede que con el tiempo el agente de policía sea capaz de detener al hombre que la mató. Hasta entonces de nada sirve que te tortures.

A su lado, Jeannie se incorporó en el asiento.

—*Oui*, espero que lo atrapen. Nada me gustaría más que verlo colgado.

—Ojalá pudiera decirles algo útil, algo que les sirviera de ayuda —dijo Lee; pero no podía. No tenía ni idea de por qué Mary había abandonado la seguridad de su hogar ni con quién podría haberse encontrado ni la razón de que así lo hiciera.

—El asunto está en manos de las autoridades —dijo tía Gabby—. Ahora es responsabilidad suya llevar ante la justicia al asesino de Mary.

Pero no importó la de veces que su tía siguió recordándole que la muerte de Mary no era asunto suyo; las preguntas seguían arremolinándose en su mente. A la hora de la cena tenía un dolor de cabeza martilleante. Pidió que se le subiera una bandeja a su habitación y permaneció despierta hasta bien entrada la noche pensando en Mary.

Eran bien pasadas las doce de la noche y seguía sin poder conciliar el sueño. Al final, cediendo a la inquieta desazón de la que parecía no poder liberarse, apartó de un tirón la colcha de seda rosa y saltó de la gran cama con dosel. Se echó una bata guateada amarilla sobre el camisón, se detuvo para encender una vela y se encaminó a la planta baja con la idea de que quizás un vaso de leche la ayudaría a dormir.

La casa estaba en silencio, y la cocina, vacía. Al dirigirse a las ventanas posteriores de la cocina, vislumbró el brillo de un farol en el extremo más alejado del establo. El viejo Arlie y los demás mozos de cuadra estarían durmiendo en sus dependencias, situadas en la parte opuesta. Dudó sólo un instante antes de apagar la vela, dejarla sobre una mesa larga de madera y dirigirse a la puerta.

Sabía lo que la arrastraba, consciente de que necesitaba ver a Caleb. Deseaba que la abrazara como ya lo había hecho anteriormente y que le hablara de aquella manera tan dulce que tenía; necesitaba que la aliviara de sus preocupaciones.

Mientras se dirigía hacia el resplandor amarillo del farol, atraída como una polilla por la luz, sabía que se enfrentaba a la misma clase de peligro. Caleb la deseaba. Le había dejado más que claros sus deseos. Pero, acordándose de Mary y de lo corta que podía ser la vida, pensó que, a poco más de dos semanas para su cumpleaños, ya no le importaba.

Casi había llegado a la parte más alejada de la cuadra, cuando, de al lado del farol, vio salir de las sombras la alta figura de un hombre que apagó la llama de un soplido.

—¿Caleb...?

El hombre se volvió al oír el sonido de la voz, pero no habló. Durante un largo instante la figura no dijo nada, y Lee pensó que se había equivocado y que se trataba de otro hombre, tal vez un viajero que, abandonando el camino, habría llegado hasta allí en busca de refugio ante la inminente tormenta.

—Es tarde —dijo el hombre en voz baja—. Debería estar acostada.

El alivio y una especie de conciencia de calidez recorrieron su cuerpo. Se acercó a él en silencio, lo suficiente para mirarlo a la cara. Los negros nubarrones se abrieron un momento y, a la luz de un fino rayo de luna que entraba oblicuamente por la ventana, Lee distinguió la tenue aspereza de la barba del día, la dura línea de la mandíbula y el reflejo de la luz en el centro de los ojos de Caleb.

Se detuvo delante de él con la dolorosa necesidad creciendo en su interior, con el anhelo de que él abriera los brazos como había hecho anteriormente y la atrajera contra su pecho protector.

—No podía dormir. Vi el farol encendido y pensé...

Lo vio moverse en la oscuridad, estrechando el espacio que había entre ellos.

—Me alegro de que haya venido.

Lee sintió que le rodeaba la cintura con las manos; luego la hizo avanzar hacia el extremo más alejado del establo, al interior del pequeño cuarto que ocupaba, abriendo la estrecha puerta de madera y arrastrándola dentro.

Caleb cerró la puerta y la soltó un instante. Ella oyó que se movía en la oscuridad y también el sonido del pedernal al golpear la yesca; entonces se encendió una lámpara, y la sombra de él se proyectó sobre la pared. Lee pudo comprobar que el cuarto estaba ordenado, la estrecha cama perfectamente hecha y la manta que la cubría remetida con cuidado. Encima de la cómoda, en un lado, había una jofaina y un cántaro, y una silla con el respaldo de listones descansaba en un rincón. Doblados cuidadosamente sobre el asiento vio unos pantalones de montar gastados y, junto a la silla, en el suelo, unas botas altas de montar de piel.

—Bienvenida a mi humilde morada. —Caleb esbozó apenas una sonrisa, acompañada de una mirada de resolución; sin embargo, la leve curvatura de sus labios se desvaneció por completo cuando la contempló allí parada, vestida con su ropa de dormir.

131

Lee bajó la mirada hacia su bata guateada amarilla e intentó disimular la timidez.

—Sé que no debería haber venido, pero yo...

Sacudió la cabeza; por segunda vez se había quedado sin voz. ¿Qué podía decirle? ¿Que lo necesitaba? ¿Que, en cierto sentido, se había convertido en alguien importante para ella? Que la muerte de Mary seguía obsesionándola y que él era el único que podía entenderla.

—Pero, usted, ¿qué? —insistió él, y se paró de nuevo muy cerca, moviéndose tan silenciosamente que ella no había oído las pisadas en el duro suelo de madera.

Lee apartó la mirada, vacilante ya, pensando que quizá debería darse la vuelta sin más y marcharse, regresar a la casa y a su cuarto vacío.

Sintió los dedos de Caleb en la barbilla y alzó la cara hacia él.

—Sé por qué ha venido, Vermillion..., los dos lo sabemos..., aun cuando no esté dispuesta a admitirlo.

Le enmarcó la cara entre las palmas de las manos, bajó la cabeza y le posó la boca en la suya. Lo que la sorprendió fue la dulzura, la exigencia calmosa, apenas algo más que el roce de los labios. Había maestría en el beso, una promesa de cosas por llegar, aunque los labios de Caleb eran tan suaves que parecieron fundirse con los suyos, mezclarse y, finalmente, integrarse en una unión perfecta.

Un calor lento la envolvió. La calidez se deslizó en su estómago y se filtró en sus extremidades hasta poseerla. El beso se prolongó; fue un beso persuasivo, amoroso, anestesiante, que daba y cogía, y que parecía no tener fin. Caleb le separó los labios provocativamente y le deslizó la lengua en la boca, y Lee sintió un vacío en el estómago. Sus senos se hincharon bajo la pesada bata guateada y se le endurecieron los pezones, volviéndose más sensibles allí donde se rozaban contra el camisón de algodón.

La lengua de Caleb se entrelazó con la suya, y el calor la bañó. Ora la besaba de una manera, ora de otra, y a Lee le empezaron a temblar las piernas. Se aferró a la pechera de la camisa de manga larga de Caleb y le devolvió el beso; deseaba complacerlo utilizando su lengua como él había hecho. Caleb le gruñó en la boca y la rodeó con los brazos. La besó con más intensidad aún, y el temblor de las piernas de Lee se trasladó al resto de su cuerpo. Antes de acostarse, se había recogido el pelo en la nuca. Caleb tiró del extremo de la cinta y le pasó los dedos por los tupidos rizos pelirrojos hasta extendérselos por los hombros. La bata de Lee desapareció como por ensalmo. La pequeña cinta rosa que le cerraba con un lazo la parte superior del camisón cayó bajo la destreza de las manos de Caleb. Él le separó la abertura y le bajó la prenda por los hombros, deslizándosela sobre el pecho. Cuando todo aquello formó un suave montón a los pies de Lee, Caleb la besó.

Se apartó para contemplarla, y Lee percibió el calor de su mirada abrasándola en su interior. Resistió el impulso de cubrirse, aunque a duras penas. Caleb se inclinó y volvió a besarla. Luego recorrió su barbilla con los labios, y ella sintió la calidez de él en la piel, debajo de la oreja, la fluidez de los besos calientes y húmedos a lo largo del cuello y del hombro. Una de las poderosas manos de Caleb se ahuecó sobre uno de sus pechos turgentes y lo acarició hasta adaptarlo a su palma.

La inundó una oleada de placer tal que le erizó el vello. Caleb inclinó la cabeza y continuó con sus besos hasta alcanzar los senos de Lee; le lamió uno y el fuego que había prendido en ella se convirtió en rugiente llamarada. La boca de Caleb era como seda húmeda y caliente que, donde la tocaba, parecía arder.

Lee se aferró a los poderosos hombros de él, sintiendo la tensión allí, ya incapaz de pensar y de preocuparse, rebosante de deseo, cada vez más absorta en el hechizo en el que él la había envuelto. Lee le deslizó los dedos por los sedosos rizos morenos de la nuca y, tras echar la cabeza hacia atrás, le dejó expedito el camino hacia sus senos. Caleb se ocupó primero de uno y luego del otro; los chupó, los lamió y mordisqueó sus pezones. Dejó que se hincharan dolorosamente, y a Lee, con el cuerpo rebosante de un deseo vehemente hasta entonces desconocido, le latió el corazón con furia.

—Caleb... —susurró.

Deslizó sus manos temblorosas por debajo de la camisa de él, desesperada por acariciarlo de igual modo. Caleb bajó los brazos, se quitó la camisa por la cabeza y la tiró lejos. A la temblorosa luz de la lámpara Lee pudo medir la anchura de sus hombros, ver las hendiduras que le marcaban las costillas y los profundos contornos de los músculos ensombrecidos por la luz trémula. Una mata de rizos castaños le cubría el pecho, estrechándose a medida que descendía hasta la cintura, y los dedos de Lee se movieron lentamente sobre ella para conocer la textura, para descubrir la sensación que le provocaba el roce de su piel.

Caleb volvió a atraerla hacia sí entre sus brazos y la besó una vez más. Como él suponía con acierto, y ella sólo sospechaba, Lee había acudido a él por aquello, había ido para que él pudiera guiarla en esa unión de un hombre y una mujer que estaba destinada a convertirse en parte del futuro de Lee.

Las manos de Caleb le acariciaron el cuerpo, bajando poco a poco hasta posarse en aquel femenino lugar hecho para recibirlo. Lee se percató de que estaba húmeda cuando él empezó a tocarla allí; se sintió resbaladiza y caliente, y preparada para acogerlo en su interior. Pensó que él se movería para poseerla, pero Caleb empezó a acariciarla, a separarle los pliegues de su sexo, despacio y con suavidad, para acabar penetrándola más profundamente con los dedos, que se deslizaron en su interior una y otra vez.

Volvieron las llamas, más calientes que antes, y con ellas un ansia tan intensa que casi resultaba dolorosa. Ella no lo sabía, aunque debería haberlo sospechado. Debería haberlo imaginado por las palabras susurradas y las miradas cómplices de las mujeres, pero hasta ese momento, hasta Caleb, no había sospechado cómo era aquella necesidad acuciante ni el deseo abrasador que un hombre podía provocar en una mujer.

Lee no protestó cuando él la levantó entre sus brazos y la llevó en volandas hasta la estrecha cama, sino que se limitó a rodearle el cuello con los brazos y a apoyar la cabeza contra su hombro, confiando en que la guiaría. Cuando la depositó sobre la manta y empezó a quitarse los pantalones de montar, los ojos de Lee se abrieron de par en par ante la visión de aquel miembro de él que se levantaba, enhiesto y pesado, contra su vientre. Era largo y grueso, como el del semental que ella había visto con las yeguas. Pero sabía que una mujer estaba hecha para aceptar aquella parte de un hombre, y que la valía de éste se medía, con frecuencia, por el tamaño, la anchura y la dureza de su verga. Si eso era así, Caleb era todo un hombre.

Cuando se puso encima de ella, le separó los muslos con una rodilla y se colocó entre sus piernas, Lee cerró los ojos. Caleb podía notar que estaba temblando, supo Lee, pero no adivinaría su secreto, al menos no por el momento. Tía Gabby había tejido la red del engaño demasiado bien, ahorrándole las limitaciones a las que habría tenido que enfrentarse de haberse sospechado de su inocencia, protegiéndola detrás de un velo de misterio que la había convertido en una de las mujeres más deseadas de Londres.

Caleb volvió a besarle los senos y le lamió los pezones, haciendo que éstos se pusieran duros y se estremecieran. Lee gimió y enredó los dedos en su cabello.

—Te deseo —susurró Caleb—. Por Dios, Vermillion, te deseo muchísimo.

Le cubrió la boca con la suya y luego la besó en un lado del cuello.

Cuando empezó a repetir su nombre, Lee le apretó los temblorosos dedos contra los labios para detener las palabras.

—Esta noche, no, Caleb, por favor. Esta noche llámame Lee, ¿te importa?

Algo cambió en la expresión de Caleb. Lee no supo a ciencia cierta el qué, pero cuando volvió a besarla la dulzura había desaparecido. Su lugar lo ocupó un beso posesivo, salvaje, feroz y exigente, y el placer húmedo y caliente que le abrasó el cuerpo casi fue doloroso por su intensidad. Se aferró a sus hombros mientras él le separaba aún más las piernas con facilidad, y Lee sintió cómo la dureza de Caleb empezaba a penetrarla.

Había creído que tendría miedo, pero no sintió ninguno, sólo un sentimiento de alegría y una extraña sensación de presión que siguió expandiéndose, saturándola de una irrefrenable ansia de unirse a él. Caleb hizo fuerza para ahondar su penetración, pero, pese a lo resbaladiza y húmeda que estaba Lee, no lo lograba.

La preocupación lo asaltó por primera vez. «Dios mío, quizá la chica es demasiado estrecha; tal vez tiene algún problema. Pudiera ser que sea realmente diferente a las demás mujeres.»

—¿Caleb...?

—Estás condenadamente tensa. —La frente se le perló de sudor—. No esperaba...

La besó con fuerza, intensificando el beso a conciencia, hasta que ella se humedeció todavía más y ansió desesperada que él la poseyera. Caleb le empujó la lengua dentro de la boca en el mismo instante en que se introducía en ella por completo.

El cuerpo de Lee se contrajo espasmódicamente, tensándose de dolor, y un grito se escapó de su garganta.

Caleb se quedó quieto por completo. La miró, y Lee vio la confusión, vio el instante en que él se dio cuenta de lo que acababa de ocurrir.

—No puede ser. No. —Caleb meneó la cabeza—. No es posible.

Entre los sollozos que salían de su garganta y las lágrimas que le anegaban los ojos, Lee apenas pudo oírlo.

—¡Maldita sea! ¿Qué demonios sucede aquí? —Salió del cuerpo de Lee con tanta violencia que el dolor recorrió de nuevo todo el cuerpo de la muchacha.

Ella intentó zafarse del peso que la aplastaba, pero Caleb la inmovilizó contra la cama. Apoyándose en los codos, la sujetó por las muñecas.

—No puedes ser virgen. Es imposible. Eres Vermillion. Has tenido infinidad de amantes.

—Soy Lee —susurró ella, y se odió por el lío que había organizado—. No seré... no seré Vermillion hasta la noche de mi cumpleaños.

Caleb se la quedó mirando de hito en hito, turbia la negra mirada.

—No me lo creo. —Maldijo entre dientes, le soltó las muñecas, se puso de costado y la cogió entre sus brazos—. Por Dios, ¿por qué no me lo dijiste?

Lee lo abrazó; lamentaba no haber sido sincera con él.

—Tuve miedo. No sabía qué pensarías.

Caleb apretó las mandíbulas y dijo algo que ella no fue capaz de entender.

—¿Te he hecho mucho daño?

A Lee le encantó sentir el tacto de aquellos brazos que la rodeaban, y la invadió una oleada de agradecimiento.

—El dolor ha desaparecido. Me dijeron que sólo duele la primera vez.

Caleb inspiró profundamente y soltó el aire poco a poco.

—Creía saber a qué habías venido aquí esta noche. Ahora no estoy seguro.

Lee se apoyó en su pecho, consolada por el rítmico latido del corazón de Caleb.

—Estabas en lo cierto. Vine a esto. Deseaba estar con un hombre escogido por mí. Ojalá te hubiera complacido, Caleb, y sé que no lo he hecho.

Él le cogió la barbilla con los dedos.

—Me has complacido. Por el simple hecho de venir, ya lo has hecho. Por escogerme como ese hombre. Sólo lamento no haberlo sabido. Y, ahora que lo sé, no estoy seguro...

—Por favor, Caleb. Yo lo deseo.

A la débil luz del cuarto, Caleb suspiró y se retiró el pelo húmedo de la frente con los dedos.

—Tendremos que tomarnos las cosas con más calma. Haré que disfrutes, Lee, te lo prometo.

Torció la cabeza, se inclino sobre ella y posó los labios sobre los de ella con suavidad. Fue otro de sus besos lentos, lánguidos y morosos, y el calor que había provocado antes se avivó y recorrió las piernas de Lee como lenguas de fuego.

Volvió a tocarla como había hecho, deslizándole los dedos en su interior, dilatándola y preparándola para acogerlo. No se detuvo hasta que Lee empezó a retorcerse sobre la cama, encendidas las mejillas por el deseo, y le suplicó que la poseyera. Esta vez Caleb se deslizó en su interior con más facilidad, llenándola por completo, sin que el dolor aflorara en ningún momento, tan sólo el incontrolable y salvaje antojo del deseo.

Bajo él, cada vez más agitada, Lee se movió sobre la cama estrecha contra la pesada plenitud que la llenaba. Arqueó la espalda sin darse cuenta y empujó sus senos contra el pecho de Caleb. Apretó la boca contra su piel caliente, resbaladiza y húmeda, saboreando su salobridad, y rodeó el plano pezón cobrizo de Caleb con la lengua hasta provocarle un gruñido de placer.

Caleb se quedó inmóvil durante un instante en un intento de contenerse y recuperar el control. Poco después volvió a moverse sobre ella, entrando y saliendo de su cuerpo una y otra vez con lentitud y suavidad, con los músculos en tensión, alargando el placer. Sus movimientos se fueron haciendo cada vez más rápidos y, flexionando las caderas, se hundió aún más en su sexo. El ritmo aumentó, envolviéndola, y el pesado entrar y salir, y la plenitud y la presión que sentía contra su útero, y el calor y la necesidad, todo, la sumió en una insoportable sensación de apremio.

De repente su cuerpo se tensó, y una oleada de placer la desgarró de pies a cabeza. Pequeños escalofríos le estremecieron la piel, mientras que unos diminutos puntos luminosos parecieron explotar ante sus ojos. Sintió de pronto un hormigueo en las entrañas y gritó el nombre de Caleb.

—Eso es, amor. Déjate ir.

Lee oyó un rugido en los oídos, como el viento a través de los árboles, y le pareció elevarse.

—¡Caleb! —gritó.

Se mordió el labio cuando, con una dulzura nunca imaginada, el placer le asaeteó el cuerpo. Se aferró al cuello de Caleb mientras éste palpitaba en su interior, poseyéndola con una fuerza inusitada, incapaz de detenerse. Un instante después el cuerpo de Caleb se puso un tanto rígido y se le tensaron los músculos. Intentó salir de Lee, pero ella no estaba dispuesta a permitírselo y lo agarró de las caderas al tiempo que sentía la humedad de la eyaculación en su interior. Caleb echó la cabeza hacia atrás, y un ronco gruñido gutural llenó la quietud del cuarto.

Hubo un prolongado silencio durante el cual ninguno de los dos habló. Al final, apaciguados los latidos de los corazones, Caleb se movió ligeramente sobre el colchón y se tumbó sobre la manta al lado de Lee, encajándole la espalda en su pecho en la estrechez de la cama.

Caleb empezó a jugar con un rizo del pelo de Lee.

—No me lo puedo creer. Eras virgen. —Le acarició el mechón cogiéndolo entre el pulgar y el índice—. Por Dios bendito, ¿a qué venía fingir ser algo que no eras?

La oscuridad acogió un suspiro de Lee.

—Es difícil de explicar, Caleb. —Se volvió sobre la espalda para poder mirarlo a esos negros ojos que no se apartaban de su cara—. Ya te lo dije una vez... Soy una Durant. Mi destino es seguir los pasos de mi abuela y de mi tía.

A la luz de la luna, Lee vio que Caleb tensaba los músculos de las mandíbulas.

—Eras virgen —repitió él con tozudez—. ¿Por qué habrías de escoger esa clase de vida?

Lee se giró hacia él y le rodeó el cuello con los brazos.

—Por favor... No quiero hablar de esto ahora. —Le bajó la cabeza y lo besó con la suavidad del roce de una pluma—. Me deseas, Caleb —susurró—. Puedo sentir tu erección.

—Cada vez que te veo tengo una erección. Si no hubieras sido tan inocente lo habrías sospechado hace tiempo.

Lee se ruborizó, pero no apartó la mirada.

—Pronto será mi cumpleaños y no tendremos mucho tiempo para estar juntos. Quiero que vuelvas a hacerme el amor.

En los ojos de Caleb centellearon diversas emociones, pero el ardor fue la más evidente. La besó con intensidad y sonrió.

—Supongo que, puesto que eres mi patrona, estoy obligado a hacer lo que digas.

Lee cerró los ojos mientras se ponía encima de ella y volvía a llenarla. Caleb empezó a moverse en su interior con mucha lentitud. Aferrándose a los músculos de sus hombros, Lee lo dejó que la arrastrara al mundo del placer que le había mostrado antes.

Esa vez, cuando terminaron, Lee no se entretuvo, sino que se levantó del camastro, se acercó hasta donde estaban sus ropas y empezó a vestirse en silencio. Podía sentir la mirada de Caleb, que la observaba acostado.

—Explícamelo, Lee. —La voz profunda de él llenó el pequeño cuarto de techo bajo—. Dime por qué habrías de sacrificar tu vida y tu futuro sólo porque es eso lo que se ha planeado que hagas.

Ella sacudió la cabeza.

—No lo entenderías.

Lee oyó el crujido de la tela cuando Caleb se levantó del borde de la cama y se enrolló la manta alrededor de la cintura.

—No tendrá nada que ver con la lealtad, ¿verdad?, ¿con alguna especie de sentimiento patriótico que sigas sintiendo hacia Francia? Sabes que tu familia procede de allí.

Lee frunció el ceño mientras metía los brazos por las mangas del camisón y anudaba la cinta del cuello.

—No sé a qué te refieres.

Caleb se encogió de hombros. Desnudo de cintura para arriba, remetió el borde de la manta para sujetársela y se dirigió hacia ella. A la luz de la luna, Lee se percató de la sutil tensión en los musculosos hombros de Caleb.

—He oído rumores —dijo él—. Hay quien dice que tú y tu tía conserváis cierta lealtad hacia los franceses. Sería comprensible, sin duda, que estuvieras dispuesta a sacrificarte para reunir información que pudiera ser de utilidad...

—Si estás diciendo lo que pienso que estás diciendo, es una completa locura. Nací en este país..., como mi tía. Las dos amamos a Inglaterra. Es nuestro hogar. Cada vez que leemos en los periódicos cuántos de nuestros hombres han muerto y la cantidad de ellos que han sufrido por culpa de Napoleón, se nos rompe el corazón. En cuanto a cualquier lealtad que pudiera sentir hacia los franceses... ¡Por amor de Dios!, una buena parte de mi familia murió guillotinada. Inglaterra nos acogió. ¿Cómo es posible que dudes de nuestra lealtad?

Caleb guardó silencio durante largo rato, pero su mirada se derramó sobre Lee, y no se le escapó la actitud desafiante de la muchacha ni la manera de apretar los puños ni el rubor de sus mejillas ni la cada vez menor tensión de sus hombros. Se paró frente a ella, descalzo y desnudo de cintura para arriba, y tan guapo que a Lee se le hizo un doloroso nudo en la garganta.

—¿Por qué, entonces? —dijo él en voz baja.

Lee apartó la mirada, incapaz de seguir aguantando la penetrante mirada de Caleb un segundo más.

—Porque es lo que quiere mi tía. Porque se lo debo y no puedo corresponder de ninguna otra manera. Porque ama la vida que lleva y a través de mí puede seguir llevándola. Porque no quiero devolverle sus años de generosidad haciéndole creer que desprecio de alguna manera la vida que ha escogido.

Caleb no dijo nada. Permanecía tan cerca de ella que Lee podía ver en sus pupilas la turbulencia que allí se agitaba. Entonces él le cogió la cara entre las manos, dobló la cabeza y la besó con mucha suavidad.

—No te vayas todavía —dijo—. Quedan horas para que amanezca. Te aseguro que estarás de vuelta en la casa antes de que alguien se despierte y descubra que has desaparecido.

Lee sabía que debía irse. Cada instante que pasaba con él la ponía en peligro. Amor. Era el mayor peligro al que una mujer podía enfrentarse. Mary lo había padecido; su madre lo había sufrido durante años y había muerto con el corazón destrozado.

Levantó la vista hacia Caleb, conociendo el riesgo, sabiendo que una parte de su corazón ya le pertenecía a él. Estaba dispuesta a correr el riesgo aun cuando eso significara perder una parte aún mayor durante el breve tiempo que estuvieran juntos.

Caleb le cogió la mano y se la acercó a los labios. Cuando la levantó y la llevó de nuevo a la cama cruzando el cuarto, ella no opuso resistencia.

11

Caleb se dirigió al pueblo de Parkwood a lomos de un gran castrado zaino llamado *Duke*. Hasta primeras horas de la tarde no surgió la ocasión de salir. El pueblo estaba bastante cerca, y a medida que se acercaba desde el sur podía divisar los techos y las chimeneas en la distancia. Adelantó a una carreta de heno, cuyo conductor lo saludó con la mano. El carro de un buhonero avanzaba delante de él haciendo un ruido sordo; la carga que transportaba tintineaba mientras el vehículo se hundía y balanceaba tras el burro que tiraba de ella con gran esfuerzo, pero Caleb apenas si se percató.

Se dirigió al otro lado del pueblo, a la casa de Cyrus Swift, el platero que le llevaba los mensajes a Londres. El que tenía que entregar ese día trataba sobre Vermillion.

Desde que Caleb la había despertado de un profundo sueño acurrucada junto a él, no había sido capaz de dejar de pensar en ella. Había repasado una y otra vez la noche que habían compartido; jamás la olvidaría, pues en nada se había parecido a lo que él podría haber imaginado. Cuando tiró de las riendas para dirigir el caballo hacia el callejón que conducía a la casa del platero, una cosa tenía clara: Vermillion no había estado vendiendo su cuerpo para conseguir información.

Hasta la noche anterior había sido virgen.

El pensamiento hizo que diversas y diferentes emociones se filtraran en su ánimo, ninguna de las cuales acabó de comprender por completo. Su deseo hacia ella no había disminuido, tal y como había creído que sucedería. Por el contrario, cada vez que se acordaba del pequeño cuerpo de Lee acogiendo dulcemente su verga volvía a tener una erección. La deseaba aún más que antes, y los pensamientos acerca de su inminente cumpleaños, sabiendo que planeaba entregarse a otro hombre, le oprimían el pecho como un peso aplastante.

No estaba seguro de lo que pretendía hacer, pero dejar que otro hombre la tocara, que le hiciera el amor como él se lo había hecho, era algo que se negaba a permitir que ocurriera. Tenía que hacer algo para cambiar el rumbo de los acontecimientos que estaban a punto de desencadenarse, y creyó que tal vez había encontrado la manera.

Entró a caballo en el patio de la casa encalada y con el techo de paja del platero y desmontó del zaino. Las jardineras abandonadas y los hierbajos que crecían entre los ladrillos del camino que conducía a la entrada conferían al lugar un aspecto triste. Golpeó la puerta de madera sin dejar de pensar en su plan y, sabiendo lo mucho que tenía que perder si se equivocaba, rezó para que su instinto estuviera en lo cierto acerca de Lee Durant.

También era consciente de lo mucho que tenía que perder Inglaterra.

—¡Capitán Tanner! Entre, por favor. —Cyrus Swift era un hombre menudo de huesos finos y rasgos delicados. Tenía el pelo tan plateado como los objetos que creaba, y su sonrisa era sincera y siempre afectuosa por demás—. Me alegro de verlo. ¿Puedo ofrecerle un vaso de sidra o tal vez un poco de vino de saúco?

Caleb negó con la cabeza.

—No, gracias, señor. No puedo quedarme mucho tiempo. He dicho que tenía que hacer un recado en el pueblo, pero esperan que vuelva pronto.

Swift asintió con la cabeza, aunque Caleb se dio cuenta de que al hombre le habría gustado la compañía.

—Pase, pues.

Swift le señaló el salón, una pieza otrora acogedora y cuidada, con fundas sobre los sofás y cortinas de volantes en las ventanas. Pero la señora Swift había pasado a mejor vida el año anterior, y los primeros indicios de que allí vivía un hombre solo empezaban a hacerse evidentes.

Un montón de periódicos viejos estaba apilado al azar sobre una mesa, cerca de la chimenea. Las cortinas estaban sueltas, y las alfombras pedían a gritos una buena sacudida. Un servicio de té de plata, hecho por Swift, descansaba sobre un carrito, pero las piezas estaban deslustradas.

—Encontrará pluma y tinta sobre el escritorio. Creo que conoce el camino.

—Así es, señor. —Caleb había estado en la casa para enviar o recoger mensajes en varias ocasiones.

Siguió a Cyrus al interior del salón, se acercó al pequeño escritorio de roble que estaba pegado a la pared, sacó un pliego y cogió una péñola del plumero de plata. Garabateó una nota, en la que pedía una reunión con el coronel Cox lo antes posible, y la firmó: «Respetuosamente, capitán Caleb Tanner.»

—Veré de entregarla hoy mismo —prometió Swift.

—Si es posible, me gustaría que esperase a una respuesta.

Swift asintió con la cabeza.

—Se hará como desea.

—Gracias, señor Swift. Su ayuda está siendo impagable.

—Es lo menos que puedo hacer, capitán Tanner. Perdí a mi hijo mayor, James, a quien Dios tenga en su gloria, hace diez años en la campaña de Holanda. Mi hijo pequeño es cabo del 95 Regimiento de Infantería. No tengo ningún deseo de perderlo también.

—No, señor. Con la ayuda de gente como usted, tendrá muchas más posibilidades de seguir con vida.

Swift acompañó a Caleb hasta la puerta.

—Le dejaré la respuesta en la cuadra, en el sitio de costumbre, capitán.

—Gracias de nuevo por su ayuda, señor Swift —dijo Caleb y, acto seguido, se marchó.

No tenía ni idea de lo que diría el coronel cuando oyera la idea que se le había ocurrido, pero el ejército necesitaba a alguien dentro de la casa, alguien cercano a los ocupantes, alguien en quien pudieran confiar. Caleb rezó para que el coronel apreciara las ventajas que encerraba su plan.

Las carcajadas resonaban por toda la casa. Los sirvientes se apresuraban bajo el peso tremendo de las bandejas de plata rebosantes; la comida y la bebida se amontonaban en las mesas cubiertas de lino; el champán corría como el agua. Todos los invitados estaban disfrutando de lo lindo, pero a Vermillion la reunión social de varios días se le antojaba eterna.

La joven, que para la ocasión lucía un vestido de seda esmeralda con un escote muy atrevido y el corpiño bordado en un magnífico hilo de oro, deambulaba de un cuarto a otro sonriendo y saludando con la cabeza y fingiendo interesarse en las diversas conversaciones que oía a su alrededor. Lo cierto era que sólo podía pensar en Caleb, y en que la noche anterior había acudido a él y habían hecho el amor.

Ya no era inocente. Se había entregado a un hombre, y no a uno de los que había prometido escoger como amante, sino a Caleb Tanner, el caballerizo de Parklands.

El corazón le dio un brinco con sólo pensar en él. Recordó su aspecto, allí parado, desnudo, el duro cuerpo bañado por un haz de luna que entraba por la ventana de su diminuta habitación. Había podido verle las anchas bandas de músculos que le cruzaban el pecho y los tendones de las piernas, y se acordó de la potencia y la fuerza de Caleb al poseerla sobre el camastro.

Un cálido rubor afloró a sus mejillas mientras pensaba en cómo había respondido ella a la ardiente manera de hacerle el amor, en cómo la destreza manual de Caleb había liberado de sus cadenas, de una vez por todas, a una criatura salvaje.

Se encontraba más turbada de lo que había deseado y acabó por abandonar el salón. Deseaba descansar un momento de la multitud, de modo que se escondió en la biblioteca, cuyas altas puertas labradas cerró tras ella. Estaba sentada en el asiento empotrado junto a la ventana, mirando fijamente el jardín, cuando oyó un ruido que provenía del otro lado de la habitación.

—¿Vermillion? —La voz familiar atrajo su atención hacia la entrada—. ¿Qué demonios estás haciendo aquí sola? Te está buscando todo el mundo. —Su amiga Elizabeth Sorenson se detuvo en el umbral.

—No pasa nada, Elizabeth. Sólo necesitaba un momento de tranquilidad. Volveré enseguida a la fiesta.

Elizabeth la sorprendió al entrar en la biblioteca y cerrar las altas hojas de la puerta tras de sí; y el sonido resonó en el silencio de la habitación cuando la condesa empezó a caminar hacia ella.

—¿Qué sucede, Lee? —le preguntó—. Últimamente no pareces la misma. Tu tía anda preocupada, y yo también. —La preocupación asomó al rostro de Elizabeth, una mujer de belleza intemporal, de corto cabello negro y rizado, piernas largas y figura esbelta.

Lee se obligó a sonreír.

—¿A santo de qué habrías de estar preocupada, Beth? Estoy perfectamente.

—Me doy cuenta de que no falta mucho para tu cumpleaños —dijo Beth con dulzura—. Has prometido escoger a un amante, pero puede que sencillamente no estés preparada.

¿Que no estaba preparada? Lee se preguntó qué diría la condesa si supiera que ya había escogido a un amante, que incluso en ese momento suspiraba por él, y que estaba deseando que volviera a hacerle el amor.

—Ha de ocurrir antes o después —dijo Lee—. Sabes tan bien como yo que el matrimonio no forma parte de mi futuro. Dije que escogería y así lo haré.

El ceño de Elizabeth no hizo sino acentuarse.

—No hay prisa, a buen seguro. Aparte del hecho de que podrías empezar a vivir a tu aire, no hay ninguna urgencia real. Gabriella sabe lo independiente que eres. Ella creía que agradecerías la oportunidad de independizarte, aunque tal vez sería mejor si...

—¿Si qué, Beth? —Lee se levantó del asiento empotrado de la ventana y se acercó a su amiga—. ¿Tal vez sería mejor que me aburriera con otra docena de hombres?, ¿si asistiera a otro centenar de las tediosas fiestas de mi tía? Al final el resultado sería el mismo.

—Pero, sin duda...

—Agradezco tu preocupación, Beth, de verdad que sí, pero mi tía tiene razón. Es hora de que me labre un futuro por mí misma, y eso es lo que voy a hacer. —Consiguió esbozar una sonrisa—. Y también es hora de que me una a tía Gabriella y al resto de sus invitados.

—Que también son los tuyos, Lee. Son tan amigos tuyos como de tu tía.

—¿En serio? —Levantó la vista hacia la preciosa cara de Elizabeth—. Aparte de ti y de algunos más, a la mayoría de ellos casi no los conozco. Están aquí para dejarse cautivar por La Reina. En cuanto a Vermillion, no es más que una curiosidad. Se sienten fascinados por el ser misterioso que ha creado mi tía; pero no sienten ningún deseo de conocer a la mujer que hay dentro, a la mujer que se esconde detrás de la máscara que lleva. —Se apartó y empezó a caminar hacia la puerta de nuevo.

—Querida, espera...

Pero Lee siguió caminando, salió de la biblioteca y enfiló el pasillo. Tenía la intención de volver junto a los demás —realmente la tenía—, pero cuando divisó al coronel Wingate dirigiéndose a grandes zancadas hacia ella por el pasillo y vio a Andrew Mondale hacer lo propio desde el extremo opuesto, cambió de opinión y echó a correr escaleras arriba.

—Vermillion, preciosa, ¿adónde va? —La voz de Mondale flotó detrás de ella—. Baje y únase a la fiesta.

Vermillion se giró y sonrió.

—Dentro de un momento, Andrew, se lo prometo —dijo ella. Y lo cumpliría, pensó, pero al cabo de un ratito.

Tras alcanzar la seguridad de su dormitorio cerró la puerta y se apoyó en ella. Tuvo la sensación de que una roca le aplastaba el pecho y se le revolvió el estómago.

Por primera vez era consciente de la infinidad de problemas que se había echado encima. «¡Oh, Dios!, ¿qué voy a hacer?» Las lágrimas le escocían en los ojos. Tenía que volver abajo, tenía que seguir con la farsa... por su tía y, quizá como creía tía Gabby, por ella misma. Pero después de hacer el amor con Caleb ya no estaba segura de que pudiera continuar en el papel que tenía que interpretar tan desesperadamente.

Se apartó de la puerta y se dirigió al tocador de palisandro. Después de verter agua en la jofaina con la jarra, se lavó el colorete y los polvos de arroz de las mejillas; luego, se limpió el carmín de los labios y tiró del llamador para que acudiera Jeannie. La doncella apareció en el dormitorio al cabo de unos minutos.

—*Mon Dieu!* ¿Qué estás haciendo?

—Ayúdame a quitarme esto, ¿te importa? Tengo problemas con los botones.

Jeannie la miró horrorizada, atónita ante la cara recién lavada y el aspecto de Lee a medio desvestir.

—No puedes desvestirte. La fiesta... Todavía no es medianoche.

—Me trae sin cuidado la hora que sea. —Ahora que había tomado la decisión, Lee intentaba llegar a los botones de la espalda del vestido, desesperada por escapar—. Tengo que salir de aquí.

—*Dieu du Ciel!* —exclamó Jeannie—. Te has vuelto completamente loca.

Pero la menuda mujer intervino y se hizo cargo del problema; despachó los botones en un abrir y cerrar de ojos y la ayudó a salir del vestido de seda esmeralda. Tan pronto como se vio libre de su vestimenta, Lee fue hasta el ropero y abrió el cajón inferior. En lo alto, cuidadosamente doblados, aparecieron los pantalones de montar de hombre y una camisa de lino blanco. En cuestión de minutos estaba vestida y calzada con las botas de montar.

—No me lo puedo creer —masculló Jeannie mientras Lee se sacaba las pinzas del pelo y se sacudía la cabeza, soltándose los tupidos rizos pelirrojos. Se los cepilló rápidamente y se sujetó el cabello en las sienes con unos pequeños pasadores con incrustaciones de nácar.

—Mírate. ¿Y si te ve alguien?

—No va a verme nadie. Bajaré por la escalera de atrás. —Lee se dio la vuelta y cogió las manos de su amiga—. Tengo que hacerlo, Jeannie. Tengo que salir de este lugar... aunque sólo sea un ratito.

Su amiga la miró a la cara, y lo que vio hizo que sus ojos se abrieran como platos.

—*Nom de Dieu!* Es el hombre del que me hablaste. ¡Te has entregado a él!

Lee apartó la mirada, pero la vergüenza era sólo una de la docena de emociones que sentía.

—*Oh, chérie,* si hubiera imaginado que hacer el amor con ese hombre te haría tan desgraciada, te habría suplicado que no lo hicieras.

—Estaré perfectamente, Jeannie. Las mujeres se acuestan con los hombres todos los días..., nadie lo sabe mejor que nosotras. Sólo necesito un poco de tiempo para aclarar mis ideas. La fiesta durará casi toda la noche. Volveré antes de que acabe.

Jeannie no dijo nada, y Lee se alejó. Se detuvo en la puerta del dormitorio para asegurarse de que no habría alguien cerca y se precipitó por el pasillo hacia la escalera de la servidumbre. Después de salir al jardín por una puerta poco utilizada, corrió hacia los establos.

La noche era tibia y despejada; la luna, que brillaba en lo alto, le alumbró el camino. Caleb estaría probablemente en los establos, y una parte de ella deseó con desesperación verlo. Otra, más cuerda, no quería volver a encontrarse con él.

Mientras recorría el sendero que conducía a la gran construcción de piedra que albergaba los valiosos purasangres de Parklands, una brisa suave soplaba a través de las ramas de los árboles. Todos los faroles estaban ya apagados, y los mozos de cuadra se habían retirado.

Desapareció en la oscuridad del establo sin hacer ruido y avanzó por la hilera de los compartimientos de los caballos. Tras localizar la cabeza gris de *Grand Coeur,* que la observaba por encima de los tablones de su cubículo, agarró una brida del gancho y se dirigió hacia el caballo. *Coeur* soltó un suave relincho cuando Lee deslizó la brida por sus orejas y lo condujo afuera.

La amplia campiña le llamaba. Nadie la había visto abandonar la casa ni localizado en el establo. Con la duda de si era una decepción o un alivio el que Caleb no hubiera aparecido, conminó al caballo a que saliera del establo y se metiera en los prados. Tan pronto como pusieron una distancia de seguridad entre ellos, espoleó suavemente a *Grand Coeur* para ponerlo al galope.

Tan necesitado de la excursión como ella, el semental se desperezó bajo Lee y juntos cabalgaron hacia la libertad del campo abierto.

Bajo una luna pálida, Caleb volvía a Parklands montado en el gran castrado zaino. Regresaba del pueblo. La respuesta que el coronel Cox había entregado a Cyrus Swift iba en las alforjas.

Caleb se removió en la silla de piel al pensar en las palabras que contenía la nota. Se le había ordenado que, antes del amanecer, recogiera sus pertenencias, abandonara Parklands y volviera a Londres. Jacob Boswell volvería a ocupar su antiguo puesto como adiestrador y caballerizo. A Caleb se le ordenaba que no comunicara su partida a nadie, incluidas, y sobre todo, a Vermillion y a Gabriella Durant.

No era la respuesta que había esperado. No estaba seguro de los motivos de Cox para ordenar su regreso inmediato, pero seguía albergando la esperanza de que al menos el coronel considerara su plan. El mensaje de Caleb sólo había mencionado de pasada lo que tenía en la cabeza. Acabaría de completar los detalles que faltaban al día siguiente, una vez en Londres.

Era una noche cálida y despejada, y mientras regresaba a un galope natural para recoger sus cosas una brisa suave le agitaba el cabello. Intentó no pensar que aquella misma brisa, entrando por la ventana de su cuarto la noche anterior, le había refrescado la piel caliente mientras hacía el amor con Vermillion, pero los pensamientos sobre ella lo asediaban. Allí estaba, en su mente, cuando coronó la colina y, abajo, localizó a un jinete sobre la ladera cubierta de hierba.

Tiró de las riendas y detuvo al zaino bajo la ancha copa de un tejo. Por debajo de donde se encontraba, primero a todo correr y, más tarde, con un galope más pausado, el pelaje rodado de *Grand Coeur* resplandeció como la plata a la luz de la luna.

Reconoció a la pequeña y segura amazona.

El corazón le dio un vuelco. La última noche le había robado la inocencia; la había poseído tres veces en el pequeño cuarto que ocupaba en el establo y le habría vuelto a hacer el amor si se hubieran despertado a tiempo. El mero hecho de pensar en ella hizo que tuviera una erección, y que deseara lanzarse colina abajo y desmontarla del caballo; hizo que deseara arrancarle la ropa, tirarla sobre la hierba y poseerla.

La observó desde el montículo y se preguntó adónde podría dirigirse; por un instante, le preocupó que quizá podría haberse equivocado respecto a ella. Pero pronto resultó evidente que Lee cabalgaba sin destino alguno, que su carrera errabunda no hacía más que trazar círculos, y que su paseo a la luz de la luna no era más que eso.

Caleb se acordó de las horas pasadas con ella la noche anterior y de que la había desflorado. No tenía sentido negar lo evidente ni fingir que la sangre sobre sus encantadores muslos blancos no había sido el resultado de lo que él le había quitado.

Tal vez no habría ocurrido de haber sabido él la verdad.

O quizá se estaba engañando y el deseo de poseerla había sido tan fuerte que, igualmente, le habría hecho el amor.

Cuando observó que Lee hacía girar a *Coeur* y se dirigía hacia un bosquecillo de árboles, espoleó ligeramente a *Duke* para ponerlo al galope y descendió por la colina. En cuanto ella lo vio, tiró de las riendas para detener a *Grand Coeur* bajo las ramas inclinadas de un árbol.

—¡Caleb! ¿Qué... qué estás haciendo aquí?

Él se encogió de hombros, queriendo fingir una indiferencia que en absoluto sentía.

—Lo mismo que tú. —Desmontó del zaino y enganchó las riendas alrededor del tronco del árbol—. No podía dormir y pensé que un paseo a caballo tal vez ayudaría.

Estiró los brazos, bajó a Vermillion de *Coeur* y ató las riendas del semental a un árbol que se elevaba a poca distancia de ellos.

—Tu casa está llena de invitados. Hay tantas velas encendidas que parece que el lugar esté en llamas. Me figuré que estarías ocupada, divirtiéndote.

No lo dijo, pero pensó que Lee estaría con Mondale o Nash o con cualquiera de aquellos hombres que comían en la palma de su mano. Había intentado contener la irritación de su voz, pero sin demasiado éxito.

A pesar de todo, Lee pareció no darse cuenta.

—Estuve un rato —dijo.

Se sentó en un tronco caído, y Caleb lo hizo a su lado. Esa noche, vestida con aquella sencilla camisa de batista blanca y los pantalones de montar marrones, estaba preciosa. Se había soltado el pelo ardiente y los tupidos rizos relucían como ascuas a la luz de la luna. No había rastro de polvos en su cara, y Caleb creyó detectar el tenue vestigio de unas lágrimas.

—¿De qué se trata, Lee?, ¿por qué has venido aquí?

Ella apartó la mirada hacia la hierba baja que, agitada por el viento, formaba dibujos en los campos.

—No sé si podré conseguirlo, Caleb. Sé que tengo que hacerlo, pero no sé si puedo.

Caleb sintió un peso en el pecho. Sabía muy bien a qué se refería. Y no estaba seguro de si podría permitírselo, aun cuando fuera lo que ella deseaba.

—Te refieres a la decisión que se supone tienes que tomar la noche de tu cumpleaños.

Lee asintió con la cabeza.

—¿A causa de lo ocurrido entre nosotros la última noche?

Lee levantó la vista hacia él. Sus ojos todavía conservaban un poco de kohl alrededor, y bajo la luz de la luna parecían enormes y de un verde azulado.

—En cierta manera, supongo. No comprendí en qué consistía hacer el amor hasta ayer por la noche... No supe cuánto de ti misma das a un hombre. No era consciente de que cada caricia que se graba en ti te roba algo. No entendí hasta ayer que cuando aceptas a un hombre en tu interior, es como... como darle parte de tu alma.

Se quedó mirando fijamente las onduladas colinas más allá de Caleb, y éste pensó en lo hermosa que estaba y en lo mucho que le conmovían sus palabras.

—Supongo que no lo entenderás —añadió Lee, y volvió a mirarlo—. Seguro que para un hombre es diferente.

¿Era diferente? En el pasado se había acostado con infinidad de mujeres, casi todas la mar de serviciales, y casi ninguna digna de ser recordada. A algunas de aquellas mujeres sin rostro y sin nombre, que había dejado atrás en tabernas y remotos campamentos militares, les había pagado por las molestias.

Pero ¿qué pasaba con la mujer que estaba sentada a su lado? Lee era diferente a las demás que había conocido, una mezcla de inocencia y sensualidad que lo llevaba a desearla como nunca antes había deseado a otra. Era más independiente que cualquier mujer que hubiera conocido y, al mismo tiempo, se hallaba atrapada sin remedio en una vida de la que parecía no poder escapar. Pensaba en ella día y noche, y la deseaba a todas horas. El mero hecho de estar sentado tan cerca le provocaba una erección y el deseo irrefrenable de estar dentro de ella.

Puede que él también le hubiera dado a Lee Durant parte de su alma.

A Caleb no le hizo mucha gracia la idea.

—Lo que ocurrió entre nosotros, Lee, fue especial. Nunca lo dudes.

Ella no respondió. Quizá no lo creía. Si él no volvía tal vez fuera mejor así.

—Dentro de menos de dos semanas —dijo Lee— va a cambiar toda mi vida.

«El día de su decimonoveno cumpleaños.» El pensamiento hizo que Caleb sintiera una presión en el pecho.

—Escúchame, Lee. No hay ley ni precepto alguno que diga que esa noche o cualquier otra tengas que escoger a un protector. No necesitas dinero. No tienes que invitar a Mondale ni a Nash ni a ningún otro a tu cama. No tienes por qué convertirte en Vermillion. Puedes seguir siendo como eres. Simplemente Lee.

Ella levantó los ojos hacia él, y Caleb pudo ver el pesar reflejado en ellos.

—Tengo que hacerlo. Es la única manera. Mi tía ama su estilo de vida, Caleb. Le encantan las fiestas y la atención incesante. Se está haciendo mayor, su belleza se desvanece. Sé cuánto le preocupa eso y lo mucho que desea que las cosas sigan igual. Si me convierto en Vermillion, tía Gabriella podrá seguir viviendo por medio de mí.

—No le debes eso, Lee. Nadie le debe tanto a nadie.

—Te equivocas. Se lo debo todo. Mi madre murió y me quedé completamente sola. Tenía cuatro años cuando la propietaria de la casa de campo en la que vivíamos me dejó en la inclusa. No sabes lo horrible que era aquel lugar..., nadie lo sabe. Caleb, nos pegaban por la menor infracción. Nos encerraban en la bodega, con las ratas, si hacíamos algo mal. No había mantas suficientes ni comida. Si tía Gabby no hubiera llegado..., si no me hubiera llevado a casa con ella, habría muerto en aquel lugar, sé que habría muerto. La quise en cuanto me levantó en brazos, y ella a mí. Haría lo que fuera por ella, Caleb. Cualquier cosa con tal de hacerla feliz.

—Háblale, Lee, cuéntale lo que sientes.

—¿Y cómo? Si ni siquiera estoy segura de mí. Tal vez ella tenga razón, quizá la libertad de una vida como la suya valga lo que cuesta.

Caleb no lo creía así. Ni por un instante.

—Puedes tener un marido, Lee, una familia. Eso es lo que desean todas las mujeres. No es justo que tengas que renunciar a esas cosas.

Lee lo miró fijamente a los ojos, y Caleb vio en ellos algo que no había visto antes.

—¿Es eso una proposición, Caleb? ¿Me estás pidiendo que me case contigo?

A Caleb se le hizo un nudo en el estómago al instante. Durante un rato muy largo se limitó a permanecer allí sentado. La idea del matrimonio nunca había entrado en sus pensamientos. Era Vermillion, una cortesana. Aunque después de la última noche, él, más que nadie, sabía que no era verdad.

Carraspeó para ganar tiempo mientras buscaba, a duras penas, algo que decir.

—¿Qué clase de vida tendrías con un hombre como yo?

Sabía que ella estaba pensando que se refería a la esposa de un caballerizo, pero Caleb estaba rememorando a un hombre dedicado a la guerra, en un hombre que no tardaría en volver a España.

La expresión de Lee cambió y pareció contraerse. Inclinó la cabeza y de su garganta salió una risilla.

—Menuda clase de vida, por supuesto. Desde luego nada que ver con aquella a la que estoy acostumbrada, eso sin duda. Eres un caballerizo. Un caballerizo no le pide a su patrona que se case con él y, aun si lo hiciera, bajo ningún concepto estaría bien visto casarse con uno de los criados.

Caleb apretó las mandíbulas, aunque no se le alcanzó la razón por la que debiera enfadarse. No le estaba haciendo ninguna proposición y, aunque así fuera, Vermillion jamás se casaría con el caballerizo que fingía ser. Ella no renunciaría a su lujosa manera de vivir por un hombre tan por debajo de ella en la escala social.

Caleb sonrió, aunque la sonrisa carecía de calidez.

—Tienes razón. Un hombre como yo sólo es bueno para retozar una o dos veces antes de que llegue el momento de pasar a alguien más conveniente. ¿De eso se trataba, Vermillion? ¿Necesitabas un poco de instrucción antes de venderte a Mondale o a Nash?

Lee enrojeció hasta la raíz del cabello.

—Eso no es cierto.

—¿No lo es?

Lee se levantó del tronco de un salto y se dio la vuelta para dirigirse al caballo, pero Caleb se paró delante de ella y le cortó la retirada.

—Quítate de mi camino.

—¿Estás segura de que es eso lo que quieres? Tenemos tiempo para otro revolcón rápido. Tal vez aprendas algo nuevo que pueda serte útil.

Ella se soltó la pequeña mano de un tirón y se dispuso a darle una bofetada, pero Caleb la agarró de la muñeca.

—Ya lograste ese golpe antes. No querrás repetirlo.

—Suéltame. —Forcejeó mientras la arrastraba hacia él.

—No creo que quieras que lo haga otro que no sea yo.

Lee le aplastó las manos contra el pecho haciendo fuerza, pero era la mitad de corpulenta que él y no habría tenido la más mínima posibilidad de moverlo. Caleb, presa de una ira feroz, dobló la cabeza y le apresó la boca con un beso exigente y brusco. Lee se debatió durante un instante, pero él insistió en aquel beso que, poco a poco, fue dulcificándose. La besó igual que la última noche y, lentamente, Lee dejó de luchar. Subió las manos por el pecho de Caleb, hasta rodearle el cuello con ellas y enredarle los dedos en el pelo.

Entonces se apoyó en él y le devolvió el beso con el mismo desenfreno con que la estaba besando. Caleb gruñó. Dolorosamente excitado y ávido de ella, estaba listo para coger lo que Lee estuviera dispuesta a darle en ese momento.

En su lugar, ella se apartó un poco.

—Me entregué a ti porque era a quien deseaba, Caleb. Ni Mondale, ni Nash ni ningún otro me importan lo más mínimo... A estas alturas estoy segura de que lo sabes. No puedo soportar la idea de que me toquen ni de que me hagan el amor como tú me lo haces. No puedo imaginarme entregándome a otro hombre de la manera en que me he entregado a ti.

Caleb vio el dolor en los ojos de Lee y sintió una opresión en el pecho. «¡Malditos fueran! ¡A la mierda con todos ellos!»

Maldijo a la tía y a los demás por lo que estaban haciéndole a Lee, incluso se maldijo a sí mismo por lo que ya le había hecho. Alargó los brazos y le cogió la cara entre las manos, puso la boca sobre la de ella y la besó con mucha dulzura. Lee sabía como el champán caro y olía a jazmines; el calor se deslizó a su entrepierna. Su verga creció y se endureció hasta que empezó a dolerle. Su pulso se disparó hacia el cielo y el deseo explotó en su sangre.

Hicieron el amor sobre el suave y verde pasto, detrás de los árboles. Caleb extendió su camisa bajo ellos, se tumbó de espaldas y colocó a Lee encima de él. A ella pareció sorprenderle al principio que pudieran hacer el amor de esa manera. Caleb la vio morderse el labio inferior cuando él la levantó un poco y la hizo descender sobre su verga suavemente; el cuerpo de Lee lo envolvió de manera tan perfecta que soltó un gruñido. No tardó mucho en darse cuenta de la fuerza que le había conferido a Lee, quien enseguida empezó a cabalgar sobre él, con suavidad al principio, luego más deprisa, acogiéndolo más profundamente, haciendo suyo el placer de Caleb, que crecía a cada movimiento de ella.

Cuando dobló la cabeza y lo besó, levantándose y luego acogiéndolo por completo de nuevo, Caleb le cubrió los senos desnudos con las palmas de las manos. El sedoso pelo rojo de Lee le rozó el pecho, incitándolo, y Caleb tuvo que esforzarse en no perder el control.

Llegaron al orgasmo al mismo tiempo, y el suave grito de Lee llenó la noche. Al cabo de unos minutos, Caleb hizo que se pusiera de espaldas y volvió a poseerla, con más dulzura esta vez, dispuesto a hacerla disfrutar.

Después, agotados y saciados, se tumbaron juntos sobre la hierba y contemplaron el lento discurrir de la luna sobre sus cabezas. Él se iría al día siguiente, pero no podía decírselo. Pensó en el cariño que había llegado a coger a aquella inocente joven de espíritu libre, y deseó poder cambiar las cosas y que no hubiera tantos secretos revoloteando alrededor de ellos.

Era esencial que alguien se introdujera en la casa.

Caleb rezó para que su plan funcionara y pudiera regresar.

Anheló que Lee lo perdonara si lo hacía.

12

¡Oh, Dios, había pasado otra noche haciendo el amor con él! La mañana ya estaba avanzada. Sólo llevaba unas horas alejada de él y, sin embargo, ansiaba volver a verlo. Era una locura, una insensatez, pero parecía incapaz de evitarlo.

Pensó en Caleb y en los cada vez más fuertes sentimientos que le profesaba, y se mordió el labio nerviosamente. Cuando alguien llamó a la puerta dio gracias por la distracción.

—Lamento molestarte —dijo Jeannie—, pero tu tía desea verte. Le preocupa que no te sientas bien.

Aquejada de un punto de locura sin duda, se dijo Lee, pero por lo demás se encontraba de maravilla.

—Dile que estoy estupendamente. Anoche tuve un pequeño dolor de cabeza, pero esta mañana ha desaparecido.

En lugar de irse, Jeannie entró en el cuarto y cerró la puerta sin hacer ruido.

—Anoche dijiste que volverías, pero no lo hiciste hasta esta mañana temprano. No es prudente que salgas por ahí sola.

Y aún menos prudente si era para estar con Caleb. Lee apartó la mirada.

—No corrí ningún peligro y, de todos modos, puedo cuidar de mí.

Jeannie enarcó una de sus cejas castañas.

—Ah, no... ¡Estuviste con él! *Oh, chérie*, ¿sabes bien a lo que te arriesgas?

—Como te he dicho, puedo cuidar de mí.

155

—¿Estás segura de eso?

¿Lo estaba? Nunca había estado menos segura de algo en su vida. Y sin embargo sabía que estaba haciendo exactamente lo que deseaba.

Cogió la mano de su amiga.

—Escúchame, Jeannie. No falta mucho para mi cumpleaños. Estas dos semanas que quedan las quiero para mí.

Jeannie suspiró.

—Es culpa mía que haya ocurrido esto. Nunca debería haberte animado. No sé en qué estaba pensando.

—No, Jeannie, tenías razón. Creo que jamás volveré a sentir nada similar por otro hombre. Puede que nunca hubiera comprendido a qué se parece la experiencia de una pasión verdadera.

«Y amor», se dijo. Por más que deseara negarlo, sabía que estaba algo más que medio enamorada de Caleb.

—Ten cuidado, *chérie*. Sabes que esto no puede continuar. No deseo verte sufrir.

Pero tarde o temprano tenía que ocurrir, y Lee lo sabía. Una vez que hubiera escogido a un protector abandonaría Parklands y diría adiós a Caleb Tanner.

Pero también podría ocurrir que Caleb fuera el primero en marcharse.

Una sensación de intranquilidad se apoderó de ella. Algo en la forma en que Caleb se había despedido de ella la pasada noche la había inquietado; no estaba segura de qué había sido, pero incluso en ese momento la sensación persistía.

Es más, la acompañó durante toda la mañana, y después de desayunar frugalmente con su tía cacao y galletas, se dirigió al establo.

—Buenos días tenga usted, señorita Lee —dijo Arlie, quien se dirigió hacia ella arrastrando los pies por el pasillo que discurría entre los compartimientos; iba encorvado, pero su cara arrugada dibujaba una sonrisa.

—Buenos días, Arlie. —Lee echó una ojeada rápida alrededor; buscaba a Caleb, pero no lo vio.

—Se ha ido, señorita. Se marchó en algún momento antes del alba. Dejó esta nota, sí. La encontré clavada en el compartimiento de *Grand Coeur*. —Arlie extrajo un trozo de papel doblado del bolsillo de sus bombachos y se la entregó.

A Lee le latía el corazón con tanta fuerza que podía sentirlo en los oídos. Alargó la mano, cogió la nota y rompió la cera de vela que Caleb había utilizado a modo de lacre.

Lee:

Ha surgido un problema y se reclama mi presencia. Jacob volverá a asumir sus funciones por la mañana. Puede que volvamos a encontrarnos.

Tu seguro servidor,

CALEB TANNER

El corazón le latió dolorosamente mientras leía de nuevo la nota en busca de algún significado oculto, de alguna palabra que le dijera que lo que habían compartido era valioso para él, que si la abandonaba lo hacía en contra de su voluntad. Pero en el mensaje no había nada reconfortante.

Analizó las palabras de despedida de Tanner: «Tu seguro servidor, Caleb Tanner.» No había habido jamás un hombre que fuera menos servicial que él y, por supuesto, Caleb lo sabía. Era la clase de final que podría utilizar un caballero, pero Caleb no lo era.

¿O sí?

Desde el principio había habido cosas en él que no encajaban. Su forma de hablar era la de un hombre instruido; sus modales, los propios de las clases altas..., además de su arrogancia. Quizá fuera un hombre de abolengo agobiado por las deudas, que huyera de sus deudores para evitar la cárcel. Tal vez hubiera hecho algo malo. Quienquiera que fuese, lo cierto es que ella le había tomado gran cariño y ahora se había ido, apartándola de sí como si ella no hubiera significado nada para él, dejándola con una simple nota de despedida.

La desesperación oprimió el corazón de Lee. Se había esforzado en no enamorarse de él, pero una parte de ella albergaba hacia él aquel sentimiento profundo y no lo perdonaría jamás. Se dijo que era mejor así, que se hubiera ido y que ella pudiera continuar con la vida a la que se la había destinado.

Rompió la nota en pedazos, tragó saliva para deshacer el férreo nudo que tenía en la garganta e ignoró el escozor de las lágrimas. Caleb se había ido. Aquella parte de su vida estaba finiquitada.

Arrojó los papeles en el cubo de la basura y se juró no volver a pensar en Caleb Tanner.

La tarde pasó y se hizo de noche. La luna había desaparecido, oculta por una densa capa de nubes negras que amenazaban lluvia. La espesa niebla que se levantó sobre la tierra mojaba la larga capa negra de lana que cubría los hombros de la mujer. Tenía el pelo húmedo bajo la capucha, y unos finos mechones de la nuca le colgaban por el cuello delgado.

No le gustaba salir en una noche así. Mientras caminaba por el estrecho sendero que conducía al pueblo, todas las sombras semejaban criaturas espantosas prestas a saltar de la oscuridad, y el suelo húmedo y poroso distorsionaba los sonidos de la noche impenetrable.

No importaba. Tenía que verlo. A esas alturas él confiaría en que ella tuviera algo para él, y no quería decepcionarlo.

Se iban a encontrar en el lugar habitual en el pueblo, un pequeño cuarto abuhardillado encima de la taberna Jabalí Rojo. Nunca hablaban en la casa. Era demasiado peligroso, decía él, porque la gente podría verlos. No importaba. A ella no le importaba escabullirse, ni siquiera en una noche así. Por él, no. Y allí no tenía que compartirlo.

Cuando subió la escalera exterior pegada a la umbrosa pared que cubría una espesa hiedra verde grisácea, él estaba esperando. En la penumbra tan sólo iluminada por la luz de un sencillo candil de aceite, parecía tan atractivo como la primera vez que lo había visto; aún más, con cada año transcurrido. Él la recorrió con la mirada, escudriñándola de pies a cabeza, y ella sonrió ante el brillo de interés que apareció en los ojos del hombre.

—Cariño, esta noche estás deslumbrante.

Ella se ruborizó y sonrió, complacida porque parecía aprobar el nuevo vestido de muselina azul que se había hecho con el dinero que él le había dado la última vez que estuvieran juntos.

El hombre le retiró la capucha de la capa, le deshizo la lazada del cuello, le quitó la prenda mojada y la dejó sobre el respaldo de una silla de madera.

—El vestido te sienta muy bien. Te realza el color de los ojos.

El cuarto era pequeño y sencillo, y sólo estaba ocupado por una cama de listones y una mesilla de noche, un tocador con una jarra y una jofaina desportilladas, además de la solitaria silla de madera. Quizás aquello fuera el motivo de que la elegante figura del hombre pareciese dotada de semejante fuerza.

—Me he enterado de una cosa —dijo ella con su leve acento francés—. Puede que sea importante. Supe que querrías oírlo en cuanto pudiéramos citarnos.

El hombre se acercó un poco más, hasta que ella pudo percibir el leve aroma a brandy de su aliento y la cara colonia que utilizaba.

—Pensé que tal vez sólo me echabas de menos. —El hombre llevaba las manos cubiertas con unos suaves guantes de cabritilla amarillos. Se los quitó tirando parsimoniosamente de cada una de las puntas de los dedos y los echó sobre el asiento de la silla—. Confiaba en que tal vez quisieras que continuáramos donde lo dejamos la última vez que estuvimos aquí.

«La última vez que estuvimos aquí.» Un estremecimiento recorrió el cuerpo de la mujer. Ella no lo había olvidado. Nunca olvidaba las breves horas que pasaba con él.

—Deseo estar contigo a todas horas. Ha pasado demasiado tiempo desde que estuvimos juntos.

El hombre levantó la mano y le acarició la mejilla, y las entrañas de la mujer se conmovieron. Todo cuanto tenía que hacer era mirarla, y ella se derretía por dentro. Cerrándole la mano sobre la nuca, la atrajo hacia él. Le ahuecó la mano sobre uno de los senos y apretó, con suavidad al principio, luego con más fuerza, hasta el punto exacto en que el placer se confundía con el dolor.

Ella tomó aire con dificultad y, sin darse cuenta, intentó apartarse, pero él volvió a atraerla y dulcificó sus caricias. A través del corpiño del vestido le acarició el pezón, y una oleada de placer volvió a inundarla.

—¿Qué me has traído? —preguntó a la mujer.

Ella le contó aquello de lo que se había enterado, y supo, por la leve curvatura de sus labios, que lo había complacido. Conocía el gusto de aquella boca, y la sensación de la misma en su cuerpo; conocía la dulzura y la insoportable excitación que podían proporcionar.

Pero antes ella se lo proporcionaría a él. Se había llegado a convertir en una costumbre, y nunca lo decepcionaba. Cuando él le puso las manos sobre los hombros y la instó con suavidad a que se agachara, ella se arrodilló frente a él. Esperó mientras se desabrochaba la parte delantera de los pantalones de montar y liberaba su sexo, y admiró su longitud y la dureza que no tardaría en estar dentro de ella.

Sabía muy bien cómo complacerlo. Sintió los dedos de él en la nuca, inmovilizándola mientras se lo metía en la boca. Le había dicho algo valioso y, en recompensa a su lealtad, no tardaría en hacerla suya.

Una vez que todo aquello terminara y él acabara su trabajo se irían juntos, se marcharían de aquel país y viajarían a un lugar en el que pudieran vivir en paz y rodeados de lujo.

En eso andaban sus pensamientos cuando el cuerpo del hombre se tensó, liberó su semen y, luego, la hizo levantarse. Le cogió la mano y se la llevó a los labios, tras lo cual la guió hasta la cama. El hombre no tardaría en reponerse para volver a realizar el acto sexual, y si la utilizaba con cierta brusquedad, a ella no le importaba. Con tal de estar con él, le daría cuanto deseara.

Y él también procuraría complacerla.

—Háblame —le ordenó—. Dilo. —Estiró los brazos y, tras acercar las manos a sus senos exuberantes, los acarició y pellizcó los pezones.

Ella le dijo lo que todo hombre deseaba oír y, en especial, aquél: que todo cuanto ella necesitaba era verlo completamente excitado y sentirlo dentro, muy dentro. Las palabras parecieron complacerlo. Siempre iba todo mejor si lo complacía, y al parecer esa noche lo había conseguido.

Él le cogió la mano, se la aplastó contra la parte delantera de sus pantalones de montar y ella pudo sentir su erección. Cuando se dio la vuelta y se situó de espaldas para que él pudiera ayudarla a quitarse el vestido, la recorrió un ligero estremecimiento; luego él hizo una pausa para quitarse la ropa.

«Pronto serás mío —pensó ella disfrutando de la visión de la desnudez de su compañero—. Pronto te tendré todo para mí.» Sonrió cuando la arrastró hacia los pies de la cama. Luego él se inclinó sobre ella, la besó y, tras deslizarse en su interior, empezó a moverse con lentitud.

Habían pasado cuatro días desde la partida de Caleb. Tal y como había prometido en su fría nota, Jacob Boswell había vuelto aquel mismo día para asumir de nuevo su trabajo como adiestrador y caballerizo. Durante el tiempo transcurrido Lee se había convertido en una sorprendente experta en prohibirse pensar en Caleb Tanner.

Por más furiosa que estuviera ante la cruel partida de Caleb, ni mucho menos podía culparlo por su falta de sensibilidad. Él nunca le había hablado de amor, ni siquiera de simple cariño. La había deseado, nada más. Sólo se había tratado de simple lujuria.

Lee lamentaba su incapacidad para haber contenido con igual prudencia sus emociones. Por el contrario, en las raras ocasiones en que se permitía pensar en él, sentía la dolorosa punzada de la añoranza. Se recordó que había sabido desde el principio que el tiempo que pasaría con Caleb sería breve. Si se produjera la improbable circunstancia de que se hubiera quedado embarazada sacaría el niño adelante sin él. Eso también lo supo siempre.

Por lo menos, Caleb no le había mentido.

Se acordó de las mujeres de la casa de Buford Street. Todas abandonadas por hombres que les habían declarado su amor. Y, por supuesto, se acordó de su madre.

Aunque Vermillion apenas podía recordar su cara, sabía que su madre había sido víctima del abandono y el dolor. Angelique Durant, la hija de una cortesana, se había enamorado de manera irremediable de un noble. El hombre, heredero de uno de los títulos de más alcurnia de Inglaterra, había hablado precipitadamente de matrimonio. Y Angelique había sido lo bastante tonta para creerle. Cuando se enteró del compromiso matrimonial del noble con otra mujer quedó deshecha por el dolor.

Uno de los escasos recuerdos infantiles de Lee era el de su madre sentada en un banco del jardín, sollozando sin consuelo. Años más tarde tía Gabby le había explicado que en el *Times* de aquel día había aparecido la noticia del nacimiento de un hijo varón de Robert Leland Montague, marqués de Kinleigh.

Kinleigh. El hombre que era su padre.

Sentada en un taburete en el cuarto de música, Lee tañía con ternura las cuerdas de un arpa dorada, evocando los acordes de una canción melancólica. Con la mejilla apoyada en la madera exquisitamente curvada, pensó en su madre y empezó a agradecer que Caleb se hubiera ido.

Ya no había nada entre ellos. Había perdido una parte del corazón, pero no todo. Ya no era inocente, y hacer saber a lord Nash que era a él a quien ella tenía intención de escoger la noche de su cumpleaños le sería mucho más fácil ahora.

—Discúlpeme, señorita.

Sus manos se detuvieron. Levantó la vista y vio al mayordomo en el umbral.

—Lamento enormemente interrumpirla, señorita, pero su tía Gabriella desea verla en el salón Verde.

—Gracias, Jones.

Lee apoyó el arpa en su base, se levantó del escabel y empezó a cruzar la biblioteca hacia la puerta. Llevaba un sencillo vestido de muselina de color crema asalmonado y apenas se había puesto algo de colorete, de modo que no estaba vestida para recibir visitas, y era muy probable que su tía estuviera en compañía de alguien.

Pero era mediodía, se dijo, y sin duda su aspecto era lo bastante adecuado.

Mientras atravesaba el pasillo, llegó hasta ella el ronco timbre de voces masculinas, y volvió a reconsiderar el cambio de indumentaria. Pero algo le había sucedido durante las cuatro semanas transcurridas desde que había conocido a Caleb, y estaba empezando a sentirse más cómoda en su ropa y en su propia piel. Esperó a que Jones abriera en silencio la puerta del salón, tomó aire para tranquilizarse, fingió una sonrisa y entró.

Tal y como había supuesto, su tía no estaba sola. Enfrente de ella se sentaban dos oficiales británicos uniformados, unos hombres con guerreras escarlatas repletas de elaborados galones dorados. Los pantalones de montar eran de color azul marino, igual que los puños de las inmaculadas y perfectamente cortadas guerreras escarlatas, y las altas botas relucían bajo los rayos de sol que entraban por las ventanas con maineles.

En cuanto entró en el salón los militares se pusieron de pie. Vermillion recurrió a su sonrisa ensayada, pero ésta se le heló en los labios.

Al hombre de la izquierda no lo conocía, pero al otro, algo más alto, moreno y de ojos castaños, era un hombre al que conocía demasiado bien. Había pasado dos noches haciendo el amor con él. Aquel hombre era Caleb Tanner.

—Entra, querida. —Tía Gabby le hizo una seña para que avanzara. Por la sonrisa debía de haber percibido la expresión de asombro en la cara de Lee—. Me doy cuenta de que ha de resultarte un tanto sorprendente encontrar al caballerizo vestido de uniforme y de pie en el salón, pero también es bastante emocionante. Únete a nosotros.

Lee se acercó al grupo como si tuviera las piernas revestidas de plomo.

—Permite que te presente al mayor Mark Sutton y al capitán Caleb Tanner. —Los ojos de tía Gabby titilaron alegremente, como si se hubiera dado de bruces con una noticia extraña—. Creo que ya conoces al capitán Tanner... porque ha estado empleado recientemente en Parklands como caballerizo.

Lee deseó que se la tragara la tierra. Deseó acortar la distancia que los separaba y abofetear la hermosa cara de Caleb. Había sabido que algo raro pasaba, que él no era un vulgar sirviente, pero nunca habría imaginado algo parecido.

Al final hizo sencillamente aquello para lo que se la había adiestrado y le sonrió con simpatía.

—Me temo que no lo entiendo, capitán Tanner. ¿Por qué un oficial del ejército británico ha estado trabajando en nuestro establo?

Gabriella, con la mirada brillando de excitación, contestó antes de que él pudiera hacerlo.

—Según parece se trataba de un asunto intrigante. Hasta hoy el capitán Tanner tenía órdenes de no revelar su verdadera identidad. Pero quizá pueda explicártelo el mayor Sutton, como ha hecho conmigo.

Sutton, un hombre más alto que la media, de pelo moreno rizado y una sonrisa cautivadora, le lanzó una mirada.

—Permítame que empiece disculpándome por el engaño al que les hemos sometido a usted y a su encantadora tía. Le aseguro que fue necesario.

—¿Es verdad eso? —dijo Lee.

Procuraba no mirar a Caleb, pero sus ojos se empeñaban en buscarlo. La expresión del capitán era adusta y forzada. Ella intentó no reparar en lo guapo que estaba con aquel uniforme que tan bien le quedaba, el pelo muy corto y la cara recién afeitada. Hizo todo lo posible para apaciguar los acelerados latidos de su corazón.

—Me temo que en su momento estábamos convencidos de la necesidad del engaño. Verá, intentábamos atrapar a un desertor, a un miembro del regimiento de caballería del capitán Tanner que había matado a un oficial mientras estaba destinado en España. Teníamos razones para creer que el hombre había regresado a Inglaterra y que estaba involucrado en algunos asuntos relacionados con las carreras de caballos. Como ya sabe, el capitán Tanner tiene gran experiencia en ese campo, y se consideró que podía resultar de ayuda.

—Entiendo —dijo Lee, pero no lo comprendía en absoluto. No parecía capaz de concentrarse en las palabras del mayor.

—Hace cinco días el hombre que andábamos buscando fue detenido cerca del hipódromo de York, y el capitán Tanner se reincorporó a sus funciones. Tanto el capitán como yo deseábamos disculparnos personalmente por cualquier molestia que todo este asunto pueda haberles ocasionado.

Lee clavó la mirada con dureza en Caleb, quien todavía no había dicho ni una palabra.

—¿Ese hombre... tuvo... tuvo algo que ver con el asesinato de Mary Goodhouse?

Caleb sacudió la cabeza, y sus ojos negros se prendieron en el rostro de Lee.

—No —le respondió—. Me temo que es un asunto completamente independiente.

—Sonríe, querida —dijo tía Gabby—. Jacob ha vuelto y todo está bien. E, indirectamente, hemos desempeñado un papel decisivo en la captura de un fugitivo de la justicia.

«Sonríe.» Creía que ya lo estaba haciendo.

—Para celebrarlo —prosiguió tía Gabby—, he invitado al mayor Sutton y al capitán Tanner a que se queden a cenar con nosotras. Quizá, con un poco de suerte, nos cuenten algunas de sus aventuras en España.

Vermillion notó la tensión en la musculatura de la boca cuando se obligó a sonreír.

—¡Qué agradable! Estoy segura de que pasaremos una velada fascinante. Pero ahora, no obstante, me temo que tendré que dejarles. Algunos asuntos de importancia reclaman mi atención. Si son tan amables de disculparme, caballeros...

—Por supuesto —dijo el mayor Sutton al tiempo que le hacía una reverencia muy galante, mientras que Caleb sólo le dirigía una educada inclinación de cabeza.

Cuando Lee se volvía hacia la puerta, los ojos de Caleb se cruzaron con los suyos por última vez. La confusión que había en su mirada se mezclaba con algo más que ella no fue capaz de precisar. Confió en que, por el contrario, él sí que pudiera percibir la furia que bullía en la suya y que fuera lo bastante prudente para mantenerse lejos de ella mientras permaneciera en la casa.

Por supuesto, Caleb no se mantuvo a distancia. Aunque para las costumbres de tía Gabby la cena era un asunto privado, Lee, ataviada con un vestido de seda azul medianoche bordado de encaje azul, se sentó ante el tocador y esperó a que Jeannie le recogiera el pelo en un cómodo tocado de rizos sobre una estrecha diadema de diamantes.

Diamantes eran también los que le rodeaban el cuello y relucían en sus orejas. Aunque el vestido mostraba un escote muy atrevido, esa noche se había puesto menos polvos y apenas un toque de color en las mejillas y en los labios. Se dijo que aquello no tenía nada que ver con Caleb, pero sabía que no era verdad.

A causa de todo aquel engaño, Caleb le había demostrado que podía atraer a cualquier hombre tal y como era. Desde que lo había conocido se había vuelto más ella. Se gustaba cuando permitía que se trasluciera algo de Lee. Procuraba no preguntarse si Caleb lo aprobaría, puesto que en realidad no importaba.

Y tampoco importaba que siguiera encontrándolo atractivo ni que hacer el amor con él hubiera sido una de las experiencias más increíbles de su vida.

Lo único que importaba era que no había resultado ser el hombre que ella había creído que era. La confianza que había sentido hacia él, la admiración que la había conducido a entregarse a él..., nada de eso era real. No había ningún Caleb Tanner; en cualquier caso, no el que había conocido. Ese otro hombre era alguien a quien ella apenas reconocía..., un hombre que para ella no significaba nada en absoluto.

—No es cualquier cosa tu capitán Tanner. —Jeannie fijó otra pinza en el elevado peinado de Lee—. Los sirvientes chismorrean acerca de él. Ya se han enterado de la historia de por qué estaba trabajando en las cuadras.

—Sí, estoy segura de que ya se han enterado —dijo Lee, y pensó que a veces los criados sabían más sobre lo que ocurría en Parklands que ella misma.

—Es aún más guapo en uniforme, *n'est-ce pas?*

A Lee la recorrió una nueva oleada de furia.

—También es un mentiroso.

—Se le ordenó que guardara silencio. No creo que tuviera elección.

Lee miró a Jeannie por encima del hombro. Hacía tiempo que había desistido de negar su relación sentimental con Caleb, pero no tenía intención de hablar más de él.

—No quiero hablar del capitán Tanner.

Jeannie colocó otro rizo.

—Ha vuelto por ti, creo.

—Si lo ha hecho ha sido sólo por una razón, y si por un momento cree que va a continuar donde lo dejó, mejor haría en pensárselo dos veces.

Jeannie no respondió a eso; se limitó a terminar el peinado de Lee y a sujetarle un espejo para que pudiera verse por detrás. Tras echar un rápido vistazo, la joven asintió con la cabeza y se levantó del taburete del tocador. Al cabo de unos minutos salía del dormitorio dispuesta a hacer frente a la velada que se avecinaba.

En lo alto de la escalera dio una profunda y larga inspiración que le infundiera valor. Se agarró la falda de seda azul y bajó al vestíbulo.

Los caballeros estaban esperando.

Se corrigió: el caballero... y Caleb... estaban esperando, preparados para escoltar a las damas al comedor, un salón con una extravagante decoración de inspiración griega, con pinturas de templos antiguos soportados por columnas artificiales que se sucedían a lo largo de las paredes.

Lee apenas se sorprendió de ver a lord Claymont en compañía de los dos hombres uniformados, mostrando, a pesar de su mayor edad, tanta apostura como la de los militares.

—Buenas noches, Vermillion, querida. —El conde se inclinó y le rozó la mejilla con los labios—. Esta noche estás guapísima.

—Gracias, milord. —Se volvió hacia los otros dos hombres—. Supongo que ya han sido presentados.

Claymont sonrió.

—En realidad, conozco al mayor Sutton desde hace varios años. Y, por supuesto, soy un viejo conocido del padre del capitán Tanner.

Lee miró brevemente de soslayo a Caleb, y se preguntó qué otros secretos le habría estado ocultando.

—Lo siento... Me parece que no sé de quién se trata.

—Vaya, el conde de Selhurst, querida. William y yo somos amigos desde hace muchísimo tiempo.

Su mirada debió de reflejar lo traicionada que se sentía, porque Caleb apretó las mandíbulas. No sólo era capitán de caballería, sino también hijo de un conde.

Lee sonrió a Caleb sin ganas.

—Estoy impresionada, capitán Tanner. Sólo de pensarlo... Un miembro de la aristocracia, hijo de uno de los personajes más ilustres de la alta sociedad... paleando estiércol de caballo en nuestros establos. Imagine cómo realzará eso nuestra, en cierta manera, dudosa posición social.

Las cejas rubio platino de su tía se levantaron.

—Querida, la verdad, dudo que al capitán Tanner le haga gracia que le recuerden las tareas que se vio obligado a realizar en cumplimiento de su deber.

En lugar de enfadarse, Caleb sonrió con regocijo.

—Hay trabajos peores, se lo aseguro. Lo crea o no, disfruté de mi breve trabajo con el estiércol de los caballos. —Su mirada descendió hasta los senos de Lee—. Encontré la equitación especialmente... placentera.

Lee se ruborizó; no pudo evitarlo. Sabía que él no estaba hablando de los caballos, y su ira no hizo sino acrecentarse un poco más.

No podía hacer nada..., al menos, allí.

—Creo que es hora de que entremos a cenar —dijo su tía, rompiendo la tensión entre Lee y Caleb. Cogió el brazo de lord Claymont y lo condujo al comedor.

—¿Me permite? —El mayor Sutton, como oficial de más graduación, se ofreció para acompañar a Vermillion, quien apoyó la mano en la manga de su guerrera escarlata.

—Es un honor, mayor. —Lanzó una rápida mirada hacia Caleb, tras lo cual dedicó al mayor una sonrisa tan brillante que podría haber iluminado un cuarto a oscuras.

La expresión de indiferencia de Caleb se tornó en un ceño sombrío que hizo que la sonrisa de Lee se expandiera aún más. Mientras se dirigía hacia el comedor, aferrada al brazo del mayor con considerable fuerza, pudo sentir los ojos de Caleb sobre ella. Ardían con un fuego interior y, por primera vez desde que le había visto de pie en el salón, sintió una oleada de satisfacción.

13

La cena resultó interminable. Tía Gabby, sentada a la cabecera de la larga mesa de caoba, repartía risas y sonrisas entre sus invitados. Todavía era una mujer atractiva bajo el resplandor de las velas que ardían en los candelabros de plata, pero esa noche estaba radiante mientras embelesaba a los caballeros, como siempre hacía, y los obsequiaba con las anécdotas de sus viajes de jovencita a París. Al final de la noche había conseguido incluso arrancar unas pocas y excepcionales sonrisas a Caleb.

El mayor Sutton amenizó la velada con historias de la guerra, aunque tuvo buen cuidado de no decir nada inadecuado en presencia de las damas. En general, Caleb se mostró callado, y su mirada no dejó de buscar la de Lee una y otra vez a lo largo de la interminable noche.

Vermillion se sintió encantada cuando los hombres se retiraron a beber brandy y a fumar puros y, por fin, pudo escabullirse. Aunque tía Gabby subió al primer piso para refrescarse, ella salió al jardín. Una brisa cálida agitaba las hojas, y un búho ululó en alguna parte en la lejanía. El cielo era casi negro, y unas estrellas brillantes relucían en lo alto. Aquella noche se parecía mucho a la última que había pasado con Caleb.

El pensar en ella pareció conjurar a Caleb a salir de las sombras. Cómo había conseguido aparecer tan silenciosamente fue algo que Lee no acabó de comprender. Caleb siempre se había movido con una especie de gracia silenciosa y eso fue lo que hizo en ese momento, salir de la oscuridad apenas unos metros más allá de donde ella estaba sentada.

—Vi que salías aquí —dijo él—. Desde el momento en que llegué confiaba en tener la oportunidad de estar a solas contigo. Tengo que hablarte, Lee.

Ella se levantó del banco de hierro forjado; su ira pugnaba con el dolor, la decepción y la sensación de haber sido traicionada.

—Me llamo Vermillion, y no hay nada de qué hablar. Ni siquiera lo conozco. Por tanto, no hay nada que decir. —Quiso pasar frente a él, pero Caleb la agarró por el brazo.

—Me llamo Caleb Tanner y tengo veintiocho años. Mi padre es el conde de Selhurst. Mi madre, que en gloria esté, murió al nacer yo. Tengo tres hermanos, Lucas, Christian y Ethan. Me alisté en el ejército hace ocho años y he servido en Holanda, la India y también España. En la actualidad estoy en misión especial a las órdenes del general Wellesley. Ahora ya sabes quién soy y, como te dije, tengo que hablarte.

En lugar de contestar, ella lo ignoró y se limitó a seguir caminando.

—Salir huyendo no va a cambiar lo que ocurrió.

Lee se detuvo y se dio la vuelta para encararlo.

—No estoy huyendo. Me voy porque encuentro la actual compañía fatigosa en exceso. Ahora, si me disculpa...

Todo pareció indicar que no, que no la disculpaba, puesto que Caleb se paró delante de ella en el sendero, bloqueándole la huida.

—Te habría dicho la verdad si hubiera podido. Obedecía órdenes de mi superior, el coronel Cox, que lo hacían imposible.

—¿Y qué pasa con lo demás, Caleb? ¿Hacerme el amor era también parte de tu misión?

Caleb se puso un poco rígido, y ella advirtió lo mucho que brillaban los botones dorados de la casaca escarlata.

—Te pido disculpas por lo que ocurrió entre nosotros. Te deseaba. Es tan sencillo como eso. Tal vez, de no haber fingido ser algo que no eras, no habría ocurrido.

Lee levantó la barbilla.

—Tengo que recordarte... que no era la única que fingía.

—Como te he dicho, en ese momento se hizo necesario.

Ella inclinó la cabeza hacia atrás y lo miró directamente a la cara.

—¿Por qué has vuelto?

Las miradas de ambos permanecieron fundidas, pero había algo en la de Caleb que ella ansiaba descubrir.

—Porque quería explicarme. Confiaba en que podría hacértelo entender.

A la luz de las antorchas, Caleb aparecía increíblemente atractivo, y el corazón de Lee siguió su ridículo e incómodo tamborileo.

—Muy bien. Así pues, ahora que te has explicado y yo lo he comprendido, puedes marcharte. —Intentó pasar por el lado de Caleb rozándolo, pero él la agarró del brazo y le dio la vuelta de nuevo hacia él.

—También quiero que sepas que si hay... consecuencias..., de lo ocurrido entre nosotros, no eludiré mis obligaciones —añadió él.

Lee apretó los labios. Se soltó el brazo con una sacudida y se puso una mano en la cadera.

—¿Y qué, exactamente, significa eso?

—Significa que, en tal caso, aceptaría mis responsabilidades. Y que te mantendría a ti y al niño.

Lee soltó una carcajada que resonó con amargura a través del jardín.

—Tengo dinero de sobra, Caleb. No necesito el tuyo para nada. Si llega un bebé, soy perfectamente capaz de cuidarlo sola.

—El niño también sería mío, Lee. Y querría que conociera a su padre.

Aquélla era una preocupación que Lee había sopesado a la hora de considerar la elección de un protector. La imagen de Caleb ejerciendo de padre saltó a sus pensamientos, pero la obligó a desaparecer sin compasión.

—Entonces estaré encantada de mantenerte informado. Sin embargo, no creo que tengas que preocuparte a ese respecto. —Lee se ruborizó, nada dispuesta a discutir sobre su menstruación con un hombre que seguía siendo un virtual extraño—. En el ínterin, supongo que esto es una despedida. Buenas noches, capitán Tanner. Le deseo un agradable viaje de vuelta a Londres o a España o adondequiera que se vaya.

Lee empujó el pecho de Caleb en un intento de apartarlo de su camino, pero era como tratar de mover un bloque de piedra.

—Con el tiempo, volveré a España. Todavía, no. Y en cuanto a mi inmediata salida de Parklands, tu tía ha sido tan amable de invitarnos al mayor Sutton y a mí a la reunión semanal que ha organizado en la casa. Creo que las celebraciones empiezan por la mañana y culminan con la fiesta de tu decimonoveno cumpleaños.

El aplomo la abandonó por primera vez, y el miedo le cerró la boca del estómago con un nudo.

—Sin duda... no pretenderás permanecer aquí hasta entonces.

La mirada de Caleb se ensombreció y su sonrisa se tornó salvaje.

—No me lo perdería por nada del mundo.

Lee permaneció inmóvil cuando Caleb le cogió la mano y se la acercó burlonamente a la boca. Le besó los dedos con una ligera presión de los labios y provocó que un pequeño remolino de calor anidara en el estómago de Lee.

—Así que ya ves, cariño, por el momento es un hasta luego, y no un adiós.

Lee no dijo nada. Pensaba en el calor de los labios de Caleb sobre su mano e intentó no acordarse de la sensación que había experimentado cuando él la había besado.

—Se está haciendo tarde —dijo Caleb— y, a menos que desees que haga exactamente lo que estás pensando, creo que es hora de que te acompañe adentro.

Lee se puso colorada cuando él le ofreció el brazo como si lo hubiera hecho miles de veces..., como si tuviera derecho a ello. La ira disolvió la vergüenza e hizo que se pusiera tiesa como el palo de una escoba.

—Vete al diablo, «capitán» Tanner.

Esta vez empujó lo suficiente para desequilibrarlo y hacer que Caleb retrocediera un paso en un intento de no caerse encima de los arbustos. La seda azul crujió al rozar los bombachos azul marino de Tanner cuando ella pasó por su lado. No lo perdonaría, al menos por el momento. Si lo hiciera acabaría en la cama de él, y no estaba dispuesta a permitir que ocurriera tal cosa. No a tan sólo una semana de su cumpleaños.

Mientras hacía crujir la gravilla del sendero con sus pisadas, Lee echó una ojeada por encima del hombro. Y, antes de que Caleb se diera la vuelta y se alejara, creyó captar en los ojos oscuros del militar un destello de regocijo y lo que tal vez fuera una mirada de resolución.

—Bueno, y ¿qué tal fue?

El mayor Sutton cabalgaba al lado de Caleb en el viaje de vuelta a Londres. Era tarde, bien pasada la medianoche. La siempre gentil anfitriona, Gabriella Durant, los había invitado a que se quedaran a pasar la noche, pero el viaje no era excesivamente largo y tenían que hacer el equipaje adecuado para su regreso. Caleb sintió una punzada de satisfacción por haber conseguido una invitación... o, al menos, por que la hubiera conseguido Sutton. Una cama con dosel en un cuarto de invitados de la planta superior sería bastante más cómoda que el camastro en el que había dormido en los establos.

Echó una mirada rápida al mayor, que con tanta pericia se había ganando la confianza de la Durant.

—Diría que el día ha resultado extremadamente positivo si consideramos...

Sutton arqueó una de sus cejas negras.

—Si consideramos que es evidente que se ha acostado con la más joven de las mujeres. Supongo que Vermillion no se sintió especialmente feliz al descubrir su engaño.

Caleb esbozó una débil sonrisa.

—Se podría decir así. —Ni confirmó ni negó la presunción del mayor, pero una de las habilidades de Sutton consistía en leer en la gente y, según parecía, había observado suficientes miradas entre él y Lee para creer que habían tenido una relación íntima—. Creo que de haber tenido una pistola a mano me habría pegado un tiro.

—Sí, bueno, pero es mejor descubrir que el amante de una no es un caballerizo sino el hijo de un conde, y no al revés.

Caleb no respondió. No tenía tan claro que Lee hubiera estado de acuerdo.

—En cualquier caso, hemos conseguido el acceso que necesitábamos. Lo que haga con la chica a partir de ahora es asunto suyo, pero le sugeriría que si puede encontrar la manera de volver a meterse en su cama debería hacerlo. Sin duda, nuestras posibilidades de conseguir información mejorarían.

El mayor sonrió, y Caleb vislumbró el destello de sus dientes blancos en la oscuridad.

—Además, es una pequeña pelandusca encantadora. Por amor de Dios, si tiene unos pechos que parecen melones maduros. En varias ocasiones a lo largo de la noche pensé que se le iban a salir del vestido. Me atrevería a decir que me he pasado la mayor parte de la noche empalmado.

La enguantada mano de Caleb se cerró sobre las riendas del caballo, e hizo detener al animal en mitad del camino.

—Soy consciente de que es usted mi superior, mayor Sutton, pero en lo tocante a Vermillion le sugiero que se guarde sus pensamientos. Hay un límite, señor, y usted acaba de traspasarlo.

Sutton lo observó en la oscuridad.

—Entiendo.

—Creo que no. La chica no es la mujer que aparenta ser. Lo cierto es que, hasta que le quité la inocencia, era virgen.

—Eso es imposible.

—Yo tampoco lo habría creído, pero puedo decirle con absoluta certeza que ésa es exactamente la verdad.

—Pero ¿por qué habría de fingir...?

—Tiene sus razones, y éstas guardan relación con el hecho de ser una Durant y con la lealtad que siente hacia su tía. Y si son legítimas o no, eso es harina de otro costal.

—Interesante. —Sutton espoleó su caballo para que avanzara, y ambos hombres empezaron a cabalgar de nuevo por el camino—. Por otro lado, gracias a usted, Vermillion es ahora exactamente lo que siempre pareció. En general, supongo que no importa cuál de nosotros fuera el primero.

Caleb apretó con fuerza las mandíbulas en un intento de contener la furia que lo invadía. Mark Sutton estaba empezando a gustarle cada vez menos. Si no hubiera sido su superior, lo habría tirado del caballo y le habría dado a probar el castigo que había infligido al último hombre que insultó a Vermillion.

En su lugar, se obligó a permanecer en silencio lo que quedaba de camino hasta Londres. Durante el trayecto hasta allí no dejó de pensar en el dolor y la decepción que había visto en la cara de Lee.

Y se preguntó qué ocurriría cuando averiguase que, una vez más, estaba traicionando su confianza.

La reunión social de una semana empezaba al día siguiente. El primer acontecimiento era una velada de juegos, baile y atracciones pensada para que los invitados pudieran conocerse mejor. Aunque la mayoría de ellos ya se conocía, siempre había cierto número de amistades recientes de Gabriella. Actrices, cantantes de ópera, poetas y artistas, hombres como el mayor Sutton y el capitán Tanner.

Lord Nash había acudido a pasar la semana, al igual que el coronel Wingate y, por supuesto, lord Andrew Mondale. Lee estaba charlando con el coronel cuando la fugaz visión de algo escarlata atrajo su mirada; se volvió y vio a Caleb Tanner entrar en el salón.

Nada más localizarlos, Caleb frunció el ceño, pero sólo durante un instante.

—Capitán Tanner —lo llamó el coronel, atrayéndolo en la dirección en la que estaban, aunque Caleb ya se dirigía hacia allí—. Creo que no nos han presentado.

—No, señor. Al menos, de manera formal.

—Conoce a la señorita Durant, supongo.

Caleb esbozó una sonrisa.

—Sí, he tenido el placer.

Lee se ruborizó. Y rezó para que el coronel no lo advirtiera.

—Buenas noches, señorita Durant —dijo Caleb.

—Capitán Tanner —respondió ella.

El coronel pareció no percatarse de la tensión contenida en el mutuo saludo.

—Le han destinado a las órdenes de Wellesley, he oído. Alguna especie de servicio especial. Todo en absoluto secreto, supongo.

—Me temo, señor, que no tengo libertad para hablar sobre el tema.

—No, no, claro que no. Da igual, menudo golpe maestro, diría, en lo que respecta a su carrera. Wellesley tiene grandes ambiciones. Si usted es uno de los escogidos puede llegar muy lejos. Supongo que ésa es su intención.

—Así es, señor —reconoció Caleb—. El ejército ha sido mi hogar desde hace ocho años. No veo ninguna razón para que eso cambie. —Lanzó una rápida mirada en la dirección de Lee, pero la expresión de ésta no se alteró.

Caleb regresaría a España. Ella sabía que eso no debía preocuparla, y se dijo que no ocurriría.

Durante un rato más hablaron de trivialidades, de la guerra... Lee no perdió la sonrisa ni un instante e intentó no mirarlo. Cada vez que lo hacía, su mirada resbalaba hasta la boca de Caleb y se acordaba del calor de la misma al apretarse contra su piel.

En cuanto pudo huir de manera educada, puso una excusa y se escabulló. Había conseguido llegar al cuarto de juegos cuando apareció Andrew Mondale, apuesto, casi guapo con su reluciente pelo dorado, una casaca amarilla y unos bombachos verde oscuro.

—¿Dónde se ha metido, corazón? Estaba a punto de perecer de soledad sin usted.

Lee arqueó una ceja.

—¿En serio? Y yo que pensaba que Juliette Beauvoir le estaba entreteniendo de maravilla.

Juliette era una hermosa mujer de pelo moreno, con la boquita de piñón y grandes ojos azules; era una actriz de Drury Lane, y le había echado el ojo a Mondale semanas atrás. Por Lee, podía quedárselo.

—Juliette no es usted, mi paloma. No es posible que crea que me interesa lo más mínimo.

Lee se puso a jugar con un rizo rojo que le colgaba junto a la oreja; un gesto inconsciente de Vermillion.

—La verdad es que me parece que usted y Juliette se entenderían.
—Parecía pensativa—. Sí, creo que los dos se entenderían muy bien.

Andrew se dio una palmada en el pecho.

—Sus palabras, cielito, me hieren. Sabe que sólo me interesa una mujer. —Le cogió la mano y se la llevó a los labios—. Y ésa es usted y nadie más que usted, preciosidad.

Vermillion se rió. Andrew podía ser encantador. Pero sería a Nash a quien escogería. Con Caleb había llegado a conocer la profunda clase de vinculación afectiva que la intimidad con un hombre podía conllevar. No se arriesgaría a aquellos sentimientos de nuevo y, sobre todo, con un hombre tan voluble como Andrew.

—Compórtese —dijo Lee—. Me parece que Juliette nos está observando. Además, tengo que encontrar a mi tía. ¿Por qué no prueba fortuna con el *whist* mientras me ausento?

—Supongo que si insiste... Pero mi corazón sangrará hasta que regrese.

Vermillion volvió a reír mientras giraba para marcharse... y se dio de bruces con Caleb. Él la sujetó con una de sus fuertes manos por la cintura y se inclinó para susurrarle al oído.

—Yo podría conseguir que su corazón sangrara en serio con tal de que dijeras la palabra.

Los labios de él apenas describían el atisbo de una curva, y Lee pensó que tal vez sólo había hablado medio en broma.

Consiguió esbozar una sonrisa de coqueteo.

—Vaya, capitán Tanner, no estará celoso, ¿verdad?

Los ojos del capitán se oscurecieron.

—Tengo celos de todos los hombres de esta habitación y, sin duda, lo sabes.

Pero no, realmente no lo sabía. Y se quedó asombrada al darse cuenta de que Caleb seguía sintiendo algo por ella. No supo bien qué decir. Por suerte, en ese momento el trío del rincón atacaba un vals, llenando la sala con su música y dando por concluido el breve intercambio de palabras entre ambos.

Caleb la salvó de un silencio embarazosamente prolongado cogiéndola de la mano y conduciéndola hasta la pista de baile.

—Te vi antes cuando bailabas un vals —dijo Caleb—. Te observé a través de las ventanas. Y me preguntaba qué se sentiría teniéndote entre mis brazos.

Lee le puso una mano ligeramente temblorosa en la hombrera de la guerrera escarlata y sintió el perfil de las pesadas charreteras doradas. Caleb dio una larga zancada y la condujo a la pista para iniciar el baile.

Que fuera un excelente bailarín no resultaba sorprendente. Siempre había sido un hombre con mucho garbo y allí parecía encontrarse en su salsa, haciéndola volar majestuosamente en cada giro, arrastrándola con él como si hubieran bailado juntos miles de veces. La llevaba agarrada con firmeza y seguridad; bajo la mano, Lee percibía el calor y la solidez del hombro de Caleb. La conversación en el salón pareció empezar a desvanecerse poco a poco; las caras de los invitados se desdibujaron hasta convertirse en poco más que una neblina de colores y, durante aquel breve instante, sólo existió Caleb.

El corazón de Lee se hinchó y latió con fuerza. Sintió una presión en el pecho, y fue en ese momento cuando la apabullante comprensión la golpeó: estaba enamorada de Caleb.

Y no sólo enamorada, sino que lo amaba con pasión, peligrosamente.

—Tengo que hablar contigo —dijo él—. ¿Cuándo podemos encontrarnos?

Pero Lee estaba tan absorta en su recién adquirida conciencia que apenas lo oyó.

—¿Qué... qué decías?

—He dicho que tengo que verte. He de hablarte. Esta noche, poco después de la medianoche, iré a tu habitación.

Lee perdió un paso imaginando a Caleb en su dormitorio, considerando lo que ocurriría si ella llegaba a franquearle la entrada.

—¿Estás loco? No puedes venir a mi habitación.

Caleb sonrió. Tenía la sonrisa más blanca y maravillosa del mundo.

—Te aconsejo que sigas hablando en voz baja. Alguno de tus perritos falderos podría oírte, y me parece que no les haría gracia saber que estás invitando a un hombre a tu dormitorio.

—¡No estoy invitándote a mi dormitorio! ¡Si apenas te estoy hablando!

Él reprimió una sonrisa burlona, pero el regocijo bailó en su mirada. Tras guiarla en un giro, volvió a estrecharla entre sus brazos y, esa vez, la sujetó un poco más pegada a él.

—Pon alguna excusa y retírate un poco antes. No olvides dejar la puerta sin pestillo.

—Escúchame, Caleb Tanner. Si vas a mi habitación, no estaré allí. Puede que estés acostumbrado a dar órdenes a tus hombres, pero yo no soy uno de tus soldados.

Sin perder ni un paso, la atrajo aún más hacia él. Lee podía percibir el aroma de la colonia de Caleb y sintió la fuerza de su mano en la cintura. Había algo en su mirada. ¡Dios! Si al menos supiera qué era.

—Lee, es importante —insistió él.

La música terminó de repente. Caleb tardó un instante en soltarla, tras lo cual, hizo una inclinación de cabeza muy formal y se apartó de ella.

En cuanto llegaron al límite de la pista de baile, Lee se excusó y lo dejó. Caleb la observó hasta que desapareció del salón.

«Soy un idiota. Un completo imbécil.» Había intentado convencerse, consciente de que estaba actuando tan ridículamente como el resto de los fascinados pretendientes de Lee, pese a lo cual era incapaz de detenerse.

Regresar a Parklands había sido un error; debería haber permanecido lo más lejos posible de Lee. Por desgracia, no había tenido elección. Las órdenes eran las órdenes, y las suyas eran encontrar a un traidor. Aunque ya no creía que Vermillion estuviera involucrada, alguien de Parklands —un invitado asiduo, uno de los sirvientes o, incluso, Gabriella Durant— estaba implicado en una conspiración para obtener información y pasarla al enemigo. Su trabajo consistía en descubrir quién era.

Lo que no necesitaba hacer era enredarse aún más con Lee.

Parado en la oscuridad, en el borde de la terraza, Caleb se maldijo. A través de las ventanas del salón, podía ver a Lee conversando con Jonathan Parker, lord Nash. La visión le hizo un nudo en las tripas. Todavía no se había encontrado con Nash, aunque acabaría haciéndolo, sin duda. Por mucho que respetara al vizconde, no soportaba la idea de que tocara a Lee como él la había tocado ni que se acostara con ella.

A través de los altos ventanales del salón le llegó la risa desvaída de Lee. La vio sonreír por algo que había dicho Nash, y los celos le oprimieron la boca del estómago. De alguna manera extraña ella le pertenecía.

La deseaba; la había deseado desde el instante mismo de conocerla. Y seguía deseándola.

Pensó en lo preciosa que estaba esa noche con aquel vestido de talle alto color amarillo topacio. Con el pelo ardiente recogido en tirabuzones, de los que se desprendían unos pocos zarcillos suaves que le enmarcaban el rostro, parecía mayor, más sofisticada, aunque en ese momento Caleb advirtió la inocencia que a veces se apoderaba de su expresión, aquella encantadora ingenuidad que se escondía detrás de su fingida sonrisa.

Quizá todo aquello fuera lo que la hacía tan atractiva a los hombres, lo que obraba que pareciera tan misteriosa y enigmática.

Esa noche Lee no llevaba la cara muy maquillada, sólo el kohl suficiente para hacer que sus ojos pareciesen enormes y de un verde azulado, y el suficiente carmín en los labios para recordarle lo suaves y carnosos que eran, y el sabor tan dulce que tenían.

Caleb soltó una maldición cuando el deseo, deslizándose en su entrepierna con la fuerza de un disparo, le provocó una dolorosa erección. Se alegró de que la terraza estuviera envuelta en las sombras, irritado por el descarado abultamiento que tensaba la parte delantera de sus bombachos.

«¡Maldita sea mi suerte!» ¿Qué tenía Lee que la hacía tan diferente del resto de las mujeres que había conocido?

Maldijo su inoportuno embeleso por ella y se alejó de la ventana. No podía permitirse pensar en esa mujer y, por tanto, volcó su atención en la labor que se había impuesto para esa noche.

La fiesta estaba en pleno apogeo, los invitados bebían, jugaban y bailaban, y algunos se habían escabullido en pos de alguna cita a las habitaciones del piso de arriba. Los salones de aquella ala de la casa se hacían eco de las risas y la alegría, pero el ala opuesta se encontraba a oscuras en su mayor parte. La biblioteca y el estudio estaban allí. Y ambas piezas se abrían al jardín.

Con cuidado de permanecer en las sombras, Caleb se dirigió en aquella dirección.

14

Gabriella Durant se detuvo junto a Elizabeth Sorenson bajo el extravagante techo pintado de nubes de la sala de los Cirros. La pieza bullía espléndidamente con las sonoras risas y conversaciones de los invitados y el ajetreado ir y venir de los sirvientes con librea, que transportaban pesadas bandejas de plata llenas de entremeses y copas de champán.

Los ojos azules de Elizabeth se clavaron en uno de los hombres que estaban en el otro lado de la estancia.

—¡Dios mío! ¿Invitaste a Charles?

Elizabeth, ataviada con un vestido de satén blanco reluciente de brillantes, miró de hito en hito a su marido como si en el otro lado del salón hubiera aparecido un fantasma.

—Vino con lord Claymont. Dylan me dijo que Charles le preguntó si podía venir.

Era de muy mal «tono», Gabriella lo sabía. Un hombre podía llegar a tener un lío así con su amante, pero nunca su esposa.

Hacía años, después de que Charles hubiera abandonado a su esposa por otra mujer, Elizabeth había mostrado su desprecio por la alta sociedad y empezado a hacer lo que le venía en gana. Y seguía haciéndolo. Pero rara vez se dejaba ver en una reunión social donde estuviera presente su marido, y Charles hacía todo lo que estaba en sus manos para evitar a su descarriada esposa.

O, al menos, así lo había hecho en el pasado.

En los últimos tiempos, había advertido Gabriella, Charles había

181

aparecido de improviso en diversas ocasiones, y su interés se había centrado en buena medida en su hermosa esposa.

—Quizás haya venido porque estás aquí.

—¿Charles? —Elizabeth se rió, y a Gabriella no se le escapó la amargura de su voz—. Soy la última razón por la que vendría. Tal vez haya echado el ojo a una actriz o a una cantante de ópera... A Juliette Beauvoir, quizá. He oído que hace tiempo que no tiene una amante.

—Ahora que lo dices, yo también lo he oído.

Gabriella miró a su amiga; los ojos de ésta seguían prendidos en el enjuto sujeto de pelo rubio rojizo con quien se había casado, pero con quien ya no compartía el lecho.

—¿Has visto mucho a Charles en los últimos tiempos? —preguntó Gabriella.

Elizabeth se giró.

—Es gracioso que lo preguntes. Sabes que está viviendo en Rotham Hall desde hace varios meses. —Aquélla era la propiedad del conde, situada a poca distancia de la ciudad, donde Elizabeth vivía con sus hijos, Peter y Tom—. Le dije que, si quería quedarse con los niños una temporada, me marcharía a la casa de la ciudad, pero dijo que había habitaciones de sobra para todos.

—Interesante.

—Me sorprendió, por decirlo de alguna manera. Podría haberme mudado, pero los niños parecían tan felices de tenernos allí a los dos que decidí quedarme. Supongo que no permanecerá con nosotros mucho más tiempo.

—Así que lleváis una temporada juntos.

Elizabeth apartó la mirada.

—Alguna vez lo veo a la hora del desayuno, aunque hago todo lo posible para no cruzarme con él.

Y aquello, probablemente, le rompía el corazón. Gabriella podría haber maldecido a Charles Sorenson, como había hecho más de una vez a lo largo de los años, si, en ese preciso momento, no hubiera divisado al conde mirando de hito en hito a su esposa desde el otro extremo de la sala con una expresión en el rostro que sólo podía describirse como de viva añoranza.

¡Vaya por Dios! ¿Se había dado cuenta el hombre, finalmente, de lo que había despreciado? ¿Sería posible? Se había hecho mayor y ya no era tan crápula como en otros tiempos. Aunque la reputación de Elizabeth llevaba años destrozada, Charles había mantenido una apariencia de respetabilidad. En cualquier caso, que un hombre tuviera una amante era algo aceptado entre la gente de la alta sociedad. Pero Charles estaba arriesgándose a hacer volar aquella apariencia permaneciendo allí esa noche con Elizabeth.

¿Era realmente Juliette Beauvoir, o alguna otra mujer, quien lo tentaba? ¿O podía ser que fuera su encantadora y desconsolada esposa?

—¿Has visto a Vermillion? —preguntó Elizabeth, desviando sus pensamientos en otra dirección.

—La última vez que la vi estaba hablando con lord Nash. —Gabriella dirigió una escrutadora mirada a su alrededor, pero no vio a su sobrina.

—Puede que haya vuelto al cuarto de juegos. La vi allí antes, hablando con lord Andrew.

Gabriella suspiró.

—Lo más probable es que se haya ido sola a algún sitio. Cuanto más nos acercamos a su cumpleaños, más preocupada me tiene. —Volvió su atención a Elizabeth—. Puede que me haya equivocado, Beth. Me parece que no está preparada.

—Eso mismo he pensado yo.

—Para mí fue distinto. Estaba enamorada de mi primer amante y de media docena, por lo menos, de mis otros admiradores. Mi único problema para escoger un protector provenía del hecho de saber que tendría que renunciar a los demás..., al menos por un tiempo. La mayoría de mis relaciones no duraba mucho, sobre todo al principio. Sin embargo, desde que conocí a Claymont no he vuelto a experimentar el desasosiego que sentía entonces.

—Me parece que te ama.

—¿Claymont? Es posible. Lo dice bastante a menudo.

—¿Y tú? ¿Lo amas?

Gabriella se encogió de hombros.

—¿Importaría eso algo? Dylan es conde. Vivimos en mundos diferentes.

Elizabeth miró a su rubicundo marido, al otro lado de la sala.

—Habla con Vermillion —dijo—. Dile que no tiene que escoger a menos que lo desee. Ya es una mujer. Dile que tome la decisión que tome, ha de optar por lo que ella desee.

Gabriella asintió con la cabeza y escudriñó la sala de nuevo en busca de su sobrina, pero Vermillion no estaba allí.

Caleb cerró la puerta de la terraza tras él sin hacer ruido y entró en la oscuridad del estudio. Corrió las cortinas y se puso a buscar una luz. Sobre una mesa Hepplewhite había una lámpara de bronce. Levantó el tubo de cristal, golpeó la piedra contra la yesca y la mecha se iluminó, llenando el cuarto de un suave resplandor amarillo.

Levantó la lámpara para examinar el entorno y se encontró en un cuarto grande revestido con paneles de madera y cubierto de libros. Un sofá de piel color burdeos y unas sillas se agrupaban ante la chimenea, que tenía la repisa de mármol. Delante de las ventanas había un escritorio de palisandro y, tras él, una cómoda silla de piel descansaba sobre el brillante suelo de madera. Un cartapacio con secante de fieltro puesto encima del escritorio servía de soporte a un tintero de cristal y a una pluma con penacho blanco metida en una funda de plata.

Sin pérdida de tiempo llevó la lámpara hasta el escritorio, se sentó en la silla y empezó a abrir los cajones. La mayor parte del cajón superior estaba ocupada por los libros de contabilidad de la propiedad. Caleb sacó un pesado volumen forrado en piel, lo abrió y examinó las páginas, aunque sin ver nada de interés.

El segundo cajón estaba dedicado a las operaciones relacionadas con las carreras de los purasangres de Parklands. Todos los caballos de la cuadra habían sido registrados en un libro de piel, pero la escritura era diferente a la que había visto primero, la letra era más pequeña, con una caligrafía bien trazada y precisa. Supuso que la letra debía de ser la de Lee y cerró el libro negándose a permitir que su mente se distrajera pensando en ella.

En lugar de estudiar los contenidos del resto de los cajones, se puso a buscar en el escritorio alguna especie de resorte que revelara la existencia de algún escondrijo. Al no encontrar nada su frustración aumentó. Estaba cerrando el cajón superior, todavía sentado en la silla, cuando la puerta se abrió y la luz se derramó por el estudio.

Había tenido la certeza de que oiría cualquier pisada contra el suelo de mármol del pasillo, pero aquéllos habían sido unos pasos ligeros, el producto del más liviano caminar de unos pequeños pies femeninos embutidos en suave cabritilla, y no se había dado cuenta. Caleb maldijo en voz baja mientras Lee entraba en el cuarto y cerraba la puerta con firmeza.

—¿Qué haces aquí dentro?

Lo estaba mirando como si hubiera descubierto a un ladrón, lo cual, en cierto sentido, era así.

—Supongo que podría hacerte esa misma pregunta a ti, pero, después de todo, es tu casa. Tienes derecho a estar aquí.

—Así es. Y tú no.

Caleb se encogió de hombros.

—Tal vez necesitaba un descanso de la fiesta.

—Estabas registrando el escritorio. —Se dirigió hacia él con la espalda recta y la mirada encendida por la ira—. ¿Qué estabas buscando, Caleb? ¿Qué más no me has contado?

Pensó en mentir, pero ya le había mentido demasiadas veces. Y confiaba en ella. Menos mal, porque desde el momento en que Lee había entrado en el cuarto a Caleb no le quedaba más alternativa.

—Cierra la puerta con llave. Lo que voy a decirte no puede salir de esta habitación.

Lee dudó un instante, luego fue hasta la puerta y giró la llave en la cerradura como él deseaba que hiciera. La estrecha falda de su vestido topacio le rozó en las caderas mientras volvía hacia donde esperaba Caleb, al lado del escritorio.

—Primero quiero que sepas que al contarte esto estoy desobedeciendo las órdenes.

—¿Y por qué, si puede saberse, harías eso?

Caleb suspiró, agitó una mano en el aire y deseó que ella dejara de mirarlo de aquella manera.

—Porque ya te he mentido bastante. Porque en el tiempo que te he conocido he llegado a confiar en ti. Y porque podría venirme bien tu ayuda.

La expresión de Lee no se suavizó.

—Continúa.

—Hay un espía en Parklands. Estoy aquí para atraparlo.

«O atraparla», pero esto no lo dijo. En su lugar, le dijo lo que habían descubierto hasta el momento, explicándole que el general Wellesley creía que las bajas sufridas en España se habrían visto reducidas de forma considerable si cierta información no hubiera llegado al enemigo; información que parecía haber procedido de Parklands.

—Eso es absurdo. No me creo una palabra..., por el momento. No es más que otra de tus mentiras.

—Se acabaron las mentiras, Lee. Si hubiera podido decirte la verdad antes lo habría hecho. No debería estar contándote esto ahora.

La mirada de Lee revelaba preocupación, y sus ojos eran de un tono tan intenso de aguamarina que Caleb podría haberse perdido en ellos.

—Si eso es verdad, ¿quién creéis que es el responsable? —Bajó la mirada hacia el escritorio y cayó en la cuenta del porqué él había estado registrando los cajones—. Si me estás confiando esta información, entonces es que no crees que yo sea la traidora. —Levantó la cabeza—. Dime que no crees que la traidora sea tía Gabby.

Caleb lamentó no poder hacerlo. Lamentó no saber más de lo que sabía.

—No sé quién es. Eso es lo que estoy intentando averiguar.

—¿El mayor Sutton está aquí por esa razón?

—Sí. —Pero él no le había comunicado al mayor su intención de visitar el estudio. No le gustaba aquel sujeto. Y, por extraño que resultara, no confiaba en él.

—Mi tía es una inglesa leal. Jamás traicionaría a su país.

—Entonces ayúdame a probarlo. Ayúdame a averiguar quién es.

Lee guardó un prolongado silencio.

—¿Era ésa la razón de que quisieras hablarme esta noche?

—No. El asunto que deseaba discutir es personal.

Ella se apartó antes de que Caleb pudiera decir algo más al respecto, y él pensó que quizá fuera mejor no hacerlo. No, por el momento. Lee no confiaba en él. Ya no. No estaba preparada para oír lo que tenía que decir. Quizá no llegara a estarlo nunca.

Caleb la observó dirigirse hasta la puerta con la espalda erguida, detenerse y darse la vuelta.

—No te molestes en llamar a mi cuarto. La puerta estará cerrada con llave.

Salió del estudio tan silenciosamente como había entrado. Aunque no oyó ningún ruido, Caleb supo que había huido por el pasillo.

Era tarde, pero a pesar de ello Lee no podía dormir. La noche era muy calurosa, y aunque soplaba la brisa a través de las ventanas abiertas, sentía las sábanas calientes y pegajosas contra la piel. El reloj dorado de la repisa de la chimenea dio las cuatro. Abajo, los últimos invitados habían sucumbido por fin a la fatiga y subían cansinamente la escalera camino de sus camas. Ninguno dormía solo.

Lee intentó no pensar en esa circunstancia. Procuró no pensar en Caleb y en el hecho de haberlo encontrado en el estudio, lo cual había sido sólo producto del azar, pues ella quería ir a la biblioteca. Necesitaba un instante, sólo un poquito de tiempo lejos de las risas y el jolgorio que parecían crisparle los nervios. Pero al llegar a las altas puertas labradas y oír los gemidos y las risitas procedentes del otro lado, cambió de opinión y siguió por el pasillo hasta el estudio.

No había esperado encontrarse con Caleb allí dentro, registrando los documentos privados de Parklands, ni pillarlo en otra de sus mentiras.

Golpeó la almohada e intentó ponerse cómoda, pero el camisón se le enredaba en las piernas y la tela de algodón se pegaba a su piel. Se incorporó en la cama, se sacó la prenda por la cabeza con actitud desafiante y la lanzó por la habitación. Tiró de la cinta atada al extremo de la trenza y se pasó los dedos por el pelo, dejando que la brisa que entraba por las puertas abiertas del balcón le recorriera la piel desnuda. La sesgada luz de la luna entró en el dormitorio y lo envolvió en un suave resplandor.

Su inquietud iba en aumento y se le hacía casi insoportable. Se envolvió en la sábana, saltó de la cama y empezó a dirigirse al balcón. Un ruido procedente de detrás de las vaporosas cortinas atrajo su atención hacia la puerta y se detuvo. Las cortinas se agitaron. Debería haberse sorprendido de ver a Caleb entrar en la habitación, pero, en cierto sentido, no fue así.

Se arrebujó un poco más en la sábana y se preguntó si la habría visto desnudarse.

—¿Nunca aceptas un no por respuesta?

—No muy a menudo —respondió Caleb. Iba vestido con unos pantalones de montar marrón oscuro y una camisa blanca de batista, una indumentaria muy parecida a la que había utilizado como caballerizo, aunque las botas altas que lucía eran las de un militar.

—Ya te dije que no soy uno de tus hombres. No tengo que obedecer tus órdenes.

—Pero «guardarás» silencio sobre las cosas que te conté en el estudio.

Si le estaba diciendo la verdad, pensó Lee, las vidas de muchos hombres estaban en juego.

—No querría ver que ninguno de nuestros soldados muriese de manera innecesaria —dijo—. No repetiré nada de lo que me contaste.

Caleb dio un paso hacia ella, pero Lee retrocedió otro.

—¿A qué has venido? ¿Alguna otra mentira que desees confesar?

Caleb sacudió la cabeza.

—Se terminaron las mentiras. Ya te lo dije antes.

—Entonces dime a qué has venido.

Los ojos de Caleb la recorrieron de arriba abajo. Lee podía notar el calor de aquella mirada y empezó a sentir pequeños pinchazos por toda la piel.

—¿Por qué te quitaste la ropa? —preguntó él.

A Lee le ardieron las mejillas. La había estado observando.

—Porque es una noche calurosa y pensé que estaba sola.

—O quizá porque es una noche calurosa y, aunque estabas sola, esperabas que viniera. Quizá querías lo mismo que en estos momentos yo también deseo.

Caleb dio un paso hacia ella. Lee se dio la vuelta para huir, pero una de las botas de Caleb clavó el extremo de la sábana al suelo. Para escapar ella tendría que despojarse de la sábana, y se negó a ello.

En su lugar, se dio la vuelta y lo encaró.

—Sal de mi habitación, Caleb.

—Todavía no. Antes de irme tengo que saber una cosa.

Se movió de aquella manera silenciosa tan suya y, de pronto, Lee se lo encontró tan cerca de ella que pudo verle la negrura de las pupilas. Él la cogió de la cintura y la acercó aún más. La protesta que ella estaba a punto de proferir murió en su garganta cuando la boca de Caleb se pegó a la suya.

No había nada de dulzura en aquel beso. Era feroz, exigente, despiadadamente posesivo, y le hizo sentir calor en todo el cuerpo. La besó hasta que las rodillas de Lee flaquearon, hasta que los dedos se crisparon contra la pechera de su camisa y toda ella se puso a temblar, emitiendo pequeños sonidos guturales semejantes a maullidos y pronunciando su nombre entre gemidos.

—Dios, cuánto te he echado de menos —dijo él.

La besó en el cuello, en el hombro desnudo, tiró de la sábana hacia abajo y la besó en los senos desnudos. Lee se tambaleó hacia él mientras la boca de Caleb se cerraba sobre un pezón y le succionaba con fuerza la punta. Lee no pudo aguantar más cuando Caleb le arrancó la sábana y le recorrió el cuerpo con las manos, deteniéndose en las caderas. Caleb le metió el duro muslo entre las piernas y ella gimió cuando la levantó un poco, la meció contra él y la obligó a cabalgarlo.

Estaba mojada. ¡Caliente y mojada! Tenía que tocarlo, sentir el calor de la piel de Caleb, la dureza de su pecho. Le tiró de la camisa hasta sacársela de los pantalones, y él se la extrajo por la cabeza y la arrojó a un lado, tras lo cual volvió a besarla. Bajó más las manos hasta posarlas en sus nalgas; luego deslizó los dedos entre ellas, más abajo, para separarle los pliegues de su sexo y acariciarla allí. El calor y la necesidad la inundaron y le provocaron un escalofrío. Lee se sintió húmeda y caliente, desesperada por acogerlo en su interior.

No protestó cuando Caleb la levantó, la llevó hasta la cama y la colocó en el borde del grueso colchón de plumas.

Él no tardó nada en despojarse de su ropa. Se limitó a abrir la parte delantera de los bombachos, liberó su duro miembro y lo introdujo con fuerza en la vulva de Lee.

Echó la cabeza hacia atrás y se detuvo durante un instante.

—Dios del cielo, nunca he conocido a una mujer que pudiera hacerme sentir como me haces sentir tú.

Aquellas palabras, dichas en un susurro, provocaron en Lee un delicado temblor que recorrió todo su cuerpo. Caleb volvió a besarla con el mismo desenfreno que antes, y ella se aferró a su cuello. La llenó por completo, salió con suavidad y volvió a meterse dentro con fuerza, agarrándola de las caderas para empezar un rítmico movimiento de vaivén que hizo que la espalda de Lee se arqueara sobre la cama.

El calor de la habitación aumentó. La piel se fundió con la piel, húmedas y resbaladizas las dos, hasta que ambos cuerpos brillaron por el sudor, y la sangre de Lee empezó a hervirle en las venas.

—Caleb —susurró, y le clavó los dedos en los músculos de los hombros—. ¡Por amor de Dios, Caleb!

La besó profundamente, absorbiendo con su boca los débiles gritos de placer. El golpeteo de la carne, resbaladiza por el sudor, se acompasó al ritmo del incansable vaivén de Caleb, mientras las uñas de Lee se clavaban en la espalda. Cuando ella alcanzó el orgasmo, que llegó veloz y contundente, el intenso y violento placer, más dulce que nunca, la inundó.

Caleb eyaculó al cabo de un rato, pero ella apenas se percató, y sólo fue ligeramente consciente de que el abrumador peso se despegaba de ella. Caleb recogió la sábana del suelo y la cubrió con ella, se cerró la bragueta de los bombachos y se sentó, desnudo de cintura para arriba, en el borde de la cama, al lado de Lee.

Ella le sonrió satisfecha cuando Caleb alargó la mano y le acarició la mejilla con un dedo.

—Ya he averiguado lo que necesitaba saber.

La sábana resbaló. Lee volvió a tirar de ella hacia arriba y se sentó en la cama, y la confusión del letargo empezó a desaparecer de su cabeza.

—¿De... de qué estás hablando?

—Quería saber si sería igual..., si esto iría tan bien entre nosotros como recordaba.

Lee levantó la cabeza con lentitud.

—¿Y lo fue? —preguntó.

—Mejor —respondió Caleb, y alargó la mano hasta cogerle la barbilla; luego se inclinó y la besó suavemente—. Sé que han pasado muchas cosas. Si tuviéramos más tiempo, te presionaría. Pero tu cumpleaños está a la vuelta de la esquina. Sé que lo que te estoy pidiendo no es justo. Sé qué no tardaré mucho en volver a España, pero...

—Pero ¿qué?

—Pero lo que tenemos entre los dos... Cuando un hombre y una mujer hacen el amor, Lee, no siempre es de la manera en que nosotros lo hacemos.

Ella bien lo sabía. Estaba enamorada de él. No sería igual con cualquier otro.

—Has prometido que la noche de tu cumpleaños escogerás a un protector. Tenía la esperanza... Lee, quiero que me elijas a mí.

Ella no dijo nada. Durante un instante fugaz había llegado a sospechar que realmente le pediría que se casara con él. Era imposible. Ningún hombre de su clase social se uniría en matrimonio a alguien de una posición tan por debajo de la suya, y tenía que reconocer que ella tampoco quería casarse.

Sabía lo que implicaba la vida conyugal..., al menos para una mujer. Sólo tenía que pensar en Elizabeth Sorenson. Sólo tenía que mirar a las decenas de hombres que acudían a Parklands..., la mayoría de los cuales estaban casados.

—No puedo hacer eso.

La expresión amable de Caleb se desvaneció.

—Si lo que te preocupa es el dinero, te aseguro que tengo de sobra. Mi abuelo me dejó una fortuna más que considerable. No te faltará nada... Te doy mi palabra.

—No necesito tu dinero. Sin duda, ya debes de saberlo a estas alturas.

—Entonces ¿por qué no aceptas? —Los músculos de sus hombros desnudos se tensaron—. ¿O quizás has decidido ampliar tu educación? ¿Piensas acaso que Mondale o el coronel Wingate pueden enseñarte algo que yo no pueda? Si tal es el caso, ten la seguridad de que sólo hemos de...

—No acepto porque no estoy segura de que vaya a hacerlo. —En el momento en que esas palabras salieron de su boca Lee se dio cuenta de que eran ciertas.

Desde que había conocido a Caleb era una persona diferente, más segura de la mujer que llevaba dentro. Quizá no escogiera a nadie en absoluto. Tenía mucho dinero. Podía comprar una casa en cualquier parte del país, llevarse sus caballos con ella y empezar una vida propia. No sería fácil para una mujer sola..., sobre todo para una joven. Pero si cambiaba de nombre, fingiendo ser una viuda, y se iba a alguna parte donde no se la conociera, quizá...

Sin embargo seguía teniendo que pensar en tía Gabby. Estaba en deuda con su tía, y sería una decepción terrible para Gabriella. Ésta suponía que Vermillion ocuparía un lugar a su lado en el mundo de las cortesanas, convencida de que las dos perpetuarían lo que las Durant habían hecho durante generaciones. Pero seguro que había otra manera de garantizar la felicidad futura de su tía. Si tan sólo pudiera encontrarla...

Caleb se movió en la cama.

—¿Intentas decirme que no tienes intención de escoger a ningún hombre en absoluto?

Cuanto más pensaba Lee en ello, más acertado le parecía. Hablaría con tía Gabby y haría que lo entendiera. Encontraría otra manera de compensarla. Pero Caleb no tenía por qué saberlo. Después de cómo la había tratado, se merecía pensar lo que le viniera en gana.

—Como te he dicho, no estoy segura de que vaya a hacerlo. Sólo tendré que esperar y ver.

Caleb se levantó de la cama. Los músculos de su cuello se tensaron de ira.

—Si es así como lo quieres... —Se agachó, cogió la camisa y se la puso por la cabeza, y el agarrotamiento producto de la tensión se apoderó de sus habitualmente gráciles movimientos. Se metió los faldones de la camisa en la cinturilla de los bombachos y se dirigió hacia las puertas abiertas hecho una furia—. ¡Por mí, estupendo!

Lee lo observó atravesar el balcón y saltar por encima de la barandilla. Un golpe seco fue todo el ruido que hizo Caleb en su casi silencioso descenso de regreso al suelo de debajo de la habitación de Lee.

Ella sonrió para sus adentros. «Déjalo que crea que quiero a otro... Le sentará bien.»

Estiró y ahuecó la almohada pensando en lo que había dicho Caleb, en cómo lo ocurrido entre ellos era diferente a lo que sucedía entre otras personas. Luego recordó el encuentro anterior, cuando lo había sorprendido en el estudio registrando el gran escritorio de palisandro, y su sonrisa se fue desvaneciendo poco a poco.

¿Realmente había un traidor en Parklands?

Caleb le había mentido antes, pero, sin saber por qué, no lo creía capaz de engañarla sobre algo tan importante como aquello. Y, según él, su tía era una de las personas que estaban bajo sospecha. Tuvo un pequeño escalofrío. Se acordó de los miles de hombres muertos y heridos en la terrible batalla de Oporto. Tía Gabby era inocente, lo sabía. Sin embargo, si había un traidor entre los invitados o sirvientes de Parklands, estaba en la obligación de ayudar a Caleb a atraparlo.

Lee, con la mirada fija en el techo, empezó a hacer en la cama una lista de posibles sospechosos. Se quedó dormida preguntándose cuál de ellos podría ser capaz de traicionar a su patria.

15

Otra velada de juegos y espectáculos. Esa noche iba a cantar la famosa estrella de la ópera Isabella Bellini. Después habría baile. Otra vez. Caleb estaba empezando a perder los nervios.

—¡Caleb! ¡Caleb Tanner! —Jonathan Parker se dirigió hacia él a grandes zancadas desde el otro extremo del salón con una sonrisa de bienvenida en los labios—. Había oído que estabas aquí. ¡Cuánto me alegro de verte!

—Y yo a usted, milord.

—Llámame Jon, por favor. Ya no eres un niño y hace que nos conocemos... ¿Cuánto, treinta años?

Caleb sonrió.

—Más o menos.

Pero no se habían visto desde hacía casi diez, desde que Caleb había abandonado Selhurst Manor para alistarse en el ejército.

Nash retrocedió, examinó la guerrera escarlata y los pantalones de montar azul marino, y constató que Caleb estaba más corpulento desde que se había alistado en la caballería. Movió la cabeza en señal de aprobación.

—El ejército te sienta bien, Caleb. Tu padre también lo piensa. Hablamos a menudo de ti. —Los dos hombres seguían en activo en la Cámara de los Lores, al igual que antes lo había estado el padre de Nash.

—Espero ver al conde antes de volver a España —dijo Caleb.

—Deberías. —El vizconde se volvió y cogió una de las copas de la bandeja de plata que portaba un camarero que pasaba junto a él—. ¿Champán?

—Prefiero brandy.

Nash alargó la mano y cogió una copa de brandy. Caleb la aceptó, y los dos hombres bebieron.

—Sigue tu carrera, ¿sabes? Tiene todos los artículos que acerca de ti han aparecido en los periódicos cuidadosamente pegados en un álbum de recortes. El conde se siente tremendamente orgulloso de ti, Caleb.

Él se movió en el sitio, un tanto incómodo. Con cuatro hijos en la familia, y puesto que él era el más problemático de todos, a menudo había pasado desapercibido... hasta que se alistó en el ejército. Después de aquello, la relación entre él y su padre había cambiado, llegando a ser lo que él siempre había deseado que fuera.

—¿Cómo está mi padre? —preguntó Caleb—. Bien, espero.

—Muy bien, me complace decirte. Sin embargo, me parece que le gustaría una barbaridad verte.

—Está en Selhurst, supongo.

Nash asintió con la cabeza.

—Ya sabes cómo quiere a sus caballos.

Era lo único que tenían en común los dos. Resultaba cómico, pero hasta su trabajo en Parklands Caleb no había llegado a comprender cuánto había deseado esa clase de vida para sí. Mientras trabajaba cada día con los caballos se había sorprendido soñando con una cuadra de hermosos purasangres muy parecidos a los de Selhurst Manor. La imagen de una esposa y unos hijos también había surgido entre sus pensamientos, pero se había obligado a apartar sin contemplaciones tales ideas. Su vida era el ejército. Y siempre lo sería.

—¿Y qué tal mis hermanos? ¿Sabe algo de ellos?

Nash se rió entre dientes.

—Christian sigue sumido en la feliz agonía del recién casado. Ethan... Bueno, ya sabes lo inquieto que es. Dudo que sucumba a la trampa del matrimonio durante algunos años.

—¿Y Lucas? Hablé con él en una ocasión, pero brevemente.

—Luc sigue siendo el granuja de siempre. —Sonrió y miró por encima del hombro de Caleb—. En cuanto a cómo le va... ¿por qué no se lo preguntas tú mismo?

Caleb se giró y reconoció al hombre alto que avanzaba hacia ellos a grandes zancadas con una sonrisa ligeramente arrogante en los labios.

Lucas Tanner, vizconde de Halford, se paró a su lado.

—Buenas, hermanito.

—¡Luc! No puedo creer que estés aquí.

Nash se apartó de ellos.

—Dejaré que los dos hermanos se pongan al corriente de sus vidas. Me alegro de verte, Halford.

—Lo mismo digo, Nash.

Luc seguía igual de delgado y en tan buena forma como el día de la subasta. Era tan alto como Caleb, y su cabello castaño era tan oscuro que parecía negro. Iba vestido con sobriedad, como era su gusto, con una casaca gris, un chaleco plateado y unos bombachos negros ceñidos.

—Tengo que admitir que eres la última persona que esperaba ver en Parklands —dijo Caleb—, aunque tal vez no debería sorprenderme.

—Lo creas o no, he sido invitado. Además, oí que tú y Sutton estabais aquí. Caray, me alegro de que estés en casa. —Su brillante mirada azul se paseó por la guerrera escarlata de Caleb—. Veo que has recuperado el uniforme. Mucho más atractivo para las damas, supongo, que la indumentaria de un caballerizo.

—La ocasión lo exigía.

—Supongo que has terminado tu misión. Me habría gustado estar presente cuando la señorita Durant descubrió el engaño.

—Creo que le habría gustado atizarme con un palo en la cabeza.

Luc rió entre dientes.

—He oído chismes. Algo relacionado con la detención de un asesino, me parece.

Caleb desvió la mirada.

—Más o menos.

Luc dirigió la vista al rostro de su hermano. Caleb nunca había conseguido engañarlo. Y todo parecía indicar que no había hecho ningún progreso al respecto desde que era un niño.

—¿Más o menos? —insistió Luc.

—Eso es lo que he dicho.

—Muy bien, lo dejaremos ahí por el momento.

Luc paró a un camarero y cogió una copa de brandy de la bandeja. Dio un sorbo y siguió la mirada de Caleb hasta la mujer menuda y pelirroja que en ese instante hacía su entrada en el salón con aire majestuoso.

—Ah, la dama de la velada. Una mujer increíble, ¿no?

—¿Quién? —Caleb dio un sorbo a su copa aparentando indiferencia.

—No seas enervante; sabes muy bien de quién estoy hablando. No la reconocí aquel día en la subasta de Tattersall, aunque la había visto varias veces antes. —Su mirada volvió a posarse en Vermillion—. Incluso ahora, hay algo diferente en ella. Ah, sí. No lleva ni polvos de arroz ni maquillaje, sólo un poco de carmín en los labios y algo de colorete en las mejillas. Me atrevería a asegurar que no necesita nada más. ¡Pardiez!, es toda una belleza. No me importaría nada catar un poco de eso y opinar por mí mismo.

Luc examinó a Vermillion cuidadosamente.

—De hecho, si no tienes inconveniente, creo que voy a...

Dio un paso, pero Caleb se interpuso en su camino.

—No en esta vida.

Luc le sonrió burlonamente, y en su mejilla apareció un diminuto hoyuelo.

—Tenía el pálpito de que aquí pasaba algo más que la simple llamada del deber.

Caleb echó una ojeada hacia Vermillion.

—No es lo que crees, Luc.

—¿No?

—No exactamente —dijo Caleb.

—Supongo que no te importará entrar en detalles.

—Digamos que ella no es todo lo que parece.

Luc lo taladró con la mirada; exigía una explicación, y Caleb suspiró reconociendo su derrota.

—Soy el único hombre que la ha tocado, Luc, y si está en mis manos así es como seguirá siendo.

Su hermano frunció el ceño.

—Creía que ibas a volver a España.

Caleb echó una mirada rápida a la mujer del otro lado de la habitación.

—Ése es el meollo de la cuestión —afirmó—. Ojalá no la hubiera conocido nunca. Ahora que la conozco, no sé qué voy a hacer al respecto.

Luc no dijo nada más. Caleb observó a Vermillion pasear por la habitación del brazo del coronel Wingate, y en su estómago se prendió la chispa de los celos.

Luc se inclinó hacia él.

—Puede que hayas sido el único hombre que la haya tocado hasta el momento, pero yo no contaría con esa exclusividad para el futuro.

Caleb depositó su copa de brandy en una mesa Hepplewhite.

—Discúlpame —le dijo a su hermano—. Hay algo que tengo que hacer.

Ignoró la risa de regocijo de Luc al empezar a cruzar el salón, resuelto a dar caza a su presa.

Lee divisó a Caleb cuando se dirigía hacia ella a grandes zancadas, las largas piernas acortando rápidamente la distancia que los separaba, con una expresión sombría en la cara. ¡Por los clavos de Cristo!, él le había dicho que necesitaba su ayuda. Ahora que ella intentaba dársela, ¿por qué no permanecía fuera de su camino?

Lee sonrió al coronel.

—Tal vez podríamos continuar nuestra conversación en la terraza, ¿no le parece? Se está cargando mucho el ambiente aquí dentro.

Los ojos del coronel se animaron. Lee confiaba en poder mantenerlo a raya el tiempo suficiente para sonsacarle cualquier información que pudiera tener.

—Espléndida idea, querida. —El hombre empezó a guiarla hacia las puertas francesas que conducían al exterior en el mismo momento en que llegaba Caleb.

—Lamento molestarle, coronel, pero creo que su asistente, el teniente Oxley, le anda buscando. Según parece, por un asunto de cierta importancia.

—Gracias, capitán. —El coronel Wingate se volvió hacia Vermillion—. Lo lamento en el alma, querida, pero el deber me llama.

Ella le dedicó una sonrisa pesarosa.

—Lo comprendo perfectamente. ¿Tal vez un poco más tarde...?

—Sin duda, querida. —El coronel hizo una reverencia de lo más caballerosa—. Regresaré a su lado a la primera oportunidad que tenga.

En cuanto Wingate se alejó, Caleb la cogió del brazo y la condujo sin demasiada gentileza a la terraza a través de las puertas francesas.

—¿Qué demonios crees que estás haciendo? —La traspasó con la mirada, negra y dura—. ¿O es que ya has olvidado que soy el hombre que pasó parte de la última noche en tu cama?

Lee se puso las manos en las caderas, irritada por momentos.

—No he olvidado nada..., por desgracia. Lo que estoy haciendo (como pareces haber olvidado ya) es intentar ayudarte.

—¿Ayudarme? ¿Crees que arrojarte a los brazos de Wingate es ayudarme? —exclamó Caleb.

A Lee la asaltó una sospecha repentina.

—Oxley no está buscando al coronel, ¿no es así? Te lo has inventado...

Una sonrisa de satisfacción afloró a los labios de Caleb.

—Tal vez el paseo enfríe la pasión del coronel.

Lee puso los ojos en blanco. «¡Hombres!»

—Wingate sabe mucho sobre la guerra, Caleb. Estoy intentando descubrir si es tan leal como parece. Me pediste ayuda, lo recuerdes o no.

—No ese tipo de ayuda, maldita sea.

—¿Pero no te das cuenta? Conozco a esos hombres —dijo Lee—. Podría descubrir algo útil.

—Olvídalo. Quizá no lo sospechas, pero todo apunta a que tu amiga Mary Goodhouse encontró la muerte por culpa de algo de lo que se enteró mientras trabajaba en Parklands. No quiero que eso te ocurra a ti.

—¡Dios bendito! ¿Crees que fue eso lo que ocurrió? ¿Piensas que Mary fue asesinada porque sabía algo sobre el traidor o que él la asesinó?

—Él o alguien que contrató. Mary trabajaba aquí antes de mudarse a la ciudad. Pudo haber oído algo que no debía por casualidad —aventuró Caleb.

Lee se apoyó contra la áspera pared de ladrillo, repentinamente necesitada de apoyo.

—Si eso es así, entonces «debes» dejar que te ayude. Mary era mi amiga. Quiero ver a su asesino detenido y puesto a disposición de la justicia.

Caleb la sujetó por los hombros.

—Escúchame, Lee. Esto no es un juego. Si vamos a atrapar a quienquiera que esté confabulado con los franceses, hemos de ser muy, pero que muy prudentes.

Lee pensó en Mary, estrangulada y arrojada al río, y un escalofrío recorrió su espalda.

—Puedo entender lo que quieres decir, sin duda.

—¿Significa eso que permanecerás al margen de esto y que dejarás que el mayor Sutton y yo nos ocupemos de todo?

—Seguro que puedo ayudar de algún modo —sugirió Lee.

—Mantén los ojos y los oídos bien abiertos —dijo Caleb—. Vigila a la servidumbre. Escucha los chismes de los de la casa. Si notas algo sospechoso, házmelo saber.

Lee asintió con la cabeza.

—Muy bien.

Pero no estaba dispuesta a abandonar su búsqueda. Tenía medios de conseguir información de los que Caleb Tanner carecía. Vio que la mirada de él descendía hasta la suave carne que se hinchaba en la parte delantera de su vestido, rebosándolo.

«¿Sabes, Caleb Tanner? Éste es un trabajo del que, sencillamente, no te puedes ocupar.»

—Deberías volver adentro —sugirió Caleb, pero sus ojos decían que deseaba que se quedara, que le gustaría una enormidad hacer algo más excitante que volver al sofocante salón, algo como lo que habían hecho en el dormitorio de Lee la noche anterior.

—Supongo que sí —asintió ella; pero no quería marcharse. Deseaba repetir lo que habían hecho la última noche, y ese anhelo la llevó a acordarse del ofrecimiento de Caleb para actuar como su protector. No iba a suceder tal cosa. Él no tardaría en marcharse y ella se quedaría sola, afrontando el mismo incierto futuro que tenía ante sí en ese instante.

Decidiera lo que decidiese, en el momento presente tenía problemas más importantes de los que ocuparse. Debía planear de qué manera ayudaría en la captura del traidor.

Elizabeth estaba parada en las sombras que arrojaban las antorchas del extremo más alejado de la terraza. Había asistido a tantas fiestas como aquélla en los últimos diez años que hacía tiempo que había perdido la cuenta. Para ser sinceros, esa noche habría preferido quedarse en casa con sus hijos, Peter y Tom, pero Charles no se había vestido para salir, así que pensó que eso significaba que se quedaría en la casa y que, por tanto, era ella la que tenía que irse.

Ahora él estaba allí, tan atractivo que, cada vez que Elizabeth alcanzaba a verlo por casualidad, el corazón se le encogía. Se dijo que tenía que irse, volver a Rotham Hall y olvidar a Charles y su búsqueda de una nueva amante, pero alguna demoníaca fuerza masoquista parecía retenerla allí.

—Me pareció verte salir aquí.

Se volvió ante el inesperado sonido de la voz de su marido.

—Charles... —No lo había oído acercarse, aunque debería. Conocía la cadencia de sus pisadas como si fueran las suyas; las había oído subir la escalera noche tras noche durante los últimos diez años.

—Hermosa noche, ¿no es cierto?

Ella se humedeció los labios, que sentía como pergaminos secos.

—Sí... Sí, es preciosa —reconoció Elizabeth.

—Pensé que tal vez te quedarías en casa esta noche. Habías dicho algo parecido a Matilda.

Charles se refería al ama de llaves, una criada que llevaba toda la vida en la familia, y que se había convertido en lo que podría denominarse una confidente.

A Elizabeth se le hizo un nudo en el estómago. Charles había ignorado que ella fuera a estar allí, por supuesto, o de lo contrario no habría asistido.

—Lo siento. No era mi intención interferir en tu velada. Había pensado en quedarme en casa, pero puesto que parecía que ésa era tu intención supuse que sería mejor que saliera.

—La casa es lo bastante grande. Como ya te he dicho anteriormente, hay espacio suficiente para los dos. No tienes que irte sólo porque yo esté allí.

Ella arrugó el entrecejo. Aquello no tenía ningún sentido.

—Me temo que no te entiendo. Si tenías previsto quedarte en casa, ¿por qué estás aquí?

—Porque estás tú, Beth.

A Elizabeth le dio un vuelco el corazón.

—¿Qué... qué es lo que quieres decir?

—Sé que es demasiado pronto, que debería esperar y darte la oportunidad de que puedas llegar a conocerme de nuevo; pero Beth, observarte y desear que las cosas hubieran sido diferentes es un tormento. Te estoy hablando de una reconciliación. No soy el mismo hombre de hace diez años y no creo que tú seas la misma mujer. Quiero que lo intentemos de nuevo.

La incredulidad se mezcló con el miedo, y ambos sentimientos la abrumaron. Le había costado años superar el dolor de perder al hombre del que se había enamorado tan profundamente. Elizabeth se dijo que no podría sobrevivir a esa clase de dolor de nuevo.

—No... no creo que sea una buena idea.

—¿Por qué no?

«Porque si lo intentamos, volveré a amarte. Porque si te pierdo una segunda vez, no podría soportarlo», pensó ella.

—Porque han pasado demasiados años, Charles —dijo, en cambio—. Porque hay muchas cosas que son agua pasada.

—¿Hay alguien más? Habría jurado... que no parecías interesada en nadie desde hace algún tiempo. Supuse que quizá...

—¿Que quizá qué, Charles?

— Que quizá podrías llegar a sentir algún afecto por mí. Una vez lo sentiste..., hace todos esos años. Era demasiado arrogante, demasiado egoísta para comprender el don que me estabas ofreciendo. Ahora soy mayor y me doy cuenta de lo preciado que es ese don. No volvería a despreciarlo.

Elizabeth tragó saliva. No podía permanecer allí fuera con él ni un instante más. Era incapaz de escuchar otra de aquellas dulces palabras. Si lo hacía tal vez flaquearía, y sencillamente no podía permitírselo.

—Te-tengo que entrar. Gabriella necesita que la ayude con el espectáculo. Si me disculpas, Charles... —Intentó pasar por su lado, pero él la cogió del brazo.

—Piensa en ello, Beth. Es cuanto te pido —dijo Charles, y la soltó.

Las piernas le temblaban como flanes, pero aun así Elizabeth se dirigió tan deprisa como pudo de vuelta a la seguridad de la casa. No miró a Charles. Ni una vez. Tenía miedo de lo que podía ocurrir si lo hacía.

La fiesta languidecía. La mayoría de los sirvientes se habían despedido o retirado a dormir. Procedentes de un salón privado de la parte trasera de la casa, las risas de Gabriella Durant flotaban sin rumbo por los pasillos mientras la anfitriona entretenía a los últimos y escasos invitados. Lo más probable era que siguiera haciéndoles compañía por lo menos algunas horas más.

La mayor parte de la casa estaba a oscuras. La mujer miró en derredor, salió de su habitación del tercer piso y empezó a recorrer el pasillo. La escalera de la servidumbre estaba vacía, y la mayoría de los habitantes de la casa dormía. Al llegar al segundo piso se deslizó por el pasillo y avanzó descalza por el brillante suelo de madera sin hacer ruido. Sabía cuál era la habitación de él, sabía que estaría allí, durmiendo en la gran habitación contigua a la extravagante suite de la dueña de la casa, un cuarto tranquilo y espacioso, con una cama grande y cómoda, que daba al jardín.

No debía ir a su encuentro allí, reconocía, pero deseaba verlo. Necesitaba verlo.

Sabía que él se enfadaría al principio, pero ella le explicaría lo cuidadosa que había sido y que nadie la había visto salir de su cuarto; y lo complacería, le proporcionaría la clase de placer que haría que le perdonara la pequeña indiscreción.

Dio unos golpecitos en la puerta y giró el picaporte. No estaba echado el cerrojo, de modo que no necesitaría la llave maestra que había cogido en la antecocina. Se deslizó dentro del cuarto, cerró la puerta y pegó un pequeño brinco cuando oyó el sonido de la ronca voz del hombre.

—¿Qué haces aquí? Sabes muy bien que no debes venir. —Hubo un revuelo de sábanas cuando el hombre se sentó en la amplia y labrada cama—. Sabes lo desastroso que sería que nos descubrieran.

Ella avanzó hacia el lecho sin hacer ruido, lo vio retirar las sábanas, sacar las piernas por el lateral del colchón y plantarse descalzo sobre el suelo.

—Por favor, *mon cher*... No te enfades. Tenía que verte. Te echaba de menos. Déjame demostrarte cuánto.

Cuando la mujer se arrodilló en el suelo delante de él, el hombre se tensó, pero no la apartó. Ella bajó las manos, le cogió el dobladillo de la camisa de dormir y se lo subió por las piernas. Eran unas piernas fuertes, perfectamente musculadas. El hombre ya tenía una erección, anticipándose a lo que ella se había propuesto hacerle. La mujer alargó las manos y las colocó alrededor del sexo del hombre, complacida por la rápida respuesta de él.

—No puedes estar aquí —dijo él, pero la protesta fue débil.

Ella acarició su miembro, lo envolvió con sus manos, se lo metió en la boca y, al cabo de unos minutos, oyó un gruñido de placer.

Creía que luego él la invitaría a su cama, que le haría el amor, aunque fuera a toda prisa; pero no fue así.

—Tienes que irte —dijo él—. Ahora. Antes de que te vea alguien. Y no vuelvas a venir a verme nunca más. Aquí, no. Si tienes alguna información, deja recado y me reuniré contigo en la posada.

La ira la fue invadiendo poco a poco. No se merecía que la tratara así.

—¿Cuánto tiempo más? Estoy cansada de esconder lo que siento por ti. Dijiste que me llevarías lejos de aquí. Lo prometiste.

La cogió por los hombros y apretó hasta hacerle daño.

—Escúchame. Harás lo que yo diga, ¿comprendes? —La presión de sus manos se fue suavizando, hasta convertirse en una caricia—. Ya no falta mucho. En cuanto acabe esto, nos iremos juntos. Te compraré una casa, una casa cara, en el campo..., y puede que otra en la ciudad. Te compraré bonitos vestidos y joyas. Tendrás lo que siempre has querido.

—Todo lo que quiero eres tú —dijo ella.

El hombre inclinó la cabeza y la besó; la ira se fue desvaneciendo poco a poco.

—Haz lo que te digo —dijo el hombre con más dulzura—. Averigua lo que puedas. Deja recado en el sitio habitual y me reuniré contigo en la posada. Ahora, sé una buena chica y vuelve a tu cama. Y ten cuidado al salir. Asegúrate de que no te ve nadie.

Ella no quería irse. Deseaba saltar sobre el mullido colchón de plumas y obligarlo a que le hiciera el amor. Pero ya lo había disgustado bastante yendo a su cuarto.

—*Au revoir, mon coeur* —dijo la mujer.

Lo dejó allí, en la cama, e inició el camino de regreso a sus aposentos en el piso de arriba. Un día, a no tardar mucho, ella conseguiría la información que él deseaba. Luego podrían abandonar el país e ir a cualquier parte juntos. Sonrió cuando se introdujo a hurtadillas en su cuarto y cerró la puerta, con la cabeza llena de fantasías agradables.

16

A la mañana siguiente Lee madrugó. Tenía trabajo que hacer. Se puso una falda y una blusa sencillas y fue hasta el establo, donde, tras charlar con Arlie, habló con Jacob sobre los planes para una carrera inminente. *Noir* estaba listo, dijo Jacob, y continuó hablando sin parar de Caleb, elogiando el trabajo que éste había hecho con los caballos.

—En Donneymead hay una carrera de un día —dijo Lee—. Está sólo a unas pocas horas de camino de aquí. Coja a *Noir* y a un par de los caballos más jóvenes. Eso los ayudará a estar preparados para la prueba de St. Leger.

—Sí, señorita. Me encargaré de que se haga.

Dejó al hombre mayor y se dirigió de vuelta a la casa, deteniéndose al pasar en uno de los compartimientos de los caballos. *Muffin* amamantaba a sus gatitos, que tenían todos un aspecto saludable y crecían a ojos vista. Lee acarició el pelaje amarillo de la gata y se marchó, acordándose de Caleb y de la noche del parto de la gata. Le habría gustado ir a dar un paseo con *Grand Coeur*, pero Gabriella había planeado una espléndida comida campestre junto al arroyo, y Lee no quería decepcionar a su tía.

De modo que volvió a la casa; Jeannie la ayudó a ponerse el vestido de muselina de gasa blanco, y se recogió el pelo bajo un sombrero de paja de ala ancha decorado con rosas artificiales. Para cuando estuvo lista, el grupo ya se hallaba reunido al pie de la escalera.

—Atención todo el mundo. —Gabriella batió palmas y sonrió como una niña pequeña—. Ahí delante esperan varios carruajes.

El sitio no está muy lejos. Los que prefiráis caminar podéis venir conmigo.

Lee miró en derredor buscando a Caleb, pero no lo vio. No todo el mundo estaba presente. Algunos seguían en la cama; otros, sencillamente, no se sentían atraídos por un día al sol. Lord Andrew estaba entre los rezagados, advirtió Lee, al igual que Juliette Beauvoir.

Lee procuró no preguntarse por los planes de Caleb para ese día, si sería lo bastante descarado para husmear en los dormitorios de los invitados o si tal vez estaría interesado en matar las horas con la encantadora Juliette. Lee arrumbó rápidamente la idea. No tenía tiempo para ponerse celosa, aunque estaba empezando a disgustarle en extremo la joven intrigante. Tenía que seguir con sus esfuerzos por conseguir información, y la comida campestre le vendría de perlas.

Tal y como había prometido Gabriella, el viaje hasta el prado cubierto de hierba no duró mucho. Lee hizo el camino con Elizabeth Sorenson, y las dos charlaron muy a gusto durante el trayecto, aunque esa mañana Elizabeth parecía extrañamente taciturna.

—Venga, queridas..., uníos a la fiesta. Tomad una copa de champán o tal vez un poco de ratafía.

Tía Gabby se metió en medio de las dos mujeres, las cogió del brazo y las condujo hacia las mesas cubiertas de lino que se habían dispuesto para la ocasión. Había bancos y sillas suficientes para todos, y por todas las mesas se extendían delicados platos de porcelana, cuberterías de plata y cristalerías relucientes. No era precisamente la idea que tenía Lee de una comida campestre, pero los invitados parecían entusiasmados.

A unos metros de distancia, otra hilera de mesas rebosaba de comida: perdices asadas y salmón en escabeche, ostras en salsa de anchoas, empanadas de cordero y de venado, carne en fiambre, áspics, frutas caramelizadas y natillas, y, por supuesto, vino para acompañar la comida. Era un espléndido banquete, y los invitados se pusieron en fila india con los platos en la mano dispuestos a concederse el placer de dar buena cuenta de él.

No fue hasta algo más tarde cuando Lee pudo por fin librarse de su tía y empezar a interrogar a los invitados. A primera hora de la mañana había hecho una lista mental de cuáles de ellos podrían saber algo importante, algo que fuera de utilidad para los franceses.

Sir Peter Peasley era un visitante asiduo de Parklands y amigo íntimo de Colin Streatham, quien trabajaba para el ministro de Asuntos Exteriores; podía estar al tanto de información confidencial. Lisette

Moreau era francesa y, asimismo, una visitante frecuente. ¿Le contaría sir Peter secretos militares para complacerla? Y, aunque así fuera, ¿qué papel desempeñaba Parklands?

Caleb creía que alguien de la casa podría estar implicado en el traspaso de información. ¿Otro invitado? ¿Uno de los sirvientes? Quizá la casa fuera un simple lugar de reunión donde se intercambiaba la información antes de pasarla al enemigo.

Examinó al grupo que se apiñaba sobre las mantas puestas bajo los árboles o reunidos en grupos y sentados a las mesas. Charles Sorenson era miembro destacado de la Cámara de los Lores. ¿Qué podría saber? Claymont era también hombre de elevada posición, aunque Lee se negaba a creer que el conde pudiera estar implicado. Conocía al conde, Dylan Sommers; lo conocía desde hacía años. Era el hombre más digno de confianza que había conocido jamás. Sencillamente, era incapaz de esa clase de engaño.

Y estaba Wingate, por supuesto. El coronel era un militar de alta graduación del regimiento de caballería de la Guardia Real que despachaba directamente con el coronel Ulysses Stevens. Podría tener acceso a un sinfín de secretos. Incluso lord Nash, consejero del lord canciller, tendría acceso a documentos y cosas parecidas de importancia.

Lee suspiró mientras observaba a la gente sentada bajo los árboles y pensó en cuán imposible sería la tarea de atrapar al traidor.

Eso si se daba por sentado que había realmente un traidor y se aceptaba que esa persona estaba de verdad en Parklands.

—Parece como si estuviera reflexionando sobre el destino del mundo. —El mayor Sutton se paró a su lado, brillantes los botones dorados y el rizado pelo negro agitado por la brisa.

—Quizá lo esté haciendo —dijo Lee.

—Se me ocurre algo mucho más divertido. Tal vez podría convencerla para que dé un paseo conmigo. Ayer tropecé con unas maravillosas ruinas..., restos de alguna antigua abadía, creo. Seguro que la conoce. Podría acompañarme a explorar el lugar. —La cogió del brazo y la condujo lejos del grupo, hacia un sendero que partía de la orilla de los árboles.

Lee miró por encima del hombro, pero sus pies siguieron moviéndose mientras el mayor la apartaba con firmeza.

—Cre-creo que debería volver y unirme a los demás. Mi tía me...

—¿Qué sucede? —El mayor enarcó una ceja negra—. No tendrá miedo, ¿verdad? Dígame que no prefiere dar un paseo por el bosque a estar sentada ahí escuchando un montón de viejos chismes idiotas.

—Bueno, yo...

—En realidad, a quien la dama esperaba era a mí... —espetó alguien.

La voz sonó familiar a Lee, pero cuando se volvió, no era Caleb. Lucas Tanner avanzaba hacia ella a grandes zancadas con una expresión de dureza en la cara. Por suerte, la advertencia contenida en sus profundos ojos azules no iba dirigida a ella.

El mayor Sutton pareció no darse cuenta.

—¿Es eso cierto, señorita Durant? —El mayor debió de darse cuenta de la mentira, pero la mirada de advertencia de Luc había puesto sobre aviso a Lee.

—Sí, realmente sí. —La joven se apartó del mayor, se acercó a Luc y lo cogió del brazo—. No le he visto antes. ¿Ha comido, milord?

—Sí, pero creo que me vendría bien algo de beber. Si nos disculpa, mayor...

Sutton hizo una breve reverencia, y los dos hombres intercambiaron una mirada. Lee dejó que Lucas la condujera de vuelta al grupo, y se detuvieron cuando ya no podían ser oídos.

—Sutton tiene su reputación, señorita. Y en lo tocante a las mujeres no es buena.

—Creo que usted tiene una reputación parecida, milord.

La comisura de la boca de Luc se levantó.

—Tal vez sea así, pero nunca he obligado a una mujer a hacer algo que no quisiera.

Lee arrugó el entrecejo; la sola idea le causaba repulsión.

—Si el mayor es de esa clase de hombres, agradezco su oportuno rescate.

—Me he limitado a actuar en representación de mi hermano —dijo Luc—. Parece que la protege mucho.

—Por lo que sé de Caleb... del capitán Tanner, me parece que es sencillamente una especie de hombre protector.

—Puede. Debería saber que, a ese respecto, soy igual de protector. Es mi hermano, Vermillion, y no quiero verlo sufrir.

Los ojos de Lee se abrieron.

—¿Y cómo podría hacer sufrir a su hermano?

—No lo sé a ciencia cierta. Sólo asegúrese de no hacerlo.

Podría haber discutido, haberle dicho que lo ocurrido entre ella y Caleb no era asunto suyo, pero había algo en Lucas Tanner que conminaba a los demás a hacer lo que a él se le antojaba. Era un rasgo que parecía común en aquella familia. O quizá fuera que Lee entrevió en los ojos azules y duros de Luc el destello de una promesa de castigo en el supuesto de que no tomara en consideración sus palabras.

Puesto que la idea era absurda y que, con toda probabilidad, la que acabaría sufriendo sería ella, se limitó a guardar silencio.

—Pensé que su hermano se uniría a nosotros. ¿Dónde está?

—Temo no haberlo visto. Caleb tiene la enojosa costumbre de desaparecer.

—Sí, ya me había dado cuenta.

Luc la cogió del brazo y empezó a caminar hacia la ponchera.

—Como le decía, creo que me vendría bien algo de beber.

Agradecida por la distracción, Lee se dejó conducir por él.

Mientras los invitados disfrutaban de la comida campestre, Caleb consiguió introducirse en varias de las habitaciones, pero su breve registro resultó infructuoso. Más tarde, una vez que Gabriella y su grupo volvieron a la casa, se unió a una pequeña reunión en el cuarto de música, donde Lee agasajó a la concurrencia con un recital de arpa. Caleb quedó sorprendido de su virtuosismo con el instrumento, al que conseguía arrancar notas tan hermosas que el capitán sintió una opresión en el pecho. Esperó a que Lee dejara de tocar con la esperanza de poder hablarle, pero en cuanto terminó el enjambre habitual de sujetos jadeantes se abalanzó sobre ella, y tuvo que alejarse asqueado.

Poco a poco, la tarde fue tocando a su fin y dieron comienzo los espectáculos nocturnos. No había hablado con Lee en todo el día y empezaba a sentirse inquieto mientras la observaba bromeando con sus admiradores. Minutos antes, a cierta distancia, la había visto hablar con el coronel Wingate y con sir Peter Peasley, y la había vigilado también mientras conversaba con el mayor Sutton e, incluso, con su hermano Luc.

La cena ya había acabado, y dio comienzo el baile. Mondale se paró al lado de Lee en el salón, y lo siguiente que vio Caleb fue que los dos salían a hurtadillas a la terraza.

Los sentidos de Caleb estaban alerta. Salió a la terraza por el otro extremo, y los vio juntos; también se apercibió de que el deplorable crápula tenía a Lee entre sus brazos. Mondale la besó, y Caleb sintió que la ira lo sacudía. Le entraron ganas de dar una paliza al sujeto y deseó ponerse a Lee en las rodillas y propinarle una azotaina hasta que la joven viera a Andrew Mondale como el calavera mujeriego que era.

Lo único que lo mantuvo oculto en las sombras fue saber que se vería obligado a abandonar Parklands si hacía lo uno o lo otro, y no podía permitirse que eso ocurriera.

Observó que Lee se zafaba de Mondale, poniendo fin al beso. Hablaron durante un rato más y, finalmente, volvieron a la casa.

No obstante, la ira de Caleb no disminuyó.

Maldita sea, siempre había sido un poco irascible, pero Lee hacía que casi se volviera loco. Nunca antes se había sentido tan posesivo con ninguna mujer. Se encontró pensando en ella en las situaciones más raras, y la recordó en el establo, sonriendo al viejo Arlie, o galopando a través de los campos con su cabellera pelirroja flotando a su espalda como una reluciente bandera rojo rubí.

La deseaba. A todas horas. Dolorosamente.

Era una locura, y lo sabía. Su vida era el ejército. Era su trabajo, y era bueno en él. De hecho, podía decirse que era un héroe, un soldado que había hecho que su padre se sintiera orgulloso.

Sin embargo, más avanzada la noche, al ver que Lee salía sola al jardín, se encontró siguiéndola en la oscuridad, acordándose de que la había visto besándose con Mondale en las sombras, y se preguntó si no estaría planeando una cita secreta con el sujeto.

Se conminó a refrenar su carácter, confiando en tener éxito en el empeño de una puñetera vez.

Lee echó la cabeza hacia atrás para apoyarla en la corteza blanca y nudosa de un abedul; luego se quedó mirando fijamente a través de las frondosas ramas. Gracias a Dios, al final había conseguido escapar. A cada nueva noche las veladas parecían hacerse más largas y más tediosas. El ambiente de la casa estaba cargado; las habitaciones olían a la cera de las velas y a la empalagosa fragancia de los perfumes de las mujeres. Animar al coronel la noche anterior había sido un error, y Mondale... ¡Dios bendito!, el hombre debía de tener tres pares de manos, por lo menos.

Lee miró a través de las ramas, a la oscuridad rota por el resplandor de las estrellas, y aspiró una bocanada de aire reparadora. Fuera reinaba la tranquilidad, y la noche dulce resultaba acogedora. Allí, en el jardín, estaba en paz y se sentía capaz de captar el sonido de los grillos en el césped y el tintineo del cristal y las débiles notas de la música que llegaban del interior de la casa.

La semana transcurría deprisa. Había seguido hurgando en busca de información y esa noche había creído que podría dar con algo al final. Tenía que hablar con Caleb, pero durante toda la velada sólo había alcanzado a verlo ocasionalmente.

Se preguntó dónde estaría, pensó en Juliette Beauvoir y sintió una aguda punzada de celos. O tal vez había desaparecido de Parklands, como en anteriores ocasiones. Se le hizo un nudo en el estómago al pensarlo y a causa de ello empezó a enfadarse, aunque pronto se relajó al divisar una figura imprecisa que avanzaba por el sendero hacia ella y percatarse de que era Caleb. El corazón le dio un vuelco, y lo maldijo por la facilidad con la que era capaz de influir en su ánimo.

Caleb se detuvo cuando llegó a su lado y mostró su habitual ceño fruncido.

—¿Sorprendida de verme?

Lee se esforzó en no pensar en Juliette Beauvoir. Sentir celos de aquella mujer era ridículo. Caleb apenas la había mirado y, sin embargo...

—La verdad es que sí. Has estado desaparecido toda la tarde. —Le dedicó una sonrisa suave como la seda—. Aunque, por otro lado, tal vez hayas estado entretenido.

Caleb no pareció captar la insinuación.

—He estado ocupado. —Una nota de sarcasmo afloró a su voz—. Aunque, claro, más lo has estado tú.

—¿Y eso cómo lo sabes? —preguntó Lee.

—Porque yo sí te vi. Fuera, en la terraza, con Mondale. Te vi besarlo, Lee.

«¡Caray!» Pensaba que había sido discreta.

—Así es... Allí estabas tú, en la terraza, comportándote como una ramera, y Mondale refocilándose contigo.

A Lee le ardieron las mejillas. Tenía una manera de acosarla, de hacerla desear arremeter contra él, que Lee hubo de dominar su impulso.

—La verdad, Caleb..., es que soy una ramera. «Tu» ramera. Por si lo has olvidado.

La mirada de Caleb se ensombreció.

—No he olvidado nada relacionado contigo. Ni por un momento. Recuerdo con precisión el tamaño de tus pechos, la manera en que se te endurecen los pezones cuando ahueco las manos sobre ellos. Eres tú la que parece que tiene problemas para recordar. —Sus ojos negros despedían fuego—. Pero quizá pueda remediar eso.

La agarró por los hombros y la atrajo hacia él. Lee sintió el calor de la boca de Caleb sobre la suya exigiendo un beso furioso e insensible. Ella debería haberse zafado, haberle recriminado que pensara lo peor de ella. Debería haberle dicho la verdad sobre Andrew, y que sólo había estado con él en la terraza porque intentaba ayudar, pero sus pezones ya estaban duros y su cuerpo suplicaba a Caleb que continuara.

Él debió de leerle los pensamientos porque de su garganta se escapó un gruñido. El vestido de Lee era muy escotado y le resultó fácil bajar la reluciente tela de los hombros de ella. Sus pechos quedaron a la vista, y Caleb, con las palmas extendidas, los acarició. Luego bajó la cabeza morena y recorrió uno de ellos con los labios. El pezón se puso duro y erecto, y el cuerpo de Lee se estremeció con una punzada de placer. Se tambaleó hacia él y se aferró a sus poderosos hombros para no perder el equilibrio.

—Caleb... —susurró ella.

—Está bien, cariño. Esta vez quiero que te acuerdes.

Caleb reanudó su ataque, que se volvió implacable. La besó con pasión, y la sangre de Lee se encendió a tal extremo que levantó los brazos y se los entrelazó alrededor del cuello. Caleb la besó mientras le bajaba la falda; sus dedos juguetearon entre sus muslos, y la acarició. Sabía muy bien dónde tocarla, cómo rozar su piel con sus habilidosas manos. Instantes después Lee empezó a temblar, húmeda y receptiva, mientras le suplicaba que la tomara y de su garganta salían unos gemidos débiles, casi inaudibles.

Con una de sus grandes manos, Caleb se desabrochó los botones de la bragueta de sus bombachos azul marino y liberó su miembro. Levantó a Lee y ella percibió la dureza de Caleb dispuesta a penetrarla. Con una certera estocada, Caleb envainó su arma hasta la empuñadura.

«¡Oh, Dios mío!» El miembro erecto de Caleb era duro como una roca, y tan grande que la llenó por completo. Caleb salió con suavidad de ella y acometió de nuevo. Lee lo sintió muy dentro; la intensidad era tal que el vaivén golpeaba una y otra vez su espalda contra el tronco del árbol. Pero Caleb la sujetaba; las manos de él se mantenían sobre sus senos mientras la penetraba. Él le arrancó el vestido e hizo que Lee le rodeara la cintura con las piernas. Al instante ella recibió su sexo aún con más rapidez, con un ímpetu mayor; con más fuerza.

Lee echó la cabeza hacia atrás. Su cuerpo tembló y se tensó, y una poderosa oleada de placer colmó sus ansias.

—Así es, cariñito. Sigue —susurró Caleb, y Lee siguió, con el cuerpo agitado, tembloroso, tenso, sintiendo un placer tan intenso, que tuvo que morderse el labio para no gritar.

Caleb eyaculó al cabo de unos instantes, y al derramar su semen los músculos de los hombros se le tensaron. Guardó un prolongado silencio. Luego apoyó su frente contra la de Lee y permaneció abrazado a ella.

La realidad empezó a imponerse poco a poco, al mismo tiempo que la mente de Lee se despejaba. Recordó dónde estaba, cayó en la cuenta de que alguien podría tropezarse con ellos, incluso allí fuera, en los límites más alejados y oscuros del jardín. Caleb debió de pensarlo también, porque volvió a apoyarla sobre el suelo con dulzura.

Él terminó de abotonarse los pantalones y luego la ayudó a vestirse. Caleb se detuvo un instante, y Lee se dio cuenta de que estaba mirando fijamente la marca rojo granate con forma de estrella que ella tenía sobre el hombro izquierdo.

—Me di cuenta de esto la última vez que hicimos el amor. ¿Qué es?

Lee se encogió de hombros.

—Una marca de nacimiento. Cuando era pequeña rezaba para que desapareciera, pero jamás lo hizo, como puedes ver.

Caleb siguió la marca con un dedo y la miró a la cara.

—No quiero que beses a Mondale.

Lee suspiró.

—Lord Andrew conoce los movimientos de tropas en España, Caleb. Ésa es la razón de que lo besara.

—¿A qué te refieres?

—Que eso es lo que estaba haciendo en la terraza..., hablar sobre la guerra. Le dejé que me besara para alejar su mente de la conversación. Quería descubrir todo lo que pudiera —dijo Lee.

—No me lo puedo creer —exclamó Caleb—. ¿Estabas besando a Mondale para conseguir información? Maldita sea, ya te expliqué lo peligroso que es. —No estaba feliz, pero Lee pudo percibir que se había calmado—. ¿Dijo Mondale cómo se enteró?

—Según parece recibió una carta de un amigo del ejército. No sé si es culpable de espionaje, pero...

—Pero ha de ser investigado.

—Eso es lo que yo diría —convino Lee.

—¿Y qué hay de Wingate? ¿También lo besaste?

—Sólo una vez y fue espantoso.

—Maldita sea, Lee.

—No volveré a hacerlo... ni siquiera para conseguir información.

Caleb hizo rechinar los dientes y se apartó, intentando de nuevo contener su genio. Suspiró envuelto en la oscuridad.

—No sé qué pasa contigo. Cada vez que estoy cerca de ti me comporto como un idiota.

Lee no pudo evitar una sonrisa.

—Yo tampoco sé qué pasa contigo, Caleb, pero cada vez que estoy cerca de ti pierdo todo mi buen juicio.

Caleb se rió en voz baja. A Lee le gustó el sonido; lo había oído muy pocas veces. Entonces la risa se desvaneció y la expresión de Caleb cambió lentamente.

—Prométeme que te mantendrás al margen de esto, Lee. Por más que valore lo que has averiguado, es demasiado peligroso. No quiero que te hagan daño.

—Puedo ayudar, Caleb. Quizá ya lo haya hecho.

—No lo entiendes... ¡Es peligroso! No quiero que te involucres. —La sacudió—. Has de darme tu palabra de que te mantendrás al margen.

Lee suspiró, reconociendo la derrota ante la decidida expresión del rostro de Caleb.

—Muy bien. Pero seguiré con los ojos y los oídos bien abiertos. Es lo menos que puedo hacer.

Caleb inclinó la cabeza y la besó.

—Con tal de que no te metas en problemas...

—Pase lo que pase —dijo Lee—, no haré nada sin hablar contigo antes.

La dura expresión de Caleb le advirtió que le convenía estar diciéndole la verdad.

—¿Así que cree que Mondale puede ser nuestro hombre? —El coronel Cox estaba sentado al otro lado del escritorio, en su despacho de Whitehall.

—No lo sé, señor. Según mi fuente, Andrew Mondale posee información sobre los movimientos de las tropas de Wellesley en España. Mi fuente dice...

—¿Y su fuente, capitán, sería...?

Caleb carraspeó. Había confiado en poder dejar a Lee fuera de aquello.

—Vermillion Durant, coronel. Surgió la ocasión. Basándome en lo que sabía de la chica, decidí confiarle la verdad de mi misión. Se ofreció voluntaria para ayudar a nuestra causa y consiguió la información de Mondale.

—Entiendo.

Caleb sólo deseó que no entendiera demasiado.

—Según la señorita Durant, Mondale recibió la información por medio de una carta que le envió un capitán del LX Regimiento de Dragones.

—No es muy creíble —dijo el coronel Cox—. Esas cartas tardan semanas en llegar a destino. Para entonces, la información estaría trasnochada.

—Tal vez no. Puede que el capitán tuviera algún amigo que volviera a Inglaterra, o quizás acertara por casualidad.

—Es posible, no cabe duda. Sin embargo, tendremos que hacer que uno de nuestros hombres vigile a Mondale para saber adónde va cuando no está en Parklands persiguiendo a Vermillion Durant.

Caleb guardó un prudente silencio, puesto que no hacía mucho que se había visto persiguiéndola con la misma tenacidad que Mondale y el resto de sus perrillos falderos, algo que encontraba condenadamente irritante.

—¿Tiene planeado volver a reunirse con el mayor Sutton esta tarde, capitán Tanner?

—Primero tengo que hacer algunos recados. Volveré allí por la noche. Nos quedaremos el resto de la semana —respondió Caleb.

Deseaba dilatar su invitación, y rezó para que sucediera algo relevante antes de que la cortesía exigiera que se fueran, pero las perspectivas no parecían buenas.

—Muy bien. Haré que un hombre siga a Mondale, aunque no puedo decir que me sienta feliz. Conozco a su padre. Si su hijo resultara ser un traidor al hombre se le rompería el corazón.

Caleb estaba de acuerdo. Pensaba en su propio padre, y lo que significaba para el conde tener un hijo tan bien considerado en el ejército. En cierta manera, podía comprender el deseo de Vermillion de complacer a la tía que amaba como a una madre.

Por desgracia, en el caso de Lee aquello significaba llevar la vida de una cortesana, cuando se merecía algo bastante mejor.

Estaba preocupado por lo que ella decidiría la noche de su cumpleaños. Seguía pareciendo insegura. Si escogía a un protector, como había prometido hacer en un principio, las probabilidades de que lo eligiera a él eran escasas. Una vez que Caleb terminara su misión se marcharía para volver a España y no la llevaría con él; no le haría semejante cosa a ella ni a ninguna otra mujer.

La vida militar era, sencillamente, demasiado dura, penosa y desagradable para una mujer. Incluso la esposa de un oficial padecía las privaciones, el hacinamiento y la ausencia de intimidad, llegando incluso a carecer de una cama decente. Por no hablar del sufrimiento de ir de la Ceca a la Meca durante las largas campañas.

Caleb masculló una maldición mientras pensaba de nuevo en Lee y en la decisión que la joven tomaría la noche de su decimonoveno cumpleaños.

17

Lee, con el largo camisón blanco y el cabello cepillado y recogido en una trenza para acostarse, se detuvo delante de la ventana de su dormitorio y miró hacia la oscuridad de hito en hito. No había visto a Caleb desde la noche anterior, cuando habían hecho el amor en el jardín.

Un cálido rubor sofocó sus mejillas al recordar la pasión furiosa y ardiente de Caleb. Podría habérselo impedido. Caleb no era la clase de hombre que forzara a una mujer, por más enfadado que estuviera. Pero en cuanto la tocó y la besó, ella no fue capaz de pedirle que parase. Sólo quiso más. Nunca habían hecho el amor de aquella manera, y no pudo evitar preguntarse cuántas más habría que pudieran experimentar... Si sólo tuvieran tiempo para ello.

Pero el tiempo se les estaba acabando. Al día siguiente por la noche se celebraba el baile por su cumpleaños. Se suponía que tendría que escoger a un amante, un protector, un hombre al que ella le sería fiel hasta que el uno o la otra se aburriera de la aventura. Era la clase de vida que había disfrutado su tía, una existencia que proporcionaba un tipo de libertad a la que a muy pocas inglesas les era dado acceder.

Sin embargo, el mero pensamiento de compartir una vida, siquiera unos años, con Andrew o Jonathan u Oliver Wingate... se le hacía inimaginable. Tras horas de dolorosa deliberación, había decidido no escoger a ninguno y, de un modo u otro, llevar una vida solitaria sin la presencia protectora de un hombre. Era una decisión que no había tomado a la ligera.

Tenía que reconocer que jamás habría optado por esa alternativa de no haber sido por Caleb. En cierto sentido, él la había cambiado. O, tal vez, simplemente le había mostrado la persona que siempre había sido en lo más profundo de su ser.

Era una decisión difícil. Estaba en deuda con su tía y quería hacerla feliz. Pero durante las semanas que había estado allí, Caleb le había hecho ver que también estaba obligada consigo misma. No podía convertirse en el juguete de algún hombre simplemente por complacer a su tía. Tomaría otra decisión, algo diferente, una que exigía mucho más valor. Abandonaría el protector círculo de amistades de su tía y se iría a vivir sola. Tenía dinero. Podía hacer lo que quisiera. Y resarciría a su tía de alguna manera.

Sin embargo, en la quietud de su dormitorio, se encontró pensando en Caleb, preguntándose qué pasaría si él se convirtiera en su protector.

Lee suspiró envuelta en el silencio de su dormitorio. Ojalá Caleb no tuviera que marcharse. De todos modos, y aun cuando ella accediera a convertirse en su amante, no sería por mucho tiempo. Caleb no tardaría en volver a España, y el riesgo de que le rompiera el corazón sólo aumentaría si pasaba más tiempo con él.

Lee siguió dando vueltas a aquel asunto mientras permaneció quieta frente a la ventana, mirando fijamente hacia el jardín. Suspiró, y ya empezaba a apartarse de la vidriera, confiando en que el sueño aliviara sus turbulentos pensamientos, cuando un movimiento abajo atrajo su mirada. Una figura menuda y encapuchada salió a hurtadillas de la parte trasera de la casa y se escabulló en silencio por el sendero que discurría entre los arbustos. Una de las doncellas, quizás, o una de las invitadas.

Lee la observó dirigirse hacia la parte posterior del jardín y escabullirse por la cancela de madera. ¿Por qué alguien abandonaría la casa a una hora tan intempestiva? ¿Por qué se alejaría como un ladrón en la noche?

A no ser que...

Tomó la decisión en un abrir y cerrar de ojos.

Se quitó el camisón por la cabeza, corrió hasta el armario y sacó sus pantalones de montar, una camisa y las botas. En pocos minutos estaba vestida y salía disparada por la puerta, procurando no hacer ruido mientras recorría el pasillo a toda prisa y bajaba la escalera del servicio. No tardó mucho en llegar a la cancela posterior del jardín. El suficiente para ver a la menuda figura encapuchada desaparecer entre los árboles del camino que conducía al pueblo.

Lee echó a correr detrás de la mujer. Deseó de todo corazón que Caleb estuviera allí, pero, por lo que sabía, él no había vuelto de donde quisiera que hubiera ido y no tenía ni idea de cuándo volvería a aparecer.

El camino, que era de tierra, estaba muy erosionado y aplanado por los años de uso, pero serpenteaba a través de los árboles, y a Lee le costaba ver en todo momento a la mujer a la que seguía. Podía oír sus pisadas sobre el sendero, y el ruido de la capa al rozar contra los arbustos y las ramas del camino. Las hojas estaban cubiertas de rocío, y la humedad iba calando los pantalones de montar de Lee mientras avanzaba a toda prisa. Delante, la mujer seguía corriendo.

Lee intentó entrever el rostro de la mujer, pero lo llevaba oculto bajo la capucha de la capa. Le preocupaba que fuera Jeannie, pero algo en la mujer parecía no estar muy bien. A Lee le latió el corazón con fuerza. El aire nocturno que la envolvía era pesado y quieto, y había zonas donde la neblina flotaba sobre la tierra. Los grillos interrumpieron su chirrido al rápido paso de la mujer, y a la pálida luz que arrojaba una luna con forma de uña Lee pudo distinguir las estrechas pisadas que la mujer había dejado en el camino por delante de ella.

La mujer salió del sendero y Lee casi la perdió de vista. Luego se dio cuenta de que la figura encapuchada se dirigía hacia la posada Jabalí Rojo. El edificio se levantaba enfrente, con las ventanas resplandecientes por la luz de las lámparas y las lajas del tejado gris de pizarra brillantes por el reflejo de la luna. La mujer no entró, sino que rodeó el edificio hacia la parte trasera y desapareció. Lee corrió tras ella; luego se detuvo al llegar a la posada y se pegó al áspero muro de piedra antes de atisbar cuidadosamente por la esquina del edificio.

Detrás de la posada había una escalera parcialmente oculta por la hiedra. Alcanzó a ver la cara de la mujer cuando ésta la subía, levantaba el pasador de una pesada puerta de madera y desaparecía en el interior de un cuarto del segundo piso.

La conocía; era Marie LeCroix, una de las doncellas del piso superior de la casa.

Marie había llegado a Parklands hacía un año en busca de trabajo. Era una joven de excepcional belleza de casi treinta años, pelo ondulado castaño oscuro, ojos color avellana y pómulos excepcionales. Unos cuantos invitados masculinos habían hecho ofertas por pasar algún tiempo con la chica, pero Marie los había rehuido. Era amable con los hombres, pero, las más de las veces, se mostraba muy reservada.

Al menos, eso era lo que le había parecido a Lee.

Ahora se preguntaba con cuál de los hombres acudía a reunirse Marie... y por qué.

Sin saber bien qué era lo que debía hacer, Lee permaneció entre las sombras esperando a ver si podía descubrir a quién había ido a visitar la doncella. Procuró permanecer bien oculta, se apretó contra la fría piedra gris y clavó la mirada en el cuarto de arriba.

Caleb, montado sobre *Solomon*, un caballo negro que era su propia montura, apenas podía dar crédito a lo que veía. Regresaba de Londres y acababa de pasar el pueblo para coger el camino que conducía a Parklands cuando, casi a la altura de la posada Jabalí Rojo, divisó a una figura que corría por el sendero que llevaba a la mansión.

¡Por todos los diablos! Vaya si la reconoció; sabía que no habría jamás ningún muchacho que pudiera llenar unos pantalones de montar de hombre de un modo semejante, casi a la perfección; además conocía aquella larga trenza roja y lo sedosa que era al tacto.

Qué demonios estaba haciendo ella allí en mitad de la noche fue algo que lo confundió por completo.

A menos que...

Los músculos de su estómago se contrajeron. Dios bendito, seguro que no se había equivocado. Lee no era la traidora, seguro. Por mucho que su mente le advirtiera que tal vez fuera así, en lo más íntimo no lo creyó. Mientras la observaba pegarse al muro y ocultarse entre las sombras, su certeza creció.

Lee no era una traidora.

Antes bien, lo más probable era que estuviera allí intentando atrapar a uno.

La idea hizo que se enfureciera. La entrometida brujita estaba metiendo una vez más la nariz en los asuntos del ejército y poniéndose en peligro. ¡En cuanto la llevara de vuelta a casa iba a retorcerle su bonito y delicado cuello!

Caleb ató el caballo a un árbol situado a cierta distancia y, procurando permanecer entre las sombras, empezó a caminar hacia la pequeña figura que se escondía en la oscuridad de detrás de la posada.

Desde el lugar que ocupaba apoyada en el muro, cerca de la escalera, Lee podía oír el crujido de los pasos en el suelo de madera del cuarto del piso superior. Si hubiera pensado que podía ver el interior,

habría subido a hurtadillas y atisbado dentro, pero los postigos estaban cerrados, y del interior tan sólo se derramaba una esquirla de luz.

Lee se frotó las manos. Había humedad y hacía frío, y no había tenido tiempo de coger una capa o unos guantes. En ese momento se le antojó que la mujer llevaba en el cuarto una eternidad. Tiritó, e intentó tener pensamientos reconfortantes y concentrarse en descubrir al hombre que pudiera estar reunido con Marie. Si el tipo era un invitado de Parklands, no tenía sentido. La intimidad de los visitantes estaba asegurada. Si la mujer quería pasar el rato con uno de los hombres nadie les habría interrumpido.

Sin embargo, en el pueblo también había hombres, ricos terratenientes, hijos de ricos hacendados. De repente se le ocurrió que podría estar perdiendo el tiempo y que la criada había ido, sencillamente, a encontrarse con uno de ellos.

Se abrazó y tiritó, diciéndose que debería dar la vuelta y regresar a la casa. Pero ¿y si Marie estaba reunida con el traidor?, ¿y si la mujer estaba pasando secretos a los franceses?

—¿Qué? ¿Dando un paseíto de medianoche?

Lee pegó un brinco considerable al sonido de las palabras susurradas en su oído.

—¡Caleb! ¡Por Dios bendito, me has dado un susto de muerte!

—Si tienes suerte, cariño, eso será lo único que te haga. Si estás aquí por el motivo que creo que estás, debería ponerte encima de mis rodillas.

Lee ignoró el comentario y el ceño que ensombrecía el semblante de Caleb.

—¿Qué estás haciendo aquí, Caleb? Te estuve buscando, pero nadie parecía saber dónde estabas.

—Tenía asuntos que resolver en Londres. En cuanto a qué estoy haciendo aquí, hago todo lo posible para evitarte problemas.

Lee volvió su atención hacia el cuarto de lo alto de la escalera.

—Una de las doncellas está ahí. Una mujer llamada Marie LeCroix. La vi salir a hurtadillas de la casa. No sabía dónde encontrarte, así que la seguí sola. He podido oír más de un tipo de pisadas, así que sé que no está sola, aunque no tengo ni idea de quién puede estar con ella ahí dentro.

—Quizás esté con Oxley —sugirió Caleb.

—¿Oxley?

—Así es. El teniente se ha acostado con ella siempre que ha podido. Me pregunto qué habrá recibido ella a cambio de sus favores.

Lee echó una ojeada hacia lo alto de la escalera y se preguntó cuántos secretos más sobre la gente de Parklands había descubierto Caleb.

—No creo que se haya encontrado con el teniente Oxley —dijo—. Seguía en el salón cuando me he retirado, y si ella quería verlo todo lo que tenía que hacer era ir a su dormitorio.

—Buena observación. Así que lo más probable es que se haya encontrado con alguien que no se aloja en la casa.

—Eso sería lo lógico. —Lee tiritó a causa del frío húmedo que le calaba las ropas.

—Maldición, estás helada —dijo Caleb.

Se quitó la chaqueta de montar y se la echó por los hombros a Lee. La prenda retuvo el calor de su cuerpo, y Lee se arrebujó aún más en la cálida chaqueta hasta dejar de tiritar.

—Quédate aquí —ordenó Caleb—. Voy a subir.

Antes de que Lee pudiera recordarle que Marie probablemente estaba allí sólo a causa de una cita con un amante, Caleb ya estaba a mitad de la escalera. Golpeó la puerta y esperó, pero nadie la abrió. Volvió a aporrearla, intentó abrirla y luego volvió a bajar la escalera corriendo.

—Lo más probable es que haya otra entrada por el interior de la posada —dijo a Lee—. Tú espera, y si el hombre sale por aquí procura verle la cara. Pero, hagas lo que hagas, no permitas que te vea. Puede que no quiera testigos.

Lee se acordó de Mary y se confundió aún más con las sombras. Caleb se alejó en dirección a la parte delantera de la posada y ella contó el tiempo que tardaría en subir la escalera del interior. Debía de haber otra entrada, porque unos minutos más tarde oyó que crujían los tablones de madera del suelo y supuso que Caleb estaba en el cuarto. Como no salía, Lee abandonó su puesto y echó a correr tras él, rodeó el edificio a toda velocidad hasta la parte delantera y empujó las puertas de la posada.

El local estaba abarrotado; la taberna, de techo muy bajo, estaba llena de humo y del ruido de los vasos y las conversaciones de los parroquianos. Una de las mozas de la posada rió, y el sonido de su risa sonó por toda la estancia. Lee, procurando mantenerse a cierta distancia de la muchedumbre, se dirigió hacia la escalera posterior de la posada.

En lo alto de la escalera se abría un pasillo a la derecha. Avanzó por él a toda prisa y vio que una puerta estaba abierta. Caleb estaba arrodillado junto a una cama de listones. En cuanto la vio, se levantó y em-

pezó a caminar hacia ella. Ya casi había llegado junto a Lee, cuando ésta divisó a la mujer que estaba tendida, exánime, sobre el borde de la cama.

—¡Marie!

Caleb la apartó de la truculenta escena y la rodeó fuertemente con los brazos.

—Está muerta, cariño. Lo siento.

Lee se zafó del abrazo y su mirada se desvió una vez más hacia la cama. Cruzada en el colchón, la figura inánime de Marie LeCroix yacía blanca y sin vida, con los bonitos ojos azules fijos en el techo. Lee empezó a temblar, y las lágrimas acudieron a sus ojos mientras Caleb le apretaba la cabeza contra su hombro.

—Cuando llegué, el hombre ya se había ido. El bastardo la utilizó y luego la estranguló.

Lee cerró los ojos intentando borrar la visión de la mujer inerte sobre la cama.

—¡Dios mío! —exclamó.

—Debe de haber salido por la taberna —dijo Caleb—. Está atestada y hay poca luz; no le habrá resultado difícil salir sin ser visto. Lo habría seguido, pero el bosque empieza justo detrás de la posada y no podría haber seguido su rastro en la oscuridad.

—¿Por qué... por qué no salió por la escalera? —preguntó Lee.

—Ni idea... Quizás él supiera que estabas ahí fuera.

A Lee le dio un vuelco el corazón.

—¡Oh, Dios mío! Si no hubiera seguido a Marie hasta la posada...

Caleb la cogió por los hombros.

—No es culpa tuya, Lee. Quienquiera que hizo esto es muy probable que también matara a Mary... o tuviera algo que ver en ello. Puede que ambas supieran demasiado. Tal vez representaban una amenaza de algún tipo... No lo sé. —La expresión de Caleb se endureció, y hundió los dedos en los hombros de Lee—. Tuviste suerte de no subir esa escalera. ¡De haberlo hecho puede que yacieras al lado de Marie en esa cama!

Estaba enfadado. Más que eso: estaba asustado.

Caleb mantuvo a la joven a la distancia de un brazo durante un instante más y luego la atrajo hacia él con fuerza y la estrechó contra sí. Un ligero temblor le recorrió el cuerpo.

—Vamos —dijo finalmente—. Tenemos que avisar a las autoridades. He de hablar con la gente de la taberna y averiguar si alguien vio a la persona que bajó por la escalera.

—Sí... O tal vez el posadero pueda decirte quién alquiló la habitación —sugirió Lee.

Caleb asintió con la cabeza.

—Vayamos a averiguarlo. —Rodeó a Lee por la cintura firmemente con un brazo y la condujo hacia la puerta.

—¿Y qué pasa con Mary? —preguntó ella en voz baja.

—Haré que se ocupen de su cuerpo. Tú no tienes de qué preocuparte.

Lee no dijo nada más y dejó que Caleb la condujera fuera del cuarto y cerrara la puerta sin hacer ruido.

El entierro de Marie LeCroix tuvo lugar al día siguiente, un acontecimiento fúnebre que empañó brevemente las celebraciones de Parklands. Puesto que Oxley había pasado toda la noche en el salón con el coronel Wingate, el teniente no era sospechoso. El representante de la Corona, ignorante de la información del ejército concerniente a la red de espionaje, creyó que la mujer había sido estrangulada por un amante celoso, alguien que había descubierto la aventura amorosa de Marie. Pero nadie tenía la más remota idea de quién podría ser el hombre.

El agente de policía Shaw acudió desde Londres, aunque la única conexión existente entre los asesinatos de Mary Goodhouse y de Marie LeCroix era el breve tiempo que habían estado empleadas en Parklands.

Ninguno de los presentes en la taberna había visto algo la noche del asesinato, y, puesto que quien había alquilado el cuarto del piso superior había sido Marie, no había ninguna pista sobre la identidad del hombre.

El baile para festejar el cumpleaños de Lee fue pospuesto. Mientras el personal de Parklands, Vermillion y su tía asistían al breve oficio funerario por Marie en el cementerio de la iglesia, Caleb y el mayor Sutton cayeron sobre el teniente Ian Oxley.

Resultaba evidente que la noticia de la muerte de la joven criada había conmocionado y apenado profundamente al joven oficial.

—No lo puedo creer... No puedo creer que esté muerta.

Oxley estaba sentado en el sofá de piel del estudio. Las puertas estaban cerradas, y se había dado órdenes estrictas a los pocos sirvientes que permanecían en la casa de que los tres hombres no fueran molestados.

—¿Qué le contó a ella, Oxley? —Sutton se inclinó sobre el hombre más joven—. El coronel Wingate ya nos ha informado de que él tenía información vital sobre la inminente campaña de Wellesley. Usted tenía conocimiento de esa información. Ahora, díganos cuánta de esa información compartió con Marie LeCroix.

Los ojos de Oxley se llenaron de lágrimas. Era un joven pálido, con tendencia a la timidez y, a todas luces, enamorado de Marie.

—Sólo... sólo hablábamos.

—En su cama, quiere decir, mientras usted estaba cachondo y desesperado por penetrarla.

Oxley tragó saliva, y su nuez de Adán subió y bajó.

—Le interesaba la guerra. Supongo que pude haber... comentado algunas cosas.

—Era francesa, Oxley. —Sutton se le echó encima—. ¿Nunca paró mientes en ese hecho?

Oxley sacudió la cabeza.

—Era sólo una niña cuando vino a Inglaterra con su familia. Creció aquí. Quería que los británicos ganaran la guerra. Eso... eso es lo que decía. —El teniente miró el jardín de hito en hito a través de la ventana—. Era preciosa. Nunca hablaba con los demás hombres..., sólo conmigo. Me sentía tan afortunado que únicamente quería complacerla.

Caleb blasfemó en voz baja.

—¿Tiene usted alguna idea, teniente, acerca de con quién podría haberse reunido Marie en la posada anoche?

Oxley levantó la vista. La pena grabada en su rostro le hacía parecer mayor que la víspera.

—Pensaba que sólo se veía conmigo. Creía que me amaba.

—Desde luego, ella lo utilizó —dijo el mayor con dureza—. De la misma manera que el bastardo la utilizaba a ella. ¿Sabe lo que estaban haciendo en aquel cuarto, Oxley? ¿Sabe lo que le hizo él antes de matarla?

—No —dijo Caleb en tono admonitorio, poniendo fin a las violentas palabras del mayor—. La mujer que Oxley amaba está muerta. No era la persona que él creía que era, y por confiar en ella su carrera está acabada y tendrá que hacer frente a un consejo de guerra. Lo que necesitamos saber es quién la mató. Necesitamos el nombre de la persona que estaba pasando la información a los franceses.

—No lo sé —dijo Oxley, al tiempo que sacudía la cabeza—. Les juro que no lo sé. Yo sólo mencioné un par de cosas... Hablamos sobre Oporto. Le dije que Wellesley se estaba preparando y que parecía que iba a ver un enfrentamiento en Talavera. En su momento no parecía importante.

—Es usted un imbécil, teniente —dijo el mayor Sutton—. Pensó con la polla y no con el cerebro, y ahora está pagando las consecuencias.

Oxley no contestó. El sufrimiento que expresaba su rostro era ya suficiente respuesta. La tarde transcurrió lentamente, pero no surgió ninguna nueva información.

Una cosa estaba clara: la conexión de la red de espionaje con Parklands se había cortado. Marie estaba muerta y ya no se comunicaría más información. Puede que Mary Goodhouse también hubiera estado vendiendo secretos o, lo que era más probable, que hubiera descubierto con quién se reunía Marie. En cualquier caso, ambas mujeres estaban muertas y la filtración se había interrumpido.

Por desgracia, el cabecilla de la red de espionaje había escapado sin dejar rastro de quién podría tratarse. Caleb dudaba de que su misión continuara una vez que volviera a Londres, pero su estancia en Parklands había tocado a su fin.

En cuanto terminara el baile de cumpleaños de Lee, Caleb, al igual que los demás invitados, volvería a la ciudad. No sabía cuánto tiempo permanecería en Londres, pero antes de partir iría a visitar a su familia y a ver a algunos amigos. Como había hecho anteriormente, se conminó a olvidar a Vermillion, diciéndose que interferir en la vida de la chica haría a ésta más mal que bien.

Sin embargo, cuando la tarde tocaba a su fin se encontró avanzando por el pasillo a grandes zancadas y, tras detenerse para hablar con el mayordomo, pidió a éste que hiciera saber a la señora de la casa que deseaba hablar con ella en privado sobre un asunto de importancia relacionado con su sobrina.

No fue hasta una hora más tarde que Caleb fue convocado a un pequeño salón en la parte posterior de la mansión. El mayordomo, Jones, lo condujo por el pasillo hasta una habitación pintada en unos suaves tonos marfil y rosa, luego cerró la puerta en silencio y los dejó solos.

—¿Deseaba verme, capitán? —Gabriella se dirigió lánguidamente hacia él ataviada con un vestido rosa de un tono algo más brillante que el del sofá y las cortinas, y con una afectuosa sonrisa en la boca.

—Sé que está ocupada. Gracias por dedicarme su tiempo —dijo Caleb.

La sonrisa de Gabriella se debilitó ligeramente ante el tono de gravedad que percibió en la voz de Caleb.

—Tengo entendido que esto incumbe a Vermillion. ¿Tiene su presencia algo que ver con la muerte de Marie LeCroix?

—No. Como ya dije, estoy aquí para hablar de su sobrina.

Una de las cejas rubio platino de Gabriella se arqueó.

—En ese caso, ¿por qué no nos ponemos cómodos? —Condujo a Caleb hasta un sofá de brocado y se sentó frente a él en una butaca rosa oscuro—. ¿Le apetece tomar un té?

—No, muchas gracias. Lo que tengo que decir no me llevará mucho tiempo.

—De acuerdo, entonces, capitán, ¿qué es lo que desea contarme sobre Vermillion?

—Como usted sabe muy bien, mañana por la noche se celebra el baile de su cumpleaños.

—Correcto.

—Es sabido por todos que en algún momento, durante el transcurso de la velada, se supone que ella acabará escogiendo a un protector.

—Sí... —aseveró Gabriella.

—Existe la posibilidad de que no escoja a nadie.

La mujer se echó hacia delante en la butaca.

—¿Ella le ha dicho eso?

—Nos hicimos... amigos durante el tiempo que estuve trabajando de caballerizo. De vez en cuando me hace alguna confidencia.

—Pensé que tal vez Vermillion tuviera alguna duda. Elizabeth y yo hablamos de esa misma posibilidad. Pero tenía la esperanza de que, si mi sobrina estaba insegura, acudiría a mí para poder hablarlo. Supuse que cualesquiera que fueran las dudas que tuviera ya debían de estar resueltas.

—Por supuesto, está la otra posibilidad..., la de que Vermillion decida mantener su promesa. —Los hombros de Caleb se tensaron, y él se movió ligeramente en el sofá—. Si eso ocurre, quiero ser el hombre que escoja.

Gabriella soltó una carcajada.

—Capitán Tanner. Hay un sinfín de hombres que encuentran atractiva a mi sobrina. Si ella le escoge para que sea su amante...

—Yo ya soy su amante —dijo Caleb.

La sorpresa afloró a la cara de Gabriella.

—El problema es que, con el tiempo, abandonaré Londres y volveré a España. Puede que no pasemos juntos mucho tiempo. Sin embargo, creo que ella siente afecto por mí, y que lo más conveniente

227

para ella, si se decide por este derrotero, es que el hombre que escoja sea yo.

Gabriella lo estudió con detenimiento.

—¿Me está diciendo que se ha acostado con mi sobrina?

Caleb carraspeó.

—En más de una ocasión. Si mis circunstancias fueran otras, le estaría ofreciendo matrimonio en lugar de un simple acuerdo. —Era verdad, aunque nunca había dejado que la idea aflorara por completo hasta ese momento.

—¿Matrimonio? —La sonrisa volvió a la cara de Gabriella—. Le aseguro, capitán Tanner, que mi sobrina no tiene ningún interés en convertirse en esposa... ni de usted ni de ningún otro. Jamás lo ha tenido. Sin embargo... debe de sentir un gran afecto por usted, si se han hecho amantes.

Caleb se adelantó en su asiento.

—Entonces ¿le hablará en mi favor?

—Vermillion tiene sus propias ideas sobre las cosas, capitán. La he enseñado a tenerlas. Dudo que deba interferir.

—Si lo que le preocupa es el dinero, le aseguro que tengo más que suficiente. Si, como ha dicho, su sobrina no desea convertirse en esposa, entonces le prometo... que asumiré como responsabilidad personal enseñarle todo lo que ha de saber para convertirse en la mujer que usted desea que sea..., la mujer que ha estado fingiendo ser.

El interés de Gabriella se avivó. Los bonitos ojos azules bajaron lentamente por el cuerpo de Caleb, calibrando su estatura y la anchura de sus hombros.

—Una perspectiva tentadora, capitán Tanner. Ella querrá llevarse algunos de sus caballos. Los demás ya han consentido al respecto.

—Eso no será un problema.

—De acuerdo. Considerando el afecto que según parece le profesa mi sobrina, haré lo que pueda para convencerla de que usted es el hombre que debería convertirse en su protector.

Caleb se relajó un poco.

—Gracias, Gabriella.

—Le advierto, capitán, que puede ser contraproducente. Como le he dicho, mi sobrina tiene sus propias ideas.

La comisura de la boca de Caleb se levantó.

—Créame, lo sé mejor que nadie.

Gabriella apenas era capaz de contener su entusiasmo. ¡Al fin! Había esperado durante años el día en que su sobrina se convirtiera en una mujer, el día en que Vermillion conociese por fin el indescriptible placer de hacer el amor con un hombre. ¡Y menudo hombre había escogido su sobrina! ¡Dios bendito! Ni ella misma podría haber seleccionado un ejemplar más soberbio de varón.

En cuanto pudo librarse del grupo que jugaba a las cartas en el cuarto de juegos, Gabriella envió recado a Vermillion de que deseaba verla en el salón Rosa. Encargó el té, y unos minutos después de que éste fuera servido apareció el mayordomo con Vermillion pisándole los talones.

—¿Sucede algo? —preguntó la joven—. El señor Jones me ha dicho que deseabas verme.

—Así es, querida. Entra —dijo la tía Gabby, y pensó que ese día su sobrina estaba preciosa con su sencillo vestido de muselina color albaricoque. Gabriella prefería vestirse con colores más vibrantes, pero en los últimos tiempos Vermillion parecía más inclinada hacia los tonos claros, y en cierta manera le sentaban bien—. Siéntate, cariño, y toma una taza de té.

Vermillion tomó asiento en una butaca de terciopelo rosa enfrente de su tía y se alisó la falda de muselina.

—Sé que tienes mucho que hacer antes de mañana por la noche —dijo Gabriella—, así que no quiero robarte mucho tiempo. Prometiste elegir a un protector la noche del baile de tu cumpleaños. ¿Has decidido ya a cuál de tus pretendientes escogerás?

Vermillion apartó la mirada.

—En realidad... llevaba tiempo queriendo hablar de esto contigo, tía Gabby. —Vermillion tragó saliva—. Había pensado que quizá... Pensé que tal vez no... que no escogería a nadie.

—¿En serio? —Gabriella sirvió cuidadosamente el té para ambas y entregó a su sobrina una taza y un plato de porcelana con un filete dorado—. ¿Y qué hay del capitán Tanner?

La taza de Vermillion repiqueteó en el plato.

—¿El capitán Tanner? ¿Qué pasa con él?

—El capitán cree que, puesto que ya sois amantes, lo que más te convendría sería permitir que se convirtiera en tu protector.

Las mejillas de Vermillion adquirieron un color intenso. La taza volvió a repiquetear al apoyarla en su regazo.

—¿Él... ha dicho eso? ¿El capitán Tanner te ha dicho que hemos sido amantes?

Gabriella quitó importancia a la inquietud de su sobrina con un gesto de la mano.

—No te enfades, querida. No ha podido ser más emocionante para mí. El hombre está enamorado de ti, sin duda. Sabe que en algún momento se verá obligado a volver a España, pero lo que más desea es que, mientras tanto, estéis juntos.

Vermillion se recostó en la butaca, con el té intacto en la taza.

—¿Qué más te ha dicho el capitán?

—Se ha comprometido a hacer todo lo que esté en sus manos para iniciarte en el mundo del placer.

Los ojos de Vermillion se abrieron de par en par.

—¿Eso es lo que ha dicho?

Gabriella asintió con la cabeza.

—A menos que estés insatisfecha con su comportamiento hasta el momento —añadió la tía Gabby—, diría que eso supone una gran oportunidad. Y después, una vez que la relación se haya acabado, puedes tomarte tu tiempo y decidir entonces qué es lo que deseas hacer.

Vermillion negó con la cabeza.

—No doy crédito a mis oídos. No puedo creer que te haya dicho algo semejante.

—Pero, querida, ¿no lo entiendes? Ha acudido a mí en busca de ayuda. Quiere tener la seguridad de que sea él el hombre que escojas y no a otro. Si lo hicieras seguro que le romperías el corazón.

—¿Romperle el corazón, dices? ¡Lo que me gustaría sería romperle el cuello!

—Querida, por favor. Si llego a saber que te enfurecerías no te lo habría contado. Pensé que era importante que comprendieras en qué alta consideración te tiene el capitán y hasta dónde ha llegado para conseguir tu afecto.

El color de las mejillas de Vermillion seguía siendo intenso, y su sonrisa pareció forzada.

—Lo tendré presente.

Gabriella intentó discurrir algo que decir que pudiera relajar el semblante de su sobrina.

—Esto es cuanto te pido, querida. Si de verdad sientes algún afecto por el capitán Tanner, deberías aprovechar las ventajas de su oferta y disfrutar del tiempo que paséis juntos.

Vermillion se limitó a asentir con la cabeza.

Gabriella pensó que los hombros de su sobrina parecían un poco rígidos, pero tal vez sólo fuera cosa de su imaginación.

—Gracias por decírmelo, tía Gabby. —Vermillion dejó la taza y el plato intactos en la mesa que tenía delante.

—Como ya te he dicho, creía que debías saberlo —dijo Gabriella.

—Sí, bueno, ahora ya lo sé. —Vermillion se levantó del sofá, cruzó la estancia y salió por la puerta.

Gabriella la observó irse y advirtió la forzada rigidez de la espalda de su sobrina. Confió en haber hecho lo correcto.

18

El baile del decimonoveno cumpleaños de Vermillion era un acontecimiento largamente esperado, un baile de disfraces, una ocasión festiva en el mundo de las mujeres de vida airada. Aunque era bien sabido entre los varones que esa noche escogería a un protector, no se produciría un anuncio formal ni nada de tan mal gusto como eso.

En su lugar, cuando se interpretara el vals del cumpleaños, aquel caballero que ella escogiera como pareja para el baile se convertiría en su amante.

A menos que decidiera no escoger a ninguno.

Lo cual era, exactamente, lo que Vermillion tenía planeado hacer.

La noche anterior y todo ese día había estado tan furiosa con Caleb que lo había evitado adrede. No podía confiar en no perder los estribos si lo veía.

«¡Maldito y condenado hombre! ¡Cómo se atrevía a implicar a tía Gabby en un asunto tan personal!»

Había que reconocer que resultaba sorprendente que hubiera hecho una cosa así, tan extremadamente alejada del carácter de Caleb, un hombre tan reservado, casi siempre. ¿De verdad había creído que su tía podía convencerla de convertirse en su amante? ¿Y cuándo se había decidido? Una vez que el cabecilla de la red de espionaje fuera atrapado, se marcharía. Fuera cual fuese el tiempo que pasaran juntos, sería, por fuerza, breve.

La perspectiva provocó que se le hiciera un nudo en el estómago. No le gustaba pensar en la partida de Caleb, en no volver a verlo nunca más. No le gustaba pensar en que iba a combatir a los franceses y en que podía resultar herido o tal vez incluso muerto. Para evitarlo, recordó su enfado y desechó todos aquellos pensamientos. Ignorando un pertinaz hilo de preocupación, tiró del llamador para que Jeannie acudiera a vestirla para la noche que se avecinaba.

La tarea fue larga y pesada. Como era un baile de disfraces, Lee se vestiría de Afrodita, la diosa del amor, un éxtasis de sensualidad y belleza. El vestido, encargado por su tía para la ocasión, era de satén blanco y estaba cortado a modo de túnica griega, con un hombro desnudo, ceñido a las curvas y drapeado en el pecho. Los laterales del vestido estaban abiertos y enseñaba las piernas hasta bien por encima de las rodillas cuando caminaba.

El efecto general era realzado por los dibujos griegos bordados en oro en el corpiño y alrededor del dobladillo, las finas sandalias doradas que recubrían sus pies desnudos y los brazaletes alrededor de los brazos.

En cuanto estuvo vestida se sentó delante del espejo y Jeannie procedió a peinarla, recogiéndole el cabello a los lados con unas peinetas de nácar y dejando el resto de su melena suelta sobre la espalda en ardiente cascada de rizos rojos. Mientras observaba trabajar a Jeannie, Lee se esforzó en alentar el enfado con Caleb, pero su genio se había enfriado de forma considerable y la mayor parte de su furia se había esfumado.

Había que reconocer que, de haber conocido Caleb su decisión —la de no escoger a Mondale, ni a Nash ni a ningún otro—, las posibilidades de que no hubiera acudido a su tía eran considerables.

¿Por qué lo había hecho? ¿De verdad la quería con tal desesperación? ¿Y si era...? Si era así, ¿qué significaba aquello exactamente?

¡Bah! Caleb no podía estar enamorado de ella.

Sacudió la cabeza. Era imposible. Ridículo. Era el hijo de un conde. Tan sólo estaba interesado en el aspecto físico de la atracción que ambos compartían. No era amor. No podía serlo.

«Pero ¿y si lo era?»

La pregunta, afincada en sus pensamientos, la fastidiaba.

Mientras Jeannie le abotonaba el blanco vestido de satén, se dijo que estaba comportándose como una idiota, como una completa y absoluta descerebrada, pero el fastidioso pensamiento persistió.

Jeannie le aplicó un poco más de colorete en las mejillas y la instó a que se levantara del taburete para hacer una valoración general de su trabajo.

—¡Qué preciosa estás, *chérie*! *Magnifique!* —Jeannie le hizo un gesto para que se volviera hacia el alto espejo giratorio, y Lee se dio la vuelta lentamente.

Le pareció que tenía un aspecto exótico, que parecía sensual y seductora, que, así vestida, era Vermillion y no Lee.

Así que esa noche, y quizá por última vez en su vida, iba a ser Vermillion.

Alargó las manos y cogió entre las suyas las de la doncella, apretándoselas con dulzura.

—Gracias, Jeannie. Has sido una verdadera amiga.

La mujer sonrió.

—Escogerás al capitán, ¿verdad?

Vermillion negó con la cabeza.

—No, Jeannie.

—¿Pero por qué no? *Nom de Dieu*, ahora ya tienes la certeza de que no es un criado, que es...

—No voy a escoger al capitán Tanner ni a ningún otro. Voy a vivir mi vida. —Vermillion se apartó antes de que Jeannie se pusiera a discutir y se dirigió a la puerta.

Ya habían llegado todos los invitados y, puesto que estarían esperando abajo, era hora de que ella hiciera su entrada.

La sala de baile, una enorme estancia de techos altos iluminada por arañas de cristal, estaba situada en un ala independiente de la mansión. A medida que iban entrando los invitados los chispeantes y danzarines prismas de cristal tallado multiplicaban miles de veces los colores, reflejándolos en los espejos que se alineaban en las paredes. Esa noche la sala había sido decorada para que recordara al mar del que había surgido Afrodita tras ser engendrada. Se habían pintado unos murales que representaban el océano, con nubes blancas que coronaban una costa rocosa salpicada de gaviotas de alas blancas. El rincón donde tocaba la orquesta se había cubierto de arena para que pareciera una playa.

Vermillion se detuvo un momento en la entrada de la sala de baile, se puso una máscara con plumas blancas sobre los ojos y entró. Nada más hacerlo, Oliver Wingate, disfrazado de una versión demasiado alta del almirante Nelson, le ofreció el brazo.

—Buenas noches, querida. —Su mirada se movió sobre el seductor vestido de satén de la joven—. No hay palabras para describir su belleza, Vermillion.

—Gracias, coronel.

Lord Andrew Mondale, con un extravagante disfraz de cortesano del siglo XVI consistente en un jubón de terciopelo naranja oscuro ribeteado en armiño, se quitó el sombrero a juego ribeteado en la misma piel.

—Feliz cumpleaños, preciosidad.

—Gracias, Andrew. Como siempre, está usted muy elegante.

Radiante de placer, Mondale se puso el sombrero, ocultando el brillo de sus rizos dorados.

Jonathan Parker, vizconde de Nash, fue el tercero de sus pretendientes en aparecer. Era evidente que los hombres habían estado esperando.

—Ah, sí, Afrodita. Muy apropiado, diría. —Jonathan, vestido con una casaca, botas altas y sombrero de mosquetero, se inclinó y le besó la mano—. Antes de que acabe la noche espero oficiar en su altar del amor.

Era un comentario nada propio de Nash, y Vermillion no pudo evitar sonreír.

—¿Por qué no nos unimos a los demás? —sugirió ella evasivamente, y en cuanto se sumergieron en la vorágine de la muchedumbre se excusó para ir a buscar a su tía.

Mientras cruzaba la sala de baile y se abría camino entre los invitados, intentó no buscar a Caleb con la mirada. No lo vio, pero quizá, de estar allí, no lo reconocería. Podía ser uno de los varios bufones de corte con los que se cruzó o tal vez algún soldado romano. Reconoció a sir Peter Peasley, disfrazado de Enrique III y, a su lado, a Lisette Moreau que, con una alta peluca plateada, hacía de madame de Pompadour. Juliette Beauvoir estaba presente y coqueteaba sin pudor con el actor Michael Cutberth; pero no había el menor rastro de Caleb.

Vermillion siguió su camino hacia la tarima donde estaba su tía con lord Claymont: un apuesto Marco Antonio y una hermosa Cleopatra rubio platino.

Gabriella sonrió, y las serpientes doradas de su vestido centellearon al moverse.

—Te estábamos esperando, querida. Ahora que estás aquí ya puede empezar la fiesta de verdad.

Aunque, por supuesto, la misma ya estaba en pleno apogeo.

Vermillion pensó en las largas horas que quedaban por delante, en las aburridas conversaciones, en las miradas lascivas y los chismes que nada le interesaban.

Se armó de valor, adoptó su ensayada sonrisa y aceptó bailar con un sujeto flacucho en el que reconoció a lord Derry cubierto con una capucha negra y con un hacha en la mano.

Caleb, de pie en una apartada pared de la sala de baile, permanecía alejado del enjambre de invitados. No iba disfrazado; sólo llevaba su uniforme escarlata y azul marino, y las botas, altas y negras, de gala. Su única concesión era una media máscara con capucha que le cubría la mitad superior de la cara.

Examinaba la atestada pista de baile sin perderse detalle del desaforado despliegue de telas y colores, sombreros emplumados y ricos satenes y terciopelos. En una esquina de la sala localizó a Vermillion, que conversaba con su tía y lord Claymont. Esa noche estaba preciosa. A qué negarlo. Era, de pies a cabeza, la diosa que representaba. Una criatura sensual y conmovedora, la personificación de la fantasía de cualquier hombre, sofisticada y absolutamente inalcanzable.

Sólo Caleb conocía a la joven dulce que se escondía bajo aquella fachada, a la joven inocente a la que le había hecho el amor aquella primera noche en el establo. El pensamiento hizo que su sexo se endureciera, y maldijo en voz baja.

Caleb observó bailar a Vermillion, primero, con un hombre menudo con una capucha negra y, más tarde, con Andrew Mondale, y volvió a maldecir, esta vez de forma bastante más airada. Para un hombre acostumbrado a las campañas bélicas, su estrategia para atacar a Vermillion había resultado un completo y absoluto fracaso.

Había cometido un error táctico al buscar la ayuda de su tía, y Lee se negaba a perdonarlo. Durante los dos últimos días lo había rehuido. Sólo Dios sabía qué haría ella cuando lo viera esa noche.

Caleb suspiró mientras la veía bailar. No debería haber acudido a la tía de Lee. Lo supo en ese momento, pero entonces no había tenido la mente despejada. La deseaba y le había asustado la posibilidad de perderla.

Debería haber sabido que Lee se rebelaría, que haría justo lo contrario de lo que él quería que hiciese.

«¡Por todos los demonios!»

El baile concluyó, y Mondale acompañó a Vermillion junto a su círculo de amistades. Oliver Wingate estaba entre ellos. Vermillion lo miró y se rió de algo que dijo el coronel. A Caleb le estaba costando refrenarse para no cruzar como un vendaval la habitación, apartarla a rastras del hombre, sacarla a la fuerza del salón de baile, luego, de la casa, y llevarla a algún lugar íntimo donde pudiera hacerle el amor hasta que ambos cayeron exhaustos.

En vez de ello, permaneció allí, con ganas de vomitar, observando y preguntándose cuáles serían los planes de Vermillion. Rezó para que cuando llegara el momento, ella se echara atrás sin más y se negara a escoger a hombre alguno. Le había dicho que tal vez... que estaba pensando en esa posibilidad muy seriamente.

Una cosa era más que segura; si se decidía a elegir un protector, el último que escogería sería al capitán Caleb Tanner.

La noche parecía interminable. Gabriella había hecho saber que, cuando la orquesta atacara el vals del cumpleaños, el hombre al que Vermillion escogiera como pareja sería el que se convertiría en su protector. Tía Gabby había dicho también que si Vermillion bailaba con lord Claymont, eso significaría que no se habría decidido por ninguno de los hombres presentes en la sala.

A medida que el baile avanzaba con lentitud, una ligera tensión se fue apoderando de los hombros de Vermillion. Las sandalias doradas le hacían daño en los pies, y los hilos relucientes del bordado le estaban irritando la piel. Lo que más ansiaba era retirarse a su dormitorio en el piso de arriba y echarse a dormir sin más.

Por el contrario, al oír la risa jubilosa de su tía y verla sonreír se acordó de la larga celebración que había planeado tía Gabby y de lo mucho que significaba para ella, se olvidó de los pies doloridos y la piel irritada y mantuvo la sonrisa.

Transcurrió una hora más. Vermillion sentía la piel acartonada y los labios quebradizos, como si se le fueran a agrietar de un momento a otro. Por fin había visto a Caleb y lo había ignorado adrede, lo cual sirvió sólo para que la ya larga noche resultara más espantosa.

Y llegó la hora. La medianoche. El momento del vals del cumpleaños. Vermillion localizó a lord Claymont y le dedicó una sonrisa, sabedora de que él estaría encantado con su decisión. Desde que se conocían el conde había deseado un tipo diferente de vida para ella, y en más de una ocasión había intentado convencer a Gabriella de que él podría conseguirle algún buen partido, el hijo de algún terrateniente local, quizás, o a algún joven necesitado de una novia con una buena dote.

Gabby no le había prestado apenas oídos, por supuesto. El matrimonio era el futuro más deprimente que podía imaginar para su sobrina.

Y, durante la mayor parte del tiempo, Vermillion había estado de acuerdo.

—¿Preparada, querida? —Gabriella sonrió, y a Vermillion se le hizo un nudo en el estómago.

—Como nunca lo volveré a estar —dijo Lee sin perder la sonrisa.

—Sube a la tarima, querida. A lord Claymont le gustaría proponer un brindis.

Con más miedo del que debería haber sentido, sin saber a ciencia cierta cuál sería la reacción de sus pretendientes cuando descubrieran su intención de romper la promesa, asintió con la cabeza, subió a la tarima y se situó delante de la orquesta.

La música cesó y la gente se congregó alrededor de la tarima. Lord Claymont hizo tintinear una copa de champán con una cuchara de plata, y en la sala se hizo el silencio.

—Me gustaría proponer un brindis —dijo con una sonrisa—. Por la señorita Vermillion Durant, en ésta, la noche de su decimonoveno cumpleaños. —Se volvió hacia Vermillion con la copa en alto—. Por ti, querida. Cualquiera que sea el camino que decidas tomar en la vida, te deseo toda la dicha del mundo.

—Eso, eso —jaleó el coronel Wingate, levantando su copa.

Mondale lo secundó, y todos los invitados levantaron las suyas y bebieron un trago. Se hicieron varios brindis más, tras lo cual empezaron a sonar los acordes del vals.

Vermillion bajó la mirada hacia los hombres congregados alrededor de la tarima, algunos casi desconocidos, y hacia Andrew, Jonathan y Oliver, los tres con los que mantenía mayor familiaridad. Lucas Tanner estaba parado a escasa distancia, observándola con interés considerable. Vermillion se preguntó qué le habría contado su hermano acerca de ella.

Sus ojos se desviaron en dirección a Caleb.

Permanecía detrás de los otros, las charreteras de su casaca resplandecientes, más alto que la mayoría de los presentes, completamente erguido. Fue entonces cuando Vermillion se percató de la rigidez que la tensión confería a los hombros de Caleb, en la mandíbula apretada y en la mirada dura como el granito. Aunque la capucha escarlata le cubría gran parte del rostro, pudo verle los ojos, tan oscuros que parecían de ónice.

Había algo en su mirada, se percató Vermillion, algo que la obligó a mirar con más intensidad, más allá de la cautela que Caleb mostraba esa noche, hasta lo más profundo de su corazón.

El cuerpo de Vermillion se estremeció con un ligero temblor ante la imagen que atravesó su mente.

No era posible.

A él no podía importarle tanto.

No tanto como le importaba a ella, no con aquel dolor intenso y descomunal que nunca la abandonaba. Era un dolor tan profundo que, de pronto, supo con exactitud lo que tenía que hacer.

Supo lo que iba a escoger, supo que renunciaría a su preciada independencia. Supo que escogería a Caleb. Y si el breve tiempo que pasaran juntos iba a ser todo lo que tendría de él, merecería la pena.

Descendió de la tarima, todavía dubitativa ante la barbaridad que estaba dispuesta a realizar. Dio un traspié y se precipitó contra Andrew, que la sujetó por la cintura con una mano. El hombre sonrió, pensando, como todos los presentes, que su intención era escogerlo a él. En su lugar, la mirada de Vermillion vagó más allá del noble y se clavó en Caleb. Ella vio la angustia reflejada en su rostro; ni siquiera la máscara podía ocultar su padecer.

—Discúlpeme, Andrew —dijo, y se soltó educadamente de él.

Vermillion percibió el momentáneo destello de ira cuando Mondale se dio cuenta de que no sería él el escogido, pero siguió andando. A pocos metros, Wingate tenía el entrecejo arrugado y las mandíbulas apretadas hasta parecer de hierro. A Lee le temblaban las piernas por debajo de los pliegues de satén blanco. Sentía la boca tan seca que aunque la vida le hubiera ido en ello no habría podido decir ni una palabra.

No tenía necesidad. Cuando llegó junto a Caleb, se limitó a ofrecerle la mano.

Durante un instante él permaneció inmóvil, y Lee pensó que se había equivocado, que no la quería realmente como ella había pensado.

Entonces Caleb dio un paso al frente. En un momento, Lee lo miraba a los párpados y, al siguiente, estaba entre sus brazos. Ella cerró los ojos y sintió un arrebato de amor tan grande por él que se le hizo un nudo en la garganta. La música se arremolinó en torno a ellos, instándolos al baile, pero Caleb simplemente la abrazó y Lee se aferró de su cuello. Ella sabía que todos los estaban observando, pero le traía sin cuidado.

La orquesta atacó de nuevo el vals. Caleb dio una profunda y temblorosa bocanada de aire y su boca se curvó en la sonrisa más dulce y atractiva que Lee había visto jamás. La cogió de la mano, la condujo hasta la pista de baile y la arrastró al ritmo de la música.

A su lado otros invitados empezaron a moverse por la pista seducidos por el vals, formando una colorista muchedumbre que bailaba trazando amplios círculos y reía con desenfreno.

—Pensé que quizá no te decidirías a escoger —dijo Caleb, con la mirada fija en los ojos de Lee—. O que si lo hacías, yo sería el último de la lista.

—Yo también.

—¿Y por qué cambiaste de opinión?

«Porque te quiero. Te quiero muchísimo», pensó Lee.

—Me pareciste muy solo —dijo, en cambio—. Creí que tal vez necesitabas un poco de compañía.

Caleb la acercó más a él.

—Y la necesitaba —dijo con brusquedad.

Lee sonrió mientras él la guiaba en un giro, aunque se sentía un poco triste. El «la necesitaba» de Caleb era lo más cercano a una promesa de matrimonio que conseguiría de él. Eso nunca le había importado antes.

«Y ahora, tampoco», se dijo a sí misma con firmeza.

El vals estaba a punto de acabar.

—Salgamos de aquí —susurró Caleb—. Nos iremos a Londres esta misma noche.

Lee tenía que hacer el equipaje. Era tarde y las carreteras estarían a oscuras. No le importaba.

—Deja que me ponga la ropa de montar y prepare una bolsa de viaje con cuatro cosas. Diré adiós a mi tía y a lord Claymont, y entonces podremos marcharnos.

—Ensillaré los caballos y los llevaré a la entrada principal —dijo Caleb.

Abandonaron la pista de baile, escabulléndose de los demás, y desaparecieron discretamente de la vista. Lee se despidió con rapidez de su tía y le dio las gracias por la fiesta, aceptó el abrazo de lord Claymont y, acto seguido, salió de la sala de baile y corrió escaleras arriba.

Iba a abandonar Parklands. Haría que Jeannie recogiera el resto de sus cosas y se las enviara a Londres una vez que estuviera instalada. Se preguntó si volvería alguna vez a la casa en la que había crecido, pero creía que no. Empezaba una nueva vida, y aunque la noche no había transcurrido exactamente de la manera que había planeado, no importaba.

Estaría con Caleb.

Lo amaba.

Permanecería a su lado hasta que él se fuera.

Caleb envió a un lacayo a que despertara a uno de los mozos de cuadra con instrucciones de que ensillara sus caballos y luego esperó al pie de la escalera el regreso de Lee. No podía dejar de sonreír. Seguía sin poder creerse su buena suerte. Lee le pertenecía. Hasta que volviera a España sería suya.

La sonrisa se esfumó y sintió que un peso se instalaba en su pecho. Volvería a sus obligaciones y, cuando lo hiciera, tendría que dejar atrás a Lee.

Un movimiento en la entrada atrajo su atención hacia la figura familiar que se acercaba a él a grandes zancadas.

—Bueno, hermanito, se diría que eres el hombre del momento. —Luc se detuvo delante de él desenfadadamente vestido con una camisa de manga larga y unos bombachos de piel ceñidos, un sable a la cintura y un parche en un ojo. La indumentaria de un pirata. Apropiado, pensó Caleb, considerando la de corazones que Luc había saqueado.

—¿El hombre del momento? Supongo que se podría decir así.

—Imagino que la dama es tu primera amante oficial. Felicidades por tan excelente elección.

Caleb arrugó el entrecejo. Nunca había pensado en Lee en tales términos y no le gustó en ese momento.

—Creo que fue la dama la que me escogió a mí.

—Sí..., eso parecería. —Luc lanzó una mirada rápida hacia la escalera—. Me doy cuenta de que estás enamorado de la chica, Caleb. Sé que fuiste el primero, pero el hecho inamovible es que eres el hijo de un conde, y la chica, una Durant. Nada va a cambiar eso.

Caleb se irguió.

—Por si te interesa... que no te interesa... te diré que su posición social no me preocupa en lo más mínimo. Sin embargo, el hecho concluyente es que soy un oficial del ejército de su majestad. La guerra dista mucho de acabar y volveré a la acción muy pronto. Cuando eso ocurra mi tiempo con Lee se habrá terminado.

—¿Lee?

Caleb no respondió. Luc no la conocía como él; no comprendería que tras aquella fachada Vermillion no era más que Lee. No entendería que era a Lee a quien Caleb había deseado desde el principio. Que si hubiera alguna manera de conseguirlo, se aseguraría de que incluso después de su partida Lee pudiera seguir siendo la mujer que era por dentro, no la criatura seductora que todo el mundo pretendía que fuera.

—Lo que quiero decir es que no te involucres demasiado. No puedes tenerla, Caleb, al menos para siempre. Lo sabes, y yo también. Disfruta del tiempo que paséis juntos y luego déjala ir.

Caleb sonrió débilmente.

—Agradezco tu preocupación, Luc, pero ya no soy un niño pequeño. Hace años que no lo soy. Mi vida es mía. Suponía que a estas alturas lo entenderías.

Su hermano pareció un poco sorprendido. En su condición de hermano mayor, siempre había cuidado de los tres más pequeños. Pero ya eran todos hombres hechos y derechos. Era hora de que Luc se diera cuenta de que su misión había terminado.

Luc sonrió, y un hoyuelo apareció en su mejilla.

—Tienes razón, Caleb. Supongo que debería haberme dado cuenta hace mucho tiempo. No puedo decir que no vaya a preocuparme por ti, tal y como he hecho siempre, pero de ahora en adelante intentaré guardarme mis opiniones. ¿Te parece si digo a nuestro padre que puede esperar una visita tuya?

Caleb asintió con la cabeza, aliviado por que Luc hubiera abandonado el tema de Vermillion.

—Tan pronto pueda escaparme haré un viaje a Selhurst.

Luc le dio una palmada en el hombro.

—Hazme saber cuándo planeas salir e iré contigo.

—Me encantará —dijo Caleb con la intención de hacerlo. Ya no tenía ocasión de ver muy a menudo a su familia y era algo que echaba de menos. Siempre lamentaría no poder tener una familia propia, pero había tomado su decisión hacía mucho tiempo. Lo más parecido que podía conseguir era compartir una breve temporada con Lee.

Sólo pensarlo hizo que tuviera una erección, y empezó á impacientarse mientras reanudaba su guardia ante la escalera, en espera de la mujer que no tardaría en descender por ella. Su mente se llenó de imágenes exóticas sobre lo que tenía intención de hacerle una vez que llegaran a Londres, de cómo la despojaría de sus ropas y probaría aquellos senos cautivadores y le separaría las piernas tan bien torneadas y...

Caleb se obligó a desechar la imagen antes de que sus pantalones de montar se volvieran más incómodos de lo que ya eran, pero sonrió cuando vio a Lee en lo alto de la escalera. Dios, no iba a poder esperar a llegar la ciudad.

La fiesta continuó hasta bien entrada la noche. Elizabeth Sorenson, vestida de doncella medieval con un largo vestido de terciopelo verde, un cinturón dorado y un aro con piedras preciosas sobre su corto pelo negro, salió al jardín con aire cansino. Estaba cansada. De no haber sido por el hombre de pelo rojizo ataviado con una capucha negra de media máscara y una capa de satén, también negra, que la había estado observando toda la noche, se habría ido de la fiesta hacía rato.

Era su marido, Charles Sorenson, conde de Rotham.

—Esta noche estás preciosa, Beth.

Elizabeth se sobresaltó al acercarse el conde, sorprendida por su aparición en el jardín en el preciso momento en que estaba pensando en él.

—Gracias, milord.

—Preferiría que me llamaras Charles. Ya no lo haces a menudo, y siempre me ha gustado la manera que tienes de pronunciar mi nombre.

Elizabeth se ruborizó. No era capaz de recordar que el Charles joven que había conocido hubiera sido tan galante alguna vez.

—Me estaba asando ahí dentro. Necesitaba un poco de aire fresco.

—Es muy tarde —observó el conde—. Tal vez ya va siendo hora de que vuelvas a casa. Me encantaría acompañarte y que regresaras sin novedad.

Elizabeth se volvió y lo miró. No se le ocurría nada que le gustase más y deseara menos.

—No tienes que molestarte. Volveré por mi cuenta, tal como llegué. No te preocupes.

—¿No? Ya te dije que quiero otra oportunidad, Beth. Y no la tendré a menos que me dediques algo de tu tiempo; que llegues a conocerme, a darte cuenta de lo mucho que he cambiado. Que puedas perdonarme para confiar en mí como lo hiciste en otro tiempo.

Elizabeth se puso a la defensiva. Él hacía que sonara fácil, cuando no lo era en absoluto.

—¿Por qué habría de confiar en ti, Charles? ¿Cuántas amantes has tenido desde el día que nos casamos? ¿Cuántas mujeres has invitado a tu cama?

—Demasiadas, Beth. Demasiadas mujeres sin rostro que no han

significado nada en absoluto para mí. —Alargó la mano y agarró a su esposa del hombro—. Pero no en los últimos tiempos, no durante los dos últimos años. Incluso antes, no hubo ninguna a la que deseara. Sólo a ti, Beth. Sólo a ti.

Elizabeth sintió un dolor en la garganta. Sabía lo bien que a su marido se le daba la seducción. A lo largo de los años había seducido a un sinfín de mujeres. No podía prestar oídos a sus melifluas palabras. Tenía que alejarse de él antes de que consiguiera convencerla de creerlo y volviera a destruirla.

—No has sido el único, Charles —se burló como medio de defenderse de sí misma—. Yo también he tenido líos. Hombres con los que he hecho el amor, hombres que me deseaban de la misma manera que tú deseabas a las demás mujeres.

Tal y como ella sabía que ocurriría, el conde se puso tenso. Se dijo que ahora él se iría y la amenaza terminaría. ¡Dios mío!, ¿por qué aquello tenía que hacerla sufrir tanto?

—No me importa lo que hicieras en el pasado, Beth. Sólo me importa lo que ocurra en el futuro. —Se acercó a ella, alargó la mano y la atrajo entre sus brazos—. No creo que haya alguien más. Ahora, no. No, desde hace mucho tiempo. Deja que te ame, Beth. Déjame que sea el marido que debería haber sido desde el principio. —Entonces, inclinó la cabeza y la besó.

Beth había esperado un ataque, no aquella caricia de la suavidad de una pluma de los labios del conde, y, sin embargo, aquel simple roce llegó a lo más hondo de su ser y le susurró en la misma alma. Charles intensificó el beso, y durante un instante ella le correspondió, besándolo como había anhelado hacer miles de veces durante los diez últimos años.

El conde la rodeó con sus brazos y su beso se volvió feroz, pero aún repleto de ternura. Un intenso anhelo manó de lo más profundo de Elizabeth. Pudo sentir la erección de su marido y fue consciente de la salvaje excitación que lo dominaba. La deseaba. Y, Dios mío, ella a él.

Pero ya no era la joven ingenua con la que se había casado, y Elizabeth sabía lo que ocurriría si dejaba que volviera a meterse en su corazón.

Forcejeó hasta zafarse. Jadeando, se dio la vuelta y huyó del jardín.

19

La noche era tranquila y silenciosa, pero una brillante cuchillada de luz lunar arrojaba su resplandor desde lo alto y les servía de guía en su camino a Londres. Caleb, a lomos de su gran castrado negro, *Solomon*, cabalgaba al lado de Lee. Habían recorrido la mitad del camino a la ciudad cuando a ella se le ocurrió preguntarle adónde se dirigían exactamente.

—Hay un pequeño hotel en Piccadilly. Se llama Purley. Sus habitaciones son de primera, y es famoso por su discreción —respondió Caleb, y su caballo resopló al frío aire de la noche—. Permanecerás allí hasta que pueda encontrarte un alojamiento más adecuado.

A Lee no le gustó cómo sonaba aquello: el recordatorio de que había consentido en convertirse en su mantenida. Pero habían llegado a un acuerdo y lo respetaría hasta el final.

—Siempre que estoy en Londres acostumbro quedarme en la casa que mi padre posee en la ciudad —prosiguió Caleb—. Luc tiene la suya propia, Ethan rara vez se detiene en Londres y mi padre casi siempre está en Selhurst, así que la casa suele estar siempre vacía. Encontraré algo bonito que no esté demasiado lejos, de manera que me resulte fácil ir.

A Lee aquello le gustaba cada vez menos.

—¿Así que sólo pasarás a verme cuando tengas una urgencia? ¿Es así como funciona esto?

Caleb tiró de las riendas del caballo.

—En realidad, es así como funciona exactamente. Mira, Lee, fue idea tuya, ¿recuerdas? No tenías por qué aceptar nada de esto. Podías haber tomado una decisión diferente.

Lee alzó la barbilla.

—Quizá debería haberlo hecho.

Caleb apretó las mandíbulas. Sus manos enguantadas se aferraron a las riendas.

—Y quizá debería bajarte de ese caballo y enseñarte exactamente por qué no lo hiciste. —Con el entrecejo fruncido tenía todo el aspecto de estar dispuesto a cumplir su amenaza.

La idea de Caleb de desmontarla, arrancarle la falda y hacerle el amor en medio del camino la dejó ligeramente sin resuello. Picó espuelas y se adelantó, no fuera a ser que acabara provocándolo y Caleb llevara a cabo su amenaza.

—He tomado una decisión —dijo Lee por encima del hombro—. No tengo intención de faltar a mi palabra.

Caleb no hizo ningún comentario. Sabía lo independiente que era ella. Debería haberse dado cuenta de lo difícil que resultaba para Lee ponerse por entero en manos de un hombre por primera vez en su vida.

Llegaron a Londres casi al alba, y Caleb consiguió una suite para ella, bajo el nombre de señora Durant, en el hotel Purley, de Wilton Street.

A Lee le pareció profundamente deprimente el panorama. Quizá lo sombrío de su humor fuera la razón de que Caleb la acompañara hasta la suite pero decidiera no quedarse, y se limitara a prometerle que volvería más tarde, esa misma noche, después de que ella hubiera tenido tiempo de instalarse y de disfrutar de unas pocas y valiosísimas horas de sueño.

Lee, con la mirada clavada en la calle de debajo de la ventana, hecha un lío con sus sentimientos, lo observó montar el caballo negro y alejarse. Una parte de ella deseó llamarlo para que volviera y seducirlo para que le hiciera el amor. Sin embargo, también estaba encantada con que se fuera. Necesitaba tiempo para serenarse, para pensar en la decisión que había tomado y lo que significaba para su futuro.

Caminó con paso suave por la suite un rato, pasando los dedos por el mobiliario de palisandro, examinando una pequeña caja de plata colocada encima de la chimenea, sentándose un instante en un sofá de terciopelo verde oscuro. El dormitorio era grande y aireado, con una cama con dosel de elegantes tapices verde mar a juego con las cortinas de la ventana.

Se quitó el traje de montar para ponerse el camisón y se metió en la cama, pero, a pesar de lo cansada y deprimida que estaba, no fue capaz de conciliar el sueño. Antes bien, y tras dar varias vueltas en la cama, acabó por levantarse y volver a la sala. Pensar en la próxima visita de Caleb esa noche la animó un poco... hasta que recibió una nota en la que le decía que había sido convocado por sus superiores a una reunión en Whitehall. Confiaba, decía en la nota, verla más tarde, aunque no podía precisar la hora.

Lee empezó a comprender por primera vez la verdadera naturaleza de ser una querida.

Más deprimida que nunca volvió a acostarse bien entrada la noche. Se quedó dormida pensando en Caleb y soñó que él se acostaba con una sofisticada cortesana de notable parecido a Vermillion.

—Felicidades, capitán Tanner. Usted y el mayor Sutton van a ser recomendados por el excelente trabajo que han hecho al acabar con la filtración de Parklands.

—Gracias, coronel. —Caleb permanecía de pie al otro lado del desvencijado escritorio al que su superior de cabello plateado se sentaba a trabajar—. Lo único que lamento es no haber podido evitar la muerte de Marie LeCroix y no haber atrapado al hombre que dirigía la red. Mientras esté libre, la amenaza para Inglaterra continúa.

—Tengo que convenir que es así. Sin embargo, eso ya no es problema de usted.

—¿¡Coronel!? —exclamó Caleb.

—Su participación en la investigación, capitán, ha llegado a su fin. Fue escogido para la misión porque necesitábamos a un hombre que conociera el mundo de las carreras de caballos. Como amigo de su padre, el general Wellesley sabía de su experiencia y también estaba al tanto de su impresionante hoja de servicios. Lo cual es la razón de que haya solicitado que siga bajo sus órdenes como miembro de su compañía de especialistas.

El coronel sonrió.

—El general me ha ordenado que amplíe la estancia de usted aquí durante dos semanas más para que pueda visitar a su familia. Transcurrido ese plazo, se le ordena que vuelva a España, donde se presentará directamente al general.

«Dos semanas.» Ése era todo el tiempo que tenía para estar con Lee. Debería estar eufórico y desbordante de alegría por el constante interés mostrado por Wellesley, lo cual le aseguraba en la práctica futuros ascensos y la oportunidad de una carrera brillante.

Pero en cambio le entraron ganas de vomitar.

—Gracias, coronel. Son unas noticias magníficas. Pero, me estaba preguntando si sería posible que permaneciera en Londres hasta que concluya la investigación. Como ya sabe, mi conocimiento del caso es considerable. Tengo la sensación de que podría ser más valioso aquí que...

—Lo lamento. Comprendo que pueda haber llegado a implicarse personalmente en esto, pero las órdenes son las órdenes. —El coronel se levantó tras del escritorio—. No desespere, capitán Tanner. Siga como hasta ahora y llegará lejos en el ejército.

Caleb mostró una sonrisa forzada.

—Así lo espero, señor.

—Disfrute de sus breves vacaciones. Salude a su padre de mi parte y preséntese a mí cuando finalice su licencia. Tendré dispuesto el transporte para su vuelta a España y la subsiguiente reunión con Wellesley. Hasta entonces, capitán Tanner, puede retirarse.

Caleb saludó con sequedad, salió del despacho y volvió a la casa de su padre en Mayfair. Abandonaría Londres mucho antes de lo que había supuesto. Había albergado la esperanza de tener más tiempo para estar con Lee, para considerar sus opciones. En ese momento sabía que eso no iba a ocurrir.

Mientras entraba en la impresionante residencia de ladrillo de Berkely Square, atravesaba la entrada y avanzaba por el pasillo, sintió la casa más fría y vacía que nunca. Cuando llegó al estudio, se dirigió al aparador y se sirvió algo de beber. Llevó la copa de brandy hasta el escritorio y se hundió en el mullido sillón de piel presa de una inesperada desesperación.

La pregunta que había estado sopesando toda la tarde volvió a atenazarlo con fuerza implacable.

«¿Qué debía hacer con Lee?»

Lee durmió un rato y el resto del tiempo se lo pasó dando vueltas por la suite, esperando a Caleb. Su irritación no hizo más que aumentar con el paso de las horas. No era la clase de mujer que pudiera quedarse sentada allí, sin hacer nada, siempre a la entera disposición de su amante.

Seguro que tía Gabby no lo habría hecho. ¿O sí?

Seguro que Caleb no esperaba que ella lo hiciera. ¿O sí?

Pero tampoco estaba segura de qué era lo que esperaba Caleb. Era Vermillion Durant. Era Vermillion quien había aceptado convertirse en su amante... y la idea la fastidiaba más de lo que cabría esperar.

Llegó la noche de nuevo y seguía sin recibir noticias de él. Su agitación no hizo más que aumentar con la espera. Cuando llegó la segunda nota de Caleb, diciéndole que estaría allí cerca de la medianoche, ya estaba furiosa.

¿Quería una amante? Bueno, estupendo... ¡ella le proporcionaría una!

Entró como una exhalación en el dormitorio y sacó la bolsa que había llevado con ella desde Parklands. No había muchas cosas dentro, pero entre los pocos artículos estaba el camisón azul lavanda de seda transparente que su tía le había regalado por el cumpleaños. La prenda, sin magas, tenía un encaje lavanda en forma de uve que discurría sin interrupción hasta el ombligo. Lee tocó la campana para que una doncella le llevara tijeras, aguja e hilo. Luego recortó el encaje y, cortándola y haciéndole un nuevo dobladillo, subió la cola de seda que caía hasta los tobillos. Cuando se puso el camisón vio que le dejaba al aire los pechos casi hasta los pezones y apenas llegaba a cubrirle las nalgas.

«Perfecto.»

No había llevado maquillaje. Podía prescindir del polvo de arroz, pero del kohl... En un rapto de inspiración, se arrodilló delante de la chimenea y recogió un poco de carbonilla que metió en un vaso vacío. Lo llevó hasta el tocador, se sentó ante el espejo y se puso manos a la obra: valiéndose de una pluma, se aplicó el polvo negro alrededor de los ojos, oscureciendo el brillante color de sus pestañas. Aunque aquello los hizo parecer más grandes e intensificó su color azul verdoso, aún seguía sin parecerse lo suficiente a Vermillion.

¿Qué hacer...?

Tuvo un segundo momento de inspiración. Tiró del llamador para que acudiera una sirvienta, a la que pidió que le subiera un tazón de bayas frescas de la cocina. Los frutos eran de color rojo brillante y estaban deliciosos, según descubrió Lee cuando los fue metiendo uno a uno en un pequeño cuenco de plata lleno de nata y los hizo reventar en la boca.

Lo que le interesaba era el jugo, y encontró más del que necesitaba en el fondo del tazón. En cuanto terminó de comerse los frutos, lo utilizó para colorearse los labios; luego lo mezcló con agua y se lo aplicó en las mejillas. Su bravuconería crecía por momentos, así que utilizó lo que quedaba del jugo para ponerse unas gotas en los pezones y darles color, como sabía que solían hacer muchas meretrices.

Satisfecha por fin, se pasó un cepillo por el cabello y extendió los oscuros rizos de fuego alrededor de los hombros. Tras examinar su obra con meticulosidad, sonrió burlona a la salvaje y seductora criatura que le devolvía la mirada desde el espejo.

Caleb quería una amante. ¡Pues iba a tener una!

Ya era tarde, casi medianoche, cuando oyó las pisadas de las botas de Caleb en la escalera. Estaba vestida y preparada, y daba vueltas de aquí para allá esperándolo. Cuando oyó la suave llamada en la puerta, tomó aire para tranquilizarse y adoptó su estudiada sonrisa. Giró el picaporte, abrió de un tirón y lo invitó a entrar.

Caleb no vestía el uniforme, se percató Lee, tan sólo unos pantalones de motar de color crema y una casaca de rica sarga de lana marrón oscura. Los ojos de Caleb se detuvieron brevemente en los de Lee cuando ésta le sonrió desde el umbral. Él también le sonreía. Luego reparó en los ojos oscurecidos por el kohl y en las mejillas y labios maquillados y la sonrisa de Caleb se esfumó.

Arrugó el entrecejo.

—¿Qué demonios es esto?

Los labios de Lee se curvaron aún más.

—Bienvenido al hogar, querido. Hay fiambre y queso en la mesa próxima a la chimenea. Y un magnífico clarete para acompañar... Y brandy, por supuesto. ¿Por qué no te sientas y te relajas? Te prepararé un plato y te serviré una copa.

Lee se dio la vuelta para alejarse, dejando entrever a Caleb su trasero. No había dado más de un par de pasos, cuando él la cogió del brazo y la hizo girar en redondo para ponerla frente a él.

—Cualquiera que sea el juego que te llevas entre manos, deberías ponerle fin inmediatamente. Pues no le encuentro la menor gracia a esto.

Lee hizo aletear las largas y tiznadas pestañas.

—Vaya, querido, ¿a qué te refieres? No estoy jugando a nada. Has pagado por esta habitación, ¿no es así? Por la comida que vamos a degustar, por el... entretenimiento posterior. Tan sólo quiero asegurarme de que lo que recibas valga lo que pagas.

Caleb la cogió por la parte superior de los brazos y la atrajo hacia él.

—Déjalo ya. Deja esto de inmediato. —La sacudió sin ninguna dulzura—. Todo esto fue idea tuya, no mía. Nunca esperé que te comportaras como una mujerzuela. Ambos sabemos que no lo eres y que nunca lo has sido.

La sonrisa de Lee se desvaneció un poco.

—Pero lo seré, ¿verdad, Caleb? Después de que te hayas ido, ¿no es así? Le prometiste a mi tía que me enseñarías todo lo que tendría que saber para continuar con el papel que desempeñaré luego.

Los ojos de Caleb se oscurecieron hasta casi parecer negros.

—Acudí a tu tía porque esperaba que pudiera ayudarme a convencerte. Le habría prometido cualquier cosa para tenerte. —La comisura de su boca apenas insinuó una sonrisa—. Pero siempre he sido un hombre de palabra. Si lo que quieres es una lección, cariño, estaré más que encantado de complacerte.

La atrajo hacia él con fuerza y la besó. Nada de dulzura, ni el menor rastro de la atención que le había mostrado antes. Fue un beso feroz y exigente, la clase de beso que un hombre reclamaba de la amante por la que había pagado.

Y, pese a todo, Lee sintió que el calor se agitaba en su interior, que ardía entre ambos y le requemaba en la sangre como si de fuego se tratara.

Ella se estremeció e intentó apartarse, pero Caleb no lo consintió. Le quitó el camisón por los hombros, se detuvo un instante ante la visión de los pezones teñidos de zumo de baya, bajó la cabeza y se metió uno en la boca. Le humedeció el ápice, lo chupó y lo saboreó, tras lo cual se volvió hacia el otro pecho y empezó de nuevo a darse un festín. Cada tirón enviaba fuego líquido que se derramaba por todo el cuerpo de Lee, y ella sintió que comenzaba a aflorar un calor húmedo en lo más íntimo de ella.

Le temblaron las rodillas. Enredó los dedos en el tupido pelo castaño de Caleb y se esforzó en no perder el equilibrio.

Caleb levantó la cabeza, los labios apenas curvados en una ligera sonrisa.

—¿Querías enseñarme qué es lo que espera recibir un hombre de su amante?

Lee se dio cuenta de que había ido demasiado lejos en la provocación. Pudo verlo en la tensión de los músculos de las mejillas y en la dureza de la mandíbula de Caleb. No había querido provocarlo, pero en ese momento parecía un hombre distinto por completo, y ella se asustó un poco.

Tragó saliva.

—Eso es... Eso es lo que soy, ¿verdad?

Caleb no respondió. En vez de ello, la levantó en brazos y la llevó a grandes zancadas hasta el dormitorio, la tiró en medio de la cama y empezó a desabrocharse la camisa.

Se la quitó y la lanzó lejos, para luego desabotonarse la parte delantera de los pantalones.

—Ven aquí.

Un escalofrío de inquietud recorrió a Lee.

—Estás furioso. Quizá deberíamos...

—He dicho que vengas aquí —ordenó Caleb—. Ahora.

Lee atravesó la cama con cuidado hasta el lugar donde Caleb esperaba de pie con las piernas ligeramente separadas y los pantalones desabrochados, que se aguantaban, abiertos, a la altura de las caderas.

—Date la vuelta y ponte a cuatro patas.

—¿Qué...?

—Ya has oído lo que he dicho. Hazlo.

El corazón de Lee empezó a latir con fuerza. Hizo lo que Caleb le ordenaba, y su pelo se meció hacia delante cuando lo miró por encima del hombro.

Caleb se movió a sus espaldas. Alargó las manos, le deslizó la resbaladiza seda por encima del trasero y arrastró las manos hasta colocárselas en las caderas. La furia había desaparecido de su rostro, y ella alcanzó a ver una expresión de avidez en su lugar. No se daba prisa, tal y como ella creyó que ocurriría; tomándose su tiempo, se inclinó para besarla en la nuca, morderle un lóbulo y recrearse en sus hombros con besos suaves y húmedos. Sus manos no dejaban de moverse, trazando dibujos y acariciándole la piel, hasta terminar deslizándose entre sus glúteos y alcanzar su vulva. Le metió los dedos y empezó a acariciarla, y todo el cuerpo de Lee se inflamó de calor.

Estaba húmeda. Insoportablemente caliente y húmeda. Caleb la acarició hasta que ella arqueó las caderas y gimoteó su nombre.

Él se acercó más. Lee podía sentir el calor de la piel desnuda de Caleb, la fuerza de su excitación presionándole en las nalgas. Entonces él se guió hasta la vulva de Lee de nuevo, la agarró de las caderas y la penetró profundamente.

Ella sintió el calor de Caleb, su deliciosa plenitud y que empezaba a moverse. Unos largos y decididos golpes la sacudieron y enviaron oleadas de fuego que le abrasaron la piel. Eran golpes penetrantes y profundos, y las oleadas de placer que le transmitieron la recorrieron de arriba abajo. Caleb la mantenía inmóvil agarrándola por las caderas, y su miembro palpitaba en las entrañas de Lee, en lo más profundo de su sexo. Las dulces sensaciones de aquel vaivén la hicieron gemir; era un flujo denso de placer que se filtraba desde su vientre y recorría, tembloroso, todo su ser. Tensó el cuerpo alrededor de Caleb y lo oyó gruñir.

Él no desistió hasta que Lee alcanzó el orgasmo y, aun entonces, siguió hasta que ella se volvió a correr. Por último, Caleb se permitió alcanzar su propio orgasmo, las grandes manos aferradas a las caderas de Lee mientras su cuerpo se tensaba. Desnudo de cintura para arriba, todavía con los pantalones puestos, se tumbó en la cama y la estrechó entre sus brazos. Mientras Lee rodaba contra él, pudo sentir la agitación del pecho de Caleb y el calor de su piel morena y suave.

—Sabes a bayas —le susurró él con la boca a escasos centímetros de su oído—. Incluso los pezones. Por Dios, Lee.

Ella empezó a sonreír. La había llamado Lee, no Vermillion. «Lee.» Igual que antes.

Caleb se apoyó sobre el costado y le pasó un dedo por la mejilla.

—No tienes que ser Vermillion, amor. Nunca más. Nunca quise a Vermillion... Te lo vengo diciendo desde el principio. Es a ti a quien quiero, Lee. Siempre has sido tú.

Lee sintió que algo le quemaba en los ojos, y sus labios temblaron.

—Estás aquí porque así lo escogiste. Te quedarás por esa razón o no te quedarás bajo ningún concepto. No eres la ramera de ningún hombre y, sobre todo, no la mía.

Lee tragó para deshacer el nudo que tenía en la garganta.

—Lo siento, Caleb. Es que... Es que estaba muy confusa.

—No pasa nada, amor. Yo también lo estoy un poco.

Le levantó un rizo del pelo, jugueteó con él y lo acarició entre los dedos.

—Mañana iremos de compras. Quiero regalarte todo un vestuario nuevo, la clase de prendas que te gustaría llevar, no algo que tu tía te haya convencido para que te pongas. —Sonrió abiertamente mientras miraba el fino camisón azul lavanda de Lee que ya no le cubría ni los senos—. Aunque no puedo reprocharte tu elección en cuanto a la ropa de noche.

Lee rió. Se sentía increíblemente bien. Y no podía culparlo por la lección que había recibido, puesto que ella lo había incitado a dársela, aunque tenía que reconocer que estaba impaciente por recibir la siguiente.

—Creo que me gustaría hacer contigo esa clase de compras, pero yo pagaré; insisto en ello.

Caleb le lanzó una mirada, hizo ademán de empezar a discutir, cerró la boca y suspiró.

—Muy bien, si eso te hace feliz, puedes pagar.

Como mínimo, serviría para que conservara un poco de su preciada independencia. Pero lo que más feliz la hacía era Caleb. ¡Dios bendito! Cada día lo amaba un poco más.

Era un pensamiento atroz.

Él inclinó la cabeza y la acarició en el hombro. Su dedo siguió hasta la marca de nacimiento en forma de estrella que el camisón sin mangas no podía ocultar y se la besó.

—He visto una marca igual a ésta con anterioridad. He estado intentando recordar dónde.

Lee se apartó, y una sensación de inquietud se alojó en su estómago. Sabía quién llevaba una marca como aquélla. Se lo había dicho su madre, quien también se lo había contado a tía Gabby.

—Más tarde o más temprano, me acordaré.

Lee confió en que no se acordara nunca, pero, incluso si lo hacía, seguro que la marca que había visto no tenía nada que ver con ella.

—Debes de estar cansado —dijo Lee, cambiando de tema—. ¿Por qué no acabas de desnudarte y duermes un rato?

La boca de Caleb se curvó con picardía.

—No estoy cansado, mujer..., sino hambriento. Creo que me gustaría algo de postre y sé exactamente qué. —Inclinó la cabeza hacia el pecho de Lee y susurró—. Lo que realmente me apetecería serían algunas bayas recién cogidas.

A Caleb le costó tres días recordar dónde había visto una marca de nacimiento con la misma forma que la que tenía Lee en su hombro. En el colegio de Oxford. La figura en forma de estrella color rosa ladrillo estaba situada en el hombro, justo en el mismo lugar, pero a quien había visto la marca no era una mujer, sino un joven estudiante llamado Bronson Montague, primogénito del marqués de Kinleigh, que se alojaba en el cuarto contiguo al suyo.

Una vez que Caleb recordó haber visto la marca en el hombro de Bronson, la imagen de él siguió acosándolo. ¿Podía estar relacionada Lee con Montague de alguna manera? Bronson era mayor, de la misma edad que Caleb. Se preguntó si Lee sabría algo de él.

Mientras subía la escalera que conducía a la suite de Lee en el hotel Purley, la pregunta se apoderó de sus pensamientos. No había buscado ningún otro sitio. No iba a quedarse en Londres mucho tiempo, aunque todavía no había hablado con Lee de la inminencia de su partida.

En ese momento estaba actuando como primera doncella de Lee, disfrutando del papel más de lo que habría imaginado. La quería toda para él. No quería desperdiciar el breve tiempo que tenían para estar juntos. O quizá sólo estuviera intentando no afrontar la verdad.

Fuera cual fuese el motivo, los días pasaban, y Caleb estaba decidido a que, una vez que abandonara Londres, Lee Durant se enfrentara a una clase de vida mejor que la que llevaba en ese momento.

Pensar en ella hizo que en su boca se dibujara una débil sonrisa. La víspera habían terminado de hacer las últimas compras, algo que había resultado más divertido de lo que él había previsto debido a la enorme excitación de Lee por todo lo que compraba, un asombroso surtido de vestidos, trajes de paseo, de mañana, de montar, sombreros, guantes, mantillas de Mantua, capas, pellizas, botas y zapatos.

—Nunca me había gustado ir de compras —le dijo—. Es diferente cuando las cosas son para una. Antes compraba la ropa para Vermillion.

Algo en la forma en que pronunció el nombre hizo que Caleb sintiera una ligera punzada en el corazón. Estaba claro que ya era Lee, una persona nueva y diferente, incluso más vibrante que la joven independiente que había conocido por primera vez en el establo. Y aún más apetecible.

La noche anterior habían ido a la ópera, y Lee lo había sorprendido al traducirle la letra del italiano.

—Siempre me ha encantado la ópera —le había dicho ella con una mirada nostálgica en los ojos—. Desde la primera vez que tía Gabby me llevó a ver *Lucio Vero* siendo yo todavía una niña.

—¿Dónde aprendiste a hablar italiano? —le preguntó Caleb.

—Mi tía creía en una educación esmerada. Tía Gabby dice que eso hace más interesante a una mujer a ojos de un hombre. —Se encogió de hombros—. Sea cual fuere la razón, se lo agradezco. También hablo latín y, por supuesto, francés.

Caleb sonrió, no intimidado ya por la ascendencia de Lee.

—Lo mejor que se puede decir de mi francés es que es pasable —dijo—, aunque hablo el español con fluidez. Me han venido muy bien los últimos años.

Las palabras empañaron la conversación, y Caleb lamentó haberlas dicho. Se dijo que ya era hora de revelarle lo pronto que se reincorporaría al servicio, pero Lee empezó a sonreír de nuevo, y decidió esperar.

Ese día la llevaría a la casa de Buford Street a la que ella solía acudir para visitar a Helen, a Annie y a las demás mujeres y niños que se habían hecho sus amigos.

Esa misma mañana, más temprano, Caleb había salido a hacer un par de recados. En algún momento antes del alba había empezado a pensar de nuevo en el traidor que pasaba secretos a los franceses, y, aunque estaba oficialmente fuera de la misión, había un par de cosas que exigían comprobación.

Entre todas, la más importante era el reciente descubrimiento de Lucas de que Andrew Mondale estaba gastando dinero como si de repente lo tuviera a espuertas. Lo que unido al hecho de que el hombre hubiera comentado a Lee los movimientos recientes de tropas en el continente, hizo que Caleb confiara en que el dato pudiera convertirse en algo parecido a una pista.

No había expresado sus sospechas a Lee. Le había dicho que estaba fuera del caso y que tenía un permiso de dos semanas. Sabía que debía informarla de que al final del permiso tendría que volver a España, y se hizo la firme promesa de comunicárselo cuanto antes. En el ínterin, su intención era que ambos disfrutaran juntos de todo el tiempo que él pudiera conseguir.

Caleb llamó a la puerta con los nudillos, y Lee la abrió. Alargó los brazos hacia ella, la estrechó contra sí y la besó con pasión.

—¿Me has echado de menos?

Lee levantó la mirada hacia él, y la sonrisa que bailaba en su mirada hizo que Caleb sintiera una opresión en el pecho.

—¿Echarte de menos? Si sólo has estado ausente un par de horas... Pues claro que te he extrañado. —Ella lo besó y luego lo arrastró al interior de la habitación.

—¿Sabes qué? —Caleb no la soltó, y tuvo que cerrar la puerta con la punta de la bota—. Me he acordado dónde había visto una marca de nacimiento como la que tienes en el hombro.

Lee se soltó de él y se apartó lentamente.

—¿Ah, sí?

—La tenía un compañero de Oxford. Bronson Montague. Es el primogénito del marqués de Kinleigh.

—Interesante.

Algo de la cautela en la actitud de Lee hizo que Caleb se pusiera en guardia.

—No pareces muy sorprendida.

Ella se encogió de hombros.

—Supongo que una marca de nacimiento es algo corriente.

Caleb alargó la mano y le cogió la barbilla, obligándola a mirarlo.

—Salvo cuando es exactamente de la misma forma que la de uno y está situada justo en el mismo sitio.

Lee apartó la cara, se acercó a las ventanas con parteluz y miró fijamente la calle.

—Son cosas que ocurren, supongo.

Caleb la siguió. En la calle, debajo de las ventanas, un niño pequeño vendía periódicos voceando su mercancía en una esquina. Un burro con un sombrero de fieltro flexible en las orejas arrastraba un carro sobre los adoquines.

Caleb le puso la mano en el hombro y le dio la vuelta hacia él con dulzura.

—Nunca has hablado de tu padre, Lee. Suponía que no sabías quién era. Pero lo sabes, ¿verdad? Siempre lo has sabido. ¿Es tu padre el marqués de Kinleigh?

Sintió que Lee se tensaba bajo su mano.

—No seas ridículo.

—No me mientas, Lee. No sobre algo tan importante.

—¿Importante? —Clavó su mirada en la de Caleb—. ¿Por qué habría de ser importante? No fue importante cuando Kinleigh dijo a mi madre que estaba enamorado de ella ni cuando le pidió que fuera su esposa y la dejó embarazada. No fue importante cuando él rompió su promesa y se casó con otra.

Caleb no dijo nada. No se le ocurría qué decir.

—¿Sabes por qué nunca me ha interesado el matrimonio? Porque sé cuán poco de fiar son los hombres. Porque sé lo que le ocurrió a mi madre. Sé cómo la trató el marqués. Todos los días llegan a Parklands hombres como él. Tratan a sus mujeres poco mejor que a su ganado. Kinleigh es exactamente igual. Mi madre murió cuando yo tenía cuatro años y seguía enamorada de él como una tonta. La última palabra que pronunció fue el nombre del marqués.

Caleb no estaba seguro de qué decir. Había llegado a conocer bastante bien a Robert Montague a través de su padre y de las carreras de caballos, y siempre lo había tenido por un hombre de honor. Era incapaz de imaginarse al marqués seduciendo a una joven inocente y abandonarla luego, pero era evidente que eso era lo que había hecho.

Tuvo una idea repentina.

—¿Sabe algo Kinleigh?

—¿Acerca de mí? No sabría decirlo. —Lee se atusó con nerviosismo un mechón del pelo—. Supongo que sí.

Pero pudiera ser que no. Tal vez el marqués había ignorado siempre que su seducción condujo al nacimiento de un bebé. Caleb no pudo evitar preguntarse qué ocurriría si lo descubriera. Atrajo dulcemente a Lee entre sus brazos.

—Siento lo de tu madre. A veces ocurren cosas así. Pero no todos los hombres son de esa manera. Mi padre y mi madre se quisieron muchísimo. Desde que se casaron, y hasta el día en que ella murió, mi padre se consagró a mi madre. Ahora que no está, la extraña terriblemente. Mi hermano Christian está locamente enamorado de su esposa. No creo que le sea infiel jamás.

Lee le deslizó los brazos alrededor del cuello y Caleb la abrazó con más fuerza.

—Por favor, Caleb —dijo ella en voz baja—. No quiero seguir hablando de esto.

Caleb la echó hacia atrás con cuidado para mirarla a la cara.

—De acuerdo. Pero has de saber que no soy como tu padre en absoluto..., ni como los hombres que van a Parklands. Quiero que me prometas que si, como consecuencia de nuestra relación, hay un niño, me lo contarás.

Lee se apartó de él y regresó frente a la ventana.

—Está bien... Sé que, en tal caso, aceptarías tus responsabilidades. No lo he olvidado, Caleb.

—Me casaría contigo, Lee.

Esas palabras salieron de la boca de Caleb antes de que él mismo pudiera impedirlo. Lo que le sorprendió fue su absoluta disposición a cumplir lo que acababa de decir. Lo más probable es que su familia lo repudiara. Sus hermanos pensarían que era un imbécil de la peor especie, pero casarse con Lee, formar una familia con ella, no le supondría el menor esfuerzo.

Lee se volvió hacia él y lo miró fijamente a la cara; Caleb nunca le había visto una expresión tan turbada.

—Eres un militar, Caleb. Tu trabajo es la guerra y la mayor parte del tiempo estarás ausente. No serías un gran padre.

Tenía razón y los dos lo sabían. Ni un gran padre... ni un buen marido.

—Siempre sería mejor que no serlo en absoluto.

Lee no contestó. Quizás estaba pensando en Robert Montague, el padre que nunca había conocido.

—El día avanza —dijo, finalmente, Lee—. Si quiero visitar a mis amigas sin prisas, creo que deberíamos marcharnos.

Caleb no discutió. Necesitaba tiempo para valorar la importancia de lo que acababa de saber. Pero un único pensamiento siguió acosándolo durante todo el camino hasta la casa de Buford Street. ¿Qué haría Kinleigh si se enterase de la existencia de Lee?

20

En una cama cubierta de terciopelo en la extravagante suite de su amante en Parklands, el conde de Claymont hundió la cabeza en las almohadas de plumas. El cuarto era una creación de rosas y blancos con elaborados adornos de marfil, un mobiliario dorado, alfombras con motivos florales en blanco y rosa, y cortinas de terciopelo de ese color.

Dylan se había sentido siempre terriblemente extraño en aquella habitación tan femenina. Añoraba, en cambio, que no estuvieran cómodamente arrellanados en la gran cama de caoba labrada que llevaba en la suite del dueño de Claymont Hall más de cien años.

Tal vez lo estuvieran algún día, pero sabía que era mejor no albergar ninguna esperanza al respecto.

—¿En qué piensas, querido? —Gabriella se acurrucó a su lado, desnuda ya, sin el camisón de encaje puro que llevaba cuando lo recibió en su cama—. Estás a millones de kilómetros de distancia.

—¿Que en qué pienso? —Levantó una ceja negra entrecana—. ¿Aparte de en ti y en cuánto disfruto haciendo el amor contigo? Pensaba en tu sobrina... Me preguntaba si será feliz con su decisión. —Era verdad. Había estado pensando ocasionalmente en Vermillion desde que ésta se había ido de Parklands.

—Vaya, pues claro que es feliz. ¿Cómo podría no serlo? Es evidente que el capitán Tanner está encaprichado de ella. Está obligado a tratarla bien.

—Supongo que lo hará... mientras esté en Londres.

263

Gabriella se dio la vuelta sobre el costado para mirarlo, y el pelo rubio platino se desparramó sobre el esbelto hombro.

—¿No creerás que se vaya a ir pronto?

—Según Oliver Wingate, el capitán Tanner se embarcará rumbo a España antes de dos semanas.

—Oh, Dios nos asista.

—Wingate no ha hecho ningún secreto del tema, y los antiguos pretendientes de Lee están todos muy alborotados ante la circunstancia. Uno pensaría que habrían de estar desanimados, sabiendo que ella ha puesto de manera inequívoca sus afectos en otro hombre. Wingate sigue furioso, por supuesto. Después de todo, Tanner es su subordinado. Por lo que a mí concierne, el coronel es un asno presuntuoso y no creo que Vermillion lo considerase alguna vez en serio.

—¿Y qué pasa con lord Andrew? No sé nada de él desde el baile.

—Seguro que aquella noche, cuando se fue de la casa como un vendaval, estaba indignadísimo... El tipo es puñeteramente engreído. Ahora que ha tenido tiempo para tranquilizarse, me parece que, más que nunca, considera a Vermillion como un reto. Estará esperando en su puerta en cuanto el capitán Tanner parta para España.

Gabriella se incorporó como impulsada por un resorte contra el recargado cabezal de marfil

—¿Y Nash?

—Jon no es de la clase de hombre que deja traslucir sus emociones, pero estoy seguro de su profunda decepción. De todos los admiradores, Jon es el único al que le preocupa sinceramente el bienestar de Lee. —Lanzó una mirada a Gabriella—. Sabía que ella era virgen, ¿sabes?

Gabriella se incorporó.

—¿Qué? Es imposible que lo supiera.

—Lo sabía porque yo se lo dije.

—Por favor, Dylan, ¿por qué demonios tuviste que hacer algo así?

—Porque quería que Vermillion fuera feliz. Sabía que su inocencia atraería a Jon, y que si ella lo escogía la trataría con mucha delicadeza.

En lugar de hacerse adusta, la expresión de Gabriella se suavizó. Se inclinó hacia el conde y lo besó con suavidad en los labios.

—Eres un buen hombre, Dylan Sommers.

—Pero sigues sin querer casarte conmigo.

Gabriella se limitó a sacudir la cabeza. A la luz de la lámpara de aceite de ballena colocada junto a la cama, su pelo parecía más plateado que dorado, y el rosa de los cortinajes arrancaba destellos de flores a su piel. El conde era incapaz de recordar una sola ocasión en la que no la hubiera amado. Incluso antes de conocerla, la había querido en sus sueños.

—Ya sabes lo que pienso del matrimonio —dijo Gabriella—. Además sería injusto para ti. Tus amigos y tu familia te despreciarían, y la buena sociedad te haría a un lado.

—Los verdaderos amigos se alegrarían por mí. En cuanto a la sociedad... Soy un conde. Te sorprendería saber lo que un hombre de mi fortuna y posición puede hacer.

—Somos felices, Dylan. Si nos casáramos las cosas cambiarían. Podríamos perder la intimidad de la que hemos disfrutado todos estos años.

—O podríamos hacerla aún mayor —dijo el conde.

Pero él sabía que Gabriella no transigiría. No sabía a ciencia cierta la razón. Ella no le había dicho nunca que lo amara, y quizá todo se redujera a algo tan sencillo como eso. O pudiera ser que tuviera miedo, como había dicho, de destruir el vínculo especial que los unía. Fuera como fuese, él no podía presionarla. No haría nada que pudiera provocar que Gabriella lo dejara.

—Confío en que Vermillion esté perfectamente —dijo ella con cierto fastidio—. Quizá debería volver aquí durante una temporada después de que se vaya el capitán.

—Está enamorada de Tanner, ¿sabes?

Gabriella puso sus ojos azules en blanco.

—No seas absurdo.

El conde advirtió unas finas patas de gallo en los ojos de Gabriella. Sabía lo mucho que ella temía envejecer, aunque para él seguía siendo tan hermosa como la primera vez que la había visto.

—Me temo que es cierto —insistió él—. Por más que puedas desear que tu sobrina se parezca más a ti, ella es diferente.

—Está encaprichada con él. No creo que esté enamorada. Y, de estarlo, ¿cómo podrías saberlo tú?

Dylan le dedicó una tierna sonrisa.

—Lo sé, amor mío, porque mira a Caleb de la misma manera que te miro yo a ti.

La noche era oscura, y los adoquines de la calle estaban resbaladizos a causa de la niebla. En la esquina, el rótulo de Wilton Street crujía movido por el viento procedente del Támesis. A lo lejos, en alguna parte, Lee oyó el ruido de las ruedas de un carruaje. En el interior de la sui te del Purley, Caleb, desnudo y despatarrado bajo las sábanas en el cómodo lecho situado al otro lado de la habitación, dormía a pierna suelta.

Lee miró de hito en hito el montículo que formaba su gran cuerpo, y pensó en las horas que habían pasado juntos haciendo el amor, las diferentes veces en que él la había hecho sentirse plena. Caleb era un amante hábil, considerado y harto apasionado, la clase de hombre que su tía habría querido que escogiera. Era amable y afectuoso, atento siempre a los deseos de ella y terriblemente protector.

El corazón de Lee se retorció de dolor ante la idea de su partida. ¿De cuánto tiempo más dispondrían? ¿Semanas? ¿Meses? Fuera el que fuese, sería insuficiente. Estaba profundamente enamorada de él. Nunca pensó que pudiera ocurrir semejante cosa, y se había esforzado en proteger su corazón, pero había sucedido pese a ello. Estaba enamorada de Caleb Tanner y, por encima de todas las cosas, lo que más deseaba era que él la amara a su vez.

«Me casaría contigo, Lee.»

Cuando él había pronunciado esas palabras a Lee le había dado un vuelco el corazón. Pero el matrimonio no tenía nada que ver con el amor —lo sabía mejor que la mayoría de las mujeres—, y Caleb había hablado desde el deber, por un sentido de la responsabilidad que era total y absolutamente propio de Caleb y que no tenía nada que ver con lo que él pudiera sentir por ella.

Se conminaba a sí misma a no pensar en eso y lo lograba la mayor parte del tiempo. Pero no esa noche.

Volvió a mirar por la ventana, con los ojos fijos en las calles resbaladizas por la niebla. Deseó que hubiera una manera de cambiar sus sentimientos, anheló que Caleb no tuviera que irse y suspiró por un sinfín de proyectos que no tenían ni la más remota posibilidad de hacerse realidad.

La idea la deprimió, y un sentimiento de desesperanza se apoderó de ella. Por primera vez esa noche se sintió cansada y cuando se alejaba de la ventana para volver a la cama un movimiento en la calle atrajo su mirada.

Entre las sombras, pegada al edificio contiguo al hotel, divisó a una figura masculina. El hombre estaba mirando fijamente hacia arriba, hacia el mismísimo lugar en el que se encontraba ella, de pie junto a la ventana, iluminada por el resplandor de una sola vela.

Lee se ocultó tras la cortina y se dijo que no era cierto que él la observara, que el hombre sólo pasaba por la calle y que su presencia no tenía nada que ver con ella, pero un gélido escalofrío de cautela le recorrió la espalda.

Apagó la vela de un soplido. A oscuras, se acercó lentamente a la ventana, miró hacia donde había estado parado el hombre, pero ya no vio a nadie.

Debería haberla tranquilizado que se hubiera ido, pero no fue así, y Lee no sabía muy bien por qué.

Lee regresó a la casa de Buford Street al día siguiente por la tarde. Tras ordenar al cochero que esperase su vuelta, saludó con la mano a Helen Wilson, que estaba en el porche delantero con la puerta abierta. Era la segunda visita de Lee a la casa esa semana, pues el hijo de Helen, Robbie, de dos años, había enfermado de pleuresía y la inflamación pulmonar tenía al pequeño tosiendo toda la noche, de modo que ella había vuelto para ver si había mejorado.

—Me temo que está igual —dijo Helen, su cara regordeta arrugada por la preocupación mientras cerraba la puerta tras ellas—. Tose y tose. Estoy muy preocupada por él.

—No debes asustarte, Helen. Me detuve en la botica de Craven Street, donde acostumbra comprar mi tía. El señor Dunworthy dice que hay algunos casos como éste y que no cabe preocuparse. Me dio mostaza en polvo para una cataplasma y estas hierbas. —Entregó a Helen una bolsita de muselina—. Es una mezcla de marrubio, ruda e hisopo con regaliz y raíz de malvavisco. Tienes que poner las hierbas en un litro de agua, cocerla hasta que quede reducida a menos de medio litro, colarla y dar a Robbie media cucharadita de la infusión cada dos horas.

Helen cogió los productos con una sonrisa de gratitud.

—Gracias, Lee. Ser madre es muy difícil. No paras de preocuparte por ellos.

—Sé que ha de ser aterrador que tu hijo caiga enfermo, pero el señor Dunworthy dice que ha visto últimamente a muchos niños con la misma enfermedad, y que no dura mucho. —Se dirigió adonde dormía el niño, debajo de una suave manta de lana encima de un sofá, y las regordetas mejillas mostraban una tonalidad más rosada de lo que debería—. Tiene fiebre, ¿no te parece?

—Puede ser —opinó Helen.

—El señor Dunworthy dice que es normal. Parece que la enfermedad dura alrededor de una semana. Robbie debería estar mejor para entonces. Si no es así, envíame recado y haré que venga un médico.

Helen le cogió la mano.

—Tiene un gran corazón, Lee. Siempre parece estar ahí cuando la necesitamos. Nunca sabrá lo que su amistad ha significado para mí..., para todas nosotras. —En un arrebato de espontaneidad, Helen la estrechó en un abrazo.

—Vosotras también significáis mucho para mí.

Annie entró en el cuarto justo en ese momento. A la sazón, la casa estaba ocupada sólo por cuatro mujeres, y aunque eso debería haber facilitado las cosas, se echaba muchísimo de menos la presencia de Mary.

—¿Tiene alguna noticia de la pobre Mary? ¿Han encontrado al tipejo que la mató?

—Lo siento, Annie. No hay ninguna novedad —dijo Lee—. Parece que no se ha avanzando mucho en la resolución del crimen. Es como si el que la mató hubiera desaparecido sin más.

—Hemos oído lo de la otra mujer que fue asesinada —dijo Helen—, la otra doncella de Parklands..., la señorita LeCroix, ¿no es así? ¿Cree que ambas muertes están relacionadas? —La muerte de Marie había salido en los periódicos como una pequeña noticia, pero no se había establecido ninguna relación entre las muertes de las dos mujeres.

—La verdad es que no lo sé, Helen. —Ésa era la verdad... Lee no tenía la certeza, aunque creía que había muchísimas posibilidades de que fuera así—. Todo lo que puedo decir es que confío en que atrapen al responsable, quienquiera que sea.

—Y que cuelguen a ese maldito bastardo —gruñó Annie.

Lee no hizo ningún comentario, puesto que estaba completamente de acuerdo.

No permaneció mucho tiempo más en la casa, sólo el suficiente para echar un último vistazo al pequeño Robbie y despedirse de las mujeres. Éstas tenían labores de las que ocuparse, y a Lee le quedaban otros recados que realizar. Mientras se dirigía al carruaje iba pensando en la parada que necesitaba hacer en la modista para un último arreglo de su nueva ropa, cuando divisó a Andrew Mondale, que estaba parado junto a la rueda trasera del coche.

—Lord Andrew... Vaya coincidencia. ¿Qué está haciendo por aquí? —Lee se percató de que el elegante faetón rojo de pescante alto de Mondale estaba aparcado justo detrás del carruaje que Caleb le había proporcionado para su uso.

—Quería verla. Pensé que teníamos que hablar.

Lee frunció el ceño.

—Entonces esto no es una mera casualidad. ¿Cómo supo dónde encontrarme, Andrew? —Le vino el recuerdo del hombre oculto en las sombras. Pensó que la noche anterior lord Andrew debía de haber estado vigilando su dormitorio y se sintió irritada—. ¿Me ha estado siguiendo? Dígame que no me ha estado espiando, Andrew.

Andrew se acercó a ella con lentitud. Vestido con más sobriedad de la habitual, con una casaca azul oscuro y un chaleco plateado, tenía menos aspecto de lechuguino y aparentaba más edad.

—Le dije que quería verla. Quiero saber qué hizo Tanner para convencerla de que se hiciera su amante. —Se detuvo justo delante de ella—. Apenas conocía a ese hombre, Vermillion. ¿De verdad estaba tan embelesada? ¿O hubo algo más? ¿Dinero, quizá? ¿Joyas? ¿De qué se trató, cielo? ¿Qué puede darle Tanner que no sea capaz de darle yo?

Lee levantó la barbilla e intentó pensar como Vermillion, pero cada vez le resultaba más y más difícil hacerlo.

—Escogí al capitán Tanner porque estaba interesado en la mujer que soy por dentro y no en cierta fachada creada por mi tía. Ahora, si me disculpa...

Lee se dirigió hacia la puerta del carruaje que el cochero mantenía abierta e intentó pasar por el lado de Andrew, pero él la cogió del brazo.

—No tan deprisa, ricura. No me apartará de usted como quien se quita un hilo del dobladillo de la falda. Me he tirado semanas cortejándola, Vermillion. Los dos sabemos qué fue lo que me prometió, y mi intención es cobrarme lo que me debe tarde o temprano.

A Lee no le gustó la manera en que la estaba mirando, con la boca apretada y los hombros rígidos.

—Lamento si lo decepcioné, Andrew, pero sabía a qué juego estábamos jugando. Alguien tenía que perder.

Mondale esbozó una leve sonrisa.

—Pero el juego continúa, ¿no es así, cielo? En cuanto el capitán Tanner se vaya... —Alargó la mano y rozó un cabello de Lee que se había soltado del sombrero, se lo enroscó en el dedo y tiró de la punta—. Esta vez me he propuesto ser el ganador.

Lee no dijo nada. Durante un instante tuvo miedo de Andrew Mondale.

Entonces él sonrió y le soltó el pelo. Le hizo una rápida inclinación de cabeza, y su porte despreocupado volvió a aparecer.

—Piense en mí, cielo, cuando esté lista para volver a jugar —dijo y, acto seguido, se fue.

Más agitada de lo que le habría gustado, Lee subió al carruaje y se apoyó en el asiento. Pensó en hablar a Caleb del encuentro, pero cambió de idea.

Mondale era asunto suyo, no de Caleb. Y aunque lord Andrew pudiera convertirse en un problema, tal cosa no ocurriría hasta que Caleb hubiera vuelto a España.

La casa, un enorme edificio de tres plantas construido en la piedra ocre pálido de Catswold, destacaba en medio de los verdes campos ondulados de Sussex como una piedra preciosa y dominaba el paisaje en kilómetros a la redonda.

Kinleigh. Hacía años que no había estado allí, pero nunca había olvidado la belleza del hogar que los antepasados del marqués habían erigido en algún momento del siglo XVII. La entrada era alta, y el techo, abovedado, estaba cruzado por pesadas vigas. Diferentes tipos de maderas, talladas en idílicas escenas campestres, recubrían las paredes, y brillantes vidrieras de colores cubrían las ventanas que se abrían casi en lo más alto.

Mientras Caleb seguía al hierático mayordomo de pelo gris por el suelo reluciente de madera con delicados dibujos taraceados, a través del amplio pasillo iluminado por apliques dorados hasta la habitación donde lo recibiría el marqués, pensó en el hombre al que pertenecía la casa, un viejo conocido de su padre, y se preguntó qué diría acerca de las noticias que iba a comunicarle.

El mayordomo se detuvo en la entrada para anunciarlo.

—El capitán Tanner, milord.

Caleb pasó por el lado del mayordomo y se adentró en un elegante salón decorado en negro y oro. El sirviente se retiró de espaldas, deslizó las hojas de la puerta y las cerró tras él. El marqués, con el pelo canoso y sonriente, estaba parado a poca distancia; un buen hombre, había pensado siempre Caleb de él. Pero un buen hombre no habría abandonado a una joven y a su hijo nonato.

—¡Estimado Caleb! Qué alegría verte. ¿Cuánto tiempo ha pasado?

—Casi cinco años, me parece, milord. Estuve aquí cuando su hijo Bronson cumplió los veintitrés.

—Sí, sí, lo recuerdo bien. ¡Menuda noche!, no se me olvida. Creo que mi hijo pagó las consecuencias de aquella velada durante varios días.

Se rió entre dientes al acordarse de los abusos de Bronson aquella noche.

—¿Cómo está su hijo? —preguntó Caleb.

—Fenomenal. Por fin ha empezado a pensar en el matrimonio. Creo que hace tiempo que acabé de convencerlo de que se case y empiece a considerar la posibilidad de dar un heredero.

—¿Y Aaron? ¿Cómo le va a su hijo pequeño?

Kinleigh suspiró.

—El chico es difícil. Un malcriado, como la mayoría de sus amigos. Pero le va bastante bien, supongo.

Caleb asimiló las noticias. Si la memoria no le fallaba, Aaron Montague debía de tener unos quince años. En una ocasión Luc le había hablado de pasada de la naturaleza obstinada del joven. Al parecer era verdad.

—Tu padre me mantiene al corriente de tus viajes —prosiguió el marqués—. Es lamentable que no nos veamos más a menudo. —Kinleigh se dirigió hacia un recargado aparador de laca negro apoyado contra una pared empapelada con terciopelo dorado.

—Según Lucas, padre ha ganado una serie de carreras, algo que siempre lo alegra. Por desgracia, mi misión en Londres me ha impedido ir a visitarlo. Confío en viajar a Selhurst el fin de semana.

—Le darás recuerdos de mi parte, ¿verdad?

—Sí, señor. Estaré encantado de hacerlo.

—¿Puedo ofrecerte algo de beber? —preguntó el marqués—. ¿Brandy, quizás, u otra cosa?

—No, señor. Gracias.

—Si no te importa, me serviré una copa. Algo me dice que tu visita no obedece simplemente al deseo de renovar una vieja amistad.

El marqués se sirvió un brandy, indicó con un gesto el sofá a Caleb y se sentó frente a él en una butaca de brocado dorado.

—Muy bien, capitán Tanner, ¿qué puedo hacer por ti?

Caleb se removió en el sofá.

—No estoy seguro de por dónde empezar, señoría. Permítame comenzar diciendo que he descubierto cierta información que quizás usted pudiera encontrar interesante. Sin embargo, no puedo estar seguro. Es muy posible que usted ya la conozca, pero tengo que averiguarlo y para eso estoy aquí.

Kinleigh le dio un sorbo a su brandy.

—Continúa.

—Sé que tiene dos hijos muy saludables. La cuestión es, lord Kinleigh, que también tiene una hija.

El marqués se irguió en la butaca.

—Eso es absurdo. Quienquiera que te lo haya dicho está mintiendo. Mi difunta esposa y yo vivimos juntos más de diez años antes de que muriera. Nunca la engañé. Ni una vez. En cuanto a mis necesidades más recientes...

—Ella acaba de cumplir diecinueve años, señoría —dijo Caleb—. Su madre era una mujer llamada Angelique Durant. Creo que ustedes dos se conocieron antes de su matrimonio con lady Kinleigh.

El marqués palideció, abandonó su actitud bravucona y se hundió aún más en la butaca.

—No puede ser verdad. Angelique me lo habría dicho.

—Por lo que sé, ella se enteró de sus esponsales con lady Sarah Wickham, la mujer con la que acabó casándose. Angelique debió de decidir mantener el secreto. Murió cuando la niña tenía cuatro años.

Kinleigh siguió sentado completamente inmóvil. Un débil temblor le agitó la mano con la que sujetaba el brandy.

—Es posible que la chica esté equivocada. Puede que fuera otro su padre.

—Creo que no, señor. Tiene en el hombro la misma marca de nacimiento que su hijo Bronson, a quien recuerdo habérsela visto cuando estábamos los dos en Oxford. Cuando presioné a la joven para que me hablara de la marca, admitió que usted era su padre. Me contó la historia de su madre y de lo mucho que Angelique lo amaba.

Algo titiló en los ojos del marqués. Parecía más viejo que cuando Caleb entró en el cuarto.

—Si mi Angel tuviera una hija... Si lo que estás diciendo es verdad... —Sacudió la cabeza—. Dios mío, ¿qué he hecho?

Su mirada se clavó en la copa de brandy que sujetaba en la mano. Miró el líquido ámbar de hito en hito, como si se tratara de una puerta que se abriera al pasado.

—La amaba muchísimo. Sabía lo de la madre de Angelique, por supuesto, Simone Durant. Todo el mundo lo sabía. Pero Angel no era así. Era dulce y delicada. No deseaba llevar aquella clase de vida. Lo que más deseaba en el mundo era un marido y una familia.

—¿Cómo se conocieron? —preguntó con delicadeza Caleb.

—Simone, que por entonces ya era rica, tenía diversas propiedades, y una de ellas era una pequeña casa solariega en Kent colindante con una propiedad de mi padre. Las Durant pasaban temporadas allí en los veranos. Fue por pura casualidad que conociera a su hija un buen día junto al arroyo.

La mano le temblaba, y el brandy chapoteaba contra las paredes de la copa.

—Angelique Durant era la criatura más hermosa que he conocido. Tenía una larga cabellera pelirroja y la sonrisa más deliciosa... y aquella risa cálida y profunda. Aquel día se había recogido la falda y caminaba descalza por el agua. Quedé cautivado. Me enamoré de ella en cuanto la vi. —El marqués levantó la vista, y en sus ojos Caleb vio lágrimas—. Y así seguirá siendo hasta el día de mi muerte.

Caleb apartó la mirada para no ver el dolor en la cara del marqués. La voz de Kinleigh se tornó áspera cuando continuó.

—Cuando en mi familia se enteraron de que la estaba viendo, se horrorizaron. Yo era joven, aunque ya estaba viudo y con un hijo de dos años. El escándalo arruinaría a la familia, dijeron, arruinaría la vida de Bronson, además de la mía. No quise escucharlos. Quería a Angelique. Era todo cuanto deseaba. Pero tenía que considerar el futuro de Bronson. Al final, cedí a las presiones, me casé con Sarah, y... me arrepentí el resto de mi vida. —El marqués levantó la mirada—. Nunca engañé a Sarah. La única mujer a la que he querido fue a Angelique y no pude tenerla. —Kinleigh se esforzó en serenarse, y Caleb no pudo evitar sentir lástima por él.

—Si, como dice, amaba a Angelique —dijo Caleb con calma—, hay algo que puede enmendar: velar por el futuro de su hija.

Kinleigh clavó la mirada en las ventanas.

—Háblame de ella —pidió a Caleb.

La imagen de Lee apareció en los pensamientos de éste y sintió que sonreía.

—Es preciosa, al igual que dice usted que lo era su madre, con el mismo pelo ardiente y la misma sonrisa radiante. Es independiente hasta decir basta, tiene su propio dinero y una educación que algunos hombres envidiarían. Toca el arpa como un ángel, le encanta montar a caballo y dirige su propia pequeña cuadra... y cabalga como el viento. —En cuanto empezó pareció que no podía parar—. Jamás se pone por encima de nadie. Considera amigos a los sirvientes y cuida de unos cuantos a los que la fortuna les ha sido adversa. Por decirlo en pocas palabras, señor, su hija es absolutamente excepcional.

El marqués lo observó con atención.

—Es evidente que sientes afecto por la chica. ¿Qué es lo que no me cuentas?

A Caleb se le hizo un nudo en el estómago. Aquélla era la parte de la historia que temía.

—Es una Durant, milord. Tras la muerte de su madre, fue educada para seguir la tradición.

Una de las cejas plateadas del marqués se levantó.

—¿Me estás diciendo que mi hija es una cortesana?

—No, señor. —Caleb carraspeó—. El único hombre que la ha tocado en su vida... soy yo. —Sin extenderse, explicó al marqués el error que había desembocado en la pérdida de la virtud de su hija—. Si quiere que me case con ella, lo haré, pero...

—¿Pero? ¿Me cuentas que has seducido a mi hija y luego buscas excusas para no casarte con ella?

—Mi vida es el ejército, señor. Lo sabe tan bien como yo. Y comprende lo que eso significa. Me reincorporo al servicio en España dentro de diez días. El campo de batalla no es precisamente el mejor lugar para una dama. Quiero que su hija sea feliz; conmigo, no estoy seguro de que llegara a serlo. Aparte de eso, tampoco tengo la más mínima certeza de que ella aceptara. Vermillion no cree demasiado en el matrimonio. Creo que puede entender la razón.

El marqués se ruborizó, y el color le subió lentamente hasta las sienes plateadas.

—¿Vermillion? ¿Así se llama mi hija?

Caleb asintió con la cabeza.

—Sí, pero ella prefiere llamarse Lee. Es su segundo nombre. Vermillion Lee Durant.

El marqués tragó saliva. Las lágrimas asomaron de nuevo a sus ojos; se levantó de la butaca y se acercó a las ventanas con parteluz.

—Ése es también mi nombre. Robert Leland Montague. Angelique siempre... siempre me llamaba Lee. —Le temblaron las manos. Le dio un buen trago al brandy y depositó la copa sobre la superficie taraceada en madreperla de una mesa de laca negra—. Si me disculpas, Caleb. Necesito cierto tiempo para acostumbrarme a estas noticias que me has traído.

—Por supuesto, milord. Volveré a Londres. Puede ponerse en contacto conmigo en la casa de mi padre en Berkely Square.

Kinleigh dio un paso hacia él como si deseara cortarle el camino.

—¿Habría... habría alguna posibilidad de que te quedaras a cenar? Me gustaría oír algo más de esa hija mía. —Apartó la mirada de nuevo, como si el pasado estuviera allí mismo, en la habitación—. Siempre deseé tener una hija. Aparte de Angelique, es lo que más deseaba de todo corazón. Si te quedaras, tal vez podríamos concertar el momento en el que fuera posible conocer a la hija que no sabía que tenía.

La presión en el pecho de Caleb empezó a ceder.

—Sí, señor. De repente, se me ha abierto un apetito desmedido. Me encantaría quedarme a cenar.

El marqués se limitó a asentir con la cabeza mientras su mirada volvía a la ventana.

Caleb se apartó y abandonó el salón en silencio, fingiendo que no había reparado en las lágrimas que corrían por las mejillas del anciano.

21

—¿Que hiciste qué? —De pie en el salón de la suite del hotel, vestida con uno de sus nuevos vestidos de muselina, Lee se puso en jarras—. ¿Es ahí donde has estado? Me dijiste que tenías una reunión importante fuera de la ciudad que podría obligarte a pasar la noche lejos de mí. Nunca mencionaste a Kinleigh. ¡Nunca dijiste que pensabas ir a verlo! No dijiste ni una palabra, Caleb. ¡No puedo creer que hicieras semejante cosa!

—Te dije que tenía una reunión importante fuera de la ciudad y así fue.

Caleb había sabido que se enfadaría, que se pondría furiosa, de hecho. Los ojos de Lee brillaban de rabia, y tenía las mejillas tan ardientes como el pelo. Pero no había remedio. Caleb había tenido que hacer lo que había hecho. Lo único que le quedaba ya por hacer era encontrar la manera de hacerla entrar en razón.

—El marqués ignoraba tu existencia, Lee —añadió Caleb—. Tu madre nunca le dijo que llevaba en su vientre un hijo suyo.

—¡No le eches la culpa a mi madre! Ese hombre es un canalla. Es egoísta y cruel, y lo odio por lo que le hizo.

—Y por lo que te hizo a ti, ¿verdad? —le preguntó Caleb con dulzura, sabiendo el dolor que debía de haber sentido de niña, abandonada por su padre y llorando desconsolada la muerte de su madre—. ¿No es así, Lee?

Ella dio la vuelta y se apartó de él, se dirigió a la chimenea y le dio la espalda. Caleb pudo ver el pulso feroz latiéndole en la sien.

Caleb se acercó a ella por detrás y le puso las manos en los hombros con dulzura.

—Sé muy bien cómo debes de sentirte. Mi padre y yo nunca nos llevamos bien, al menos hasta que me alisté en el ejército. Pero siempre estuvo a mi lado cuando lo necesité. Yo lo sabía. Esa clase de atención es algo que nunca has tenido, Lee.

Ella giró en redondo para mirarle a la cara.

—Mi tía me cuidó. Siempre me ha querido. No necesito a Kinleigh. No lo necesité siendo niña ¡y no lo necesito ahora!

—Tu tía hizo cuanto pudo, y sé que te quiere muchísimo. Pero también tienes un padre. Uno que no desea otra cosa que conocerte, salvar como sea los terribles años de separación que los dos habéis sufrido.

—Dile que es demasiado tarde. No quiero conocerlo.

—¿No sientes la más mínima curiosidad? ¿No te interesa saber en absoluto cómo podría ser tu padre?

—No —dijo Lee, pero no parecía tan segura como lo había estado instantes antes.

—Hay algo que tengo que decirte, Lee. Sé que debería habértelo dicho antes, pero...

—¿Qué? ¿Qué más has hecho, Caleb?

—He recibido mis órdenes, Lee.

—¿Órdenes? ¿Qué clase de...? ¿No te referirás a...?

—Me temo que sí —dijo Caleb.

—Pero yo... pensé que estaríamos en Londres hasta que descubrieran al traidor.

—Eso pensaba yo también; sin embargo, Wellesley ha ordenado mi regreso a España. Me voy el miércoles que viene. Eso es poco más de una semana.

Lee tragó saliva.

—¿Una semana? —acertó a preguntar.

—Intenté que me ampliaran el plazo, pero parece que el ejército cree que soy más valioso allí que aquí. Tengo que ir, Lee. Va a haber enfrentamientos, y debo hacer mi parte. Cuando me marche, quiero tener la seguridad de que haya alguien aquí que te cuide.

—Puedo cuidar de mí misma. —Lee se había puesto pálida, y a Caleb le pareció entrever el débil reflejo de unas lágrimas.

—Sé que puedes —dijo Caleb, aunque odiaba la idea de que se valiera por sí misma de la misma manera que había hecho anteriormente o de que tal vez volviera a Parklands, poniéndose a merced de hombres como Andrew Mondale u Oliver Wingate—. Necesito que lo hagas por mí, Lee. Necesito saber que tu futuro está seguro.

Ella negó con la cabeza.

Caleb alargó los brazos hacia ella, rezando para que no se zafara, y la atrajo hacia él con suavidad.

—Tan sólo conócelo. Es todo lo que te pido.

Lee levantó la mirada hacia él.

—¿Cómo puedo conocerlo? ¿Qué pensará de mí? Tarde o temprano averiguará quién soy.

—Tú no eres Vermillion, eres Lee. Tú padre sabe la verdad y la comprende.

Los dedos de Lee se aferraron a la solapa de la chaqueta de Caleb y apretó la cara contra su pecho. Él pudo percibir el temblor de la joven, y se le hizo un nudo en la garganta. Significaba mucho para él. Muchísimo. No se atrevía a decírselo; eso no haría más que empeorar las cosas.

La besó en la cabeza.

—Por favor, Lee —insistió Caleb.

Ella siguió aferrada a él un momento más y, entonces, haciendo una larga y temblorosa inspiración de aire, se apartó.

—Muy bien..., lo conoceré. Pero no te prometo nada más que eso.

Lo que la había convencido fue la noticia de su partida. Caleb fue capaz de percibir la tristeza y la derrota en la voz de Lee. Sintió una opresión en el pecho; no podía dejarla saber que él sentía exactamente lo mismo.

—Pasado mañana, entonces. No tenemos mucho tiempo.

Lee lo miró y las lágrimas anegaron sus ojos.

—Es cierto; no tenemos mucho tiempo.

Caleb no contestó. Le dolía la garganta, y tenía el corazón partido. No lo había esperado, no había sabido que sentiría una desesperación tal al dejarla.

No lo había sabido hasta el mismo momento en que se había enamorado de ella.

Por más bonito que fuera Parklands, no se podía comparar con la belleza y el encanto de Kinleigh. La piedra ocre pálido relucía como las gavillas de trigo dorado contra los montículos cubiertos de pasto que rodeaban la mansión. A la luz del final de la tarde, las altas ventanas con parteluz resplandecían como diamantes.

A medida que el carruaje se acercaba a la casa, Lee contó docenas de sombreretes de chimenea que se elevaban por encima del tejado a dos aguas cubierto de pizarra. Las puertas delanteras eran altas y en arco, y parecían darle la bienvenida. La arquitectura jacobea era exquisita, y la posición de la casa, engastada como una joya en el paisaje, parecía demasiado perfecta para ser real, aunque resultaba difícil asimilar los detalles con la mente puesta en lo que se avecinaba.

Ese día conocería a su padre.

Aunque nunca había imaginado que ocurriría y había jurado a Caleb que el hombre la desagradaría en el acto, en alguna recóndita parte de su ser anidaba el deseo de conocerlo, de que la cuidara como un padre cuida de su hija, tal y como había fantaseado de pequeña que sería.

—¿Estás nerviosa? —preguntó Caleb, y se inclinó hacia ella desde el asiento opuesto del carruaje mientras el coche enfilaba el impresionante camino de grava. Apenas habían tenido tiempo de hablar desde su conversación de hacía dos días..., desde que él se había inmiscuido en la vida de Lee y le había dicho que se marchaba.

—Ni lo más mínimo —respondió Lee—. Es sólo un hombre, después de todo..., no un dios o algo parecido, ni un rey o un santo. ¿Por qué habría de estar nerviosa?

Pero Caleb se limitó a sonreír; sabía que sí lo estaba.

—Si le das la más mínima oportunidad, te gustará.

—Lo detestaré —exclamó Lee.

Caleb se incorporó y se apartó de ella.

—Te ruego por lo que más quieras que no lo hagas.

No dijo nada más porque el lacayo abrió la portezuela del carruaje. Caleb salió del vehículo, la tomó de la mano y la ayudó a bajar la estrecha escalerilla de hierro; luego siguieron el sendero de piedra dorada hasta la casa. El hierático mayordomo de pelo cano y mejillas coloradas los hizo pasar con gran aplomo, y el ama de llaves, una mujer robusta llamada señora Winkle, los condujo a sus aposentos en el piso de arriba.

Como Jeannie seguía todavía en Parklands, el ama de llaves designó como primera doncella de Lee a una joven rubia llamada Beatrice. Ésta era mayor que su nueva señora, acaso de unos treinta años, y era una compañía muy eficiente y agradable. No tardó en deshacer el equipaje de Lee y procurar que se encontrara cómoda después del viaje de dos horas desde Londres, ayudándola a refrescarse y cambiarse de ropa.

—Éstos son preciosos —dijo Beatrice, extendiendo los vestidos de Lee para examinarlos después del viaje—. Puede que éste fuera el adecuado para su entrevista con su señoría. —Era un vestido de seda a rayas de color aguamarina, manga corta con remate y un ligero plisado en el dobladillo, el mismo vestido que Lee había pensado lucir para la ocasión.

Lee sonrió, decidida a ocultar su nerviosismo, y pensó que ella y Beatrice se llevarían muy bien durante su breve estancia en Kinleigh.

—Sí, creo que será muy apropiado —dijo.

Con la ayuda de Beatrice, estuvo vestida y preparada en un tiempo récord; luego la doncella le recogió el pelo en una gruesa trenza que sujetó, formando una sencilla corona, encima de la cabeza.

Su nerviosismo iba en aumento. Procuró no pensar en Caleb ni en que se iba a marchar, ni en que su partida era la razón de que estuviera allí para conocer a lord Kinleigh.

—Caramba, señorita, tiene un aspecto espléndido —dijo Beatrice—. ¿No ha visto nunca antes a su señoría, entonces?

—No. No lo he visto.

—Estoy segura de que le va a gustar. Es un hombre muy bueno.

Pero Lee no acababa de creerlo. No, después de lo que le había hecho a su madre.

—¿Necesita algo más, señorita? —Beatrice lanzó una elocuente mirada al reloj de la repisa.

—No, gracias, Beatrice. Creo que es hora de que baje.

Lee salió del dormitorio (una suite opulenta, decorada en azul claro y oro, con molduras en el cielo raso y una cama con cortinajes de seda, además de un saloncito precioso con una chimenea con la repisa de mármol), recorrió el pasillo y bajó la escalera.

No le sorprendió encontrar a Caleb esperando.

—Estás preciosa —le dijo, al tiempo que le cogía una mano y se la besaba en el dorso—. Cualquier padre estaría orgulloso de tenerte por hija.

Un escalofrío de inquietud la recorrió de pies a cabeza. No sabía qué esperar de aquel hombre, así que se preparó para lo peor.

—Supongo que eso está por verse —dijo a Caleb, quien iba vestido con su inmaculado uniforme azul marino y escarlata.

Él le ofreció el brazo, y ella apoyó los dedos en la manga de la guerrera. El pelo recién lavado de Caleb, todavía húmedo, parecía casi negro a la luz de los apliques colocados a lo largo de las paredes del pasillo. Estaba tan guapo que a Lee le faltó el aire. De pronto volvió a pensar en que él se iría en breve, y un intenso dolor se apoderó de su pecho.

Respiró profundamente y dejó que Caleb la guiara por el pasillo hasta el interior de un elegante salón decorado en amarillo crema resaltado por toques de verde jade claro. Los sofás reflejaban los colores, al igual que la serpenteante repisa de la chimenea. Como el resto de la casa, era una habitación preciosa. Al final de la mullida alfombra oriental, el marqués de Kinleigh esperaba de pie.

Caleb se detuvo mientras un lacayo cerraba la puerta tras ellos, dando tiempo a Lee para que se formara un juicio del hombre que la había engendrado. El marqués era de estatura media, apreció Lee, pero parecía esbelto y en buena forma. Llevaba el pelo gris peinado con atildamiento, y la casaca burdeos con el cuello de terciopelo le ajustaba a la perfección en los hombros. A sus casi cincuenta años seguía siendo un hombre guapo, y de su figura emanaba una sensación de poder y determinación. Lee consideró que quizá podía entender el que su madre hubiera caído presa de los encantos del marqués.

—Buenas tardes, milord —dijo Caleb con formalidad—. ¿Me permite presentarle a la señorita Lee Durant?

El marqués sonrió.

—Sí... Me doy cuenta de que es una verdadera Durant. Y no hay duda de que es la hija de Angelique.

«La hija de Angelique, no la suya.» El marqués empezó a avanzar hacia Lee, y ésta se puso tensa, segura de que él tenía la intención de negar su paternidad, de acusar a su madre de mentir.

—Te pareces mucho a ella. —El marqués se paró justo delante de Lee con los claros ojos azules escudriñándola de pies a cabeza—. Tu madre quizá fuera un poco más alta, y puede que tuviera el pelo de un rojo más vivo. Pero eres su hija y por tu edad sólo puedes pertenecerme a mí.

La admisión la dejó atónita. Supo que debía hablar, pero las palabras se negaron a salir de su boca. ¿Qué le decía una a un padre al que no había visto nunca? Había pensado que no sentiría nada sino odio, pero lo que sintió fue algo muy diferente a eso.

—Yo la amaba, ¿sabes? —dijo Kinleigh—. La amaba más que a mi propia vida. Renuncié a ella porque pensé que era lo que debía hacer. Porque me preocupaban los dictados sociales y presté oídos a las personas que me rodeaban. Debería haber luchado por ella, nunca debería haberla dejado ir. Lo he lamentado cada día de mi vida durante casi veinte años.

A Lee le ardían los ojos. No había esperado aquello, que el marqués admitiera que amaba a su madre. Y que había sufrido por perderla como ella había sufrido por él.

—Mi madre lo amaba —dijo Lee—. Nunca se interesó por ningún otro hombre. Susurró su nombre con el último aliento.

Algo brilló en la mirada del marqués. Lee tardó un instante en darse cuenta de que eran lágrimas.

—Debió de quererte una enormidad —dijo el marqués—. Deseaba muchísimo tener un hijo. Y me doy cuenta de que sigues queriéndola.

Lee sintió un dolor en su interior. Quiso darse la vuelta y salir de ahí, dejar atrás los recuerdos dolorosos, olvidar a aquel hombre al que quería odiar pero al que, por alguna razón, no podía. Quería huir del dolor que le provocaban sus palabras, pero sus pies se negaron a moverse. Sintió la mano de Caleb agarrándola firmemente por la cintura, y el dolor amainó un poco.

—Si hubiera sabido de ti —dijo el marqués— te habría traído a mi hogar el día que Angelique murió. Te habría criado como hija mía.

A Lee se le escapó un sollozo; no lo pudo evitar. Caleb la acercó más a él, y Lee se dio cuenta de que se esforzaba en no abrazarla.

—No es demasiado tarde —dijo el marqués—. Eres joven todavía. El que está perdiendo la batalla con el tiempo soy yo. Dime que me darás la oportunidad de conocerte por lo menos. Dime que considerarás el quedarte en Kinleigh... siquiera sea por un tiempo.

Lee quería decir que no, que para ella era imposible —inconcebible— quedarse. Se conminó a decir las palabras. Se dijo que le debía a su madre renegar del marqués; se recordó que aquel hombre la había abandonado, que las había abandonado a las dos. Pero cuando abrió la boca, las palabras que salieron fueron otras.

—Me... encantaría —dijo—. Me gustaría muchísimo.

El marqués estaba más cerca de lo que ella había reparado. No había esperado que él extendiera los brazos hacia ella y la atrajera contra su pecho y la abrazara sin más. No había esperado que ella apoyase la cabeza contra el hombro del marques y la dejara sencillamente allí.

Pero es lo que hizo.

La noche había caído en Rotham Hall. Los niños estaban acostados y se hacía tarde. Elizabeth estaba sola, sentada junto al fuego de su saloncito preferido, situado en la parte posterior de la casa. Fuera, una tormenta de verano agitaba las ramas de los árboles y arrastraba las hojas de aquí para allí. No había visto a Charles desde la cena, después de que se uniera a ella en el comedor como venía siendo su costumbre en los últimos tiempos.

Ella intentaba convencerse de que aquello no significaba nada, de que sólo estaba siendo educado, pero cada vez que su marido llegaba para ocupar su lugar a la cabecera de la mesa, a cada ocasión que él le sonreía y le preguntaba cómo le había ido el día, prestando atención a los pequeños logros realizados por los niños como si realmente le importara, otro minúsculo trozo del hielo que le envolvía el corazón se derretía.

Elizabeth había empezado a desear que llegaran las noches, el momento que pasaban juntos. Había empezado a imaginar que Charles sentía por ella algo que iba más allá del deber, y una parte traidora de ella había empezado a concebir la esperanza de que pudieran reconciliarse, tal y como Charles parecía desear, y hacer que su matrimonio lo fuera en algo más que el nombre.

Se hallaba sentada en el sofá del salón, sin las zapatillas y con las piernas flexionadas bajo el vestido, mientras aquellos pensamientos se arremolinaban en su cabeza. No era una cobarde. Y tenía que reconocer que seguía amando a su esposo..., aunque había intentado negarlo durante casi diez años.

Lo amaba y lo deseaba. Quería que fuera su marido de verdad y ansiaba ser de nuevo su mujer.

Por esa razón cuando recibió la carta su abatimiento había sido mucho más profundo de lo que nunca habría imaginado. Porque había empezado a creerlo de nuevo; porque había empezado a confiar en él.

Su mano tembló al volver a leer el mensaje que había llegado justo después de la cena, una nota para ella, escrita por una mano femenina. Una nota sin firmar, aunque la autora, a decir verdad, no importaba a Elizabeth.

«Su marido ama a otra. No se engañe de nuevo.» Firmado, simplemente: «Una amiga.»

Tragó saliva para intentar deshacer el nudo que tenía en la garganta y se limpió las lágrimas de las mejillas. No oyó entrar a Charles, ni se dio cuenta de que estaba en el salón hasta que oyó su voz.

—Estás llorando —dijo él—. Querida, ¿de qué se trata? ¿Qué sucede? —Se acercó a grandes zancadas y, tras llegar junto a ella en un santiamén, le quitó suavemente la nota de las temblorosas manos.

284

La mirada de preocupación de Charles abandonó la cara de su esposa y cayó de lleno sobre la hoja de papel. Al leer las palabras, su expresión se volvió tan sombría como la noche.

—¡Es mentira! ¡Es una mentira atroz, infame y despiadadamente cruel! —Charles estrujó la nota con mano temblorosa y la arrojó con violencia contra la pared.

Se arrodilló delante de ella, alargó la mano para coger la de Elizabeth y la apretó entre las suyas.

—Temía que ella pudiera hacer algo así. Debería haberte avisado, debería haberte dicho algo. Tuve miedo de lo que dirías..., de lo que podrías pensar. Quería que confiaras en mí. He hecho todo lo que he podido para lograrlo. Y ahora... —Charles sacudió la cabeza.

Elizabeth tragó saliva para deshacer el nudo que tenía en la garganta.

—¿Quién ha escrito esto? —preguntó.

—Sólo hay una mujer lo bastante despiadada para hacer algo así. La escribió Moll Cinders. Vino a verme a Londres hace varias semanas. Me dijo que quería más dinero que la cantidad que le había pagado cuando terminé mi relación con ella.

Elizabeth era incapaz de mirarlo.

—Pensé... Pensé que eso había pasado hacía años —dijo.

—Bastantes, en realidad —observó Charles—. Según parece necesita dinero desesperadamente y se enteró de que intentaba reconciliarme con mi esposa. Vino a verme y me exigió más dinero. Yo me negué, pues ya había sido con ella más que generoso. —Inclinó la cabeza—. Debería haberle pagado. Si hubiera sabido cuáles eran sus intenciones...

—¿Me estás diciendo que esta nota es mentira?

—Por Dios, Beth. Te amo y no quiero a ninguna otra mujer. Entonces era joven y estúpido. Me rebelé contra las imposiciones de mi padre y el hecho de que el nuestro fuera un matrimonio de conveniencia. Tardé años en darme cuenta de lo que quería en realidad..., del maravilloso tesoro que había perdido. Te amo, Beth. Con toda mi alma.

Elizabeth permaneció allí sentada, estupefacta. Charles nunca había hablado de amor. En ningún momento. Ni al principio ni durante las semanas que llevaba persiguiéndola. No sabía qué decir.

La comisura de la boca de su marido se curvó en una sonrisa.

—Te he sorprendido, ¿verdad? No es algo fácil de hacer. ¿No lo sabías? ¿No imaginabas cuáles eran mis sentimientos?

—Si me amabas, ¿por qué no me lo dijiste?

—Pensé que no me creerías. Pensé que quizá... cuando ya no estuviéramos tan distanciados y viviéramos de nuevo como marido y mujer, podrías ver la verdad.

Elizabeth volvió a pensar en la nota.

—Deseo creerte, Charles. Lo deseo más que cualquier otra cosa en el mundo, pero...

—Pero no me crees. —Se puso en pie, elevándose sobre el sofá en el que estaba sentada ella con la expresión endurecida y extrañamente decidida. La luz de la lámpara se reflejó en su fino pelo rubio rojizo. Estaba increíblemente guapo—. Moll Cinders no significa nada para mí. ¡Nada! Soy muchas cosas, Beth, pero no un mentiroso. No he estado con otra mujer desde hace más de dos años. Y no quiero a ninguna otra. —Se apartó de Elizabeth con paso inquieto, y volvió a acercarse—. Eres mi esposa. Si no puedo convencerte con palabras, tal vez haya otra forma, algo que debería haber hecho hace semanas.

Elizabeth dio un grito ahogado cuando la levantó en brazos, se dio la vuelta y empezó a cruzar el salón a grandes zancadas.

—¿Adónde... adónde me llevas?

—Arriba, milady. A mi cama. De hoy en adelante es allí donde pasarás las noches. Aquí sigo siendo el señor. Puede que haya llegado el momento de que empiece a actuar como tal de nuevo.

Todas las noches con Charles. Todas las noches en su cama, haciendo el amor con él. Más hijos, quizá, la clase de vida con la que había soñado una vez. Y todo estaba allí..., al alcance de su mano, finalmente. Si tuviera el valor para cogerlo.

Charles abrió la puerta de la suite del patrón de la casa de un empujón, la llevó hasta el dormitorio y se dirigió directamente hacia la gran cama con dosel.

—Sí tú estás aquí, y yo estoy aquí, comprobarás que es a ti a quien soy fiel. Es a ti a quien quiero, y a ninguna otra. —Charles le cogió la barbilla, se la levantó y la miró fijamente a los ojos—. Siempre he temido al amor. Vi lo que le hizo a mi padre y a otros hombres que he conocido. Pero llega un momento, Beth, en que uno ha de deshacerse de sus miedos y coger aquello por lo que siente más cariño. Y, para mí, ésa eres tú, querida. —Y entonces la besó.

A Elizabeth se le encogió el corazón. Y el hielo se derritió. Era el momento, supo Elizabeth, de dejar a un lado sus propios miedos. El resultado no importaba; el amor bien valía el riesgo.

22

Caleb avanzó a grandes zancadas por el largo pasillo de mármol hacia el estudio del marqués. La luz de las lámparas parpadeaba sobre las paredes y proyectaba la larga sombra de su figura. La cena había terminado y Lee se había retirado a su cuarto del piso de arriba, pero el marqués había pedido verlo, y hacia allí se dirigía en ese momento.

Caleb se había quedado con Lee en Kinleigh durante los tres últimos días. El marqués había pasado todos los días con ella, y el vínculo entre ambos parecía haberse intensificado hasta un grado sorprendente. Era asombroso cuánto tenían en común: el amor por la música de Kinleigh y el virtuosismo de Lee como arpista; la cuadra de hermosos purasangres del marqués y la afición a las carreras de caballos de Lee; ambos amaban a los niños y a los animales. A veces, hasta sus risas sonaban igual.

Con Bronson en Londres y Aaron en el internado, el único obstáculo entre ellos era el pasado. Aunque Caleb había echado de menos tener a Lee en su cama, se sentía feliz por ella. Había cogido algo precioso al quitarle la inocencia. Al encontrar a su padre, había intentado darle algo a cambio.

Sin embargo, era hora de volver a Londres. Había prometido visitar a su padre en Selhurst, y los días pasaban. Tenía que volver, y aunque no llevaría a Lee con él a Selhurst, ni la sometería al juicio de su padre, quería que estuvieran juntos el mayor tiempo posible durante aquellos valiosísimos últimos días.

Llamó con los nudillos a la puerta del estudio, giró la manilla de plata al oír la voz del marqués autorizándolo a entrar y penetró en la estancia.

Al igual que el resto de la casa, el estudio era una habitación agradable, acaso un poco más caótica, con las paredes forradas de nogal y cubiertas de libros, y periódicos de varios días desparramados sobre una mesa de palisandro y un montón de libros de contabilidad apilados en una esquina del escritorio.

—¡Caleb! Gracias por venir —dijo el marqués, y se dirigió al aparador—. ¿Brandy?

—Muy amable. Creo que aceptaré.

Algo vio Caleb en la actitud del anciano que le avisó de que tal vez podría necesitar un trago. Cogió la copa de cristal que le entregó el marqués y lo siguió hasta un sofá de piel de color rojo oscuro y unas butacas agrupadas alrededor de la chimenea, donde crepitaba un pequeño fuego.

Se había desencadenado una tormenta que había enfriado aquella noche de primeros de julio, y más allá de la ventana una capa de nubes avanzaba por el valle.

—Antes de nada, Caleb, quiero darte las gracias. Al traer a mi hija aquí me has hecho el mejor regalo con que me haya obsquiado hombre alguno.

Caleb sonrió.

—Estoy encantado de que todo haya salido como cabía esperar.

—Lo cierto es que ha ido aún mejor de lo que crees. —El marqués se recostó en la butaca—. Verás, Lee ha aceptado quedarse conmigo aquí, en Kinleigh.

Caleb se quedó algo más que un poco sorprendido... por la oferta del marqués y por la aceptación de Lee.

—¿No le creará eso un problema, habida cuenta que Lee es una Durant? —expuso Caleb.

—Podría ser. Pero, aun en ese caso, merecerá la pena. De todos modos, si te soy sincero, confío en atajar cualquier problema que pudiera surgir antes de que se produzca. Verás, tengo previsto adoptar a Lee como hija mía.

La copa de brandy de Caleb se detuvo a mitad de camino de sus labios.

—Tan pronto se resuelvan los problemas legales —prosiguió el marqués—, Lee Durant se convertirá en Lee Montague. No hay manera de ocultar que nació fuera del matrimonio, pero, incluso si el nombre de su madre fuera descubierto, poco importará una vez que la haya reconocido como verdadera hija mía.

«Podría funcionar», pensó Caleb. Lee se parecía poco a la Vermillion que había conocido la primera vez, la sofisticada cortesana que era la niña mimada de Parklands. Su vestuario en ese momento era más sencillo, y ya no se maquillaba. Había que reconocer que su porte había cambiado por completo. El interés del marqués iba más allá de lo que él había imaginado, pero podía funcionar.

—Caleb, soy un hombre poderoso. Aunque la gente especulara, nadie se atrevería a ofenderla.

Caleb meneó el brandy en la copa.

—Es extremadamente generoso, lord Kinleigh.

—¿Generoso? No es menos de lo que se merece. Si hubiera sido algo más hombre hace todos esos años y me hubiera casado con su madre, como era mi deseo, ella ya llevaría mi nombre y, con él, tendría los derechos que le corresponden legítimamente por nacimiento.

Así era, pensó Caleb. Y si Kinleigh la reconocía, el futuro de Lee quedaría absolutamente asegurado.

—En cuanto a ti, capitán, y tu relación con mi hija..., ambos sabemos que no tardarás en abandonar el país.

—Eso es cierto, señor. De aquí a muy pocos días. —Caleb dejó la copa de brandy en la mesita y se irguió en su asiento—. Como ya le he dicho, me casaría con mucho gusto...

—Me temo que he cambiado de opinión a ese respecto. —La mirada del marqués se clavó en la cara de Caleb—. Cuando acudiste a mí, me pediste que considerase el bienestar de mi hija. Como padre, eso es exactamente lo que intento hacer. Eres un oficial del ejército de su majestad. Te vas a ir a España, y es imposible saber cuándo volverás. —«O si volverás», fueron las palabras que Kinleigh omitió—. A menos que tu relación con Lee tenga... consecuencias, me parece que un matrimonio entre vosotros no sería lo mejor para ninguno de los dos.

El marqués tenía razón. Y a Caleb no le cabía la menor duda al respecto. Entonces ¿por qué sentía aquella opresión aplastante en el pecho?

—Sé cuánto te quiere mi hija. En el breve tiempo que lleva aquí, te garantizo que ha pronunciado tu nombre bastante a menudo. Pero, como te digo, quiero que sea feliz. Que lo seáis los dos. Y tengo la intención de procurar que así sea.

El marqués se levantó de la butaca, y Caleb también. Aunque la temperatura en la sala era más que confortable, Caleb sintió frío. El corazón le latía con fuerza y, sin embargo, tenía la sensación de que su sangre, más que correrle por las venas, se arrastraba, tan lenta era su circulación.

—En la cena dijiste que teníais previsto volver los dos a Londres por la mañana.

—Así es. Aunque Lee haya decidido quedarse, querrá recoger sus cosas e informar a su tía de sus planes antes de volver aquí para quedarse.

—Estoy seguro de que eso es lo que tiene previsto. Sin embargo, voy a apelar a tu honor, Caleb. Como el caballero que sé que eres, te pido que en relación a mi hija hagas lo único que es honorable. Quiero que te vayas con las primeras luces; quiero que dejes a Lee en Kinleigh. No deseo que sufra más de lo que ha sufrido.

Caleb lo comprendió. En cierta manera había esperado que ocurriera aquello. Lee era una mujer soltera, y él era su amante. Si ella fuera su hija, probablemente hubiera pegado un tiro al hombre que le había robado la inocencia. Pero, Dios santo, no quería dejarla. No de esa manera.

—Supongo que eso sería lo más conveniente para Lee —dijo, confiando en que el marqués no advirtiera el tono amargo de su voz.

—Ambos sabemos que lo es. Yo me despediré en tu nombre después de que te hayas ido. Le diré la verdad... que creí que era lo menos doloroso para vosotros dos. —«Y que Caleb tendría menos posibilidades de engendrar un hijo.» El marqués no necesitó pronunciar esas palabras.

Caleb se obligó a asentir con la cabeza.

—Entonces, como oficial y caballero, capitán, ¿tengo tu palabra? ¿Aceptas permanecer lejos de Lee hasta que te vayas a España?

Caleb no podía respirar. Tenía que huir de aquella habitación, necesitaba escapar de las poderosas emociones que no había esperado sentir.

—Tiene mi palabra, lord Kinleigh —dijo Caleb, y pensó que no volvería a hacer el amor con ella; decidió que no volvería a arriesgar el futuro de Lee más de lo que ya lo había hecho.

El anciano marqués se relajó y acompañó a Caleb hasta la puerta.

—¿Sigues pensando en ir a visitar a tu padre?

—Sí, señor. En cuanto me vaya de aquí. —Caleb había pensado en pasar con su padre un par de días a lo sumo; no quería estar lejos de Lee más tiempo. No obstante en ese momento ya no importaba.

—Cuídate allí, Caleb. Y, como te he dicho, saluda a lord Selhurst de mi parte.

Caleb se limitó a asentir con la cabeza, incapaz de articular palabra. Se apartó del marqués y salió del estudio. No tenía intención de esperar a que amaneciera para volver a Londres. No podría soportar la estancia en aquella casa ni un segundo más.

Quería ir a ver a Lee, despedirse de ella; pero había dado su palabra y se atendría a ella.

Iba a ser lo más difícil que hubiera hecho en su vida.

Lee, oculta en las sombras en el exterior del estudio, apretó la mano contra la boca para aquietar el temblor de sus labios. Caleb se marchaba. Su padre lo había convencido de que se fuera sin una palabra de despedida. Había estado temiendo que algo así pudiera resultar del emplazamiento hecho a Caleb por el marqués para que se reuniera con él en el estudio después de la cena.

El pensamiento la había agitado tanto que se había escabullido de su dormitorio a hurtadillas vestida nada más que con el camisón y el salto de cama. Tras salir sigilosamente al jardín, se había dirigido hasta la ventana del estudio para oír lo que su padre tenía que decir a Caleb.

En ese momento, mientras observaba a Caleb salir por la puerta del estudio y desaparecer, la ira se apoderó de ella. Su padre estaba obligando a Caleb a marcharse. ¡Estaba furiosa con él! ¡Apenas lo conocía y ya estaba intentando dirigir su vida!

Pero Lee había visto la preocupación reflejada en el rostro de su padre, no le había pasado desapercibida la mirada de preocupación en sus ojos al hablar a Caleb del futuro de Lee. El marqués le había pedido que se fuera a vivir con él, y a Caleb le había dicho que tenía previsto darle su nombre. Todo aquello sobrepasaba con creces cuanto ella habría podido imaginar.

Su padre intentaba protegerla, comportándose exactamente de la manera que lo haría cualquier progenitor que quisiera a su hija, y por más que Lee se esforzara no podía culparlo por ello.

Tenía que reconocer que estaba profundamente conmovida.

Y sabía que su padre tenía razón.

Caleb iba a reincorporarse al servicio. Cualquier oferta de matrimonio que hubiera hecho procedería del sentido del deber, no del amor. La iba a dejar atrás y ella tenía que olvidarlo. Una despedida lacrimosa sólo haría más dolorosa la pérdida. Lo mejor era que no volviera a ver a Caleb Tanner nunca más.

Repitió para sí esas palabras: «Déjalo marchar. Déjalo marchar. Déjalo marchar.» Con ellas intentaba convencerse mientras recorría el sendero que conducía a la puerta de entrada a la casa.

Entonces, en una de las habitaciones superiores se encendió una lámpara, y Lee se detuvo, suponiendo que el cuarto debía de ser el de Caleb. Si subía y llamaba a su puerta, ¿la dejaría entrar? Tal vez, pero él había dado su palabra de que se mantendría alejado de ella, y Caleb era un hombre de honor.

Todas las posibilidades apuntaban a que la puerta permanecería cerrada para ella.

Se obligó a seguir caminando, ignorando el enrejado cubierto de lilas que la invitaba a trepar hasta el balcón del segundo piso y colarse en el dormitorio de Caleb, tal y como había entrado él en una ocasión en su dormitorio de Parklands.

Intentó convencerse, pero no sirvió de nada.

Agarró los dobladillos del camisón y del salto de cama, se los subió por encima de las rodillas y puso el pie descalzo en el primer travesaño del enrejado.

Caleb se quitó el uniforme y se puso unos cómodos pantalones de montar de gamuza para el viaje de regreso a Londres. Sacó la bolsa de viaje de debajo de la cama con dosel y empezó a meter la ropa que se había llevado a Kinleigh Hall. Antes de subir había enviado recado a su cochero para que preparase el carruaje y lo llevara a la parte delantera. Una vez resuelto ya no podía esperar a marcharse.

Estaba desesperado por salir de la casa y ansioso por alejarse de Kinleigh. Por alejarse de Lee.

Sólo pensar en ella hizo que le doliera el pecho. Dios santo, había sido un idiota al pensar que podía escapar indemne cuando la mitad de la población masculina de Londres se había enamorado de ella.

Pero Lee no era Vermillion. Ella no halagaba el ego de un hombre ni se andaba con triquiñuelas. Ni siquiera parecía la misma.

Y él había creído estúpidamente que era inmune.

Antes bien, se había enamorado loca y desesperadamente de ella y ahora tenía que marcharse.

Caleb cerró la maleta haciendo chasquear los pasadores de latón y empezó a dirigirse a la puerta, ansioso por alejarse. La noche estaba nublada y hacía un poco de frío, pero por lo menos no llovía.

—¿Caleb?

El sonido de la voz de Lee le llegó como un susurro que resbaló suavemente por su piel. Se volvió y la vio parada junto a la puerta del balcón, vestida sólo con su ropa de noche. Caleb recordó el enrejado cubierto de lilas. Había una buena distancia hasta el suelo; no supo si estaba furioso o asombrado. Al final, aun sabiendo que tendría que echarla de su dormitorio, se sintió agradecido porque hubiera ido.

—No deberías estar aquí —susurró, temiendo acercarse para estrecharla entre sus brazos; eso era algo que no podía permitirse.

—Vas a irte —dijo ella—. Os oí hablar a ti y a mi padre en el estudio. Te marchas sin decirme una palabra.

Los ojos de Caleb estudiaron la cara de Lee, y no se le escapó el mechón de pelo reluciente contra la mejilla ni el débil temblor de los labios ni la expresión de pena en la mirada. Se preguntó si la suya no mostraría idéntica turbación.

—Se supone que no tendrías que escuchar detrás de las puertas.

—No puedo creer que te vayas así, sin más. Pensé que me querías... un poco, al menos.

La quería. La amaba. Tanto que le dolía. Caleb carraspeó.

—Tu padre pensó... Ambos pensamos que sería mejor de esta manera.

—¿Lo sería? —preguntó Lee.

Caleb sabía que debía mentir. La miró a la cara y vio el dolor que había en ella... y la traición que sentía Lee.

—No. No, para mí —reconoció.

En un abrir y cerrar de ojos, con los pies descalzos volando sobre la alfombra y la ropa de noche arrastrándose tras ella, Lee se encontró entre los brazos de Caleb. La abrazó. Sólo eso; la rodeó firmemente con los brazos y la apretó contra su pecho. Caleb aspiró su perfume y sintió el roce suave del sedoso pelo de Lee en su mejilla. Los senos de ella se apretaron contra él. Caleb recordó la turgencia y suavidad de los mismos, y cómo le llenaban las manos; también recordó el placer que se sentía al estar dentro de ella y al instante se excitó.

Apartó a Lee con delicadeza.

—Tienes que irte —dijo—. Tu padre se pondría furioso si supiera que estás aquí.

—He vivido hasta ahora sin él y puedo seguir haciéndolo un rato más. —Alargó la mano y lo tocó, se puso de puntillas y lo besó suavemente en los labios—. Voy a echarte de menos, Caleb.

Él tragó saliva.

—Yo también.

—No sé qué será de mí. Me da miedo el futuro. Cuando estaba contigo nunca sentía miedo.

El cuello de Caleb se tensó.

—Sé lo valiente que eres y sé que el marqués cuidará de ti. Él te quiere y sólo desea lo mejor para ti. No has de tener miedo.

—¿Crees... que si me convierto en la hija de un marqués las cosas pueden ser diferentes? Entre nosotros, me refiero.

«¡Ah, Dios!» Caleb alargó los brazos y la cogió por los hombros.

—Todavía no te has enterado de que esto no tiene nada que ver con lo que seas tú. No me puedo casar contigo, Lee. Soy un militar. Es lo que hago..., lo que soy. No puedo darte la vida que quieres, la que te mereces. —Extendió las manos y las posó sobre las mejillas de ella; luego le acarició la barbilla con el pulgar—. La guerra está lejos de acabarse y ni siquiera sé si estaré vivo cuando termine. Sólo quiero que seas feliz. Te lo mereces más que nadie que conozca.

Lee apoyó la cara en la palma de Caleb, y un vivo y doloroso deseo lo desgarró por dentro. Estaba enamorado de ella. ¡Dios, cómo le dolía marcharse!

—Te quiero, Caleb. Hazme el amor por última vez.

Caleb dejó caer la mano y retrocedió un paso, deseándola y desconfiando de su propio control.

—No puedo, Lee. Le di mi palabra a tu padre.

A Lee se le llenaron los ojos de lágrimas, y pronto empezaron a resbalarle por las mejillas. La luna salió lentamente de entre las nubes, y a Caleb le pareció que Lee estaba preciosa, allí parada, suelto el pelo ardiente y la clara piel bañada por el suave resplandor plateado que se colaba a través de los árboles.

—Tengo que irme —dijo dulcemente—. Si no, romperé mi palabra.

Lee permaneció allí parada y, durante un instante, Caleb dudó que pudiera abandonarla. En cierto sentido primordial ella le pertenecía. Era suya, y él había llegado a necesitarla de una manera como jamás había necesitado a nadie anteriormente. Pero no era justo para Lee. Ella se merecía un marido que estuviera a su lado cuando lo necesitara; un hombre que fuera un padre para los hijos que ella diera a luz.

—Ojalá no tuviera que irme; ojalá me despertara y descubriera que todo había sido un sueño.

Los ojos de Lee se anegaron en lágrimas, y Caleb sintió que los suyos le ardían. Cuando ella se inclinó hacia él no la apartó, sino que la acercó un poco más a su pecho y la abrazó, hasta que se le cerró la garganta y fue incapaz siquiera de susurrar el nombre de Lee.

Tuvo que recurrir a la pura fuerza de voluntad para apartarla. No volvió a mirarla; sólo recogió la bolsa de viaje y empezó a caminar, doliéndole cada paso que daba. Lee no hizo ningún movimiento por detenerlo; si lo hubiera hecho Caleb tal vez no habría llegado a la puerta.

Cuando lo hizo, se volvió para mirarla por última vez y vio que tenía las mejillas cubiertas de lágrimas.

—Que seas feliz, Lee —le dijo.

Ella intentó sonreír. Fracasó.

—Cuídate, Caleb.

Caleb obligó a sus piernas a moverse. Sin mirar atrás recorrió el pasillo, descendió la escalera y salió de la vida de Lee camino del solitario futuro que lo aguardaba.

23

La vida en Kinleigh Hall no se parecía a nada de lo que Lee había imaginado. En cierto sentido era mucho más. Su padre era todo lo padre que se podía ser: dulce y cariñoso, protector y tierno. El marqués inició los procedimientos legales para darle su nombre el mismo día en que Caleb partió para Londres. La abrumaba a regalos, hizo trasladar a su cuadra a *Grand Coeur* y a otros tres de los premiados caballos de Parklands, y cabalgaba con ella por la vasta extensión de las propiedades de Kinleigh casi a diario.

Lee estaba sorprendida por la frecuencia con que el marqués hablaba de su madre, haciendo que Angelique Durant pareciese real de una manera como nunca antes lo había sido. Lee habría sido feliz... de no haber sido por Caleb.

Se afanaba en no pensar en él en un intento de impedir que aflorara su sufrimiento. Los años que había pasado representando el papel de Vermillion le permitían disimular su pena, aunque ocasiones había en que creía que su padre sospechaba. Después de todo, él había sufrido la pérdida de la mujer que amaba. Tal vez lo comprendía, aunque, si era así, no decía nada.

Lee se preguntaba por qué el marqués no había obligado a Caleb a casarse con ella —como, sin duda, un hombre de su posición podía hacer—, pero ella no habría querido a Caleb de aquella manera y agradecía que su padre pareciera saberlo.

Sólo había una pega. Bueno, dos en realidad: Bronson y Aaron Montague, los hijos del marqués. Bronson la había odiado nada más verla. Cuando su padre le había comunicado con calma que tenía una hermana a la que tenía intención de hacer miembro de la familia, el primogénito se había horrorizado.

—¡Jesús, padre, es que has perdido el juicio! ¡La chica es hija de tu antigua amante, por amor de Dios! ¡Es una plebeya, indigna por completo de incorporarse al linaje de los Montague!

—He de recordarte que Lee es también hija mía. Y su madre no tenía nada de plebeya. Descendía de la nobleza francesa. Si me hubiera casado con ella, tal y como era mi deseo, Lee habría sido mi hija legítima, y es mi intención corregir esa situación lo antes que pueda.

Bronson lo había amenazado, y acabaron discutiendo.

—Lee es tu hermana —dijo el marqués, a punto de perder los estribos—. ¡La tratarás con el respeto que se merece o te dejaré sin un cuarto de penique!

—Puede que Bronson tenga razón, padre —intervino Lee cuando su hermano salía por la puerta hecho un basilisco—. Nunca fue mi intención traer el sufrimiento a tu familia. Tengo mi propio dinero y puedo cuidar de mí misma. Quizá...

—¡Sandeces! Eres mi hija. Y tengo la intención de que se te trate como tal.

Aunque el hijo pequeño del marqués, Aaron, todavía no había vuelto del internado, Lee supuso que en cuanto lo hiciera el panorama empeoraría aún más. Probablemente, lo mejor para todos sería, lisa y llanamente, que ella abandonara Kinleigh y regresara a Parklands, pero no podía soportar la idea de volver a llevar aquella clase de existencia.

Gracias a Caleb estaba más segura de sí misma y de lo que realmente quería.

Por desgracia, lo que quería era a Caleb. Si se lo hubiera pedido, se habría ido con él a España, por más que la vida del ejército no fuera la que ella habría escogido. Quería un hogar propio, un lugar en el campo donde pudiera criar a sus caballos. Aún más; amar a Caleb había hecho que se diera cuenta por fin de que lo que realmente deseaba era tener una familia propia.

Procuraba no pensar en él ni preguntarse dónde estaría o si ya habría dejado Londres.

Lo intentaba, pero lo amaba tanto que no servía absolutamente de nada.

El día era bastante caluroso: el sol, en un cielo limpio y sin nubes, caía a plomo, y el viento apenas era un recuerdo. Caleb volvía del campo entre Luc y su padre hacia la gran casa de estilo georgiano que era Selhurst Manor. Habían salido a cazar perdices muy de mañana, y ahora, cubierto de polvo y cansado, a Caleb le pesaba la escopeta en el hombro.

—¿Qué decís a una copa de brandy? —preguntó su padre al entrar a la casa por la parte de atrás—. Yo no le haría ascos a una sin duda.

—Me parece estupendo —dijo Luc.

Caleb se limitó a asentir con la cabeza. No había disfrutado de la jornada de la manera que había esperado, como solía hacerlo cuando era niño. El sonido de los disparos le había traído a la memoria las batallas vividas y las que sabía habrían de llegar. Pero a su padre y a su hermano siempre les había encantado hacer deporte, como en otro tiempo también le había gustado a él. Sin embargo, en ese momento se sentía sencillamente agradecido por que el día hubiera terminado.

Los tres hombres se dirigieron directamente al estudio. Vestidos con la polvorienta ropa de caza, no estaban, ni mucho menos, en condiciones de pasar al salón.

—Me alegro de que estés en casa, Caleb —le dijo su padre mientras se dirigía a un recargado aparador pegado a la pared.

Caleb observó que estaba envejeciendo, que su pelo otrora castaño ya estaba blanco en su mayor parte, que los hombros ya no eran tan derechos como antaño. Pero, su voz seguía siendo autoritaria, y la sonrisa con que obsequió a su hijo contenía la fuerza que siempre le había conmovido.

—Yo también me alegro de estar aquí, padre. Sólo lamento no disponer de más tiempo.

—Y yo, hijo, y yo. —Sirvió el brandy y les pasó las copas.

—¿Alguna noticia de Ethan? —preguntó Caleb.

Su padre sacudió la cabeza.

—Sigue embarcado, supongo —dijo, y pensó en Ethan. Se encargaba de los negocios navieros de la familia. El mar siempre había sido su gran pasión—. Nunca se le ha dado bien lo de escribir. —El conde dio un trago a su brandy—. No has hablado en ningún momento del caso en el que estuviste trabajando. He oído rumores, claro. Hace tiempo que circula un sinfín de chismes por ahí.

—¿Ah, sí? —Caleb echó una mirada rápida a su hermano, preguntándose cuánto habría dicho, pero Luc hizo un ligero movimiento de negación con la cabeza—. ¿Y cómo te has enterado?

—Jon Parker mencionó que te había visto. Me contó que te habían mandado a casa para ayudar a detener a un asesino, aunque me sorprende que te ordenaran hacer ese viaje tan largo.

Era la historia que Caleb había contado en Parklands, un cuento un tanto endeble en el mejor de los casos, y su padre lo estaba escudriñando con aquella sagacidad tan suya con la que discernía la verdad de la mentira. Pero Caleb ya era lo bastante mayor para que no lo intimidara como cuando era niño.

—Ése fue el cuento que conté en su momento. La verdad es un tanto más complicada, aunque, por desgracia, no estoy en libertad de hablar de ello, padre, ni siquiera contigo.

—Entiendo. —El conde lo dijo casi con orgullo, como si admirara la integridad de Caleb.

Quizá fuera así. Caleb tenía esa esperanza.

El conde dio un sorbo al brandy, y los tres se dirigieron al sofá y las butacas de piel.

—También ha habido otros rumores. Algo relacionado con una joven, si no recuerdo mal.

En ese momento el conde estaba tanteando el terreno. Caleb se preguntó hasta dónde sabría su padre, y el pulso empezó a latirle en las sienes con fuerza.

—¿Y eso también procede de lord Nash?

—No. Es un simple chisme que oí aquí y allí. No suelo prestar mucha atención, pero como ese cotilleo en concreto concernía a mi hijo me tomé algunas molestias especiales en descubrir si era o no verdad.

Caleb ya estaba en guardia. Ni siquiera era capaz de empezar a imaginar qué había averiguado su padre acerca de Vermillion.

—¿Y qué es exactamente lo que has oído? —preguntó a su progenitor.

—Que has pasado demasiado tiempo con una mujer llamada Vermillion Durant. Se especula acerca de tus sentimientos por la chica, y como la joven es conocida por ser una cortesana de cierto renombre...

—Eso no es cierto —protestó Caleb—. Nunca ha sido nada de eso. —Se esforzó en no perder la calma. Nunca era una tarea sencilla si se trataba de algo relacionado con Lee—. Era todo una artimaña en la que se vio atrapada por error y que ya ha tocado a su fin.

Luc acudió en su ayuda, y Caleb siempre se lo agradecería.

—La señorita Durant es una joven encantadora, señor. Caleb la ayudó a reunirse con su padre, que resultó ser el marqués de Kinleigh.

—¿Kinleigh? Vaya, eso sí que es interesante. Apuesto a que la noticia resultó toda una sorpresa.

—Lo creas o no, para el marqués fue una gran alegría —dijo Caleb—. Tiene previsto darle su nombre, aunque está intentando que el asunto se mantenga en la mayor intimidad posible.

—Si la dama en cuestión tiene esa clase de pasado, puedo entender las razones.

El genio de Caleb subió ligeramente de intensidad.

—Lee es inocente de todo eso, y su padre lo sabe. La considera como la persona que realmente es y está agradecido por haberla encontrado.

—Tu defensa es admirable, Caleb. Confío en que todo se quede ahí..., en la defensa que un gallardo capitán de caballería hace del honor de una joven inocente.

Su padre tenía una habilidad especial para crisparle los nervios. Durante los últimos años, desde que Caleb se había alistado en el ejército, se habían llevado muy bien.

Pero en los últimos años no habían discutido.

—Te diré una cosa, padre. La dama significa mucho para mí. En circunstancias diferentes le habría pedido que se casara conmigo. Pero, como te he dicho, soy capitán de caballería. El deber me llama y he de obedecer. —Esto último lo dijo con un dejo de sarcasmo que su padre debió de percibir.

—Pensaba que te gustaba el ejército.

Caleb suspiró.

—Y me gusta. Es sólo que hay ocasiones...

—Continúa.

—Hay ocasiones en que echo de menos la clase de vida que tú y madre tuvisteis. La verdad es que nunca pensé que llegara a añorarla alguna vez.

El conde dio un trago a su bebida con la mirada clavada en la cara de Caleb.

—Con toda certeza esta guerra no puede durar siempre. Tal vez, cuando acabes, podrás volver a casa, establecerte y formar una familia, como ha hecho tu hermano Christian.

Caleb bebió un sorbo de brandy.

—Puede —dijo, pero en realidad no lo creía así. Lo cierto es que había sólo una mujer que lo hubiera tentado a casarse. Dudaba que pudiera volver a sentir lo mismo por otra.

Dio el último trago a su bebida y dejó la copa sobre la mesa.

—Estoy empezando a saborear el polvo del día. Si me excusáis, creo que tomaré un baño y descansaré un rato hasta la hora de la cena.

Ante la inclinación de cabeza de su padre, se dio la vuelta y se dirigió a la puerta. Tras él, oyó que el conde se dirigía en voz baja a Lucas, pero no pudo oír lo que decía.

—Siempre ha tenido un genio endemoniado —dijo el conde a Luc— y a menudo actúa precipitadamente. Me preocupé cuando oí que estaba liado con esa joven, una dama de reputación dudosa.

—Caleb te ha dicho la verdad. Lee Durant nunca fue una cortesana.

—Eso no importa, en realidad. La chica es una Durant. ¿Crees que tu hermano está enamorado de ella?

Luc hizo bailar el brandy en la copa mientras intentaba decidir cuánto contar.

—Sean cuales fueren sus sentimientos, volverá al servicio. No tiene otra elección. Se va dentro de dos días y no se la llevará con él. Me ha dicho lo que es aquello para una mujer. En cuanto se haya ido, las cosas volverán a la normalidad.

—No sé, no sé... Caleb no es del tipo de hombre que llega a una relación tan profunda con una mujer. —El conde suspiró y dio un largo trago a su bebida—. Condenada guerra. No he dejado de preocuparme por él ni un momento mientras ha estado fuera. Sólo le pido a Dios que vuelva a casa sano y salvo.

Caleb, vestido con su uniforme, entró a grandes zancadas en el despacho del coronel en Whitehall y vio al mayor Sutton hablando con Cox. Los dos hombres volvieron su atención hacia él cuando cerró la puerta.

—Celebro verlo, capitán. —El coronel le hizo una seña con la mano para que se adelantara mientras se dirigía detrás del escritorio—. Descansen, caballeros. Pueden sentarse.

Tanto Caleb como el mayor tomaron asiento enfrente del coronel.

—Su transporte ya está dispuesto, capitán. Mañana por la mañana, tal y como estaba previsto, partirá para Portsmouth. Desde allí viajará hasta España a bordo del barco de su majestad *Nimble*. Una escolta lo estará esperando a su llegada para conducirlo de vuelta a su regimiento de inmediato.

—Todo parece estar en orden, señor. —Caleb se movió en la silla—. En relación a un asunto previo, me he estado preguntando si había surgido algo nuevo sobre la red de espionaje.

El coronel sacudió la cabeza.

—No mucho. Interceptamos otro correo anteayer, pero el hombre se resistió y resultó muerto al intentar huir.

—¿Qué clase de información llevaba encima? ¿Hay alguna posibilidad de rastrear la fuente?

—Por desgracia, se trataba de información acerca de las posiciones más recientes de Wellesley y con una precisión milimétrica. Lo tremendo es que al menos media docena de oficiales de alta graduación han tenido acceso a esa clase de información. Lo necesitan para hacer su trabajo.

—¿Han considerado la posibilidad de suministrar información falsa a esas personas? ¿Algo que pudiéramos rastrear hasta dar con una persona concreta?

—Una idea interesante. El mayor Sutton ha hecho la misma sugerencia.

Caleb lanzó una mirada al mayor y volvió a concentrarse en Cox.

—¿Y?

—Me atrevería a decir que no sería algo fácil de hacer. Esos hombres están en comunicación diaria. La información es verificada y contrastada. Puesto que no sabemos quién puede estar pasándola, no sabemos en quién de ellos podemos confiar.

—Sigo intentando convencer a los mandamases —añadió el mayor.

—Estamos pensando en infiltrar a alguien —dijo el coronel—, como hicimos con usted, pero tendría que ser alguien del cuerpo diplomático. El problema es el tiempo. —Suspiró—. Pero nada de todo esto, capitán, es ya asunto suyo, ni aquí ni allí. Sale para España en cuestión de horas.

Hablaron un rato más, y luego tanto Caleb como el mayor se retiraron. Caleb salió a la calle con Sutton. A esa hora del día las calzadas bullían con los coches de alquiler, obstruidas por la gente y los animales que cruzaban la ciudad.

—Ojalá pudiera hacer algo —dijo Caleb.

—No se preocupe, atraparemos a ese bastardo... tarde o temprano.

—Me sentiría mejor si fuera temprano.

Sutton asintió con la cabeza.

—Yo también —dijo, y siguieron por la calle juntos, pensando ambos en los días que se avecinaban—. Parece que habrá una lucha encarnizada en España; debería tener cuidado, capitán.

—Ésa es mi intención, mayor.

—¿Se lleva a aquella pequeña pelandusca con la que se le ha visto?

Conozco a un montón de hombres que se llevan a sus mujeres con ellos. Supongo que es lo que yo haría.

Caleb apretó con fuerza las mandíbulas. Nunca le había gustado el mayor Sutton, y todo parecía indicar que la cosa no iba a cambiar.

—No arrastraría a ninguna mujer que quisiera a un agujero del demonio como ése. Y ella no es ninguna pelandusca. Ya se lo dije, mayor. A menos que desee enfrentarse conmigo a pistola al amanecer, le sugeriría que lo recordara.

La boca de Sutton se torció en un atisbo de sonrisa.

—Le recuerdo, capitán, que batirse en duelo es ilegal. Además, parte para Portsmouth al amanecer.

Caleb hizo rechinar los dientes.

—Con un poco de suerte, mayor, volveré. Si me entero de que ha dicho una sola palabra calumniosa acerca de la reputación de la señorita Durant, esperaré esa satisfacción.

Sutton se limitó a sonreír. Caleb tuvo la extraña sensación de que el hombre lo estaba provocando, de que sabía muy bien cómo enfadarlo y que estaba disfrutando del espectáculo; sin embargo, desconocía cuáles eran las razones que lo empujaban a ello.

Aunque, realmente, no le importaba. Al día siguiente salía para Portsmouth. Se iba a España y no sabía cuándo volvería..., si es que volvía. Mientras se dirigía a recoger su caballo procuró no pensar en Lee, pero su mente voló en pos de ella.

Se preguntó cuántas veces la recordaría en los días venideros.

La noche parecía eterna. Hacía frío para la época del año que era, y un viento moderado soplaba entre los árboles. Lee se había puesto a leer un rato, pero las páginas parecían desdibujarse, así que acabó por renunciar a la lectura y apartó el libro. Al día siguiente era miércoles, el día en que Caleb se iría.

¿Seguía en Londres? ¿O ya se había ido?

Caminaba inquieta de extremo a extremo de la chimenea pensando en él, al tiempo que lamentaba no haber podido pasar juntos aquellos últimos días. Se arrepentía de no haberse marchado de Kinleigh Hall, siguiendo los deseos de su corazón, y haberlo seguido a la ciudad.

Vermillion lo habría hecho; si hubiera querido a un hombre habría ido tras él sin más miramientos.

Pero Lee no era Vermillion, y a esas alturas le resultaba casi imposible interpretar el papel. Sin embargo, había ocasiones en que podía ser igual de descarada y atrevida. En ciertos aspectos era bastante más fuerte de lo que Vermillion habría sido.

La idea le infundió valor. Se levantó de un salto del asiento de la ventana donde se había detenido un instante y corrió hasta el armario de palisandro del rincón. Ignoró el surtido de trajes de paseo, vestidos de viaje, de baile, capas y pellizas que había llevado a Kinleigh desde el hotel Purley, y sacó un traje de montar de terciopelo azul marino.

Caleb se iba a marchar. En España habría combates, y podía resultar herido o incluso muerto. Él le había prometido a su padre que se mantendría lejos de ella, pero Lee no había realizado semejante promesa. Si él no quería verla, regresaría a Kinleigh y nunca volvería a pensar en él.

Pero si Caleb sentía lo mismo que ella... Con que su corazón le doliera la décima parte de lo que le dolía a ella, la recibiría alborozado.

Preocupada por que alguien pudiera intentar detenerla, no llamó a Beatrice, sino que, como bien pudo, ella sola se enfundó en el traje, dando gracias de que la prenda se abotonara por delante. Luego escribió una nota a su doncella en la que le decía que volvería por la mañana y le rogaba que no preocupara a su padre. Pocos minutos más tarde avanzaba por el pasillo, descendía la escalera de servicio y se dirigía al establo.

Se detuvo para encender un farol y entró. *Grand Coeur* relinchó al acercarse Lee y resopló cuando lo sacó del compartimiento. No se había traído a *Noir* ni a ninguno de los caballos de carreras; todavía no estaba segura de que fuera a quedarse en Kinleigh.

—¿Qué hace, señorita? —Era Jack Johnson, el arriero que le había llevado sus caballos de silla.

Lee había confiado en que los mozos de cuadra no se despertaran.

—Tengo que hacer un recado —respondió.

Se volvió para levantar la pesada silla de mujer de donde estaba colgada, pero, Jack, un hombre corpulento y musculoso, que por lo menos le sacaba una cabeza, le pasó los brazos por encima y levantó la silla como si fuera una pluma. Luego ensilló a *Grand Coeur*.

—Es tarde, señorita. No puede pensar en salir sola; amenaza tormenta, y los caminos son peligrosos para una dama.

—Tengo que ir, Jack. Volveré en algún momento de mañana.

El hombre meneó la cabeza entrecana. No era guapo, pero tenía unos rasgos amables.

—No la dejaré ir, señorita. Desde luego sola, no. Si se marcha, iré con usted. —Jonhson no apretó la cincha y le cerró el paso para impedirle que lo hiciera ella.

Hasta Londres había veinticuatro kilómetros, aunque la carretera era muy concurrida y las tabernas que había a lo largo del camino no estaban apartadas. Sabía cuál era la casa del conde de Selhurst en Berkely Square. No era probable que la asaltaran, pero tampoco había ninguna seguridad al respecto. Tenía que reconocer que sintió un gran alivio al saber que Jack la acompañaría.

—Gracias, Jack. Quizá sea mejor que venga conmigo.

El hombre asintió con la cabeza, fue a ensillar su caballo y volvió a los pocos minutos.

—¿Le importaría decirme adónde vamos?

Lee sonrió. Se echó la capucha de su capa de lana sobre la cabeza y respondió al arriero:

—A Londres, Jack. Vamos a Londres.

Pocos minutos más tarde desaparecían en la noche neblinosa.

Caleb era incapaz de dormir. Al día siguiente emprendería su viaje de regreso a España. Deseó que fuera ya de día para poder ponerse en camino.

En su lugar, una noche negra y sin luna oscurecía el cielo más allá de la ventana de su dormitorio. Un fuerte viento del norte aullaba sobre las chimeneas, y una neblina resbaladiza empañaba las calles de adoquines. Caleb daba vueltas delante de la ventana; se detuvo para observar a un solitario carruaje que pasaba por la calle y luego se dirigió a servirse algo de beber.

Pensaba en Lee y se preguntaba qué estaría haciendo esa noche y si se habría adaptado a la familia del marqués. Confiaba en que sí. Quería que fuera feliz; era su deseo más ferviente.

Retiró el tapón de la licorera, vertió un poco del líquido ámbar en su copa y dio un trago con la esperanza de que el brandy pudiera ayudarlo a dormir. Cuando iba a dar el segundo, oyó un ligero golpe en la puerta. Caleb atravesó el dormitorio para abrirla, al tiempo que se preguntaba qué estaría haciendo Grimsley levantado a esas horas, ya pasada la medianoche.

—Tiene una visita, señor. —Las orejas del anciano se sonrojaron ligeramente—. Una dama, señor. Viene de un poco lejos. Dice que si no desea verla que se lo diga y, entonces, se irá.

El corazón de Caleb se desbocó. Era imposible que Lee hubiera recorrido todo aquel camino. Entonces la recordó cabalgando como un rayo por los campos y rememoró la imprudente manera que tenía de saltar valla tras valla. Por supuesto que lo habría hecho. Dejó la copa sobre la mesa que había junto a la puerta y se esforzó por refrenar la impaciencia que sentía por verla.

No estaba vestido para recibir visitas; sólo llevaba puestos los bombachos, sin camisa ni botas. Se puso la camisa encima pero no se molestó en abotonarla y salió tras el mayordomo escaleras abajo.

Lee estaba en el vestíbulo, una pequeña figura envuelta en la capa, con el pelo del color de los rubís alborotado y mojado, y las mejillas coloradas del frío aire de la noche.

—Me tomé la libertad de hacer pasar a la cocina al mozo de cuadra de la señorita, señor, para que comiera algo. Delante del fuego hay un camastro por si desea echarse a dormir.

Un mozo de cuadra. Al menos no había viajado sola.

—Gracias, Grimsley —dijo Caleb al mayordomo, pero sin mirarlo; sus ojos no se apartaban de Lee y no parecía que pudieran dejar de hacerlo por más que él se esforzara.

Lee no dijo una palabra hasta que Grimsley se hubo retirado; entonces levantó la barbilla.

—Si quieres que me vaya no tienes más que decirlo y seguiré mi camino.

Caleb sonrió.

—Eso me ha dicho Grimsley.

Deseaba levantarla en brazos, abrazarla, pero temía que, si la tocaba, no la dejaría marchar nunca.

—¿Y bien?

—Salgo para Portsmouth al amanecer —dijo Caleb.

—Ya lo sé. Por eso estoy aquí.

Lee esperaba que él le dijera algo más, que la invitara a quedarse. Al no hacerlo, se dio la vuelta hacia la puerta y empezó a caminar.

—Estoy segura de que tienes mucho que hacer antes de partir. Lamento haberte molestado. Buenas noches, capitán Tanner.

Alargó la mano hacia la puerta, pero él ya estaba detrás de ella. La cogió por la cintura, la hizo girar en redondo y la estrechó entre sus brazos sin más.

—Demasiado tarde —dijo Caleb en un susurro—. Tuviste tu oportunidad para escapar. Ahora no te perderé de vista hasta el amanecer.

Ella levantó la vista hacia él, dispuesta a zafarse de su abrazo, pero fuera lo que fuese lo que vio en su cara hizo que cambiara de opinión.

Con los brazos alrededor del cuello de Caleb, apretó la mejilla contra la de él.

—Caleb...

Él se limitó a abrazarla durante un buen rato. Podía sentir el corazón de Lee latiendo casi tan deprisa como el suyo y los débiles estremecimientos que agitaban su cuerpo. Ella estaba allí. Sólo Dios sabía cuánto lamentarían ambos esas horas por la mañana. No obstante, la levantó en brazos y empezó a subir la escalera.

—Te he echado de menos —dijo Caleb al entrar en el dormitorio y cerrar la puerta con el pie descalzo—. Ni un solo día he dejado de pensar en ti ni de desear que estuvieras aquí.

Entonces la besó, sabiendo que no debía, pero incapaz de refrenarse.

Deseaba que las cosas fueran diferentes.

Aunque bien sabía que para él nunca lo serían.

Lee apenas se podía creer que realmente estuviera allí arriba, en la habitación de Caleb. Hubo un tiempo en que no habría sido tan audaz, pero eso había sido hacía tiempo, antes de conocerlo. Antes de que ella misma se hubiera convertido en la persona que era entonces.

Se inclinó hacia él, se puso de puntillas y lo besó.

—Te he echado de menos, Caleb. No te puedes imaginar cuánto. —Lo besó en los ojos, en las mejillas, en los labios—. Tenía que verte, no podía quedarme en Kinleigh sabiendo que podías estar todavía aquí, sabiendo que quizá no volvamos a vernos nunca más. Tenía que venir, Caleb; tenía que verte por última vez.

Caleb le puso la mano en la mejilla.

—Sé que no debería decir esto, sé que el que estés aquí es malo para ambos, pero estoy muy contento de que hayas venido.

—He pensado en ti todas las noches. Soñaba que te tocaba..., que hacía que me tocaras. Una vez que te hayas ido, lo único que me quedará de ti son recuerdos. —Lo besó muy dulcemente—. Quiero pasar la noche acurrucada a tu lado. Quiero que me abraces entre tus brazos. Hazme el amor, Caleb, por favor. ¿Lo harás?

Caleb le cogió la cara con manos temblorosas, inclinó la cabeza y la besó; fue un beso tan suave y dulce que a Lee casi se le rompió el corazón. Subió las manos y empezó a quitarle las pinzas del pelo, tras lo cual le peinó los abundantes rizos con los dedos.

—No puedo hacerte el amor..., no de la forma que quieres. Le di mi palabra a tu padre —dijo, pero la besó de nuevo y empezó a desabrocharle la ropa, al tiempo que Lee empezaba a desabotonarle la suya.

Fuera, la tormenta se acercaba; restalló un rayo, y Lee oyó el retumbar del trueno a través de la ventana. La noche negra parecía remedar las sombras que avanzaban por su alma.

Caleb acabó de desnudarla y se quitó lo que le quedaba de ropa. A la luz de la lámpara que parpadeaba al lado de la cama, Lee apreció el musculado pecho de Caleb y suspiró por poder tocarlo. Contempló cómo se abultaba y crecía a cada movimiento, y ansió apretar la boca contra su piel. La luz débil y dorada de la lámpara resaltaba los músculos en su vientre plano; tenía las caderas estrechas y las nalgas redondas, y del nido protector de rizos negros sobresalía la larga y gruesa verga de Caleb.

Dios, era muy hermoso. ¡Cuánto lo amaba!

Caleb la levantó de nuevo, la llevó hasta la alta cama con dosel y la depositó en el borde del colchón. Apoyando un brazo a cada lado de ella, se inclinó y le dio un beso largo y moroso, aderezado con un tenue y dulzón gusto a brandy. Lee sintió el calor de la boca de Caleb y la suavidad de sus labios, y un dolor punzante la laceró en su interior. Él iba a marcharse; en pocas horas se habría ido.

Caleb la besó con pasión voraz, con la misma ansia con que ella respondía. El placer que él le proporcionaba le resultaba insoportable. Caleb la besó en un lado del cuello, y en los hombros, deslizando por ellos la boca entreabierta; luego bajó la cabeza y acarició con la lengua uno de sus pechos. El deseo la dominó, y el amor que sentía por él la embargó con tanta fuerza que casi se echó a llorar.

Con los besos de Caleb, los pezones de Lee se hicieron de cristal de roca y adquirieron la dureza del diamante, turgentes al contacto con su lengua.

—Aún me sabes a bayas —susurró Caleb—. Nunca olvidaré ese sabor.

Ahuecó las manos en los pechos de Lee con reverencia, los acarició y volvió a reclamar con urgencia la boca de ella, que tomó con la lengua.

—No romperé mi palabra —dijo, mientras se arrodillaba entre las piernas de Lee, pero ella vio la avidez en su mirada, el deseo ardiente y algo más, algo tan vivo como su propio deseo.

Sintió la boca de Caleb en su vientre, la lengua en su ombligo y oleadas de placer en todo el cuerpo. Caleb la incorporó cuidadosamente en la cama, la movió hacia abajo y acercó la boca a los rizos de su entrepierna. Lee gimió cuando los dedos de Caleb abrieron su vulva y la lengua de él se adentró en ella; sintió como si una antorcha le hubiera prendido fuego en la sangre.

—¡Caleb! —Intentó sentarse, pero él consiguió que volviera a tumbarse y empezó a besarla de nuevo.

—No voy a penetrarte —susurró—, pero hay otras formas de poder hacerte el amor.

Y empezó a demostrárselo. Le deslizó las palmas de las manos por debajo de las caderas y la levantó, atrayéndola contra su boca. Entonces la acarició con los labios y la lengua hasta que el cuerpo de Lee ardió por su causa, hasta que el pensar en Caleb la consumió, hasta que empezó a gimotear pronunciando su nombre. Ella le cerró los puños sobre el abundante pelo castaño, pero Caleb no se detuvo; la tenía inmovilizada por las caderas mientras no dejaba de lamerla y acariciarla. Había reverencia en la forma de agarrarla, en la manera en que él le proporcionaba placer sin pausa. Lee llegó al clímax deseando sentirlo dentro, y el éxtasis embargó todo su cuerpo. Incluso entonces Caleb no se detuvo, no hasta que Lee alcanzó un nuevo orgasmo.

Cuando la divina tortura finalizó, Lee estaba exangüe y sollozante. Caleb la levantó, la acomodó en la cama y se tumbó a su lado. Su erección seguía siendo tan grande que Lee apreció el tenue pulso que animaba el rígido miembro que descansaba en su vientre y, entonces, cayó en la cuenta de que lo que él le había hecho era un regalo.

Fuera, como un reflejo de las propias emociones turbulentas de Lee, la tormenta continuaba. Un relámpago centelleó cuando ella alargó la mano para tocarlo, deseando corresponderle.

Pero Caleb la cogió de la muñeca.

—Está bien. No tienes por qué...

—Quiero hacerlo, Caleb —dijo en voz baja.

Inclinó la cabeza sobre él, lo saboreó, sintió la suave y rígida textura de su miembro y se lo metió en la boca. Su pelo cayó hacia delante, confundiéndose con el vello de la entrepierna de Caleb, y lo oyó tomar aire con fuerza. No sabía muy bien qué hacer, pero cuando sintió que la tensión se extendía por todo el cuerpo de él, cuando le oyó susurrar su nombre, pensó que tal vez no importara. Ahuecó las manos alrededor de su verga y la saboreó, acariciándola con más intensidad. Al cabo de unos minutos, Caleb eyaculó.

Lee percibió la fuerza de los latidos de él cuando se recostó a su lado en la cama y se acurrucó contra su pecho.

—No quiero abandonarte —dijo Caleb—. Si hubiera alguna otra manera...

Lee le puso los dedos temblorosos sobre los labios e hizo caso omiso del doloroso nudo que le apretaba en la garganta. Los brazos de Caleb se ciñeron a su alrededor protectoramente, y ella sintió el roce de sus labios contra el cabello.

«Te amo —pensó Lee—. Te amo muchísimo.» Pero no lo dijo; no sería justo para ninguno de los dos.

—No quiero dormir —dijo, en cambio—. Quiero pasar estas últimas horas contigo.

Sin embargo, estaba exhausta por el agotador viaje a caballo hasta Londres y, además, él le había proporcionado tanto placer... Por más que se esforzó en mantenerse despierta, el sueño la fue venciendo poco a poco.

Cuando el alba despuntó por el horizonte y sus ojos se abrieron lentamente, Caleb se había ido. Dentro de su pecho latía un corazón destrozado.

24

El regreso de Lee a Kinleigh Hall al día siguiente transcurrió sin incidencias. Si su padre sabía dónde había estado, si se había percatado de la desesperación en su mirada o había vislumbrado el abatimiento abrumador que le hundía los hombros, no hizo ningún comentario, y ella le estaría agradecida eternamente por ello. Caleb había salido de su vida; volvería a empezar sin él. Su padre pareció leerle los pensamientos y estaba decidido a ayudarla.

A ese respecto siguió adelante con el papeleo que la convertiría en Lee Montague, hija de un marqués y casi intocable por la alta sociedad. Aunque nunca había pretendido mezclarse con la gente bien, agradecía el manto protector en el que la había envuelto su padre.

No se había dado cuenta de lo poderoso que sería hasta que recibió una carta de Oliver Wingate, quien pedía en ella su permiso para visitarla a Kinleigh Hall.

—Creo que deberías recibirlo —dijo su padre—. De esa manera dejarás muy claro, de una vez por todas, quién eres exactamente.

Lee sonrió.

—¿Te refieres a Lee Montague?

El marqués sonrió de un modo que recordaba al de ella.

—Exactamente eso, e hija de un noble, como él.

Finalmente, había accedido a que el coronel pasase una velada con ellos; aunque muy diferente a aquellas que ambos habían compartido en Parklands. Y, como si de un recordatorio de aquellos tiempos se tratara, al día siguiente llegó una nota de Andrew Mondale, quien sugería en ella una cita. Lee leyó entre líneas que las intenciones de éste eran harto menos respetables que las de Wingate, de modo que se limitó a ignorar la nota.

La única persona que permaneció a distancia fue su tía. Gabriella le había escrito una extensa carta en la que le explicaba que no acudiría a Kinleigh Hall por el bien de Lee. Le deseaba toda la felicidad del mundo y le decía que, una vez que estuviera bien asentada en su nueva vida, podrían empezar a verse de nuevo con discreción. Tía Gabby se había sentido dichosa cuando Lee escogió a Caleb, y ahora ésta confiaba en que su querida tía no se desesperara ante el último giro de los acontecimientos.

En representación de Gabriella fue a visitarla Elizabeth Sorenson, lady Rotham, y Lee se emocionó al verla. Y aún se emocionó más cuando se enteró de que Beth y Charles se habían reconciliado.

—Estamos enamorados, Lee. —La condesa se rió—. Me siento como si tuviera veinte años de nuevo. Charles es un marido maravilloso y un padre excepcional. Nunca lo habría dicho, pero sé que me ama... y lo demuestra todos los días.

—Me alegro por ti, Elizabeth —dijo Lee—. Te mereces ser feliz.

—Odiaba estar casada, me parecía una vida de penitencia; pero estaba equivocada. Compartir la vida con alguien que te quiere... lo cambia todo. Te hace sentir completa.

Lee procuraba no pensar en Caleb, y Elizabeth se preocupó de no mencionarlo. Ni una vez lo hizo. Era como si él nunca hubiera existido. Lee, por su parte, intentaba aparentar también que nunca le había conocido, en un esfuerzo por proteger su maltrecho corazón.

Acudieron más visitas a la mansión, amigos íntimos del marqués que se acercaron a darles su apoyo. Sin embargo, la llegada de Jonathan Parker a la casa fue una sorpresa.

—Conozco a su padre desde hace bastantes años —dijo Jon cuando se sentaron en el salón—. Es un hombre increíble, Lee. Me alegra que las cosas hayan acabado así para usted.

Ya todos la llamaban Lee. Al igual que Caleb, Vermillion se había desvanecido como un fantasma del pasado.

—Es maravilloso volver a verle, Jon. Siempre ha sido un amigo. Y me alegra saber que eso no ha cambiado.

El vizconde alargó el brazo y le cogió la mano.

—Ya le dije una vez que deseaba algo más que su amistad... y así sigue siendo.

El impacto de aquellas palabras no pudo haber sido más profundo para Lee. El vizconde había querido que fuera su amante. Aquello era bastante diferente. Ni en mil años habría llegado a creer jamás que Nash y Wingate fueran a continuar con su persecución, aunque aquello requería ya nada menos que el matrimonio.

—Sé que es demasiado pronto —dijo el vizconde—. Usted y su padre necesitan tiempo para estar juntos, pero cuando esté lista confío en que por lo menos considerará mi proposición.

¿Qué podía decirle? Jonathan Parker era miembro de la aristocracia, uno de los hombres más respetados de Gran Bretaña. Era un honor de lo más elevado.

—Pues claro que lo haré, Jon. No puede imaginarse lo honrada que me siento. Pero, como bien ha dicho, necesito un poco de tiempo.

«Algo más que un poco», pensó Lee. Podría costarle años superar la pérdida de Caleb; de hecho, no estaba segura de que pudiera conseguirlo nunca.

Por desgracia, había otras consideraciones; a saber: sus dos hermanastros, Bronson y Aaron, que seguían haciéndole la vida imposible siempre que estaban cerca. Aaron, a su regreso del internado, había recibido la noticia de la hermana que se había convertido en miembro de la familia con mayor indignación que Bronson y había agarrado tal berrinche que su padre lo había amenazado con azotarlo, lo cual —resultaba más que evidente— era algo que no había hecho nunca con anterioridad.

Aunque su padre había dado a Lee su nombre y su protección, y le había ofrecido una vida nueva y diferente, había condiciones, y no todos —en especial sus hermanos— se sentían felices de tenerla en el hogar.

Cada vez con más frecuencia se preguntaba si tal vez debería abandonar Kinleigh Hall. En cierta manera, estaba más atrapada allí de lo que lo había estado en Parklands.

Los días de aquel caluroso julio pasaban lentamente. El viaje de Caleb a través del árido paisaje español lo había llevado hasta el campamento de Wellesley cerca de Talavera, pero la batalla todavía no había empezado, y la espera se hacía interminable mientras iban llegando los hombres y los pertrechos.

La atmósfera en el campamento había cambiado en los últimos días, como si los soldados tuvieran la sensación de que aquél era el momento adecuado. El ataque contra el ingente ejército de José Bonaparte estaba a punto de comenzar.

Caleb, montado en *Solomon*, cabalgaba a la cabeza de la columna que se dirigía a la cima de una colina desde la que se divisaba el campo de batalla que se extendía a sus pies. El campo aparecía yermo y polvoriento en kilómetros a la redonda. Para los soldados del ejército de Wellesley la marcha sobre Talavera había sido ardua, y los víveres escaseaban. El calor era insoportable, pues el sol quemaba con una intensidad despiadada. Por la noche los relámpagos restallaban en el cielo, pero no caía ni una gota de lluvia que refrescara la tierra reseca.

Uno de los caballos relinchó. *Solomon* se echó a un lado y sacudió la cabeza; empezaba a inquietarse.

—Tranquilo, chico. Ya falta poco.

Ya faltaba poco para que empezara la carnicería, para que los cuerpos cubrieran el desolado paisaje hasta donde alcanzase la vista. Esparcidos a lo largo de una línea defensiva que atravesaba el campo, los cuarenta mil hombres de José Bonaparte esperaban para enfrentarse a los diecinueve mil soldados de Wellesley ayudados por el ejército español al mando del general Cuesta.

Caleb había sido asignado al IV Regimiento de Dragones, al mando del general Sherbrooke, el lugarteniente de Wellesley. Se había ordenado a su escuadrón que subiera a la colina y ocupara posiciones para el ataque. Durante las últimas veinticuatro horas una tranquila indiferencia acompañaba a Caleb, una habilidad que había perfeccionado con el paso de los años. En ese momento le era útil para estudiar las decenas de miles de soldados armados esparcidos por el campo, las docenas de cañones cargados con metralla, listos para destrozar hombres y animales.

Sabía a lo que se enfrentaría en cuanto empezara la batalla, era consciente de que quizá no sobreviviese. Pero ese día había sentido pena por primera vez.

Pena por la vida que había escogido y por todo a lo que había renunciado de buena gana; era un agudo y doloroso sentimiento de pérdida por la mujer que había amado y por los hijos que nunca tendría. Pensó en Lee y rezó para que, al margen del destino que lo aguardara, ella fuera feliz.

Sonó una corneta. Caleb observó la acometida de hombres y caballos que se abalanzaron colina abajo hacia el campo que estaba a su izquierda. Los cañones rugieron; los fusiles empezaron a disparar, y nubes de un humo espeso llenaron el aire. Los caballos relincharon y docenas de hombres cayeron bajo la feroz descarga.

—¡Mantengan la posición! —gritó su oficial al mando.

Solomon piafó sobre la tierra. En pocos minutos llegaría el momento. Caleb no temía morir. Debía reconocer que tal vez había tenido miedo a vivir.

Al alistarse en el ejército había encontrado una manera de huir del mundo y, al mismo tiempo, de demostrar su valía a su padre. Había escogido esa vida para ganarse el amor y la aprobación que siempre había querido y nunca tuvo, pero en ese momento se preguntaba...

Si pudiera volver a escoger, si pudiera empezar de nuevo, ¿la elección que haría sería diferente? Con la misma claridad que si su voz le hubiera hablado en la cabeza, Caleb supo que no escogería la solitaria existencia que llevaba entonces, sino un hogar y una familia. Elegiría a Lee.

Sin embargo, había jurado proteger a su país. Era un oficial del ejército británico y tenía un deber que cumplir. ¡Si las cosas pudieran ser de otra manera!

Pero era demasiado tarde para eso. Demasiado tarde... Justo en ese instante oyó resonante la orden del oficial: «¡A la carga!»

Caleb levantó el sable por encima de la cabeza, puso a *Solomon* al galope y se lanzó colina abajo.

No había noticias de Caleb. Ninguna carta, ni siquiera una nota. Lee no había esperado que la hubiera. En los periódicos abundaban las noticias sobre la terrible batalla que se había librado en Talavera y la costosa victoria de los británicos. Se imprimieron las listas de las bajas: más de cinco mil quinientos soldados británicos habían resultado heridos o muertos. El nombre de Caleb no había aparecido en ninguna de las listas, algo por lo que Lee dio gracias a Dios. De todos modos estaba preocupada por él.

Lee pensó en el traidor que había estado pasando información a los franceses y se preguntó si en cierto modo habría sido responsable del alto número de bajas británicas, aunque no tenía forma de saberlo.

Los días pasaban lentamente. Agosto terminó. Ya era oficialmente Lee Montague, aunque la brecha que la circunstancia abrió en las relaciones entre su padre y sus hermanos hizo que se preguntara si el precio merecía la pena.

Fue una cálida tarde de verano cuando el marqués la llamó a su estudio. Lee sabía que quería hablarle de sus problemas con Aaron y Bronson, aunque no estaba segura de qué era lo que le diría.

O lo que ella le diría a su vez.

—No te haces una idea de lo mucho que me han decepcionado los dos —empezó su padre.

—No toda la culpa es de ellos —dijo Lee—. Me ven como a una intrusa y hasta cierto punto no les falta razón.

—Sé cómo te sientes. Ésta es la razón de que deseara hablar contigo. —Le señaló una tetera que había encima de un carrito de servicio situado a pocos metros—. ¿Serás tan amable de servir el té?

Lee hizo lo que su padre le pedía y le pasó la taza; el rostro del marqués traicionaba su nerviosismo.

—Ayer vino a verme Jon Parker. —Levantó la cabeza—. Jon ha pedido mi consentimiento para casarse contigo, Lee.

Ella intentó disimular su desazón. Sabía del interés de Parker, claro estaba, pero no tenía la seguridad de que hubiera realizado realmente una proposición oficial.

—Jonathan es un hombre muy bueno —dijo con prudencia.

—Sí, sí que lo es —aseveró el marqués—. Es amable y generoso, y goza de una gran reputación. Creo que deberías aceptarlo, Lee.

La taza de té de Lee tintineó, y ella la sujetó con la mano.

—Yo no lo amo, padre —dijo.

—Sé que no... por ahora, pero, con el tiempo, quizá puedas llegar a amarlo. —El marqués dejó la taza y el plato sin tocar sobre la mesa que tenía delante—. Yo quise mucho a tu madre. No creo que jamás superase su pérdida; de hecho, en cierto modo, no la superé nunca. Pero encontré un gran consuelo en Sarah, la madre de Aaron. Nunca te lo he dicho. A mi manera, llegué a quererla.

Lee reflexionó sobre aquello. ¿Era eso posible? ¿Podía crecer el amor a partir del respeto y el cariño mutuo? Con el paso del tiempo Charles había llegado a enamorarse profundamente de Elizabeth. Eran felices; increíblemente felices. Durante su vida en Parklands, Lee habría escogido a Jon como protector. ¿Por qué no, en cambio, como marido?

—Jon desea tener hijos, Lee. Y sé cuánto te gustaría tener una familia propia.

«Cuando una puerta se cierra, otra se abre», pensó Lee. Tal vez ésta fuera, al fin, una puerta a la vida que había descubierto definitivamente que deseaba. Sin duda podía ser más feliz con Jon de lo que había sido en el mundo de las cortesanas, donde nunca había encajado.

—A Jon le gustan las carreras de caballos —continuó el marqués—. Tus purasangres disfrutarán de unos cuidados inmejorables.

Lee dejó la taza y el plato junto a los de su padre.

318

—¿Crees de verdad que casarme con lord Nash es lo que debo hacer?

El marqués alargó el brazo y le cogió la mano.

—He hecho cuanto he podido para protegerte. Jon conoce tu antigua... relación... con el capitán Tanner y, sin embargo, cree que con el tiempo llegarás a cogerle cariño. Como esposa de un vizconde y respetado miembro de la alta sociedad, tu futuro estaría absolutamente asegurado.

El marqués le apretó la mano con dulzura.

—¿Le doy mi aprobación? —preguntó a su hija.

Lee pensó en Caleb, cerró los ojos y se obligó a desterrar su imagen.

—Dile que si me propone matrimonio..., si está seguro de que es eso lo que quiere, me sentiré muy honrada de aceptar.

Lee no se lo podía creer. En apenas unos pocos meses su vida había cambiado por completo. Estaba prometida a un muy respetado miembro de la aristocracia y no tardaría en estar casada.

Fue algo menos de tres semanas antes de la boda cuando Lee viajó a Londres para la prueba definitiva del ajuar. Aunque extrañaba a Jeannie, su doncella era más feliz en Parklands, donde gozaba de mayor reconocimiento. Ahora su primera doncella era Beatrice, y las dos se instalaron en la casa que su padre tenía en la ciudad. Lee había enterrado los recuerdos de Caleb en lo más profundo de su corazón para no resucitarlos jamás, por lo que se quedó realmente sorprendida cuando, parada en lo alto de la escalera, vio al hermano de aquél, Lucas, entrar en el vestíbulo a grandes zancadas.

En cuanto se percató de quién era, el miedo que la embargó la dejó sin respiración. Bajó la escalera volando, con el pulso martilleándole de forma tan enloquecida que temió pudiera perder el conocimiento.

—¡No me diga que ha muerto!

Lucas sacudió la cabeza, y Lee se sintió embargada por un alivio tan grande que le temblaron las piernas. Luc la cogió del brazo y la condujo hasta el cercano salón, instándola a que se sentara en el sofá.

—Caleb está vivo, Lee, pero me temo que ha sido gravemente herido. Se produjo una equivocación o algo así, y se le confundió con otro. Nos enteramos hace muy pocos días.

A Lee le temblaban las manos, y se las apretó en el regazo.

—¿Dó-dónde está?

—En el hospital de Portsmouth —dijo Lucas.

Lee empezó a levantase. Tenía que subir y ponerse otra ropa para el viaje.

Luc la cogió del brazo.

—Mi hermano está en una especie de coma, Lee. Sufrió una grave herida en la cabeza. Además de eso, recibió la descarga de un mosquetón en el pecho. Lleva días inconsciente y con fiebre intermitente. El hospital es un lugar que pone los pelos de punta, pero tienen miedo de moverlo. He venido porque, en sus momentos de lucidez, Caleb pronuncia su nombre.

A Lee le escocían los ojos por las lágrimas.

—Oí que estaba aquí —prosiguió Luc—. Pensé que tal vez...

—No tardaré nada en cambiarme y coger unas pocas cosas para el viaje. Si fuera tan amable de acompañarme a Portsmouth, lord Halford, le estaría eternamente agradecida.

Él le dedicó una sonrisa triste.

—Esperaba que dijera eso. —Lucas parecía cansado. Unas débiles manchas le oscurecían la piel debajo de los ojos azules, y la barba de días endurecía sus habitualmente bien afeitadas mejillas—. No sé si he hecho lo correcto al venir, pero si está dispuesta a sufrir los horrores de ese sitio y hay alguna posibilidad de que pueda ayudar a mi hermano, lo único que puedo decir es que se lo agradezco.

Lee se limitó a asentir con la cabeza. Caleb estaba herido, tal vez incluso moribundo. Le dolía la garganta y las lágrimas le nublaban la vista. Dejó a Luc, salió a toda prisa del salón y se precipitó escaleras arriba llamando a Beatrice a gritos.

Al cabo de unos minutos, vestida con ropa de viaje y anudadas las cintas del sombrero debajo de la barbilla, dijo a Beatrice adónde se dirigía y que no preocupara a su padre a no ser que fuera estrictamente necesario. Luego volvió a bajar la escalera a toda prisa con la bolsa de viaje bordada en la mano. Luc le cogió la bolsa de los dedos temblorosos y salieron juntos por la puerta.

El carruaje de Luc esperaba. Era el vizconde de Halford, y su divisa en oro resplandecía en la puerta. La ayudó a entrar y Lee se recostó contra el asiento. No llegarían a Portsmouth hasta el día siguiente.

Lee pensó en Caleb y rezó para que siguiera vivo cuando llegaran.

El hospital militar de Portsmouth estaba repleto de hombres heridos. La batalla de Talavera había sido feroz, y las bajas se contaban por miles. Algunos soldados permanecían en hospitales de campaña de

España; otros, como Caleb, habían sido trasladados en barco a Gran Bretaña.

Cuando Luc apoyó una mano tranquilizadora en la cintura de Lee y la condujo al interior del edificio de ladrillo de tres plantas, ella intentó prepararse para lo peor. Pero nada podía haberla preparado para los gemidos de los heridos y moribundos ni para el terrible hedor a sangre y muerte que flotaba en el fétido ambiente.

—¿Se encuentra bien? —preguntó Luc con preocupación.

Ella sabía que estaba pálida y que las manos le temblaban. Tenía el estómago revuelto y sentía náuseas, y rezó para no ponerse en una situación embarazosa.

—Estoy bien —mintió—. Es sólo que cuesta un poco acostumbrarse a todo esto.

Luc la miró con el semblante serio.

—Un poco bastante, diría. No creo que haya nadie que llegue a acostumbrarse a un sitio como éste —dijo; la cogió del brazo, prestándole un poco de su fuerza, y fueron dejando atrás hilera tras hilera de hombres heridos y enfermos.

Además de las vendas ensangrentadas y el hedor a carne putrefacta, Lee vio a hombres con extremidades amputadas y a unos cuantos que habían sufrido graves quemaduras.

—Después de la batalla empezaron a arder los rastrojos —explicó Luc—. Muchos de los heridos murieron por el fuego o resultaron con quemaduras muy graves.

Lee se detuvo y levantó la mirada hacia él.

—¿Caleb?

Luc negó con la cabeza.

—La herida en el pecho que ya he mencionado y un profundo corte de sable en la pierna. Me temo que tiene la pierna infectada. —Luc la cogió por los hombros—. Puede que tengan que amputársela, Lee.

El corazón casi se le rompe.

—¡Oh, Dios mío! Caleb soportaría cualquier cosa antes que eso. Es un oficial de caballería; necesita poder montar. —Lee decidió que no permitiría que se la amputaran, a menos que no quedara otro remedio.

Por desgracia, cuando llegó a la cabecera de la cama de Caleb y vio la palidez fantasmal de su rostro y la sangre que le goteaba de los vendajes del pecho y de la pierna, pensó que la amputación de la pierna podría ser la única esperanza de Caleb.

Se arrodilló a su lado y le cogió una mano. La sintió más fría que la suya. La otra, según pudo ver, estaba vendada.

—Escapó del fuego por sus propios medios —le explicó Luc con tacto—. Intentó ayudar a algunos otros.

—¿Caleb? ¿Puedes oírme? Soy Lee.

Pero Caleb no dijo nada. Tenía los ojos cerrados; estaba demacrado y blanco como una sábana.

—Lleva días sin hablar —dijo un hombre alto y rubio desde el otro lado de la cama—. Soy Christian, uno de los hermanos de Caleb.

«El casado», pensó Lee.

—Nuestro hermano Ethan está fuera del país. Éste es mi padre, lord Selhurst —añadió Christian.

El conde tenía el pelo prácticamente blanco y los hombros hundidos; llevaba la preocupación por su hijo escrita en las arrugas de la cara.

—Siento que Lucas la molestara para que viniera —dijo el conde con cierta fría formalidad—. Le dije que no lo hiciera; éste no es un lugar para una mujer.

Lee se irguió un poco.

—Caleb ha preguntado por mí. Por eso he venido. Y no lo dejaré hasta que se recupere.

El marqués no dijo nada más, pero su mirada se avivó algo.

—Parece que hay escasez de cirujanos —dijo Lee, al tiempo que miraba alrededor de la sala y pensaba que lo que acababa de decir era un eufemismo—. A lo largo de los años he atendido a infinidad de caballos heridos. —En realidad, la mayor parte del trabajo lo habían hecho Jacob y Arlie, pero al menos ella había estado presente—. Puesto que no hay nadie más, me gustaría echar un vistazo a las heridas.

—Eso es absurdo —dijo lord Selhurst—. He mandado ir a buscar al mejor médico de Londres. Cuando llegue mi hijo estará en las mejores manos posibles.

—Me alegra oírlo, milord, pero mientras llega su médico, tengo intención de hacer lo que pueda.

—La ayudaré a quitar las vendas —dijo Luc con delicadeza—. Padre, ¿por qué tú y Chris no os vais a tomar un poco de aire fresco y coméis algo? Lleváis aquí dos días. Dejad que Lee y yo nos encarguemos de Caleb un rato.

El conde no parecía dispuesto a marcharse, pero Christian Tanner lo cogió suavemente del brazo, y los dos hombres abandonaron el edificio. Luc ayudó a la joven a descubrir la herida del pecho de Caleb y la del muslo y, entonces, retrocedió.

A Lee se le encogió el corazón. No era médico, ni mucho menos, y de lo único que podía darse cuenta en realidad era de la gravedad de las heridas. Si Caleb hubiera sido un caballo al menos ella habría tenido idea de qué hacer, pero era un hombre.

Aunque siempre había sido terco como una mula.

—¿En qué piensa? —preguntó Luc.

Lee se mordisqueó el labio inferior.

—¿Cuánto falta para que llegue el doctor? —preguntó a Luc.

—Estaba fuera de la ciudad cuando envié a por él. Es probable que ya se haya puesto en camino, pero no hay forma de saberlo con seguridad.

—No podemos quedarnos de brazos cruzados. No, cuando no sabemos cuánto tiempo podría pasar antes de que llegue el médico.

Bajó la mano, tocó la cara pálida de Caleb y en su fuero interno deseó abrazarlo. Se volvió hacia Luc, pensando en la yegua que meses atrás se había hecho un grave corte con una cerca de piedra caída, y se esforzó en recordar qué había hecho Jacob exactamente.

Se quedó mirando a Caleb de hito en hito y tomó aire para tranquilizarse.

—Voy a necesitar algunas cosas. Las hierbas las encontrará en la botica; el resto, en el establo más cercano.

Luc le lanzó una mirada de incredulidad.

—Tráigame pluma y papel y le haré una lista —prosiguió Lee, como si no se hubiera dado cuenta de la duda grabada en las facciones de Luc.

Entonces él empezó a sonreír lentamente. Era la primera sonrisa de verdad que Lee le había visto desde que había llegado a la puerta de la casa de su padre.

—Conseguiré las hierbas. Y muy cerca de aquí hay varios establos con artículos para caballerías. Tendrá los productos que necesita tan pronto pueda reunirlos.

Fiel a su palabra, Luc regresó poco después con algodoncillo y ruda, consuelda y cornejo, linimento para caballos y vendas limpias. Lee, agradecida, cogió todo aquello y se puso a trabajar, mientras rezaba en silencio para acordarse de lo que había que hacer exactamente.

25

La noche y la mayor parte del día siguiente se hicieron eternas, hasta que finalmente llegó el médico del conde. En el ínterin, Lee limpió las heridas lo mejor que pudo y preparó ungüentos y cataplasmas, remedios todos que el viejo Arlie y Jacob Boswell le habían enseñado y que ella aplicó a las heridas de Caleb. Sin embargo, éste volvió a tener fiebre durante la noche y empezó a delirar.

Caleb revivía la terrible batalla una y otra vez, y el dolor que dejaba traslucir su voz hacía que Lee lo sintiera por él. Fue poco antes del amanecer cuando Caleb susurró su nombre, y al oírlo ella, el corazón casi se le rompe en mil pedazos.

—Estoy aquí, Caleb. —Le acarició la mejilla con mano temblorosa mientras las lágrimas le anegaban la garganta—. Estoy aquí, amor mío.

Pero Caleb no dijo nada más, y por la mañana ella estaba exhausta.

Lee no había probado bocado desde su llegada. Su estómago se rebelaba ante la simple idea de la comida; su ropa, arrugada y manchada de sangre, llevaba encima la fetidez que flotaba como una mortaja sobre las interminables hileras de camas del hospital.

Lee le estaba lavando la cara a Caleb, retirándole suavemente hacia atrás el pelo mojado por el sudor, cuando divisó al conde de Selhurst, que se dirigía hacia ellos a grandes zancadas entre las hileras de camas. Lee supuso que el hombre de bigote castaño claro que lo acompañaba era el médico que el conde había hecho acudir desde Londres.

—Quítese de mi camino, jovencita. —El médico, un hombre que

Luc había dicho que se llamaba Criffle, se acercó a la cabecera de la cama de Caleb—. Veamos cuánto daño ha hecho.

La sonrisa esperanzada de Lee se desvaneció.

—He hecho lo que he podido. No creo que lo más conveniente para Caleb fuera esperar.

El medicó emitió un sonido gutural de desaprobación. Retiró los apósitos y las cataplasmas, y examinó la herida del pecho de Caleb; luego concentró su atención en la fea infección del profundo tajo en el muslo. El médico tenía el entrecejo arrugado, y el corazón de Lee empezó a latirle con fuerza a causa del miedo.

¿Y si había empeorado las cosas? Dios santo, ¿y si había hecho algo que lo matase?

Durante la siguiente media hora el doctor Criffle se afanó sobre la inmóvil figura de Caleb, limpiando y volviendo a vendar las heridas. Durante todo ese rato Lee permaneció, presa del miedo, entre Lucas y Christian, rezando para que Caleb estuviera bien.

Finalmente el médico se dio la vuelta.

—Jovencita..., le debo una disculpa. Ha hecho un excelente trabajo, sobre todo si tenemos en cuenta los escasos medios con los que contaba. No tengo ni idea de qué ha aplicado exactamente al capitán Tanner, pero parece haber servido para aliviar la hinchazón de su pecho y su pierna, y la rojez está empezando a desaparecer en parte. No creo que se haya declarado la gangrena, como había esperado que ocurriera, y, sea lo que fuese lo que usted haya usado, parece haber servido.

El alivio que sintió la hizo flaquear, pero notó la mano de Luc cerrarse sobre sus dedos en un tranquilizador apretón de agradecimiento.

—El problema ahora, me temo, es el daño que ha recibido en la cabeza. No hay nada que yo pueda hacer al respecto. Si, como su hermano sugiere, él la quiere, quizá su presencia aquí le facilite la mejoría.

Lee asintió con la cabeza y rezó para que así fuera.

Era un mundo extraño aquel en el que vivía Caleb. A veces el fragor de la batalla continuaba en su cabeza. Recordaba el fuego de los cañones, y a los hombres que caían bajo las descargas de los fusiles y de metralla; recordaba al enorme oficial de caballería francés con el que había cruzado las espadas y el sablazo que casi lo había desmontado. Recordaba el punzante dolor de la bala de mosquetón que se había incrustado en su pecho y las llamas que avanzaban devorando los rastrojos.

La mayor parte del tiempo vivía en un mundo de tinieblas, una extraña nada que lo engullía y que provocaba que sintiera el cuerpo ingrávido, y donde los días y las horas parecían no tener fin.

Pero también estaban aquellos raros momentos en que ya no vagaba a la deriva y en los que creía reconocer voces. La de su padre, la de sus hermanos, la de Lee.

«No puede ser», se decía; no obstante, podía oírla cuando ella le llamaba dulcemente por su nombre. Quería contestar, pero sabía que si abría los ojos ella no estaría allí; ella no era más que una ilusión y, una vez que tuviera la certeza de que era así, entonces el dolor de perderla volvería y aquello era casi tan malo como el terrible dolor que sentía en el pecho.

—Caleb, Caleb, ¿puedes oírme?

Ella estaba allí de nuevo, vagando sin rumbo por su mente. La paz lo envolvió, y creyó sonreír. No intentaría despertarse; antes prefería, vaya que sí, seguir soñando.

—Creo que deberíamos llevarlo a casa, a Selhurst —dijo el conde.

—El doctor Criffle opina que sigue habiendo riesgos —arguyó Luc—. Dice que Caleb debería permanecer aquí hasta que esté más recuperado.

Pero Lee se preguntaba si el conde no tendría razón. Las heridas de Caleb estaban cicatrizando. En Selhurst recibiría el cuidado y la atención que necesitaba. Él seguía sin hablar, pero cada día estaba más fuerte. Su cuerpo se estaba recuperando muy bien; era su mente la que lo mantenía prisionero.

—Démosle unos cuantos días más —argumentó Luc, y Lee pensó que lo decía porque ella estaba allí y en Selhurst no podría acompañarlo—. Puede que para entonces recobre la lucidez.

Cuando Lee lo observaba dormir, se preguntaba en qué estaría pensando, en si la oiría cuando le hablaba durante la noche. A veces creía que sí, cuando Caleb movía las comisuras de la boca y parecía como si fuera a sonreír de un momento a otro.

Entonces le entraban ganas de sacudirlo, de gritarle y exigirle que abriera los ojos. Y también esa tarde, cuando los demás se fueron a comer algo y ella volvió a la cabecera de su cama, mientras estaba sentada allí, pronunciando su nombre una y otra vez, hablándole de *Grand*

Coeur y de *Noir* y contándole anécdotas de las carreras, su frustración aumentó. Le recordó el día en que habían echado la carrera y él había fingido perder; le dijo que le debía la revancha, y se apostó con él otra semana de limpiar el estiércol de los establos. Entonces, para su absoluta frustración, los labios de Caleb se curvaron débilmente.

—¡Óyeme! ¡Sé que me oyes! ¡Ya está bien, Caleb Tanner! ¡Abre los ojos ahora mismo! ¡No voy a aguantar tus tonterías ni un momento más!

Para su sorpresa y total asombro, eso fue lo que hizo exactamente Caleb. Y durante un instante ambos se quedaron quietos, mirándose uno al otro fijamente.

—Tú... tú estás... aquí... realmente —dijo, por fin, Caleb, y las palabras salieron de su boca con tanta aspereza que Lee apenas pudo oírlas.

—¡Caleb! —Lo abrazó con tanta fuerza que Caleb gruñó—. Lo siento. Oh, Dios santo, no quería hacerte daño. Di algo. Cualquier cosa. Sólo para que sepa que estás bien.

—Cansado... —dijo Caleb, pero le sonrió cuando sus ojos empezaron a cerrarse lentamente, y Lee empezó a llorar.

Luc la encontró de esa guisa, aferrada a la mano de Caleb y con las mejillas anegadas en lágrimas.

—Me ha hablado, Luc. Y me ha reconocido.

El alivio disminuyó la preocupación que reflejaba la atractiva cara de Luc. Se inclinó sobre Lee y la besó en la frente.

—Gracias. Por haber venido... Por haber cuidado de Caleb. Por todo.

Lee asintió con la cabeza. Había hecho lo que había podido, y Caleb se recuperaría.

Había procurado no pensar en lo que podría significar todo aquello y en ese momento también se negó a hacerlo. Pero al echar una rápida mirada hacia la puerta, vio a Jonathan Parker que se dirigía hacia ella a grandes zancadas; en su rostro no había el menor atisbo de alegría.

—No puedo creer que estés aquí —dijo él—, en un lugar tan espantoso como éste. Cuando me lo dijo tu padre pensé que se había vuelto loco.

Luc se detuvo junto a Lee.

—La traje yo, Jon. Sé que pedí demasiado, pero luchaba por salvar la vida de mi hermano y pensé que si Lee estaba aquí tal vez las cosas cambiarían.

Jon echó un vistazo hacia Caleb, que parecía estar durmiendo más apaciblemente que nunca.

—¿Y ha sido así?

—Sí. Parece que mi hermano se recuperará. Mi familia tiene una gran deuda con la señorita Montague.

La mirada ámbar de Jon se demoró en Caleb.

—Siempre he sentido simpatía por tu hermano, y me alegra oír que va a salir de ésta. —Volvió su atención hacia Lee—. Sin embargo, éste no es un sitio donde debieras estar. Eres mi prometida, y dentro de poco más de una semana estaremos casados. He venido para acompañarte y para asegurarme de que regresas a Londres sin novedad.

Lee no quería marcharse; deseaba permanecer con Caleb. Pero Luc la estaba mirando con lástima, como si supiera que ahora, cuando su hermano ya estaba fuera de peligro, las cosas volverían al cauce por donde discurrían antes.

—Venga —dijo Jon—. Me tomé la libertad de recoger tus cosas de la posada. El carruaje está esperando.

Lee se obligó a no mirar a Caleb, se limitó a aceptar el brazo de Jon y dejar que la guiara fuera del hospital. No volvieron a cruzar palabra hasta que llegaron al carruaje.

—Me doy cuenta de lo que sientes por el capitán Tanner. Pero es un militar, y en cuanto esté completamente recuperado volverá a la guerra.

Lee bajó la mirada hasta sus manos, cruzadas en el regazo, y la mantuvo allí.

—Lo sé.

—Te haré feliz, Vermillion, te lo juro. En cuanto nos casemos, lo comprobarás.

Ella alzó los ojos y lo miró a la cara.

—Lee —dijo en voz baja—. Preferiría que me llamaras Lee.

Jon inclinó la cabeza y la besó con suavidad.

—Por supuesto, querida. —Acarició la barbilla de Lee con los nudillos—. En su momento te darás cuenta de que esto es lo mejor. Es tu destino, Lee. Siempre lo ha sido.

Lee no respondió; no le gustaba la manera en que la miraba. Pero estaba cansada y deprimida; le dolía el alma y lo único que deseaba era estar sola. Al poco se encontró dando tumbos en el carruaje del vizconde, tan cansada que acabó por apoyar la cabeza contra el cabezal tapizado en terciopelo y se quedó dormida.

Durante todo el viaje a Londres soñó con un hombre alto, vestido con un uniforme escarlata, que volvía a España en barco.

Durante los seis días siguientes Lee albergó esperanzas de tener noticias de Caleb, pero no llegó ningún recado. Sí llegó, en cambio, una nota de Lucas en la que le comunicaba que Caleb se estaba recuperando, que se encontraba absolutamente lúcido y que sus heridas cicatrizaban con rapidez. Había sido trasladado a Selhurst Manor para que terminara de recuperarse. No había nada que indicara que Caleb deseara verla; antes bien, Lucas la felicitaba por el inminente enlace y prometía que asistiría.

Lee dobló la nota con cuidado y la metió en su joyero. Nada había cambiado. Debería haber sabido que no podía esperar un milagro después de que ya le había sido concedido uno. Por el contrario, el viernes por la noche, Beatrice la mimó con un baño aromatizado con aceite de sándalo e insistió en que se fuera temprano a la cama.

Al día siguiente se casaba.

Lee rezó a Dios para que le diera valor y fuera capaz de resistirlo.

Era una noche casi sin luna. Un tupido manto de nubes densas y negras se cernía sobre las calles, y en el aire flotaba una fina neblina. El correo cogió el pliego, doblado y lacrado, y lo deslizó en la pequeña bolsa que llevaba debajo del brazo. Previamente había recibido un mensaje en el que se le notificaba la recogida y se le informaba de que ésa sería la última entrega que recibiría durante algún tiempo.

A Reggie Bags no le importó. Le gustaba bastante el dinero, pero el riesgo era condenadamente elevado. A dos de sus colegas ya los habían atrapado, y uno de ellos había resultado muerto al intentar escapar de la ley. Reggie no era un hombre que anduviera sobrado de conciencia, y era irlandés, no un jodido inglés, así que por esa parte no tenía problemas, aunque arriesgando el cuello de aquella manera... Bueno, en cierto sentido se sintió aliviado por que su empleador hubiera decidido recoger velas durante un tiempo.

Mientras tanto, Reggie tenía que entregar un mensaje y, si quería cobrar el resto del dinero, debería procurar hacerlo.

Salió por la puerta trasera de la taberna y se adentró en las oscuras calles londinense con rumbo a las caballerizas del East End que daban al mercado de Smithfield, donde había alquilado un caballo de silla. El camino hasta Dover era largo, pero una vez allí dejaría el mensaje en el sitio habitual y su parte en aquel negocio corrupto estaría cumplida. No estaba seguro de qué ocurriría después de eso, pero supuso que desde Dover un hombre podía atravesar a remo el canal hasta Calais y, una vez allí, entregar el mensaje a alguien. Todo lo que tenía que hacer era alcanzar la costa.

Un ruido en alguna parte detrás de él se filtró en su cerebro, y Reggie se detuvo. Se le erizaron los pelos de la nuca, pero cuando miró lo único que vio fue la oscuridad. Sin embargo tenía un buen olfato para los problemas, y en ese momento sus fosas nasales percibieron con nitidez su aroma.

El corazón le latió con la fuerza de un timbal cuando echó a correr por las calles resbaladizas por la niebla y desapareció por un callejón desierto. Se detuvo un par de veces para mirar por encima de su hombro, pero no había nadie. Entonces surgió una sombra de la oscuridad, y un hombre alto de pelo negro y rizado se detuvo justo delante de él.

—Hola, Reggie —dijo el hombre—. Creo que tienes algo que necesito.

Reggie miró aquellos fríos ojos azules y empezaron a temblarle las rodillas.

—Sí, señor —dijo—. Creo que sí.

—¿Qué demonios crees que estás haciendo? —William Tanner, conde de Selhurst, avanzó a grandes zancadas hacia Caleb, cuyos músculos se tensaron por el esfuerzo al levantarse del mullido colchón de plumas de su dormitorio del piso de arriba de Selhurst.

—Padre, tengo que ir a Londres. He de hablar con el coronel Cox. —Caleb estiró el brazo y tiró del llamador para avisar a su ayuda de cámara, y aquel pequeño esfuerzo hizo que el sudor perlara su frente.

—¿Estás loco? Apenas estás lo bastante fuerte para comer; tu cuerpo necesita tiempo para recuperarse. ¡Ni hablar de que puedas salir corriendo para Londres!

En ese mismo instante Harry Prince, quien recientemente había dejado de ser lacayo para ser ascendido a ayuda de cámara de Caleb, entró como una exhalación en el cuarto.

—¿Ha llamado, señor?

—Necesito el uniforme. Hay uno limpio en el armario. Ayúdame a ponérmelo, ¿quieres, Harry?

—No te tienes en pie —porfió William, cada vez más preocupado—. ¿Qué puede ser tan urgente que no te permita guardar cama unos días más?

La expresión del rostro de Caleb era de férrea resolución.

—Voy a renunciar a mi empleo, padre. Dejo el ejército. Me doy cuenta de que quizá no lo apruebes, pero eso es algo sobre lo que he tenido mucho tiempo para pensar. Podría haberlo hecho antes, pero había una batalla pendiente y estaba el problema del deber y del honor, y de la deuda que tengo con mi país. Esa deuda ya ha sido saldada; ahora es a mí a quien me debo.

El ayuda de cámara corrió a ayudarlo a ponerse los pantalones azul marino. La operación supuso a Caleb un notable esfuerzo, y se dejó caer pesadamente sobre la cama.

—Aunque sea ésa tu decisión —dijo William—, ¿por qué no puedes esperar? Es evidente que no estás en condiciones de viajar. Dentro de unos pocos días más...

—Quiero ver a Lee. Hay cosas que tengo que decirle..., cosas que ya debía haberle dicho hace tiempo.

«Lee. Vermillion. Durant.» William había estado temiendo aquello desde el momento en que Lucas había llegado con la chica al hospital.

—¿Cosas? ¿Qué clase de cosas...?

—Para empezar quiero darle las gracias por ayudar a salvar mi vida. Luc me contó cómo permaneció junto a mi cama de pie durante horas. No hay otra mujer como ella, y tengo intención de decírselo así. Luego le pediré que se case conmigo y ojalá me acepte.

William apretó las mandíbulas imperceptiblemente. Desde un principio le había preocupado que Caleb estuviera enamorado de la chica. Pero, hija o no de un marqués, era ilegítima, con una reputación mancillada, y en absoluto un partido adecuado para su hijo.

El conde miró el reloj de la repisa de la chimenea. Las dos de la tarde. Vermillion Durant se casaría con Jonathan Parker. Luc había querido contarle lo de la boda a su hermano, pero William se había opuesto a que lo hiciera.

—No hasta que pueda sostenerse en pie —había dicho el conde con firmeza—. En cuanto se haya recuperado yo mismo se lo diré. Si todavía desea interceder, que lo haga entonces.

Luc había discutido con su padre, pero la preocupación por la salud de Caleb y las palabras de William habían terminado por convencerlo.

—Él querrá que la chica sea feliz y sabe que lo mejor que puede hacer ella es casarse con Nash —había añadido el conde.

Pero no llegó a contar a su hijo Caleb lo de la boda, ni siquiera en ese momento. Cuando lo hiciera sería demasiado tarde.

Para entonces Vermillion sería problema de Jonathan Parker, y Caleb sería libre de escoger un partido más adecuado.

—Haré que traigan el carruaje —dijo el conde a Caleb—. Tardarás un rato en llegar a Whitehall. Y no me gusta el color que tienes; creo que lo mejor es que te acompañe.

Caleb no discutió. William se percató de que su hijo intentaba conservar las fuerzas. Mientras salía por la puerta del dormitorio, William pensó en lo que sería capaz de hacer Caleb cuando descubriera que Vermillion pertenecía a otro hombre, y un escalofrío le recorrió la espalda.

«Estás haciendo lo mejor para tu hijo», se dijo y se dirigió abajo para encargar el carruaje.

Lee terminó de vestirse en su dormitorio de la casa de la ciudad de lord Kinleigh, cerca de Portman Square. Su amiga Elizabeth Sorenson la había ayudado con los últimos detalles.

Los ocupantes de la casa habían desarrollado una actividad frenética durante toda la mañana, una barahúnda de sirvientes que corrían de aquí para allí culminando los preparativos de última hora antes de que la familia saliera hacia la capilla de Westminster, donde Lee y lord Nash contraerían matrimonio.

—Siéntese aquí, señorita —pidió Beatrice, que no paraba de gritar órdenes como un sargento del ejército—. He de terminar de entrelazar las cintas de su pelo.

Lee se sentó delante del espejo de su tocador, y Elizabeth la siguió por toda la habitación.

—Estás preciosa —dijo la condesa al tiempo que examinaba el vestido de seda color crema de la novia.

Lee lamentaba que su tía no hubiera podido estar allí, pero no se habría considerado correcto que apareciera en casa del marqués. Sin embargo, no estaba segura de que Gabriella no acudiera a la iglesia.

Elizabeth se arrodilló para estirar la cola de Lee mientras iba deslizando los dedos por la ancha banda bordada con rosas azul claro que decoraban la falda, el corpiño y las pequeñas mangas abullonadas. Beatrice emparejó pequeñas rosas azules, las ajustó con cintas de satén y las repartió por el alto recogido del pelo de Lee; luego Elizabeth le sujetó alrededor del cuello un único diamante tallado en tabla, regalo del futuro marido.

—Espero estar haciendo lo correcto —dijo Lee, pronunciando en voz alta las palabras que se había repetido para sí miles de veces.

Elizabeth la cogió de la mano.

—Pues claro que sí. Jon es guapo y encantador, y te quiere muchísimo. Desea tener hijos, como tú, y es un buen partido, Lee. Y con el tiempo seguro que acabarás enamorándote de él..., igual que Charles se ha enamorado de mí.

Lee se abstuvo de recordar a su amiga que a los dos les había costado casi diez años encontrar la felicidad juntos. Pero, se dijo que sus alternativas eran limitadas. No podía permanecer por más tiempo en Kinleigh, pues la discordia suscitada por su causa estaba arruinando la armonía familiar, y ella no quería eso.

—Es un buen hombre —dijo Lee, más para sí que a Elizabeth—. Haré todo lo que pueda para hacerlo feliz.

—Jon está enamorado de ti. Lleva persiguiéndote meses. Todo lo que tienes que hacer para hacerlo feliz es repetirle las promesas que te convertirán en su esposa.

Lee no contestó, tan sólo acabó de arreglarse e hizo los últimos preparativos para partir hacia la capilla de Westminster. Y rezó para que, con el tiempo, el matrimonio con Jonathan también la hiciera feliz a ella.

Mientras el carruaje avanzaba hacia Londres, Caleb recuperó algo de sus fuerzas. Tenía mucho que hacer y estaba impaciente por verlo hecho. Ya hacía dos días que había enviado un mensaje al coronel, en el que le notificaba su decisión de abandonar el ejército y le pedía una cita. La entrevista estaba concertada para la una.

—Sigo pensando que deberías haber seguido en cama —gruñó su padre sentado frente a él en el carruaje, mientras se abrían camino a través de las atestadas calles de Londres; pero el tráfico era denso y el coche avanzaba con lentitud.

—He esperado demasiado —dijo Caleb—. Mi alistamiento ha acabado y voy a renunciar a mi empleo. Quiero comunicar mi decisión al coronel en persona. También he escrito una carta al general Wellesley en la que le doy las gracias por su apoyo. Cox puede hacer que se la entreguen.

—¿Y la chica? Ella es el motivo de este repentino cambio de inclinación, ¿verdad?

—En parte, supongo que sí. De no haberla conocido tal vez habría seguido en el ejército. Pero ahora que la conozco es imposible que continúe. No, cuando se me ha hecho un regalo que muy pocos hombres tienen la inmensa suerte de obtener alguna vez.

Los ojos de Caleb buscaron esperanzados en la cara de su padre un atisbo de complicidad.

—Hace muchos años que madre ya no está, pero todavía recuerdo cómo solías mirarla. ¿Te acuerdas, padre? ¿Recuerdas cuánto la amabas?

El conde se irguió en el asiento de piel almohadillado.

—Tu madre era especial. Nunca ha habido una mujer igual y nunca la habrá.

—Tal vez, no —dijo Caleb—. Pero cuando miro a Lee veo un tesoro que cualquier hombre apreciaría; veo una oportunidad para la clase de felicidad que tú y madre tuvisteis, la clase de felicidad que nunca pensé que encontraría para mí.

Su padre no dijo nada, pero su rostro empezó a adquirir una expresión distinta.

—¿Tanto la quieres? —preguntó.

—Más que a mi propia vida. Y quiero casarme con ella, padre. Quiero que formemos una familia juntos. Es lo que más deseo en este mundo.

El conde cerró los ojos lentamente y se recostó contra el respaldo del asiento.

—Dios mío, perdóname. —El conde se echó hacia delante y adoptó la expresión de autoridad que Caleb conocía tan bien—. Hay algo que tengo que decirte, hijo. Es muy posible que haya cometido una terrible equivocación.

Pero justo en ese momento el carruaje se detuvo delante de Whitehall, y un lacayo se apresuró a abrir la puerta.

—Hemos llegado, capitán Tanner.

—Vuelvo enseguida, padre.

—¡Caleb, espera!

Pero Caleb ya había bajado la escalerilla de hierro y, con la ayuda de un bastón prestado cuya empuñadura era una cabeza de león, se dirigía cojeando a la oficina que el coronel Richard Cox ocupaba en Whitehall.

Cox le estaba esperando.

—Entre, capitán. —Con un gesto de la mano indicó a Caleb que ocupara una silla que había frente al escritorio—. Me alegra verlo en pie. ¿Cómo está su pierna?

—Lo más seguro es que me quede una pequeña cojera; aparte de eso, se está curando muy bien. Deduzco que recibió mi carta.

—Sí, la recibí —dijo el coronel Cox.

Durante los siguientes minutos Caleb repitió sus motivos para querer dejar el ejército.

—Ha sido ascendido, ¿sabe? —dijo Cox—. A partir de hoy es usted el mayor Caleb Tanner.

Caleb sonrió.

—Me alegra oír eso, pero la verdad es que no me importa. Mi alistamiento terminó hace algún tiempo. Desde hoy renuncio a mi empleo.

—¿Está seguro de que es eso lo que quiere?

—Completamente —aseveró Caleb.

—Muy bien, entonces...

—¡Coronel Cox! —La puerta se abrió y Mark Sutton entró a toda prisa en el despacho—. Lamento interrumpir, señor, pero creo que hemos encontrado a nuestro hombre. —Sutton apenas miró en dirección a Caleb—. Finalmente nuestros esfuerzos obtuvieron anoche su recompensa. Como sospechábamos, Reggie Bags portaba la información falsa que suministramos a uno de nuestros sospechosos.

—¿Quién es Reggie Bags? —preguntó Caleb.

—Uno de los correos que pasaba la información —respondió Sutton.

—El mayor Sutton tiene lo que parece ser un número interminable de fuentes —explicó Cox—. Durante las últimas semanas hemos tenido a Bags bajo vigilancia.

—La última noche estuvimos esperando al bueno de Reggie. —Sutton entregó al coronel un pliego doblado con el sello de lacre roto—. ¿Sabe de quién recibió esta información?

El coronel asintió con la cabeza mientras echaba un vistazo rápido al papel.

—Jonathan Parker, vizconde de Nash, consejero del lord canciller de Inglaterra.

El corazón de Caleb se paró de golpe.

—No puede ser. Tiene que haber un error. ¿Por qué Nash se convertiría en un traidor?

—Me temo que no hay ningún error —dijo Cox—. Personalmente confiaba en que estuviéramos equivocados, pero lo cierto es que el hombre llegó a verse en muy graves apuros económicos. Consiguió mantenerlos en secreto bastante más tiempo del que debería. El dinero que se le pagaba le libraba de las deudas, pero continuar desempeñando su papel suponía riesgos aún mayores que los que ya había corrido.

—Supongo que ése es el motivo de su inminente matrimonio —añadió el mayor—. Con independencia de lo atraído que se sienta por la chica, ésta tiene mucho dinero, suficiente para acabar con sus problemas, al menos durante una temporada.

—¿Nash se casa? —preguntó Caleb, sintiendo los primeros indicios de alarma.

—Así es —dijo el mayor—. Imaginaba que lo sabía, puesto que usted y la dama estuvieron relacionados en otro tiempo.

—¿Cuándo? —preguntó Caleb con creciente urgencia—. ¿Cuándo es la boda?

—A las dos.

—¿Hoy? —inquirió prácticamente en un rugido.

—Tranquilo, capitán. Puede que lord Nash se case con la chica, pero nunca consumará el matrimonio.

—Si lo intenta, ella no tardará en ser viuda —dijo Caleb.

Cox le lanzó una mirada de advertencia.

—Mayor Sutton, coja un contingente de hombres, diríjase a la capilla de la abadía de Westminster y ponga a lord Nash bajo arresto.

—¡Sí, señor! —dijo Sutton.

—Voy con usted —exclamó Caleb, que ya se había levantado de la silla. Se apoyó ligeramente en el bastón.

—Creía que había renunciado a su empleo —dijo Cox.

—Así es, señor. A partir de las cuatro de esta tarde.

Cox sonrió y asintió con la cabeza.

—Tengan cuidado, caballeros. Les recuerdo que ese hombre, como responsable más que probable de la muerte de al menos dos mujeres, es peligroso.

Sutton fue el primero en salir y Caleb cerró la puerta tras él.

—Tengo el carruaje ahí delante —dijo Caleb al mayor—. Nos encontraremos en la iglesia.

Sutton lo agarró del brazo.

—Si llega primero, espérenos para entrar.

Caleb le lanzó una mirada que decía que haría lo que tuviera que hacer; se dio la vuelta y se alejó cojeando hacia el coche.

26

—¿Estás lista? —El marqués de Kinleigh se hallaba al lado de Lee en la entrada de la capilla, preparado para escoltarla por el pasillo hasta el novio que aguardaba.

Lee asintió con la cabeza.

—Sí, padre.

Por delante de ella, la capilla albergaba acaso a unos cuarenta invitados, la mayoría de ellos amigos y conocidos del padre o de Jonathan Parker. Pero estaba su tía, comprobó Lee para su sorpresa y satisfacción, sentada junto al conde de Claymont, que le dedicó una cálida y alentadora sonrisa. Dos filas más atrás, Lucas Tanner se sentaba en un banco del fondo. Su pelo moreno y su guapura le recordaron tanto a Caleb que por un momento deseó que Luc no hubiera asistido.

Tomó una profunda bocanada de aire y concentró su atención en el altar, donde, en su condición de testigos del acontecimiento, esperaban Charles y Elizabeth Sorenson.

La música de órgano empezó a sonar. Los rayos de sol, que penetraban a través de las vidrieras de brillantes colores, resplandecían en la parte delantera de la capilla. Las velas se habían encendido formando hileras, y por todo el interior del templo se agrupaban centros rebosantes de rosas crema pálido.

—¿Te he dicho lo encantadora que estás? —dijo a Lee su padre—. ¿Y lo orgulloso que estoy de que seas mi hija?

Las palabras la inflamaron de amor hacia él. ¡Cuán afortunada había sido al haberlo encontrado!

—Gracias, padre.

Lee se dijo que sólo habría faltado que el hombre que la esperase en el altar hubiera sido Caleb para que ése hubiera sido el día más feliz de su existencia.

Concentró la atención en su futuro esposo. Parker iba ataviado con una casaca gris oscuro, chaleco plateado y bombachos negros; era el macho aristócrata por antonomasia. La luz de las velas arrancaba reflejos plateados de las escasas hebras de pelo gris de su cabellera morena, y en su boca se insinuaba una sonrisa. Era guapo, apreció Lee, la clase de hombre con el que cualquier mujer se sentiría orgullosa de casarse.

Procuró no pensar en la noche de bodas que se avecinaba, diciéndose sencillamente que superaría la experiencia, como habría sido el caso en el supuesto de que él hubiera llegado a ser su protector.

—¿Quién entrega a esta mujer para que contraiga matrimonio con este hombre? —dijo el arzobispo, un hombre solemne vestido con pesados ropajes de satén que aguardaba en el altar.

Lee no se había dado cuenta de que habían llegado a la parte delantera de la iglesia.

—Yo, su padre, el marqués de Kinleigh.

La ceremonia dio comienzo, y las palabras y oraciones empezaron a arremolinarse en la cabeza de Lee. Cuando llegó el momento de pronunciar sus votos, si Jon no llega a darle un ligero codazo se habría perdido lo que estaba diciendo el arzobispo.

—¿Tú, Lee Montague, aceptas a este hombre, Jonathan Parker, vizconde de Nash, como a tu legítimo esposo? ¿Y prometes amarlo, cuidarlo, honrarlo y serle fiel, en lo bueno y en lo malo, en la riqueza y en la pobreza, en la salud y en la enfermedad, y amarlo, respetarlo y obedecerlo hasta que la muerte os separe?

Lee abrió la boca para responder, pero las palabras se le atascaron en la garganta. Jon la miró con una expresión que contenía una nota de advertencia, y Lee empezó de nuevo.

—Yo...

La puerta de la capilla se abrió de golpe y las cabezas de todos los presentes se volvieron hacia el comienzo del pasillo central. Caleb estaba en la entrada, y a Lee le pareció que el corazón se le paraba. Entre los miles de pensamientos que se precipitaron en su cabeza uno destacó entre todos: «¡Dios mío, Caleb ha venido a buscarme! Me ama —pensó en un arrebato de pasión—. Ha venido a rescatarme.» Había rezado en secreto para que un milagro la salvara de aquel matrimonio sin amor, ¡y ahora él estaba allí!

Sintió un dolor en el pecho y que los ojos se le llenaban de lágrimas.

Caleb le lanzó una mirada de soslayo mientras avanzaba a grandes zancadas por el pasillo, esforzándose en disimular la cojera y con la mandíbula tan apretada que parecía de granito. Pero no tenía la mirada fija en Lee, sino en el hombre que habría de ser su marido.

—¿Qué significa esto, Tanner? No tienes derecho a interrumpir mi boda —dijo lord Nash.

—Aquí no va a haber ninguna boda, Nash. Quedas detenido en nombre de la Corona... como traidor a tu patria.

Los invitados estallaron en un rugido de incredulidad. Lee miró a Caleb y, con una claridad desgarradora, se dio cuenta de que su presencia allí no tenía nada que ver con ella en absoluto. No había acudido a rescatarla, no había descubierto que la amaba. Estaba allí para terminar el trabajo que había empezado. Lo único que quería Lee era caerse muerta allí mismo.

Tras eso, los acontecimientos se precipitaron. La mirada de Lee se desvió hacia Nash, que seguía quieto a su lado. El vizconde se acercó a ella, le rodeó el cuello con el brazo y la atrajo de un tirón contra su pecho. En la mano del vizconde apareció el cañón de una pistola diminuta que apretó contra la sien de Lee.

—Tu sentido de la oportunidad es deplorable —dijo Nash dirigiéndose a Caleb—. No te acerques. No quisiera que nadie resultara herido.

—Suéltala, Nash. Hay veinte hombres fuera del edificio. No tienes ninguna condenada oportunidad de escapar. —Caleb vio por el rabillo del ojo que su hermano se levantaba con sigilo del banco y se pegaba al muro.

Nash soltó un gruñido.

—¿Eso crees? Si alguien me dispara apretaré el gatillo. ¿Cuál de esos hombres de ahí fuera estará dispuesto a ser el causante de la muerte de la hija del marqués de Kinleigh?

Nash retrocedió hacia la puerta de la sacristía. Lucas avanzaba poco a poco procurando mantenerse en las sombras. Entonces todas las puertas de la capilla se abrieron de golpe y una docena de soldados uniformados irrumpió en el templo. En un abrir y cerrar de ojos se desplegaron por el interior y se abrieron en abanico alrededor de Jonathan Parker.

—Con cuidado, muchachos. —La voz era la del mayor Sutton, el oficial que Lee había conocido en Parklands—. No desearíamos que la dama del capitán Tanner se viera atrapada en medio de un fuego cruzado.

Al oír el nombre de Caleb, Lee desvió la mirada hacia él. «La dama del capitán Tanner.» Lo había sido en otra época. Ya no.

Lee se percató del ligero enrojecimiento de la cara de Caleb y de que no había recuperado las fuerzas por completo. Pero tenía la mandíbula apretada, y la mirada que lanzó a Jonathan Parker estaba inconfundiblemente teñida de deseo de venganza.

—Te lo advierto, Nash. Hazle daño y juro que te mataré.

Nash soltó una carcajada.

—Habéis sido todos unos perfectos idiotas. ¿Por qué habría de cambiar eso? Me voy, y Vermillion se viene conmigo. Si intentáis detenernos ella morirá.

Nash mantuvo la presión alrededor del cuello de Lee y empezó a retroceder hacia la puerta. El corazón de la joven latía a toda prisa y le golpeaba dolorosamente contra las costillas. Tenía que hacer algo. ¡Por Dios bendito, no se iba a ir con él!

Cuando Nash retrocedió otro paso, la llama de una vela parpadeó, y Lee recordó de pronto que había una hilera de candelabros de hierro forjado flanqueando el camino hacia la puerta.

—¡Suéltala! —repitió Caleb, y Lee sintió que la presión de Nash aflojaba mientras éste miraba hacia atrás para evaluar su vía de escape.

En ese momento Lee se movió, se dio la vuelta y lo empujó con todas sus fuerzas. Luc saltó hacia delante, al igual que Caleb, mientras Nash se tambaleaba, perdía el equilibrio y caía contra uno de los candelabros, prendiéndosele una de las mangas de la casaca gris. Nash gritó ante el fuego que le subía por el brazo, y media docena de soldados británicos se abalanzaron sobre él. El primero, sin embargo, fue Luc, quien lo derribó bajo su peso.

En pocos segundos las llamas estaba apagadas, y Jonathan Parker permanecía inmóvil contra el suelo de piedra de la capilla.

Lee buscó con la mirada a Caleb y, antes de que pudiera darse cuenta, estaba entre sus brazos, aferrada a él y sintiendo el amor y el dolor con tanta intensidad que, aunque intentó hablar, no pudo.

—Todo va bien, amor, ya se ha acabado.

Permaneció aferrada a Caleb mucho tiempo. Dios santo, ¡cuánto lo amaba! Cerró los ojos y aspiró el aroma de Caleb. Sintió con qué furia le latía a él el corazón, y se preguntó cómo había sido capaz de pensar que podía ser feliz con otro hombre.

Caleb inclinó la cabeza y la besó con dulzura.

—No sabía lo de la boda —dijo, y la apartó de su pecho un poco con delicadeza—. Es una larga historia —añadió al tiempo que la entregaba al cuidado de su hermano; un tanto a regañadientes, pensó Lee—. Vuelvo enseguida. —Lanzó una sonrisa a Luc—. No la pierdas de vista hasta que regrese.

Los labios de Luc esbozaron una sonrisa burlona, y Lee se dio cuenta de que se le hacía un hoyuelo en la mejilla.

Observó que Caleb, cojeando ya de manera un tanto más pronunciada, se acercaba a su padre, el marqués de Kinleigh. No pudo oír lo que le decía, pero su padre estaba asintiendo con la cabeza y, cuando Caleb terminó, la cara del marqués se iluminó.

Mientras los soldados y el mayor Sutton escoltaban al vizconde fuera de la iglesia, Caleb se acercó a tía Gabby. También ésta asintió con la cabeza tras oír sus palabras y sonrió; luego sacó un pañuelo y se secó los ojos con unos ligeros toquecitos. Lee observó el renqueante avance de Caleb de vuelta a su lado, y sintió que el corazón se le encogía casi con dolor.

La esperanza empezó a surgir. Después de todo, tal vez había ido a buscarla. Era una locura esperar semejante cosa, pero allí estaba, abriéndose a la vida en su pecho.

Caleb se detuvo a hablar con el arzobispo y regresó junto a Lee, que seguía al lado de Luc. A esas alturas, los invitados habían vuelto a sentarse en los bancos de la capilla y esperaban a que acabara el drama. Caleb se dejó caer sobre una rodilla ante Lee y le apretó la mano temblorosa. Estaba arrolladoramente atractivo y en su expresión había mucha ternura; a Lee se le anegaron los ojos en lágrimas.

La mano de Caleb se apretó alrededor de los dedos de ella.

—Mi querida señorita Montague, habría impedido esta boda tiempo atrás si hubiera tenido conocimiento de la misma. Te amo, Lee. Más que a mi vida. ¿Te casarás conmigo?

La concurrencia se entregó a un suspiro colectivo.

Las lágrimas se desbordaron de los ojos de Lee y resbalaron por sus mejillas.

—Caleb..., te amo muchísimo.

Él le levantó la mano y la apretó contra sus labios.

—Si eso es un sí, amor mío, por favor, dilo para que el arzobispo pueda concluir esta boda... Esta vez, con el hombre adecuado.

Lee le sonrió y habló a pesar de las lágrimas que anegaban su garganta.

—Me casaré contigo. Me habría casado contigo cuando creía que eras un caballerizo.

La expresión de Caleb se relajó y algo de ternura resplandeció en sus ojos negros. La atrajo hacia sí al ponerse en pie, y ella se aferró a él.

—Te amo —dijo Lee—. Te amo muchísimo.

Un hombre carraspeó, y ella se dio cuenta de que el conde de Selhurst se había acercado hasta ponerse a su lado.

—Creo que el arzobispo ha otorgado una licencia especial para que este casamiento pueda llevarse a cabo —dijo el conde.

Caleb miró a su padre y se sorprendió al ver la sonrisa que éste lucía en su boca. Luego Selhurst volvió aquella cálida sonrisa hacia Lee.

—Señorita Montague, es un placer darle la bienvenida a la familia —dijo.

Caleb miró a su padre de hito en hito, y algo pasó entre ellos, algo que parecía salvar las diferencias que habían tenido.

—Ya has oído al conde —dijo Luc, con una sonrisa con hoyuelo—. Hagamos que termine esta boda.

Caleb cogió la mano de Lee y se la llevó a los labios. Había tanto amor en su mirada que a ella se le hizo un nudo en la garganta.

La boda siguió adelante como si nada la hubiera interrumpido, y cuando el arzobispo ordenó al novio que besara a la novia, Caleb se aseguró de que ella supiera cuál era el hombre con el que se había casado. Ella era la señora de Caleb Tanner. Y aquél fue, sin duda, el día más feliz en la vida de Lee.

Epílogo

Caleb y Lee venían de cabalgar por los verdes campos ondulados de Shadow's Keep, la propiedad que habían comprado en Surrey nada más casarse, cuando él tiró de las riendas de *Solomon*, su grácil castrado negro. El caballo mostraba varias cicatrices de guerra recibidas en la terrible batalla de Talavera, pero el animal, al igual que su propietario, había sobrevivido.

Caleb echó un vistazo a su alrededor con una sonrisa en la boca. Aquella tierra, verde y ondulada, era maravillosa; más de cuatrocientas hectáreas de cuidados pastizales, ideales para criar caballos. Y la mujer que estaba a su lado era Lee.

Caleb era feliz. Mucho.

Sin embargo tenía faena en el establo, había de prepararlo para recibir a la nueva yeguada que habían comprado en Tattersall la semana anterior. Debería estar allí en ese momento, pero su esposa había aparecido con una cesta de merienda rebosante, y la comida desprendía un aroma tan apetitoso que no pudo rechazar la invitación de Lee a compartirla con ella.

—¿Qué es lo que celebramos? —había preguntado Caleb—. Seguro que no me he olvidado de tu cumpleaños. —Sonrió abiertamente—. Dudo que lo olvide nunca.

Lee se rió. A Caleb siempre le había gustado su forma de reír, dulce y sensual.

—Tengo una sorpresa para ti. Vamos... Comeremos en el bosquecillo de lo alto de la colina.

Caleb no pudo resistirse, por supuesto; nunca podía. Llegaron a la colina y Caleb tiró de las riendas del caballo.

—Muy bien, ya me has hecho esperar bastante. ¿Cuál es la sorpresa?

Lee rió.

—Todavía no. No me apresuraré con una noticia tan importante como ésta. Estoy hambrienta. Éste es un lugar perfecto para comer. Primero, comamos, y luego estaré más que encantada de decírtelo.

Caleb desmontó del caballo.

—Pequeña bruja. Quiero saber qué me ocultas. Me estás torturando, y yo disfruto cada momento.

—Por supuesto que te estoy torturando. Si algo aprendí como Vermillion fue a provocar a un hombre.

Caleb soltó una carcajada. Estiró los brazos y la bajó de la silla de montar de mujer.

—La provocación es de ida y vuelta, ¿sabes?

Y después de un beso largo y apasionado que los dejó ligeramente sin aliento, Caleb pensó que había demostrado la veracidad de sus palabras.

Lee sonrió.

—En cuanto terminemos nuestra comida campestre; no antes.

Caleb la besó, y Lee creyó perder el sentido.

—Dímelo ahora —pidió a su esposa.

—Muy bien. Tía Gabriella ha accedido a casarse con lord Claymont.

—¡Por los clavos de Cristo! Por fin va a dejar de hacer sufrir a ese buen hombre.

Lee sonrió abiertamente.

—Tía Gabby dice que lo quiere y que, después de vernos hechos unos tortolitos estos últimos ocho meses y saber lo dichosos que son Charles y Elizabeth, ha llegado a creer en los finales felices.

Caleb le acarició el cuello con la nariz.

—Me alegro mucho por ellos.

—Yo también. —Lee se puso de puntillas y le dio un último beso en los labios—. Pero ése no es el secreto que he venido a revelarte.

—¡Qué!

Ella se dio la vuelta y se apartó de él.

—Ese secreto es muchísimo mayor —dijo.

Caleb empezó a caminar hacia ella, pero a cada paso que daba Lee retrocedía otro.

—Dame una pista —dijo Caleb—. Como esposo tuyo exijo ese derecho.

Lee puso los ojos en blanco.

—Bueno..., es algo que querías.

—¡Ya lo sé! Me has comprado aquel semental del que quería hablar con Claymont para que me lo vendiera.

—Mejor que eso.

—¿Qué podría ser mejor? El caballo es extraordinario. Engendrará una raza de purasangres que hará famosa a nuestra cuadra.

Lee le lanzó una sonrisa de picardía.

—¿Y qué más deseas?

—Ahora mismo me están entrando ganas de estrangularte..., o mejor aún, de echarte sobre la hierba y hacerte el amor hasta que estés tan cansada que no tengas ganas de causarme más problemas.

Lee se rió; pero la risa se fue desvaneciendo poco a poco. Se acercó a Caleb y le deslizó los brazos alrededor del cuello.

—Te voy a dar un hijo, Caleb; o quizás una hija.

El corazón de Caleb se paró. Tuvo que hacer una profunda inspiración para conseguir que volviera a latir.

—¡Dios santo, Lee! —El beso que le dio fue feroz y, sin embargo, Caleb confió en que ella sintiera la ternura—. Voy a ser padre. —No se lo podía creer. Por más que hubiera deseado una familia, nunca había acabado de creerse que ocurriría—. Es la mejor sorpresa de toda mi vida. Gracias, amor.

Hablaron del futuro. Lee le explicó que el niño no llegaría hasta seis meses más tarde, y empezaron a hacer planes para recibirlo. Caleb no dejó de mirar ni un momento la suave curva del vientre de Lee ni de pensar que ella llevaba a su bebé. No le importaba si la criatura era niño o niña; sólo le preocupaba que naciera sana.

Comieron en el pequeño bosquecillo, que se encontraba muy apartado de la casa, y, cuando terminaron, Caleb se estiró en la manta y atrajo a su esposa encima de él.

—Sigo teniendo hambre —dijo, y le mordisqueó el cuello—. El pollo estaba delicioso, pero de postre te quiero a ti.

Lee rió en voz baja, y cuando Caleb empezó a desabrocharle la parte delantera de su traje de montar no se resistió. Él posó las manos sobre sus senos y advirtió lo turgentes que estaban, preguntándose cómo podía ser que no se hubiera dado cuenta antes. La besó intensamente; estaba muy excitado y la deseaba más que nunca. Era su esposa y pronto sería la madre de su hijo. Deseaba dejar su huella sobre ella, reclamarla de una manera un tanto primitiva y, así, cuando la besó, la hizo rodar bajo él y le subió las faldas.

—Te deseo, Caleb —dijo Lee, y le obligó a que bajara la boca hasta la suya para besarlo de nuevo.

Caleb se abrió la parte delantera de sus pantalones de montar y liberó su sexo.

—Dios, eres tan dulce... —susurró.

Se deslizó dentro de ella, sintiéndola a su alrededor. Y, de repente, se encontró debatiéndose para no perder el control, igual que un colegial. Le metió las manos bajo la falda y, poniéndolas bajo sus nalgas, la levantó contra él; luego empezó a moverse lentamente.

La suave carne de Lee abrazaba su miembro, que se adentraba cada vez más en el vientre de ella.

—Más —susurró Lee, correspondiendo a cada uno de los embates de Caleb, al tiempo que lo instaba a no parar.

Él tomó lo que ella le daba, devolviéndole lo que podía. Caleb no se detuvo hasta que Lee llegó al orgasmo, permitiéndose, entonces, eyacular. Era suya, y quería que lo supiera. Lee le sonrió, y le dijo con aquel gesto que así era.

La tarde tocaba a su fin cuando volvieron junto a los caballos e iniciaron el camino de regreso a casa, una preciosa mansión de piedra de planta un tanto desordenada, construida a la sombra de lo que otrora había sido una torre del homenaje.

—Nunca imaginé que en sólo ocho meses estaría tan absolutamente domesticado —dijo Caleb con una enorme satisfacción.

Lee se rió.

—Mi amor, realmente dudo que alguna vez llegues a estar realmente domesticado... y no consentiría que fuera de otra manera.

Caleb sonrió. Bajo la dulce apariencia seguía habiendo un rastro de Vemillion, el suficiente para mantener el interés. Caleb pensó en lo mucho que la amaba y confió en que ella no llegara a saber nunca el tremendo poder que ejercía sobre él.

—¿Estás en condiciones de echar una carrera? —preguntó Lee con una sonrisa pícara en los labios.

—¿Y qué pasa con la criatura?

—Le faltan todavía algunos meses. No le pasará nada.

Caleb le dedicó una sonrisa burlona.

—Muy bien, entonces. Cuando estés lista.

Lee sonrió abiertamente y se inclinó sobre el caballo. A una velocidad de vértigo, se lanzaron colina abajo.